Trahison

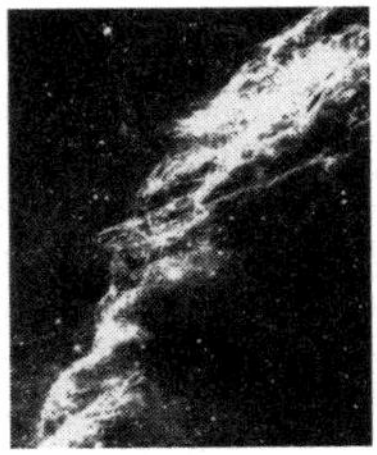

LA DENTELLE DU CYGNE
COLLECTION CODIRIGÉE PAR ALAIN KATTNIG

DU MÊME AUTEUR
A L'ATALANTE

CHRONIQUES D'ALVIN LE FAISEUR

Le septième fils – Le prophète rouge – L'apprenti
Le compagnon – Flammes de vie – La Cité de Cristal

LA GESTE VALOIS

Jason Valois
Contes de Capitole et de la forêt des Eaux

TERRE DES ORIGINES

Basilica – Le général – L'exode – Le retour – Les Terriens

Patience d'Imakulata

Le trésor dans la boîte

OBSERVATOIRE DU TEMPS

La rédemption de Christophe Colomb

PORTULANS DE L'IMAGINAIRE

L'homme transformé – Avatars
Sonates frelatées – Cruels miracles

LES QUATRE LIVRES DE BEAN

La stratégie de l'ombre
L'ombre de l'Hégémon
Les marionnettes de l'ombre
L'ombre du géant

Ender Wiggin : Premières rencontres

Orson Scott Card

TRAHISON

TRADUIT DE L'ANGLAIS
PAR FLORENCE BURY

L'ATALANTE
Nantes

Illustration de couverture : Gess

TREASON

ISBN 978-2-84172-417-8

Librairie L'Atalante, 11 & 15, rue des Vieilles-Douves, 44000 Nantes
www.l-atalante.com

Note de l'auteur

Une planète nommée Trahison fut mon deuxième roman publié, et depuis j'en ai appris un peu plus sur la façon dont une histoire peut et doit être racontée. Je crois toujours en l'histoire de Lanik Mueller et, en préparant cette nouvelle édition, j'en ai laissé le canevas intact. Ce qui a changé, c'est la façon de la présenter : le ton, le rythme, la clarté. En conséquence, environ dix pour cent du texte de ce volume est nouveau, et il y a des révisions mineures sur presque toutes les pages. Cette révision ne visait pas à raconter l'histoire de Lanik Mueller comme si je l'écrivais pour la première fois en 1988 – ce roman-là, qui ne sera jamais écrit faute de temps, serait deux fois plus long et s'étendrait bien davantage sur d'autres personnages et leurs relations. Non, cette édition conserve la simplicité de l'original, l'histoire d'un jeune homme qui découvre et transforme son monde et se transforme lui-même.

Je remercie ma mère, Peggy Card, qui a retapé l'intégralité du roman d'après l'édition de poche Dell pour me permettre d'en disposer sur disquette en format WordPerfect en vue de mon travail de révision ; ma femme, Kristine, qui a lu le premier jet de la nouvelle édition à mesure que les feuilles sortaient de l'imprimante et m'a aidé à en faire un roman plus clair, cohérent et efficace que je n'y aurais réussi seul ; et ma sœur, Janice Card, pour son excellent travail sur la carte révisée et clarifiée du continent habité de Trahison.

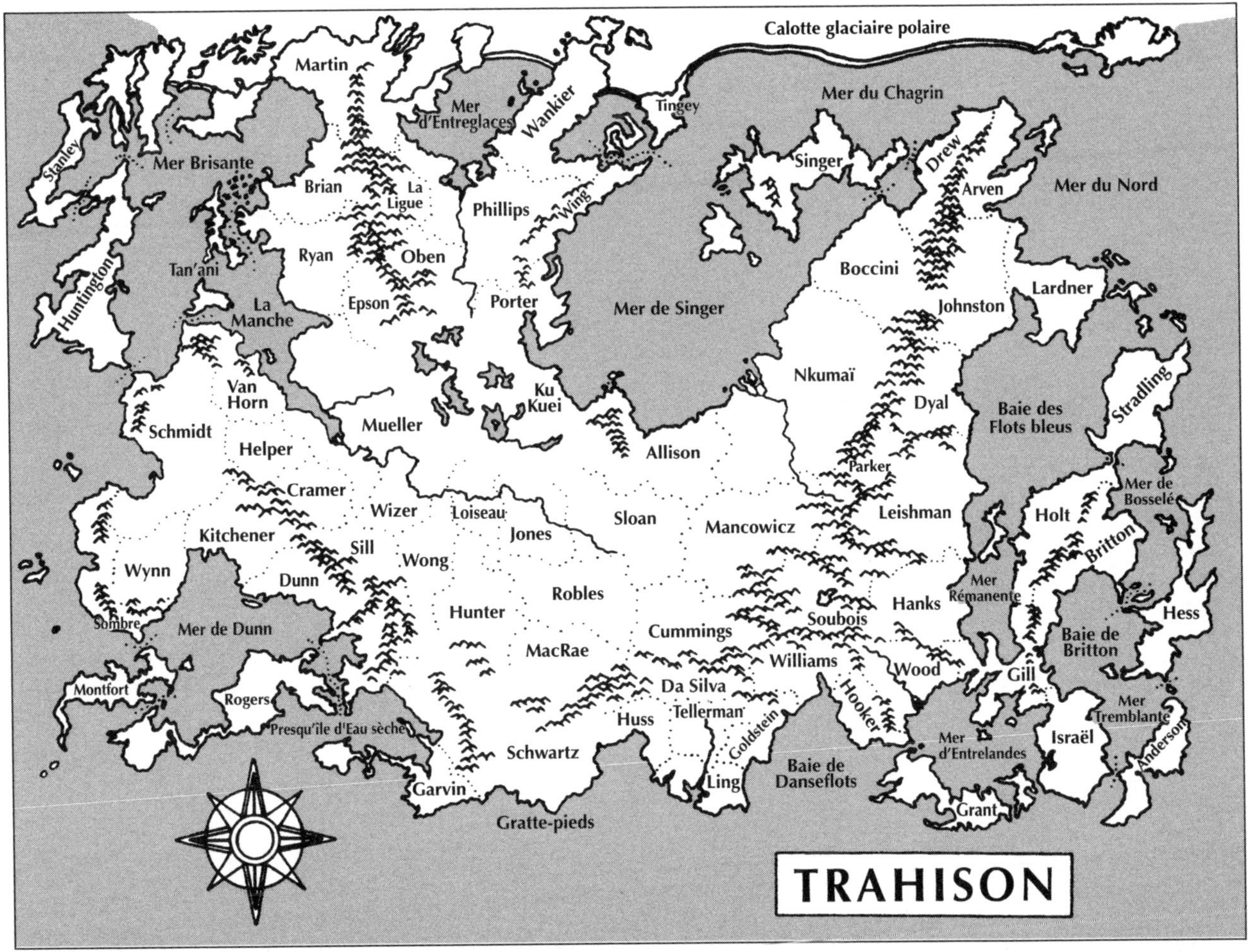
Calotte glaciaire polaire
Mer du Chagrin
Mer du Nord
Mer d'Entreglaces
Mer Brisante
Mer de Singer
Martin
Wankier
Tingey
Singer
Drew
Arven
Stanley
Brian
La Ligue
Phillips
Wing
Ryan
Oben
Tan'ani
Huntington
Epson
Porter
Boccini
Lardner
Johnston
La Manche
Nkumaï
Stradling
Van Horn
Ku Kuei
Dyal
Baie des Flots bleus
Schmidt
Mueller
Allison
Helper
Parker
Mer de Bosselé
Cramer
Wizer
Loiseau
Sloan
Mancowicz
Leishman
Holt
Kitchener
Jones
Sill
Wong
Britton
Wynn
Dunn
Robles
Hunter
Mer Rémanente
Hanks
Hess
Soubois
Sombre
Mer de Dunn
Cummings
Baie de Britton
MacRae
Williams
Wood
Gill
Montfort
Rogers
Da Silva
Hooker
Mer Tremblante
Huss
Tellerman
Presqu'île d'Eau sèche
Goldstein
Mer d'Entrelandes
Israël
Schwartz
Baie de Danseflots
Anderson
Garvin
Ling
Grant
Gratte-pieds

TRAHISON

1

MUELLER

JE FUS LE DERNIER à savoir ce qui m'arrivait. Ou, du moins, le dernier à comprendre que je savais.

Saranna s'en rendit compte quand sa main glissa sur mon torse et qu'au lieu des pectoraux saillants, affinés et endurcis par des heures de pratique de l'épée, du javelot et de l'arc, ses doigts butèrent sur une chair plus tendre. Ses mains se rappelaient cette même découverte sur son propre corps quelques années en arrière, et en vraie fille de Mueller, l'œil acéré et l'esprit incisif, elle comprit tout d'un coup, sut mon destin à venir et ce qui était désormais impossible entre nous. Toutefois, en vraie fille de Mueller, elle ne dit rien, elle ne pleura pas. Simplement, de cet instant au jour où je quittai Mueller, elle ne me toucha pas, du moins pas comme avant, pas avec la promesse de décennies de passion à venir. Elle savait, mais je ne savais pas encore.

Dinte le vit lui aussi. À m'observer comme il le fait toujours, le fils cadet, dans l'espoir qu'il m'arrive un accident et qu'il puisse retarder l'arrivée des secours, en quête d'une trace d'imbécillité congénitale chez son aîné pour pouvoir être nommé régent après la mort de Père, à l'affût du moindre défaut ou d'une faiblesse dans mon style de combat ou mon raisonnement de sorte que le jour où il me trahirait – car il y viendrait – il puisse obtenir un avantage sur moi… à m'observer avec tant d'impatience, il devait forcément remarquer que ma chemise tombait différemment sur mon torse. De tous les événements susceptibles de me rendre inapte à succéder à Père sur le trône, ce devait être celui qui lui procurerait le plus grand plaisir. Mon frère, cette piètre contrefaçon de fils de Mueller, devint aussitôt arrogant ; sans nommer mon mal, il me témoigna cette condescendance dont même les lâches ont la grâce de ne faire preuve qu'envers le cadavre de leurs ennemis. Il savait, et je ne savais pas encore.

Père ne s'en serait pas rendu compte. Le Mueller avait toujours trop de travail ; il n'avait pas le temps de m'observer lui-même. Mais il me faisait surveiller, par tous mes tuteurs et la moitié de mes amis. Surtout à la puberté, cette période cruciale porteuse du plus grand danger.

Celui chez qui coule le sang de Mueller jouit d'un don formidable : il se soigne si vite qu'une cicatrice se forme avant que le sang ait séché, et que tout membre perdu repousse. Cela nous rend très durs à tuer.

Nos ennemis prétendent que les Mueller ne ressentent pas la douleur, mais c'est faux. Ils ont cette impression parce qu'au combat nous encaissons volontiers des coups dangereux qu'un autre devrait parer pour sauver sa peau et, alors que l'épée de l'ennemi s'est enfoncée dans notre chair, nous sommes capables de le tuer puis de poursuivre en quête d'un autre adversaire, notre blessure déjà en voie de guérison.

Pourtant nous ressentons la douleur, comme tout le monde. Nos femmes s'évanouissent en couches quand la chair se déchire. Que l'on place notre main au feu, et la souffrance embrase notre cerveau comme celui de tout homme. Nous ressentons la douleur. Ce que nous ignorons, c'est la peur. Ou plutôt, nous avons appris à dissocier douleur et peur.

À d'autres, la souffrance signale que leur vie est en danger ; pour se préserver, ils doivent systématiquement l'éviter, par tous les moyens. Mais pour un Mueller, la douleur implique un danger mineur. La mort ne nous atteint que par des voies au-delà de toute souffrance : la sénilité qui nous effrite, la noyade et son souffle froid, la décapitation et sa perte de sensations dans tout le corps. Coupure, brûlure, coup de couteau ou os brisé, tout cela implique seulement que notre corps va perdre un peu de vigueur le temps de se soigner, que nous serons nourris de viande saignante plutôt que de radis à la fin de la bataille.

Et la pire crainte des autres, celle de perdre un membre – orteil, doigt, main, pied, oreille, nez, œil ou parties génitales –, elle nous fait rire.

Pourquoi est-ce leur pire crainte ? Parce qu'ils en sont venus à considérer leur forme actuelle comme leur être véritable : s'ils la perdent, ils se perdent ; ils deviennent un monstre à leurs propres yeux.

Mais nous, les Mueller, nous savons depuis longtemps que notre identité ne se limite pas à notre apparence actuelle. Nous pouvons prendre bien des formes tout en restant celui que nous avons toujours été. Une leçon que nous apprenons pendant cette folie qu'est l'adolescence. À treize ou quatorze ans, nous traversons nous aussi l'étrange bouleversement hormonal qui chez autrui fait naître une curieuse pilosité et transforme le corps en une machine capable de produire une copie d'elle-même. Dans notre cas, toutefois, l'organisme est si puissant que l'adolescence est plus dure. Nous nous sommes conçus pour régénérer nos membres perdus ou brisés ; pendant cette folie qu'est la puberté, notre corps oublie sa véritable forme et tente de faire repousser des membres qui sont toujours présents. Jeune homme ou jeune femme, nous avons tous agité un troisième bras en direction de nos amis, exécuté les pas d'une danse complexe destinée à nous servir d'une ou deux jambes surnuméraires, cligné d'un troisième œil, grimacé en découvrant trois rangées de dents en haut et quatre en bas. Un jour, j'ai dû supporter d'avoir quatre bras, deux nez et deux cœurs battants avant que le chirurgien ne joue du scalpel pour me débarrasser du surplus. Notre identité ne se limite pas à notre forme. Nous pouvons prendre n'importe quelle apparence et rester qui nous sommes. Nous ne redoutons pas de perdre nos membres. Nous ne pouvons pas déformer ni détruire notre personnalité par soustraction.

Nous avons d'autres craintes.

Pendant toute l'adolescence, Père m'a fait surveiller. Même à l'âge de quinze ans, alors qu'il ne me manquait que dix ou vingt centimètres pour atteindre ma taille adulte et que mon évolution sexuelle aurait dû être terminée – suffisamment pour que Saranna puisse porter mon enfant en elle –, à cette époque encore je sentais les regards peser sur moi de l'aube au crépuscule, mesurant mon corps et mon âme, et mes tuteurs pouvaient rendre des comptes à mon père dans ces moments où il avait le temps de penser à moi. Impossible qu'ils aient manqué de remarquer ce qui m'arrivait. Père a dû être au courant avant Dinte, avant même Saranna. Tous, ils savaient.

Et moi, je ne savais pas.

Bah ! Bien sûr que si, je savais. Assez, en tout cas, pour renoncer à mes vêtements trop ajustés et ne porter que les plus amples. Je m'en rendais suffisamment compte pour prétexter n'importe quoi plutôt qu'aller nager avec mes amis et pour ne pas reprendre Dinte qui se montrait plus morveux encore que d'ordinaire, comme si je redoutais de le pousser à nommer ce que j'étais devenu. J'en était assez conscient pour ne pas m'étonner que Saranna ne me touche plus, et même pour ne plus la coucher dans mon lit pendant ce dernier mois. Pourtant, je ne mis jamais de mots sur ma condition, même en mon for intérieur.

Je ne laissai jamais la perspective terrifiante de mon nouvel avenir m'effleurer l'esprit. Sauf une fois, alors que je maniais la précieuse épée d'acier royale : je jurai avec tant de virulence que je me rappelle encore ce moment comme s'il datait de ce matin, je jurai de ne jamais vivre sans une telle épée à la main ou au côté. Même alors, je me mentais en prétendant craindre de devenir un homme du commun, une limace, une demi-âme qui ne touche jamais le fer et tremble à la première goutte de sang.

« Aujourd'hui, dit Homarnoch.

— Je n'ai pas le temps, répondis-je du ton impérieux qu'affectent les fils de princes pour rappeler aux autres cette autorité qu'ils ne possèdent pas encore.

— Le Mueller l'exige. »

Et voilà. Fini les hypocrisies. Tous les mensonges que j'avais crus, il allait falloir y renoncer d'un coup. Toutefois, je repoussai l'échéance : je répondis que j'étais crasseux et que je devais me laver, ce qui n'était pas faux. Mais je parvins à me baigner sans me regarder dans le miroir. Des vêtements masquaient toutes les glaces, ou peut-être avaient-elles été mises de côté, de sorte que je n'avais jamais besoin de me voir dans ma chambre. Encore un signe que je savais inconsciemment : jusqu'alors, je me montrais aussi vain qu'un autre et m'entourais de miroirs.

Impossible toutefois d'échapper au miroir dans l'antre chirurgical stérile de Homarnoch, cette salle pleine de scalpels acérés et de lits tachés de sang, où l'on retirait de la chair des soldats les flèches munies de barbules et où l'on coupait les membres inutiles et obscènes poussés sur des corps adolescents.

Il me plaça devant le miroir et, debout derrière moi, prit dans ses mains des seins désormais voluptueux. Pour la première fois, je fus obligé de contempler une chair qui ne pouvait pas m'appartenir. Pour la première fois, je fus conscient du contact d'un autre avec cette chair. Toutefois, la brusque caresse toute chirurgicale de Homarnoch ne fut sans doute pas ce qui m'excita. Ce contact me paraissait bien plus étrange que sexuel. Je pense que c'était la vue de mains étrangères étreignant une poitrine étrangère. Du voyeurisme, sans doute. Je ne croyais toujours pas à ce qui m'arrivait.

« Pourquoi n'es-tu pas venu me voir tout de suite ? demanda Homarnoch, l'air blessé.

— Pour quoi faire ? J'ai déjà vu des tas d'organes me pousser. »

Il secoua la tête. « Tu n'es pas un imbécile, Lanik Mueller. »

En entendant mon nom, je ressentis une terrible crainte. Je compris plus tard que c'était le nom de Mueller qui me l'inspirait – non parce que c'était le mien, mais parce que cela ne le serait bientôt plus.

« Cela arrive même dans la famille du Mueller, Lanik. Ça saute les générations. Nul n'est à l'abri.

— Ce n'est que la puberté », répondis-je en espérant qu'il me croirait.

Il me dévisagea d'un air triste, non sans affection, je pense.

« J'espère que tu as raison, dit-il sans conviction. J'espère qu'en t'examinant je découvrirai que tu as raison.

— Inutile de…

— Allons, Lanik, coupa-t-il. Le Mueller m'a demandé de lui donner ma réponse dans l'heure. »

Quand mon père ordonnait, j'obéissais. Je m'allongeai sur la table et m'efforçai de me détendre tandis que le scalpel m'ouvrait l'abdomen. J'avais connu pire – la morsure d'une épée d'entraînement au bois irrégulier, par exemple, ou encore cette fois où une flèche m'avait percé la tempe pour ressortir par l'œil – mais le problème n'était pas la douleur. Du moins pas uniquement. Car pour la première fois depuis la petite enfance, douleur et peur me brûlaient de concert, et je ressentais ce que les hommes du commun éprouvent au champ de bataille et qui les diminue tant, ce qui fait d'eux la proie d'une épée Mueller assoiffée.

Quand il eut terminé, il banda la blessure. Je ressentais déjà le vertige et les picotements signes que la guérison était en bonne voie – la plaie était nette, et le tout cicatriserait en quelques heures sans laisser de trace. Je n'avais pas besoin de demander ce qu'il avait trouvé. Je le sus à l'affaissement de ses épaules et au stoïcisme dur de son visage. Je devinais que son masque impassible dissimulait le chagrin plutôt que la joie.

« Bah, il suffit de les enlever », dis-je sur le ton de la plaisanterie.

Il ne le prit pas ainsi. « Il y a aussi des ovaires, Lanik, et si je les enlève, si je pratique aussi l'ablation de l'utérus, ils repousseront. »

Il se tourna alors vers moi, armé de ce courage avec lequel un homme fait face à l'ennemi au combat. « Tu es un régénérant radical, Lanik. Ça ne s'arrêtera jamais. »

Le mot était lâché. Voilà ce que j'étais devenu. Comme ma si belle cousine Velinisik, qui était devenue folle et avait pissé sur tout le monde avec le pénis qui faisait d'elle un monstre. Un régénérant radical. Un rad. Comme les autres, je m'étais détourné d'elle et n'avais même plus prononcé son nom depuis. Elle avait d'abord cessé d'être humaine, pour ensuite ne jamais l'avoir été et enfin n'avoir jamais existé.

À l'issue de la puberté, la plupart des Mueller adoptaient leur forme adulte ; ne repoussaient dès lors que les membres qu'ils avaient perdus. Mais un petit nombre d'entre nous ne reprenaient jamais le contrôle de leur corps. L'adolescence se prolongeait *ad vitam* et de nouveaux membres croissaient au hasard. Dans ces cas-là, le corps oubliait sa forme naturelle : il se considérait comme une blessure sans fin qu'on devait guérir à jamais, un corps démembré dont il faudrait sans arrêt renouveler les organes.

C'était la pire façon de mourir, car il n'y avait pas de funérailles : on cessait d'être une personne, mais on ne vous laissait pas devenir un cadavre.

« Répète-le, Homarnoch, et tu pourras aussi bien ajouter que je suis mort.

— Navré, répondit-il simplement. Mais je dois avertir ton père tout de suite. » Et il s'en alla.

Je me regardai de nouveau dans le grand miroir fixé sur le mur où mes vêtements pendaient à un crochet. Mes épaules demeuraient larges après des heures, des jours, des semaines d'entraînement à l'épée, au bâton, à la lance et à l'arc – et plus récemment à manier le soufflet de la forge. Mes hanches étaient encore minces d'avoir couru et monté. Mon ventre strié de muscles durs, solides et virils. Et puis, ridiculement tendres et séduisants, il y avait mes seins.

Je pris mon couteau à la ceinture accrochée au mur et en pressai la lame d'argent acérée contre ma poitrine. Cela faisait trop mal : je ne l'enfonçai que de deux ou trois centimètres avant de devoir m'arrêter. Il y eut un bruit à la porte. Je me retournai.

Une petite Cramer noire inclina la tête pour ne pas me voir. Je me souvenais qu'elle avait été prise lors de la dernière guerre (que Père avait gagnée) et qu'elle nous appartenait donc à vie. Je lui parlai avec douceur car c'était une esclave.

« Tout va bien, ne t'inquiète pas, lui dis-je, mais elle ne se détendit pas pour autant.

— Mon seigneur Ensel veut voir son fils Lanik. Tout de suite.

— Merde ! »

Elle s'agenouilla pour subir ma colère. Toutefois, je ne la frappai pas : je me contentai de lui toucher la tête en allant chercher mes vêtements pour les enfiler. Je ne pus que voir mon reflet en sortant, ma poitrine qui se soulevait et s'abaissait tandis que je quittais la salle d'examen. La petite Cramer murmura des remerciements comme je partais.

Je me mis à dévaler les escaliers en direction des appartements de Père. Je n'avais pas encore appris à marcher comme une femme, à lisser mes pas et rouler des hanches pour éviter les secousses inutiles. Au bout de trois pas, je m'arrêtai et m'appuyai sur la rambarde le temps que la douleur et la peur disparaissent. Quand je me retournai pour descendre plus lentement, j'aperçus mon frère Dinte en bas de l'escalier. Il souriait d'un air faux, plus beau spécimen de crétin en devenir jamais produit par la famille.

« Je vois que tu as appris la nouvelle, dis-je en descendant prudemment.

— Puis-je te suggérer d'acheter un corsage ? fit-il d'une voix mielleuse. Je te prêterais volontiers ceux de Mannoah, mais ils sont beaucoup trop petits. »

Je portai la main à mon couteau, et il recula de quelques pas. Je lui avais coupé les doigts et crevé les yeux si souvent pendant nos querelles d'enfants que je savais ce geste futile, mais j'avais besoin de sentir la lame entre mes mains quand j'étais en colère.

« Tu ne dois plus me faire de mal, Lanik, sourit Dinte, toujours aussi faux. Je deviens l'héritier désormais, je dirigerai la famille très bientôt, et je m'en souviendrai. »

Je cherchai une réponse, une réplique cinglante pour lui faire comprendre que rien de ce qu'il pourrait me faire ne rivaliserait jamais avec la souffrance que me causait ce qui venait de se passer, ce qui était sur le point d'arriver.

Mais on n'avoue une peur et une souffrance de cet ordre qu'à son meilleur ami, et encore. Je restai donc muet et passai à côté de lui pour gagner les appartements privés de Père. Sur mon passage, il fredonna discrètement, comme pour attirer l'attention des prostituées de la rue Hivvel. Pourtant je ne le tuai pas.

« Bonjour, mon fils, dit Père lorsque j'entrai dans sa chambre.

— Vous devriez expliquer à votre deuxième fils que je sais encore tuer, répondis-je.

— Je suis certain que tu voulais dire bonjour. Salue ta mère. »

Je suivis son regard et découvris l'« étron », surnom peu affectueux dont nous, enfants de la première femme de Père, affublions la numéro deux, qui s'était hissée à la place de ma mère à sa mort d'une crise cardiaque étrange et soudaine. Père ne la trouvait pas étrange ni soudaine, mais moi si. L'étron s'appelait officiellement Ruva ; elle venait de Schmidt et faisait partie d'un marché en bloc incluant une alliance, deux forteresses et un million deux cent mille hectares de terres. Elle était censée n'être que concubine, mais le hasard et la passion inexplicable de Père l'avaient élevée dans le monde. Nous étions tenus par la coutume, la loi et la colère paternelle de l'appeler « mère ».

« Bonjour, mère », dis-je froidement. Elle se contenta de m'adresser un doux petit sourire assassin.

Père ne perdit pas de temps en douceur ni compassion : « Homarnoch m'apprend que tu es un régénérant radical.

— Je tue le premier qui voudra me coller dans l'enclos. Même si c'est toi.

— Un jour je prendrai tes déclarations subversives au sérieux, mon garçon, et je te ferai étrangler. Mais rassure-toi sur ce point, au moins. Je ne mettrai jamais l'un de mes propres fils dans l'enclos, même si c'est un rad.

— Ça s'est déjà vu, fis-je remarquer. J'ai un peu étudié l'histoire familiale.

— Alors tu sais déjà ce qui va se passer maintenant. Entre, Dinte », dit Père, et je me retournai pour voir mon cadet pénétrer dans la pièce. C'est alors que je perdis la maîtrise de mes nerfs pour la première fois.

Je me mis à hurler : « Tu vas laisser ce débile, cet incompétent ruiner Mueller, espèce de salaud, alors que tu sais très bien que je suis le seul à pouvoir espérer maintenir la cohésion de cet empire fragile quand tu auras eu la décence de mourir ! J'espère que tu vivras assez vieux pour assister à son effondrement ! »

Je me rappellerais ces mots plus tard avec amertume, mais comment aurais-je pu deviner à l'époque que cette malédiction chargée de colère se réaliserait ?

Père se leva d'un bond et, contournant sa table, se planta devant moi. J'attendais un coup et je m'y préparai. Au lieu de cela, il plaça ses mains autour de ma gorge et je craignis brièvement qu'il ne mette enfin à exécution sa menace de m'étrangler. Puis il déchira ma tunique, empoigna mes seins et les rapprocha brutalement l'un de l'autre. J'eus le souffle coupé par la douleur et m'écartai de lui.

« Tu es un faible désormais, Lanik ! s'écria-t-il. Tu es tendre et efféminé. Aucun homme de Mueller n'accepterait de te suivre !

— Si ce n'est au fond de son lit », ajouta Dinte sur un ton obscène.

Père se retourna et lui asséna une claque.

Lorsqu'il se détourna, je couvris ma poitrine de mes bras comme une vierge et fis demi-tour pour me retrouver face à face avec l'étron. Elle souriait encore, et je vis son regard descendre de mon visage vers mes seins…

Ce ne sont pas les miens ! avais-je envie de crier. *Ils ne font pas partie de moi !* J'éprouvais une envie irrésistible de battre en retraite, d'abandonner mon corps, de le laisser là pendant que je m'en allais ailleurs, toujours homme et héritier d'un poste de pouvoir, toujours homme, toujours moi-même.

« Couvre-toi, ordonna Père.

— Bien, mon seigneur Ensel », murmurai-je ; et, au lieu de quitter mon corps, je le couvris d'une cape dont le tissu rêche frotta sur mes tendres tétons.

Je restai là à regarder Père me déclarer bâtard, selon la coutume, et faire de mon frère Dinte son héritier. Mon frère paraissait grand, blond, fort et malin, bien que cette dernière qualité, je le savais mieux que quiconque, se réduisît en fait à une veine sournoise. Quant à sa force, elle ne s'accompagnait ni de vitesse ni de talent. À la fin de la cérémonie, Dinte s'assit naturellement dans le fauteuil qui avait si longtemps été le mien.

Je me levai alors devant eux, et Père m'ordonna de jurer allégeance à mon cadet.

« Plutôt mourir, répondis-je.

— C'est précisément le choix qui s'offre à toi », fit Père, et Dinte sourit.

Je jurai allégeance éternelle à Dinte Mueller, héritier des biens de la famille Mueller, qui incluaient le domaine Mueller et les terres conquises par mon père : Cramer, Helper, Wizer ainsi que l'île de Huntington. Je prêtai serment car Dinte rêvait à l'évidence que je refuse et que j'en crève. Désormais, puisque j'étais en vie, il lui faudrait constamment s'inquiéter ; je me demandai en passant combien de gardes il posterait au pied de son lit ce soir-là.

Mais je savais que je ne tenterais pas de le tuer. Éliminer Dinte ne me rendrait pas ma position : cela ne ferait qu'entraîner une querelle féroce autour de la succession – ou pire : Ruva pourrait bien être autorisée à produire un affreux rejeton pourvu de la moitié des gènes de mon père afin de prendre sa place. Quoi qu'il en soit, un rad comme moi ne pourrait jamais espérer gouverner à Mueller. De plus, les rads atteignaient rarement la trentaine, et il leur était interdit… non, il m'était interdit de me reproduire avec des Übermen. J'eus un pincement au cœur en pensant à ce que cela ferait à la pauvre Saranna. Les femmes allaient se saisir de l'enfant qu'elle portait et le détruire. Elle se retrouverait reléguée au rang d'ancienne concubine d'un monstre au lieu de première épouse potentielle du père de la famille. Le jour où les femmes m'avaient choisi pour être son partenaire reproductif, elle avait fait le premier pas sur le chemin de la gloire, et celui-ci se dérobait désormais sous ses pieds. Non seulement mon avenir était détruit, mais le sien aussi.

« Sont-ce des idées d'étrangleur que je lis dans tes yeux, Lanik ? » s'enquit Père. Il croyait que je pensais encore à Dinte.

« Jamais, Père.

— Le poison alors. Ou l'eau profonde. Je crois que mon héritier ne sera pas en sécurité tant que tu resteras ici, à Mueller. »

Je lui lançai un regard noir : « Le pire ennemi de Dinte, c'est lui-même. Il n'a pas besoin de moi pour courir au désastre.

— Moi aussi, j'ai lu l'histoire de la famille, répondit Père. Tous les Mueller qui se sont montrés trop sentimentaux pour envoyer leur rejeton régénérant radical à l'enclos l'ont vite regretté.

— Alors, fais-moi tuer dignement, Père. » Je refusais de m'abaisser à supplier. C'est pourtant ce que je fis en silence : Ne les laisse pas me nourrir et me moissonner, récolter mes membres et mes organes comme on tond la laine de l'agneau, on trait la vache ou on soutire la soie à l'araignée.

« Je suis trop sentimental, dit Père. Je ne veux pas te tuer. Je t'envoie donc en mission diplomatique, une mission longue, au loin, de façon à pouvoir raisonnablement espérer garder Dinte en vie.

— Je n'ai pas peur de lui, intervint Dinte, méprisant.

— Tu es donc bel et bien un imbécile, rétorqua Père. Avec ou sans tétons, Lanik te vaut largement, mon garçon, et je ne te confierai pas mon empire sans que tu m'aies prouvé que tu étais moitié aussi intelligent que ton frère. »

Dinte se tut alors, mais je sus que mon père avait scellé ma mort dans l'esprit de mon cadet. De propos délibéré ? J'espérais que non. Mais il m'apparut que Père pouvait avoir décidé que la meilleure façon d'évaluer la capacité de Dinte à régner consistait à voir comment il gérerait mon assassinat.

« Une mission diplomatique auprès de quelle nation ? demandai-je.

— Nkumaï.

— Un royaume de sauvages à la peau noire qui vivent dans les arbres, loin à l'est, récitai-je, me souvenant de mes cours de géographie. Pourquoi enverrions-nous un émissaire à des animaux ?

— Ce ne sont pas des animaux, dit Père. Ils maniaient des épées en acier au combat dernièrement. Ils ont conquis Drew il y a deux ans. Allison est en train de tomber sans peine au moment même où nous parlons. »

Je sentis ma colère grandir à l'idée que des Noirs perchés dans les arbres conquéraient les fiers tailleurs de pierre de Drew et le peuple religieux d'Allison, dans son trou perdu. Ne venions-nous pas de vaincre Cramer et de leur apprendre quelle était la véritable place des Noirs dans le monde en les réduisant en esclavage ?

« Pourquoi envoyer un émissaire plutôt qu'une armée ? fis-je avec colère.

— Suis-je un imbécile ? répliqua Père. Si je voulais de l'intolérance et de la bêtise, je convoquerais une assemblée des nobles. »

Je trouvai à la fois encourageant et douloureux qu'il s'attende à ce que je réfléchisse comme le Mueller plutôt que comme un soldat du commun sur qui ne pesait aucune responsabilité. Je lui répondis donc franchement cette fois.

« S'ils ont du métal dur, cela signifie qu'ils ont trouvé quelque chose que le monde extérieur est prêt à acheter. Nous ignorons quelle quantité de métal ils possèdent ; nous ignorons ce qu'ils vendent. Ma mission ne consiste donc pas à signer un traité mais à découvrir ce qu'ils ont à vendre et ce que l'Ambassadeur leur en donne.

— Très bien, fit Père. Dinte, tu peux te retirer.

— S'il s'agit d'affaires du royaume, protesta celui-ci, ne devrais-je pas rester pour les entendre ? »

Père ne répondit pas. Dinte se leva et sortit. Puis Père fit un signe à l'étron, qui s'en fut à son tour en se déhanchant insolemment.

« Lanik, dit Père lorsque nous fûmes seuls. Lanik, je voudrais tant pouvoir faire quelque chose. » Ses yeux s'emplirent de larmes et je me rendis compte avec un certain étonnement que Père m'aimait assez pour me pleurer. Mais ce n'était pas vraiment sur moi qu'il pleurait, songeai-je. Plutôt sur son précieux empire, dont Dinte ne saurait jamais maintenir la cohésion.

« Lanik, jamais en trois mille ans d'histoire Mueller on n'a vu d'esprit comme le tien dans un corps comme le tien : un homme réellement apte à mener d'autres hommes. Et voilà que ce corps est gâché. L'esprit me servira-t-il encore ? L'homme aimera-t-il encore son père ?

— L'homme ? Si tu m'apercevais dans la rue, tu voudrais me mettre dans ton lit.

— Lanik ! s'écria-t-il. Ne peux-tu croire à mon chagrin ? »

Il brandit bien haut sa dague en or puis l'enfonça dans sa main gauche, la clouant à la table. Quand il retira l'arme, le sang jaillit par à-coups de sa blessure. Il se frotta la main sur le front, maculant son visage de sang. Puis il pleura tandis que l'hémorragie cessait et que le tissu cicatriciel se formait sur la plaie.

Je m'assis et le regardai pendant ce rituel du chagrin. Nous gardâmes le silence en dehors de sa respiration bruyante jusqu'à la guérison de sa main. Puis il me fixa d'un œil las.

« Même si cela ne s'était pas produit, dit-il, je t'aurais envoyé chez Nkumaï. Pendant quarante ans, nous avons été les seuls sur ce monde à posséder suffisamment de métal dur pour faire la différence lors d'une guerre, les seuls à notre connaissance. Les Nkumaï sont désormais nos uniques rivaux, et nous ne savons rien de leur famille. Tu dois y aller secrètement. S'ils savent que tu viens de Mueller, ils te tueront. Même si tu survivais, ils s'assureraient que tu ne voies rien d'important. »

J'éclatai d'un rire amer : « Et maintenant j'ai le déguisement idéal. Nul n'imaginerait que Mueller envoie une femme faire le travail d'un homme. »

Voilà, c'était fait, je m'étais donné le nom qui pourrait m'empêcher de cesser d'exister. Pourtant je savais que c'était tout aussi impossible : Mueller n'accepterait pas davantage de voir dans un rad une femme qu'un homme. On ne pourrait me tenir pour humain qu'en dehors de Mueller. Père pouvait appeler ça une mission diplomatique, voire de l'espionnage, mais nous savions tous deux qu'il s'agissait en réalité d'un exil.

Il me sourit en réponse. Puis ses yeux se remplirent à nouveau de larmes, au point que je me demandai si, après tout, ce n'était pas moi qu'il aimait.

L'entretien était terminé, et je sortis.

Je pris mes dispositions : j'envoyai les valets d'écurie s'occuper de mes chevaux et les ferrer pour le trajet, j'ordonnai aux domestiques de préparer mes sacs pour le voyage et je pressai les lettrés de me dresser une carte. Une fois toutes ces tâches lancées, je quittai le château et traversai les couloirs en direction des laboratoires de génétique.

La nouvelle s'était répandue sans tarder – tous les officiers supérieurs m'évitaient, et seuls les étudiants étaient là pour m'ouvrir les portes et me conduire où je voulais aller.

L'enclos était illuminé jour et nuit, et je contemplai par la grande fenêtre d'observation les êtres dispersés sur les douces pelouses. Par endroits, de la poussière montait des bauges. Toute chair était nue, et j'observai tandis que la ration de midi se répandait dans les mangeoires. Certains ressemblaient à n'importe qui. D'autres présentaient de petites excroissances çà et là, ou des défauts à peine visibles de loin : trois seins, deux nez ou des orteils et des doigts de trop.

Et puis il y avait ceux qui étaient mûrs pour la récolte. Je vis une créature se diriger laborieusement vers les abreuvoirs. Ses cinq jambes se coordonnaient avec peine, et elle balançait maladroitement ses quatre bras pour garder l'équilibre. Une tête surnuméraire pendait, inutile, dans son dos, et une seconde colonne vertébrale saillait comme un serpent rigide accroché à sa victime.

« Pourquoi ont-ils laissé celui-ci évoluer aussi longtemps sans le moissonner ? demandai-je à l'étudiant posté à côté de moi.

— À cause de la tête. Les têtes complètes sont très rares, et nous n'osions pas interférer avec la régénération tant qu'elle n'était pas terminée.

— On en tire un bon prix, des têtes ?

— Je ne m'occupe pas des questions commerciales », répondit-il, ce qui voulait dire qu'on en tirait effectivement un prix très élevé.

Je regardai le monstre porter difficilement la nourriture à sa bouche avec des bras qui lui obéissaient mal. Cela pouvait-il être Velinisik ? Je frémis.

« Vous avez froid ? s'enquit l'étudiant, un peu trop attentionné.

— Très, répondis-je. Ma curiosité est satisfaite. Je m'en vais. »

Pourquoi n'étais-je pas un peu plus reconnaissant que l'exil me sauve au moins de l'enclos ? Peut-être parce que, je le savais, si on me condamnait à y vivre et à fournir des membres au monde extérieur, je me tuerais. En l'occurrence, j'étais encore à deux doigts du suicide et donc incapable de prendre du recul par rapport à la conscience terrible de ce que je perdais.

Saranna me retrouva dans la salle d'accueil des laboratoires de génétique. Je ne réussis pas à l'éviter.

« Je pensais bien te trouver ici, dit-elle, avec ton penchant morbide. »

Je savais qu'elle essayait de me remonter le moral, de faire comme si tout allait encore bien entre nous. Étant donné les circonstances, l'idée était grotesque. J'aurais préféré qu'elle pleure sur mon sort, qu'elle me parle comme si je n'étais plus que le souvenir d'un disparu, car c'était l'impression que j'avais alors.

Je tentai de passer en l'ignorant. Elle m'attrapa par le bras, s'accrocha à moi et refusa de me laisser partir.

« Tu crois que ça change quelque chose pour moi ? s'écria-t-elle.

— Ton comportement est déplacé », sifflai-je. Plusieurs témoins fixaient le sol, gênés, et les domestiques s'agenouillaient déjà. « Tu nous fais honte.

— Alors viens avec moi. »

Pour ne pas causer davantage d'embarras aux autres, je la suivis. À notre départ, j'entendis les bâtons s'abattre sur le dos des domestiques qui avaient vu un aristocrate mal se tenir. Je ressentis ces coups comme s'ils avaient plu sur moi.

« Comment as-tu pu faire ça ? lui demandai-je.

— Et comment as-tu pu rester loin de moi tout ce temps ?

— Ce n'était pas si long.

— Oh que si ! Lanik, crois-tu que je ne savais pas ? Crois-tu que je ne t'aimais que pour ton titre d'héritier du Mueller ?

— Qu'as-tu l'intention de faire ? M'accompagner dans l'enclos ? Te faire moissonner toi aussi ? »

Elle eut un mouvement de recul, horrifiée.

« La prochaine fois, débrouille-toi pour avoir plus de chance, lançai-je. La prochaine fois, tombe amoureuse d'un être humain.

— Lanik ! » s'écria-t-elle. Puis elle m'enlaça et appuya sa tête sur mon torse. Lorsqu'elle se retrouva contre de tendres mamelles plutôt que du muscle ferme, elle se dégagea un instant avant de me serrer encore plus fort.

À voir sa tête sur ma poitrine, je finis par me demander si je devais me sentir maternel. Ne se rendait-elle donc pas compte que son contact ne m'était d'aucun réconfort désormais, et qu'il me rappelait seulement tout ce que j'avais perdu ? Je la repoussai et partis en courant, puis m'arrêtai à un coude du couloir et me retournai. Elle se tranchait déjà les veines dans un hurlement, et le sang coulait sur le sol de pierre. Ses plaies étaient béantes – la perte de sang la rendrait malade durant des heures, avec tant de lacérations. Je regagnai rapidement ma chambre.

Je m'étendis sur le lit et contemplai les délicates incrustations d'or au plafond. Au milieu de l'or trônait une seule perle de fer, noire, chargée de colère et de beauté. Tout ça pour du fer, pensai-je en silence. Pour du fer, nous nous sommes transformés en monstres : les Mueller « normaux », capables de se remettre de n'importe quelle blessure, et les rads réduits au rang d'animaux domestiques, dont on vendait les organes supplémentaires au monde extérieur pour davantage de fer. Le fer, c'est le pouvoir sur un monde dépourvu de métaux durs. Et c'est avec nos bras, nos jambes et nos entrailles que nous achetons ce pouvoir.

Mettez un bras dans l'Ambassadeur, et une demi-heure plus tard apparaît une barre de fer dans ce cube de lumière changeante. Mettez-y des organes sexuels vivants congelés, et cinq barres viendront les remplacer. Alors une tête entière ? Qui sait ?

À ce rythme, combien de bras, de jambes, d'yeux et de foies devrons-nous livrer avant de posséder assez de fer pour fabriquer un vaisseau spatial ?

Les murs m'oppressaient et je me sentais prisonnier sur Trahison, notre planète. Elle formait un rempart de pauvreté qui nous maintenait cloués au sol, qui nous tenait loin du monde extérieur et faisait de nous des prisonniers aussi sûrement que les êtres de l'enclos. Et, comme eux, nous vivions sous un œil vigilant, chaque famille en folle concurrence avec les autres afin de produire quelque chose, n'importe quoi, que le monde extérieur achèterait et nous paierait en métaux précieux tels que le fer, l'aluminium, le cuivre, l'étain et le zinc.

Nous, les Mueller, avions été les premiers. Les Nkumaï étaient peut-être les deuxièmes. Nous nous affronterions pour la suprématie, tôt ou tard. Et quel que soit le vainqueur, le butin de son succès à la Pyrrhus serait quelques tonnes de fer. Pouvait-on fonder une technologie là-dessus ?

Je dormis comme un prisonnier, attaché à mon lit par les immenses menottes de la gravité qui régnait sur notre pauvre planète prison. Condamné au désespoir par deux beaux seins ronds qui s'élevaient et s'abaissaient régulièrement. Je dormis.

Je m'éveillai dans l'obscurité de ma chambre, au son râpeux d'une respiration pénible. La mienne. Je paniquai soudain en sentant du liquide envahir mes poumons, et je me mis à tousser violemment. Je me jetai au bord du lit en toussant un liquide rouge par la gorge, à chaque fois dans une douleur exquise. Mes inspirations firent passer un air froid par ma gorge plutôt que ma bouche.

Je tâtai la blessure béante sous mon menton. On m'avait tranché le larynx, et je sentis veines et artères couvertes de tissu cicatriciel tandis qu'elles tentaient de se refermer, en continuant d'envoyer du sang vers mon cerveau à tout prix. La plaie s'ouvrait d'une oreille à l'autre. Mes poumons finirent par se vider du sang, et je restai allongé sur le lit en m'efforçant d'ignorer la douleur pendant que mon corps consacrait toute sa vigueur à refermer l'entaille.

Mais il n'y parviendrait pas assez vite, je m'en rendais compte. Celui (ou celle ? Ruva peut-être ?) qui avait si maladroitement tenté de me tuer reviendrait vérifier son travail, et il se montrerait moins négligent la prochaine fois. Je me levai donc sans attendre d'être guéri, alors que ma respiration toujours sifflante se faisait encore par la blessure ouverte de ma gorge. Au moins, l'hémorragie avait cessé, et si je me déplaçais prudemment, le tissu qui se reformait doucement depuis le bord de la plaie finirait par la refermer.

Je sortis dans le couloir, affaibli par la perte de sang. Personne. En revanche, les sacs que j'avais commandés étaient entassés devant ma chambre, attendant mon inspection. Je les traînai à l'intérieur. L'effort me fit saigner légèrement, et je me reposai donc un moment, le temps que les vaisseaux sanguins se réparent à nouveau. Puis j'entrepris de trier le contenu des sacs et réunis les objets essentiels dans un unique baluchon. Mon arc et ses flèches à pointe de verre furent les seuls biens que j'emportai de ma chambre. Portant mon sac, je traversai prudemment les couloirs et descendis les escaliers jusqu'à l'écurie.

En passant devant la guérite des sentinelles, je fus soulagé de constater que nul n'était là pour m'interpeller. Quelques pas plus loin, je compris ce que cela signifiait et fis volte-face tout en tirant ma dague.

Mais il ne s'agissait pas d'un ennemi. Saranna étouffa un cri en voyant ma blessure.

« Qu'est-ce qui t'est arrivé ? » s'écria-t-elle.

Je voulus répondre, mais mon corps n'avait pas encore reconstitué son larynx perdu, et je dus donc me contenter de secouer lentement la tête en plaçant un doigt sur ses lèvres pour la faire taire.

« J'ai entendu dire que tu partais, Lanik. Emmène-moi. »

Je lui tournai le dos et me dirigeai vers mes chevaux, ferrés de frais devant l'établi du maréchal. Leurs fers en bois résonnaient sur le sol de pierre à chaque mouvement. Je jetai mon sac sur le dos de Himmler et sellai Hitler, l'étalon, afin de le monter.

« Emmène-moi », supplia Saranna. Je me tournai vers elle. Même si j'avais pu parler, qu'aurais-je dit ? Je restai donc muet, me contentant de l'embrasser, puis, comme je devais m'en aller discrètement et que je ne pouvais pas espérer la persuader de me laisser partir seul, je lui assénai un coup violent derrière la tête avec le manche de ma dague. Elle s'écroula sans bruit dans le foin et la paille de l'écurie. Si elle n'avait pas été Mueller, le coup aurait bien pu la tuer. En l'occurrence, j'aurais de la chance si elle demeurait inconsciente cinq minutes.

Les chevaux se tinrent tranquilles le temps que je les sorte de l'étable, et il n'y eut pas d'autre incident sur le chemin de la grille. Le col relevé de ma cape dissimula la blessure de ma gorge quand je passai près des gardes. Je m'attendais plus ou moins à être arrêté là, mais non. Et je me demandai quelle grande différence cela faisait aux yeux de Dinte que je sois mort ou que je quitte Mueller. Dans les deux cas, je ne serais pas là pour comploter contre lui, et si je tentais jamais de revenir, je le savais, cent assassins m'attendraient à chaque recoin. Pourquoi s'était-il donné la peine d'essayer de me tuer ?

Tandis que je montais Hitler et guidais Himmler dans la pâle clarté de Dissidence, la lune rapide, je faillis en rire. Seul Dinte pouvait avoir si bien bâclé cette tentative d'assassinat. Mais au clair de la lune j'oubliai bientôt Dinte pour ne plus penser qu'à Saranna, pâle du sang perdu en pleurant sur moi, étendue sur le sol de l'écurie. Je lâchai les rênes et plongeai les mains dans ma tunique afin de toucher ma poitrine et ainsi me rappeler la sienne.

Puis la lune lente, Liberté, se leva à l'est, baignant la plaine d'une lumière vive. Je repris les rênes et pressai le train des chevaux, de sorte que le jour me découvre loin du château.

Nkumaï. Que trouverais-je là-bas ? Et cela m'importait-il vraiment ?

Mais j'étais le fils obéissant d'Ensel Mueller. J'irais, je verrais, pour que Mueller, avec un peu de chance, puisse vaincre.

Derrière moi, je vis les lumières s'allumer dans le château. Des torches couraient le long des murs. On avait découvert mon départ. Je ne pouvais pas compter sur Dinte pour avoir l'intelligence, même maintenant, de comprendre qu'il était inutile de me tuer. J'enfonçai les talons dans les flancs d'Hitler. Il partit au galop, et je m'accrochai aux rênes d'une main tout en m'efforçant, de l'autre, d'amortir la douleur liée à la foulée brutale de ma monture, dont chaque pas secouait ma poitrine, jusqu'à ce que je me rende compte que celle-ci n'était pas douloureuse. Pas plus que ma blessure à la gorge. Ma souffrance était ancrée plus profondément dans ma poitrine et au fond de ma gorge, et je pleurai en me hâtant vers l'orient – non pas vers la grand-route, comme ils le supposeraient sûrement, connaissant ma mission ; non pas vers les ennemis alentour qui recueilleraient avec joie un instrument potentiel dans leur lutte contre l'impérialisme de Mueller. Je me dirigeai vers l'est, vers la forêt de Ku Kuei, où nul n'allait jamais, où nul ne songerait donc à venir me chercher.

2

ALLISON

LA PLAINE AGRICOLE se fractionna en petits canyons et plateaux herbeux, et les moutons devinrent plus nombreux que les hommes. Liberté était encore basse à l'ouest, et le soleil avait déjà bien entamé la matinée. J'avais chaud.

J'étais aussi pris au piège. Même si je ne voyais personne sur la piste derrière moi, je savais où se trouvaient mes poursuivants, s'il y en avait (or je devais partir du principe que c'était le cas) : au sud et à l'ouest de ma position, surveillant les frontières avec Wong, ainsi qu'au nord, à patrouiller notre longue frontière hostile avec Epson. À l'est uniquement, il n'y avait pas de gardes, car on n'en avait pas besoin.

Les plateaux se transformèrent en falaises et chaînes montagneuses, et je suivis la piste vers l'est avec prudence. Les pas de centaines de milliers de moutons avaient creusé ces chemins, et celui-ci était assez facile à suivre. Mais il se rétrécissait parfois entre une façade rocheuse à gauche et un précipice à droite et, en ces occasions, je démontais et menais Hitler tandis qu'Himmler suivait, docile.

À midi, j'atteignis une maison.

Une femme se tenait à la porte, une lance à pointe de pierre à la main. Elle était d'âge mûr, les seins tombants mais encore pleins, les hanches larges, le ventre rebondi. Une flamme brillait dans ses yeux.

« Descends du cheval et va-t'en loin de chez moi, maudit ! » s'écria-t-elle.

Je mis pied à terre, bien que sa lance ridicule ne me parût pas une menace. J'espérais la convaincre de me laisser me reposer. Mes jambes et mon dos étaient endoloris d'avoir chevauché.

« Bonne dame, dis-je de ma voix la plus douce et inoffensive, tu n'as rien à craindre de moi. »

Elle continuait de pointer la lance vers mon cœur.

« La moitié des habitants de ces montagnes se sont fait voler ces derniers temps, et v'là d'un coup que la troupe rameute tous ses archers au nord ou au sud après le fils du roi. J'peux pas savoir si t'as pas d'arme et l'intention de voler. »

Je fis tomber ma cape et écartai grand les bras. La cicatrice sur mon cou, à ce stade, ne devait plus être qu'une ligne blanche qui disparaîtrait d'ici minuit. Lorsque j'ouvris les bras, ma poitrine se souleva sous ma tunique. Elle écarquilla les yeux.

« J'ai tout ce dont j'ai besoin, dis-je, à l'exception d'un lit où me reposer et de vêtements décents. M'aideras-tu ? »

Elle dévia la pointe de sa lance et s'approcha en traînant les pieds. Soudain, sa main s'élança et serra mon sein. Je poussai une exclamation de surprise et de douleur.

Elle se mit à rire. « Pourquoi que tu viens chez les honnêtes gens mal déguisée comme ça ? Entre, ma dame, j'ai une paillasse pour toi si t'en veux. »

J'en voulais. Mais bien que ma transformation ait trompé cette femme et me vaille donc un lit, j'en concevais encore une grande honte. J'étais un loup qu'on laissait entrer parce qu'on le prenait pour un gentil chien.

La maison était plus grande qu'elle ne le paraissait de l'extérieur. Puis je me rendis compte qu'elle était bâtie à l'entrée d'une caverne. Je touchai le mur de roche.

« Oui, ma dame, la caverne garde la maison au frais tout l'été, pis elle arrête très bien l'vent en hiver.

— J'imagine, fis-je en prenant délibérément une voix plus aiguë et douce. Pourquoi pourchasse-t-on le fils du roi ?

— *Ach*, petiote, le fils du roi a sûrement fait grand mal. La nouvelle est arrivée comme l'vent tôt ce matin ; ça doit mobiliser toutes les troupes du pays. »

J'étais stupéfait que Père laisse Dinte me poursuivre si longtemps et assez ouvertement pour que les soldats se disent après le fils du roi. « Ils ne craignent pas qu'il vienne par ici ? »

Elle me jeta un coup d'œil. Je me demandai brièvement si elle avait deviné qui j'étais, mais elle dit : « J'ai cru un instant que tu te moquais. Tu ne sais pas qu'à trois kilomètres commence la forêt de Ku Kuei ? »

Si près. Je feignis l'ignorance. « Et qu'est-ce que ça signifie ? »

Elle secoua la tête. « On dit que ni homme ni femme qui entre dans cette forêt n'en ressort jamais vivant.

— Et j'imagine qu'ils sont tout aussi rares à en ressortir morts.

— Ils n'en reviennent pas du tout, ma dame. Sers-toi une louche de soupe. Elle sent le crottin mais c'est du vrai mouton. J'ai tué une brebis la semaine passée, et depuis ça mijote. »

La soupe était bonne et relevée. Elle sentait toutefois bel et bien le crottin. Après quelques gorgées, je me sentais prêt à dormir et sortis de table pour gagner la couche qu'elle me désignait dans un coin.

Je me réveillai dans le noir. Un feu couvait dans l'âtre, et je vis la silhouette d'une femme aller et venir. Elle fredonnait tout bas une mélodie aussi belle et monotone que la mer.

« Cet air a-t-il des paroles ? » demandai-je.

Elle ne m'entendit pas, et je replongeai dans le sommeil. À mon réveil suivant, une chandelle m'éclairait le visage, et la vieille femme m'observait attentivement. J'ouvris grand les yeux, et elle recula, un peu gênée. Je me rendis compte sous l'effet du froid nocturne que ma tunique était ouverte, mes seins nus, et je me couvris.

« Navrée, petite dame, dit la femme, mais un soldat est passé, pour sûr. Il cherchait un jeune gars de seize ans, un Lanik. Je lui ai répondu qu'il n'en était pas venu par ici, et qu'il n'y avait là que ma fille et moi. Et comme tes cheveux sont taillés très courts, ma dame, j'ai dû lui prouver que t'étais une fille, pas vrai ? Alors j'ai ouvert ta tunique. »

J'acquiesçai lentement.

« Je me suis dit que tu ne voudrais peut-être pas que le soldat connaisse ton histoire, ma dame. Tiens, autre nouvelle. J'ai dû libérer tes chevaux. »

Je me redressai aussitôt. « Mes chevaux ? Où sont-ils ?

— Le soldat les a trouvés en bas de la route, loin d'ici, sans chargement. J'ai caché tes affaires sous mon lit.

— Pourquoi donc, femme ? Comment vais-je voyager, maintenant ? » Je me sentais trahi, bien qu'elle m'eût sans doute sauvé la vie.

« Tu n'as donc pas de jambes ? Et je crois que t'auras guère envie d'aller loin là où on passe à cheval.

— Et où crois-tu que j'aille ? »

Elle sourit. « *Ach*, tu as un visage charmant, ma dame. Assez joli pour être fille ou garçon, et jeune et pâle, comme un enfant de roi. Heureuse la femme qui t'aurait pour fille, ou l'homme qui t'aurait pour fils. »

Je ne dis plus rien.

« Je crois, reprit-elle, qu'il n'y a pas d'autre lieu pour toi dorénavant que la forêt de Ku Kuei. »

Je me mis à rire : « Pour y entrer sans jamais ressortir ?

— Ça, répondit-elle dans un sourire, c'est ce qu'on raconte aux étrangers et à ceux des plaines. Mais nous, on sait qu'un homme peut s'y enfoncer de plusieurs lieues en ramassant racines, baies et autres fruits et en sortir sauf. Pour sûr, il s'en passe de drôles là-bas, et les sages contournent le bois. »

J'étais désormais bien réveillé. « Comment as-tu deviné qui j'étais ?

— Tu es royal dans tes mouvements et tes paroles, gamin. Ou gamine. Lequel est-ce ? Je m'en fiche. Je sais juste que j'aime guère les hommes de la plaine qui se prennent pour des dieux et croient régner sur tout le peuple mueller. Si tu fuis le roi, tu as ma bénédiction et mon secours. »

Je ne m'étais jamais douté que des citoyens de Mueller nourrissaient de tels sentiments envers mon père. Cela m'était utile aujourd'hui, mais je me demandais comment je prendrais son attitude si j'étais encore l'héritier du trône.

« Je t'ai préparé un sac assez facile à porter, dit-elle. J'y ai mis à boire et à manger, en espérant que tu aimes le mouton froid. »

J'aimais mieux ça que mourir de faim.

« Ne mange pas de baies blanches qui poussent sur des buissons à feuilles de chêne dans la forêt, tu tomberais mort dans la minute. Ne touche surtout pas à un fruit bombé et ridé, et prends garde à ne pas marcher sur des moisissures jaunâtres, tu mettrais des années à t'en débarrasser.

— Je ne sais même pas encore si je vais entrer dans la forêt.

— Et où irais-tu, sinon ? »

Je me levai et me dirigeai vers la porte. Dissidence était haute et assombrie par des bancs de nuages qui la masquaient en partie. Liberté n'était pas encore levée.

« Sous quel délai dois-je partir ?

— Dès l'apparition de Liberté. Je te mènerai à pied jusqu'à l'orée de la forêt, et tu y resteras en attendant le lever du soleil. Puis tu t'engageras sous les arbres, en visant l'est et un tiers au sud, jusqu'à atteindre un lac. Ensuite, on dit que le vrai chemin de la sécurité part plein sud et mène à Jones. Ne suis pas les sentiers. Ne suis aucune silhouette humaine. Et ne te soucie pas du jour et de la nuit. »

Elle sortit des vêtements de femme d'un coffre et me les montra. Ils étaient assez vieux et miteux, mais pudiques, dignes d'une vierge.

« Ils sont à moi, dit-elle, mais je m'demande s'ils ont vraiment un jour convenu à ma vieille carcasse qui s'est gonflée de graisse ces dix dernières années. » Elle éclata de rire et les plaça dans mon sac.

Liberté se leva, et elle me fit passer la porte et emprunter un sentier peu fréquenté qui, de sa maison, partait vers l'est. Elle discuta en chemin.

« Pourquoi a-t-on besoin de troupes tout court, je te le demande. Les soldats brandissent un bout de métal dur, le trempent dans le sang d'un autre, et après ? Est-ce que ça change le monde ? Est-ce que les hommes s'envolent aujourd'hui vers le monde extérieur ? Nous autres, sur Trahison, est-ce qu'on est libérés par tous ces bains de sang ? Je crois qu'on est comme des chiens qui s'entre-tuent pour un os, et que reste-t-il au vainqueur ? Un os, rien que ça. Et aucun espoir d'autres par la suite. Il n'y a que cet os-là. »

Une flèche jaillit alors de l'obscurité pour s'enfoncer dans sa gorge, et elle tomba morte devant moi.

Deux soldats s'avancèrent dans le clair de lune, prêts à décocher leurs traits. Je plongeai au moment même où l'un tirait. Il me manqua. Le second me frappa à l'épaule.

Mais mon sac était désormais au sol, et je fichai ma dague dans le cœur du premier puis renversai l'autre d'un coup de pied. Il existait des techniques de combat qu'on n'enseignait jamais aux troupes.

Lorsqu'ils furent tous deux immobiles, je leur tranchai la tête de sorte qu'ils n'aient aucune chance de se régénérer et d'aller raconter ce qu'ils savaient. Je pris le meilleur de leurs deux arcs et toutes leurs flèches à pointe de verre, puis je revins vers la femme qui gisait. Je retirai la flèche de sa gorge et constatai qu'elle ne cicatrisait pas du tout. Elle appartenait donc à l'une des plus anciennes branches de la famille, trop pauvre pour se maintenir dans la chaîne du progrès génétique qui avait produit ces chefs-d'œuvre d'autoconservation qu'étaient la famille royale et ses troupes.

Et des monstres génétiques comme ceux qu'on gardait dans l'enclos. Comme moi.

J'accomplis en son honneur le rituel du chagrin et laissai le sang couler de ma main sur son visage. Puis je plaçai dans son poing la flèche qui m'avait frappé à l'épaule pour lui donner du pouvoir dans le monde suivant, même si je doutais pour ma part qu'une chose pareille existât.

Les sangles du sac irritaient mon épaule blessée et je souffrais beaucoup, mais on m'avait appris à supporter la douleur, et je savais que la plaie guérirait bientôt, comme celle de ma main. Je partis vers l'est en suivant le sentier et arrivai dans l'ombre des arbres noirs de Ku Kuei.

La forêt fut aussi soudaine qu'un orage : de la vive lumière de Liberté on plongeait dans l'obscurité totale. Les arbres paraissaient éternels dès l'orée, comme si cinq cents ans plus tôt (voire cinq mille, tant ils étaient imposants) un grand jardinier avait planté un verger pile comme il faut, en suivant précisément les contours de sa propriété.

Toutefois la forêt ressemblait déjà à cela trois mille ans plus tôt, quand les vaisseaux de la République (ce nom mensonger donné à la dictature puante des classes serviles, disaient les livres d'histoire) s'étaient débarrassés des grands rebelles et de leurs familles sur une planète inutile nommée Trahison, où ils resteraient en exil jusqu'à ce qu'ils aient assez de vaisseaux spatiaux pour la quitter. Des vaisseaux spatiaux, avaient-ils dit en riant, alors que l'argent était le métal le plus solide de la planète.

Du métal, nous ne pouvions qu'en acheter, et ce en leur vendant quelque chose qui les intéressait. Pendant des siècles, chaque famille avait placé des objets dans le cube brillant qu'était son Ambassadeur ; pendant des siècles, l'Ambassadeur les avait pris… avant de les leur rendre. Jusqu'à ce que nous découvrions par hasard le moyen de tirer profit du supplice des régénérants radicaux.

Pourtant, certaines familles n'avaient pas pris part à la ruée pour commercer avec nos geôliers. Les Schwartz restaient secrets, dans leur désert où nul ne s'aventurait. Les Ku Kuei vivaient quelque part dans les entrailles de leur sombre forêt, sans jamais la quitter ; jamais dérangés non plus par des étrangers qu'effrayaient les mystères de la forêt la plus impénétrable de ce monde. L'orée du bois avait toujours constitué la frontière orientale de Mueller, et c'est dans cette unique direction que mon père et son père n'avaient jamais tenté de conquête.

Le froid et le silence y régnaient. Pas un chant d'oiseau. Pas un insecte, alors que les fleurs ne manquaient pas en lisière. Puis le soleil se leva et je fis de même, m'enfonçant dans les profondeurs de la forêt, vers l'est et un tiers au sud.

Au début soufflait une brise matinale, mais elle mourut et les feuilles restèrent immobiles. Les oiseaux étaient rares et, quand j'en voyais, ils paraissaient assoupis sur les hautes branches, figés. Aucun petit animal ne se faufilait au sol et je me demandai si c'était là le secret de Ku Kuei : il n'y vivait que des plantes.

Je ne voyais pas le soleil. Je suivis donc ma direction en repérant les arbres qui formaient une ligne, corrigeant mon cap de temps à autre. À l'est et un tiers au sud, me répétais-je souvent en essayant de ne pas entendre ces mots de la voix de cette femme – pourquoi la pleurais-je alors que je ne la connaissais pas ?

Je marchai pendant des heures et des heures, me sembla-t-il, et pourtant ce n'était encore que le matin d'après l'incidence des rayons les plus vifs, que je supposais venir du soleil. Des sentiers couraient à droite et à gauche, mais j'écoutai encore la voix de la vieille femme dans mon souvenir, qui m'enjoignait de ne pas suivre les sentiers.

J'eus faim. Je mâchai du mouton. Je trouvai des baies et en mangeai, sauf les blanches.

Mes jambes furent enfin si lasses que je devins incapable de poser un pied devant l'autre, et pourtant il faisait encore jour. Je ne comprenais pas ma fatigue. Lors de ma formation, on m'avait souvent imposé des marches forcées du lever au coucher du soleil, jusqu'à ce que j'en sois capable sans peine. Y avait-il donc quelque chose dans l'air de la forêt, une drogue qui m'affaiblissait ? Ou la guérison de toutes mes blessures récentes m'avait-elle davantage éprouvé que je ne le pensais ?

Je l'ignorais. Je posai mon sac près d'un arbre et dormis sans me réveiller, longtemps, profondément.

Si longtemps qu'à mon réveil il faisait de nouveau jour. Je me levai donc et repris mon chemin.

Encore une journée de marche, puis la lassitude alors que le soleil était encore haut dans le ciel. Cette fois, je m'imposai de continuer, toujours plus loin, jusqu'à me transformer en machine. Je demeurais suffisamment alerte pour éviter les racines piégeuses, me frayer un passage dans les sous-bois les plus denses, passer les rochers, glisser prudemment sur les pentes de gorges et ravins puis remonter de l'autre côté, mais l'effort de rester éveillé me coûtait tant que je n'étais réellement conscient de rien de tout cela. Les obstacles étaient oubliés dès qu'ils sortaient de mon champ de vision. J'avais l'impression de marcher depuis des jours, et pourtant le soleil était encore haut.

Une telle lassitude en si peu de temps me fit d'abord craindre le pire, que le faisceau de symptômes typiques des régénérants radicaux incluent une forme de dystrophie générale – mais cela ne pouvait pas être le cas, car j'avais trouvé la force de poursuivre encore et encore, n'est-ce pas ? Je ne m'affaiblissais pas, car j'avais sûrement couvert un peu de terrain au moins. Mais peut-être les rads étaient-ils victimes de soudaines envies de dormir incontrôlables. Pourtant je contrôlais la mienne, non ? Et les rads de l'enclos, même s'ils se mouvaient avec la langueur du désespoir, ne paraissaient pas dormir plus souvent que les autres hommes – du moins personne ne le disait-il jamais.

Puis j'eus une idée qui me réconforta un peu : le phénomène étrange que je subissais n'était peut-être pas le produit de ma condition physique mais plutôt un effet de la mystérieuse forêt de Ku Kuei. N'était-il pas possible que cette forêt produise une substance quelconque, source de fatigue ? Ou peut-être d'une illusion de fatigue. Voire tout un éventail de drogues débilitantes répandues dans l'atmosphère, me poussant à désirer le sommeil avec le désespoir de celui qui rêve d'eau après trois jours sans boire.

Cela expliquerait pourquoi Ku Kuei était devenu un lieu si craint et haï. Imaginez qu'un homme s'y aventure et que sa notion du temps se déforme au point qu'il croit s'être enfoncé de plusieurs kilomètres en seulement quelques minutes. Vaincu par la fatigue, il pourrait dormir vingt-quatre heures puis se relever, faire encore quelques pas et s'effondrer, persuadé d'avoir marché la journée durant. En peu de temps, l'effet cumulé de toutes ces substances pouvait devenir fatal, soit directement en empoisonnant la victime, soit indirectement en la plongeant dans le sommeil jusqu'à ce qu'elle meure déshydratée.

Pas étonnant qu'il y ait si peu d'animaux sauvages dans le coin. Peut-être quelques oiseaux qui s'étaient acclimatés au poison atmosphérique, quelques insectes au cerveau trop petit pour en être affecté. Mais cela expliquerait pourquoi on n'avait plus entendu parler de la famille Ku Kuei dès les premières heures suivant son entrée dans ce bois, trois mille ans plus tôt.

Et voilà que je me retrouvais pris au piège des mêmes défenses naturelles de cette forêt, et tout aussi mal parti pour gagner ma liberté. On m'avait donc bien condamné à la peine de mort, en fin de compte, et non à l'exil. Ma chair serait consommée par les bactéries et les petits insectes du sol de la forêt ; mes os blanchiraient et s'effriteraient dans quelques décennies ; je deviendrais alors partie intégrante de cette planète que nous appelions Trahison, y apportant le seul métal que ce sol renfermerait jamais, le métal de l'âme humaine. Celui de la mienne était-il malléable ? Ou formerais-je une zone dure dans l'humus de la forêt ? Les racines puiseraient-elles en moi un métal qui rendrait vigoureux les troncs massifs ?

Telles étaient mes pensées tandis que je luttais pour rester éveillé. Pendant un temps, je crois même avoir rêvé tout en marchant, m'imaginant un arbre parmi des milliers qui s'élançaient pour combattre les dangereux soldats noirs de Nkumaï. Et ma folie était telle que je me vis même agiter de vastes branches pour balayer les combattants de Mueller puis les réduire en poudre sous mes racines irrésistibles.

Je revins à moi et réfléchis plus sérieusement – bien qu'avec autant de folie, peut-être – à ce que cette forêt empoisonnée signifiait. Je me rendis alors compte qu'en trois mille ans de vie sur ce monde nous tous, les Mueller, n'avions jamais songé qu'à la façon de le quitter, de gagner des quantités de fer telles que nous pourrions un jour construire un vaisseau spatial et nous en échapper. D'autres familles avaient consacré tous leurs efforts à convaincre leur Ambassadeur qu'elles se repentaient de la rébellion de leurs ancêtres et souhaitaient être rappelées de leur exil – après tout, avaient-elles expliqué dans des milliers de missives, nous ne sommes que la quatre-vingtième génération d'arrière-petits-enfants de ceux qui menacèrent autrefois votre belle République. Toutes ces lettres enjôleuses leur étaient renvoyées déchirées. Quel qu'il soit, celui qui se trouvait à l'autre extrémité de l'Ambassadeur et le contrôlait n'avait pas appris à pardonner en trois mille ans. Ce qui me poussait à me demander si, peut-être, les crimes de nos ancêtres n'étaient pas beaucoup plus affreux qu'ils ne le prétendaient. Après tout, les seuls récits historiques en notre possession présentaient leur version des événements. Et, selon celle-ci, ils étaient parfaitement innocents. Mais les criminels les plus monstrueux ne sont-ils pas tous innocents à leurs propres yeux ? Leurs victimes ne méritent-elles pas toutes de mourir, au moins dans leur esprit ?

Pourquoi, toutes ces années durant, avions-nous gardé les yeux braqués sur les étoiles, à espérer nous échapper de ce monde, de sorte que nous n'avions presque rien appris de ses secrets ? Avant notre arrivée, il n'avait été étudié que pour en tirer deux conclusions. Tout d'abord, il était habitable : si petite fût-elle, Trahison était assez massive pour produire une gravité équivalente au tiers de celle du monde où les humains avaient évolué. Nous serions donc forts, nous pourrions traverser les prairies et les forêts d'arbres géants en bondissant, et les éléments chimiques basiques de la vie étaient assez proches des nôtres pour que, même si nous ne pouvions pas nous nourrir de la faune locale, nos animaux et nous-mêmes puissions manger les plantes aborigènes. De sorte que nous envoyer ici était véritablement un exil et non la peine capitale. Deuxièmement, il y avait si peu de minerai près de la surface planétaire qu'il ne valait même pas la peine d'essayer de l'extraire. Ce monde n'avait aucune valeur. Il ne contenait pas les matériaux dont nous pourrions nous servir pour bâtir une échelle vers les étoiles.

Mais n'avait-il réellement aucune valeur pour la seule raison qu'il ne nous permettait pas de construire de vaisseaux spatiaux ? Ce monde était l'un des rares à avoir donné naissance à la vie. Comprenions-nous seulement pourquoi la vie s'y était développée ? Suffisait-il vraiment de savoir que nous pouvions en consommer la flore ? N'étions-nous pas curieux des différences entre les formes de vie aborigènes et notre propre chimie ? Nous en avions appris assez sur nous-mêmes pour créer des monstres comme moi, mais pas assez sur ce monde pour dire en vérité que nous vivions là. Pourtant, à la frontière orientale de Mueller existait une région où les arbres eux-mêmes en savaient assez sur nous pour faire mourir de sommeil dans leur ombre le voyageur isolé.

Toutes ces réflexions ne menaient qu'à une conclusion : ma mort était certaine. Néanmoins, elles m'emplissaient d'un étrange enthousiasme – l'envie de vivre assez longtemps pour en apprendre davantage sur ce monde. J'avais eu une grande révélation : il existait une autre voie vers la liberté que le fer accordé par les Ambassadeurs. On nous avait donné une planète entière, pas vrai ? Pouvions-nous être libres en cessant de lever les yeux vers le ciel et de nous presser contre le mur de notre prison, la gravité, pour nous tourner vers la terre et découvrir ce que nous avions sous les pieds, ou observer autour de nous les formes de vie aborigènes et en tirer de la sagesse ?

C'est cet enthousiasme qui me poussa en avant. Je me demandai même un moment si, dans les instants précédant mon trépas, les plantes s'adresseraient à moi – non pas qu'elles trouvent une voix, bien sûr, mais que leurs poisons provoquent une vision révélatrice de ce que ce monde nous réservait à nous, les intrus, les étrangers. Désormais, tandis que je prenais appui sur les troncs en trébuchant au milieu du bois, je demandais en silence aux arbres de me parler. Tuez-moi si vous le devez, mais ne me laissez pas mourir sans savoir qui m'a vaincu.

Jusqu'à ce que, finalement, je ne parvienne plus à faire un pas. Mes jambes cédèrent sous mon poids alors que l'après-midi commençait seulement, si j'avais bien deviné la position du soleil. En m'effondrant à genoux, j'aperçus un reflet bleu vif devant moi : j'étais enfin parvenu au lac.

Il n'était pas large au point de m'empêcher d'en distinguer l'autre rive, lointaine et floue à cause de la vapeur qui s'élevait, invisible, de sa surface, mais assez long pour que je n'en voie pas l'extrémité, ni au nord ni au sud. Le soleil éblouissant se reflétait sur l'eau. Et, oui, il ne pouvait être plus de deux heures de l'après-midi.

Je m'allongeai près de l'eau et dormis, pour me réveiller le lendemain à ce qui me parut être la même heure exactement.

J'étais affligé, mais je reprenais aussi espoir. Car j'avais bel et bien dormi, c'était certain. Malgré mes muscles endoloris et mes jambes flageolantes, j'étais de nouveau capable de marcher, j'avais retrouvé une vigueur qui ne pouvait signifier qu'une chose : j'avais eu, sinon tout le repos dont j'avais besoin, du moins assez de sommeil pour reprendre mon chemin. Par-dessus tout, j'étais éveillé. Les poisons présents dans l'air ne m'avaient pas condamné à mourir sur place dans mon sommeil.

Peut-être seulement parce que je m'étais dégagé des arbres et m'étais effondré là, où l'étendue d'eau purifiait l'atmosphère. J'avais l'impression d'avoir remporté une petite victoire en atteignant ces lieux. Je repensai à la carte de Trahison que je gardais toujours en tête – un vieux reste de mes années d'école, la carte de ce monde remontant aux premières études orbitales, lorsque nos ancêtres étaient arrivés. D'autres lacs s'étiraient vers l'est. S'il s'agissait bien là de celui situé au sud-ouest, alors en continuant plein est j'arriverais au plus grand des lacs et, en suivant sa rive méridionale puis une large rivière jusqu'au dernier lac, je parviendrais à proximité des frontières d'Allison.

La femme m'avait dit d'obliquer vers le sud à la pointe méridionale de ce lac-ci, je le savais. Mais Jones se tenait trop dans l'ombre de Mueller. Dinte pouvait y avoir des espions, et Père n'en manquerait pas – or il était toujours possible qu'il ait changé d'avis et décidé que je devais mourir pour le bien de Mueller.

Ma meilleure chance, maintenant que j'avais prouvé ma capacité à vaincre la menace de Ku Kuei, consistait à partir à l'est et me frayer un passage sur le domaine Allison, juste à l'ouest de Nkumaï. Là, je pourrais accomplir la mission dont Père m'avait chargé et, ayant prouvé ma loyauté, gagner peut-être le droit de rentrer à la maison ou au moins de vivre sans craindre qu'un agent de Mueller vienne éliminer une menace pour le gouvernement.

Je pris la direction de l'est, vers Nkumaï, vers le soleil levant – enfin, façon de parler, puisqu'il ne bougeait désormais plus dans le ciel. Mon voyage ne changea en rien. La même confusion, le même épuisement – car à chaque étape j'avais l'impression de couvrir tellement de chemin que, d'après la carte que je gardais en tête, cela aurait dû me prendre deux jours pleins d'une marche vigoureuse et non les quelques heures qui semblaient s'écouler d'après le soleil. J'inventai des dizaines de nouvelles explications ou de précisions aux anciennes. Je me fatiguai d'essayer de comprendre et laissai des visions imaginaires de Saranna me pousser en avant, me rappelant sa loyauté démente envers moi alors que tout espoir était perdu de vivre ensemble désormais. Finalement, seules des idées de meurtre purent me porter pour traverser la dernière portion de la forêt sans eau pour purifier l'air empoisonné : je rêvai de tuer Dinte puis, honteux de tels sentiments envers mon propre frère, je m'imaginai tuant l'étron. Je rêvai qu'une fois porté le coup fatal l'emprise de sa magie se relâcherait et qu'elle serait révélée pour ce qu'elle était : une énorme limace qui se déplaçait lentement sur les dalles du château en laissant derrière elle une épaisse traînée de bave étincelante, de pus et d'ichor.

Je mangeai les baies que je trouvais – mon sac était vide depuis longtemps. Moi qui avais toujours été musculeux, je devins maigre, et mes appas féminins, que le régime confortable de Mueller avait faits pleins et ronds, étaient désormais petits et fermes comme tout mon être. Savoir qu'ils devaient réagir aux mêmes exigences que celles imposées au reste de mon corps les rendait bizarrement plus faciles à supporter. De maigres rations et des efforts soutenus les affectaient tout autant. Ils faisaient partie de moi. Ils étaient peut-être mal venus à leur apparition, mais leur présence ne me paraissait plus étrange.

Je finis enfin par atteindre de grands arbres élancés à l'écorce grise qui me révélèrent que j'approchais du but.

… Allison aux arbres blancs,
d'aube et de lumière parmi les feuilles

Avec le passage d'une forêt à l'autre, les poisons cessèrent aussitôt d'opérer sur moi. Je demeurais las – comme on est en droit de l'être après avoir couvert un millier de kilomètres en une douzaine d'étapes terriblement longues là où il aurait fallu vingt jours de trajet à un soldat marchant d'un bon pas en terrain dégagé. Je sus alors, quoi qu'il soit arrivé au trajet du soleil dans le ciel, que j'avais certainement parcouru la distance que je pensais et que mes efforts avaient été aussi extrêmes que je l'avais imaginé. D'ailleurs, si je retournais un jour à Mueller et redevenais par miracle une personne aux yeux de la famille, la chanson qu'on composerait en mon honneur inclurait sûrement ce voyage extraordinaire à travers la forêt empoisonnée de Ku Kuei, où j'avais couvert en quelques jours seulement d'après le passage du soleil, en une douzaine d'étapes, ce qui aurait dû prendre vingt jours en terrain dégagé à un homme bien approvisionné et le double à une armée entière. Si jamais on écrivait une chanson sur mes exploits, ce voyage en serait l'envoi. C'est ce que je pensais alors, en sachant si peu.

La folie du voyage était maintenant passée, de toute façon. Le soleil parcourait normalement le ciel, à son rythme habituel, et j'étais enfin capable de marcher jusqu'au soir.

Dans la matinée, une route. Je retournai entre les arbres et enfilai les vêtements de jeune fille que la femme des montagnes m'avait donnés. Je comptai ma fortune : vingt-deux anneaux d'or, huit de platine et, en cas de grand besoin, deux de fer. Plus une dague dans mon sac.

J'hésitais quant à la conduite à tenir désormais. Aux dernières nouvelles entendues à Mueller, Nkumaï attaquait Allison. Les Noirs l'avaient-ils emporté ? La guerre faisait-elle encore rage ?

Je m'engageai sur la route et marchai vers l'est.

« Hé, ma petite dame », lança une voix douce mais pénétrante dans mon dos.

Je me retournai et découvris deux hommes. Plus costauds que moi – je n'avais toujours pas mon poids adulte, tout en ayant atteint pas loin de ma taille définitive depuis mes quinze ans. Ils avaient l'air rudes, mais leurs vêtements ressemblaient à des vestiges d'uniforme.

« Des soldats d'Allison, à ce que je vois », répondis-je en m'efforçant de paraître heureux de les voir.

Celui dont la tête était bandée m'adressa un sourire malsain : « Ouais, si jamais Allison existe encore, avec ces Noirs inkés libres de commander. »

Les Nkumaï avaient donc gagné, ou peu s'en fallait.

Le plus petit, qui ne quittait pas mes seins des yeux, ajouta d'une voix qui paraissait rouillée, comme d'avoir trop peu servi : « Veux-tu voyager avec deux vieux soldats ? »

Je souris. Grave erreur. Ils m'avaient à moitié déshabillé avant de se rendre compte que je savais me servir de ma dague et que je ne plaisantais pas. Le petit réussit à s'échapper, mais à la façon dont sa jambe saignait, je savais qu'il n'irait pas bien loin. Le grand était allongé sur le dos au milieu de la route, les yeux révulsés comme pour dire : « Après tout ce que j'ai enduré, fallait que je meure comme ça ! » Je lui fermai les yeux.

Ils venaient de m'offrir mon billet d'entrée dans la première ville.

« Par la jarretière de la mère d'Andy Apwit, petite femme, tu m'as l'air à demi morte.

— Oh non, répondis-je à l'aubergiste. À demi violée tout au plus. »

Tandis qu'il me passait une couverture sur les épaules et m'emmenait à l'étage, il me dit en gloussant : « On peut être à demi mort, mais, pour le viol, c'est tout ou rien, ma jeune dame.

— Dites-le donc à mes bleus », répondis-je.

La chambre dans laquelle il me fit entrer était petite et modeste, mais je doutais qu'il y eût beaucoup mieux dans cette ville. Il me lava les pieds avant de partir – une coutume insolite

– et se montra si doux que cela me chatouilla terriblement, mais je me sentais beaucoup mieux quand il eut terminé. Une coutume dont nous pourrions encourager l'adoption par les classes inférieures de Mueller, songeai-je à l'époque. Puis j'imaginai Ruva en train de laver des pieds et j'éclatai de rire.

« Qu'y a-t-il de si drôle ? demanda-t-il, l'air contrarié.

— Rien. Je viens de loin, et nous n'avons pas de coutumes aussi gracieuses que de laver les pieds des voyageurs.

— Sûr que je ne le ferais pas pour tout le monde. D'où viens-tu, ma petite dame ? »

Je souris. « Je ne suis pas certaine de la procédure diplomatique à adopter. Disons que je viens d'un pays où les femmes n'ont pas l'habitude d'être attaquées sur les routes – mais pas non plus celle de faire l'objet de tant d'attentions de la part d'un étranger. »

Il baissa humblement les yeux. « Comme disent les écritures, "Offre au pauvre réconfort et propreté, et prends-en plus grand soin que du riche." Je ne fais que mon devoir, ma petite dame.

— Mais je ne suis pas pauvre », répondis-je. Il se redressa brutalement, et je m'empressai de le rassurer : « Dans mon pays, j'ai une maison qui compte deux pièces. »

Il eut un sourire condescendant. « Eh bien, une femme de ton pays peut bien y voir du confort. » Quand il sortit, je fus rassuré de constater que je pouvais barrer la porte.

Le lendemain matin, j'eus droit à la part du pauvre au petit-déjeuner – plus copieuse que celle de quiconque dans la famille. L'aubergiste, sa femme et ses deux fils, tous deux beaucoup plus jeunes que moi, me pressèrent de ne pas voyager seul.

« Emmène un de mes gars. Je ne voudrais pas que tu te perdes.

— Il ne sera pas difficile de trouver la capitale en partant d'ici ? »

L'aubergiste me lança un regard noir. « Te moques-tu ? »

Je haussai les épaules en prenant l'air innocent. « En quoi cette question serait-elle une moquerie ? »

La femme calma son mari. « C'est une étrangère, et on ne lui a manifestement pas enseigné la Voie.

— Par chez nous, on ne va pas à la capitale, m'informa obligeamment un garçon. C'est une ville perdue aux yeux de Dieu, pour sûr, et nous nous tenons à distance des conduites vulgaires.

— J'en ferai donc autant.

— Et puis, ajouta le père, boudeur, la capitale est sûrement pleine d'Inkés. »

Je ne connaissais pas ce mot. Je lui en demandai le sens.

« Les fils noirs d'Andy Apwit, répondit-il. D'Inkumaï. »

Il devait vouloir dire Nkumaï. La victoire était donc revenue aux Noirs. Bah.

Je partis après le petit-déjeuner, mes vêtements joliment raccommodés par la femme de l'aubergiste. L'aîné des garçons m'accompagnait. Il s'appelait Sans-Peur. Pendant les deux premiers kilomètres, je l'interrogeai sur sa religion. J'en savais quelque chose sans jamais rencontrer personne qui y ajoutât foi, en dehors des rituels mortuaires et des cérémonies de mariage. Je fus surpris de tout ce que ses parents lui avaient enseigné comme véridique – pourtant il paraissait disposé à obéir, et je me dis qu'il y avait peut-être une place pour de pareilles croyances chez les classes serviles.

Nous arrivâmes enfin à un carrefour pourvu d'un poteau indicateur. « Bien, dis-je. C'est ici que je te renvoie à ton père.

— Tu n'iras pas à la capitale, n'est-ce pas ? demanda-t-il, craintif.

— Bien sûr que non », mentis-je. Puis je pris un anneau d'or dans mon sac. « Croyais-tu que la gentillesse de ton père resterait sans récompense ? » Je passai l'anneau à son doigt, et il écarquilla les yeux. Cela suffisait donc, en guise de paiement.

« Mais tu n'étais pas pauvre ?

— Je l'étais quand je suis arrivé, dis-je en m'efforçant de paraître mystique. Mais après les présents que ta famille m'a faits, je suis très riche en vérité. N'en dis rien à personne, et commande à ton père d'en faire autant. »

Le garçon écarquilla les yeux davantage. Puis il fit demi-tour et se précipita sur la route. J'avais réussi à faire bon usage de ses histoires, et j'avais grossi le nombre des anges qui paraissent pauvres à première vue mais rendent gloire en bénissant ou punissant selon la façon dont on les a traités. Homme, femme, puis ange. Transformation suivante, s'il vous plaît ?

« L'argent d'abord », dit l'homme derrière le comptoir.

Je lui montrai un anneau de platine, et il plissa soudain les yeux.

« Je jurerais que tu l'as volé !

— Alors tu commettrais un parjure, répliquai-je avec insolence. J'ai été attaquée par des violeurs sur l'une de vos belles routes, moi qui venais en émissaire. Mes gardes les ont taillés en pièces, mais ils ont péri ce faisant. Je dois poursuivre ma mission, et vêtue comme il sied à une femme de mon rang. »

Il se ravisa. « Je vous demande pardon, ma dame. » Il s'inclina. « Si je puis vous être d'assistance. »

Je me retins de rire. Et quand je quittai sa boutique, j'étais habillé à la mode criarde, étroite et peu couvrante que j'avais été étonné de découvrir sur les femmes en arrivant en ville.

« Un émissaire de quelle famille ? s'enquit-il à mon départ. Et auprès de qui ?

— De Loiseau, répondis-je, auprès de quiconque a autorité ici.

— Alors allez trouver le premier Inké venu. Parce que tous les Blancs sont des sans-grade ici, de nos jours, ma dame, et tous les Inkés d'Inkumaï croient faire la loi. »

Mes cheveux blond blanc attirèrent quelques regards dans la rue, mais je poursuivis mon chemin vers les écuries, m'efforçant d'ignorer les hommes qui m'observaient en imitant les manières hautaines des prostituées chic de Mueller devant les hommes trop pauvres pour s'offrir leurs services.

La boucle de mes transformations était bouclée. Homme, monstre, femme, ange et maintenant prostituée. Je me mis à rire. Plus rien ne pouvait me surprendre.

Je me séparai d'un anneau de platine contre lequel je n'obtins pas de monnaie, mais l'attelage que préparait le palefrenier m'appartenait désormais. La capitale d'Allison était encore assez éloignée de cette ville, et il me fallait arriver avec style.

Tonnerre de sabots ferrés de bois sur la route pavée. J'ouvris la porte de l'écurie et sortis. Une douzaine de chevaux descendaient la route au pas dans un vacarme assourdissant. Mais je ne prêtai pas attention aux chevaux : j'observai plutôt les cavaliers.

Ils étaient aussi grands que moi – plus grands, même, au moins deux mètres. Et beaucoup plus noirs que tous les Cramer que j'avais vus. Ils avaient le nez fin et non pas épaté comme ceux des Noirs que j'avais connus jusque-là. Et chacun d'eux portait une épée de fer et un bouclier clouté.

Même à Mueller, on n'équipait pas les simples soldats de fer avant l'heure de la bataille. Combien de métal possédaient donc les Nkumaï ?

Le palefrenier cracha.

« Sales Inkés », dit-il dans mon dos.

Mais je l'ignorai et m'avançai dans la rue en levant le bras pour les saluer. Les soldats nkumaï me virent.

Un quart d'heure plus tard, j'étais nu jusqu'à la taille et attaché à un poteau au beau milieu de la ville. La condition féminine était décidément très surfaite. Un feu flambait tout près, et un fer à marquer y rougeoyait déjà.

« Pas épaisse, celle-là », dit l'un des soldats. Il frottait son coude endolori. J'aurais pu lui briser l'os pour qu'il ne retrouve jamais l'usage de son bras. J'aurais pu plonger la main dans sa gorge de sorte qu'il s'écroule mort sans même avoir le temps de voir sa vie défiler devant lui. Mais cela aurait compromis mon déguisement. Alors que j'étais debout, torse nu, à attendre la torture, il m'apparut que mon déguisement ferait long feu si mes blessures commençaient à cicatriser sous leurs yeux.

« Reste calme, dit le capitaine de la troupe d'une voix douce et instruite. Tu savais que tu étais censée te faire enregistrer il y a trois semaines. Ça ne fera pas mal. »

Je lui lançai un regard assassin. « Détachez-moi de ce poteau ou vous le paierez de votre vie », lançai-je. J'avais du mal à garder une voix aiguë et féminine et à faire sonner ma menace comme une fanfaronnade alors qu'en réalité j'avais la certitude de pouvoir le tuer en trois secondes si je parvenais à libérer mes mains – trente si je restais attaché. « Je suis un émissaire de Loiseau, répétai-je pour la dixième fois depuis mon arrestation.

— Tu l'as déjà dit », répondit-il tranquillement avant de faire signe au soldat qui chauffait le fer à marquer.

Ils étaient trop calmes. Ils avaient l'intention de faire durer le spectacle un certain temps. Ma seule chance consistait à les pousser à la colère pour qu'ils m'abîment trop, trop vite. Peut-être le châtiment serait-il prompt, dès lors, et ils emmèneraient ce qu'ils prendraient pour un cadavre.

Je n'avais pas besoin de feindre la rage, bien sûr. Chez les Mueller, on ne marquait que le bétail. Même nos esclaves restaient indemnes. Quand un Nkumaï tout sourire approcha le fer rouge de mon ventre, je hurlai donc ma fureur – en espérant que ma voix paraisse à peu près féminine – et le frappai du pied à l'entrejambe avec une violence à castrer un taureau. Il beugla. Je remarquai au passage que le coup de pied avait déchiré ma jupe. Puis le capitaine m'asséna un coup sur la tête du plat de son épée et je m'évanouis.

Je me réveillai bientôt dans une pièce sombre dépourvue de fenêtres – rien qu'un petit trou dans le toit pour laisser passer la lumière et une lourde porte en bois. Ma tête ne me faisait pas trop souffrir, et je craignais d'être resté inconscient si longtemps que ma guérison rapide avait trahi la vérité. Mais non, cela n'avait duré que quelques minutes. Mon corps n'était encore qu'à moitié remis de la correction que les soldats avaient dû m'infliger après mon évanouissement.

C'étaient des troupes disciplinées. Même furieux, les soldats n'avaient pas tenté de me violer : j'étais encore vêtue comme plus tôt, nue jusqu'à la taille mais couverte par ailleurs. Je relevai promptement mon chemisier déchiré, toujours criard mais beaucoup moins somptueux. Il était si cintré que je n'avais aucune chance de pouvoir le refermer ou de faire passer un pan devant l'autre, mais toutes mes blessures se trouvaient dans le dos et la déchirure sur le devant ; il faisait donc l'affaire et me permettait de dissimuler mes ecchymoses à défaut de préserver ma pudeur.

On frappa timidement à la porte. « Je viens soigner vos blessures, madame, annonça une douce voix de jeune fille.

— Va-t'en ! Ne me touche pas ! »

Je m'efforçai de paraître inflexible, mais je passai sans doute simplement pour une hystérique. Que mon apprentie infirmière soit nkumaï ou allison ne changeait rien. Quand elle découvrirait des marques qui paraissaient dater de plusieurs jours au lieu de quelques minutes, je pouvais m'attendre au pire. Même au cas peu probable où les soldats n'auraient pas eu vent des capacités de régénération des Mueller, ils prendraient conscience d'une anomalie. Ils procéderaient à un examen complet, et même si je me castrais d'abord, ils se rendraient compte que mon anatomie était un tant soit peu confuse.

La fille parla de nouveau, et je lui ordonnai une fois encore de partir, en ajoutant cette fois que les femmes de Loiseau ne permettaient à aucun étranger, homme ou femme, de toucher leur sang. Là encore, j'improvisais des inepties culturelles pour satisfaire mes besoins présents, mais j'avais étudié les coutumes et rituels populaires en classe et approfondi la question davantage que le programme ne l'exigeait – assez pour avoir une idée approximative de ce qui pouvait être sacré ou tabou ailleurs. Le sang des femmes – essentiellement menstruel, mais pas uniquement – était davantage susceptible de faire l'objet d'un culte ou d'un tabou que le corps des défunts.

Par la vertu d'un tabou local authentique associé aux femmes et au sang ou bien de l'hystérie que trahissait ma voix, la fille s'en alla, et j'attendis de nouveau dans cette cellule étouffante. Mon dos me chatouillait, signe que mes blessures étaient désormais tout à fait guéries et cicatrisées. Je me mis à chercher le moyen de m'échapper sans passer par la porte, à tenter de me rappeler la disposition du village de l'autre côté du mur afin de pouvoir regagner la liberté au plus vite.

La porte s'ouvrit dans un grincement de ses lourds gonds en bois, et un homme noir vêtu d'une robe blanche entra. Il n'apportait pas d'onguents – j'avais donc manifestement fait passer mon message. Il me tendit une autre robe, bleu pâle.

« Je vous en prie, dit-il, venez. »

Je pris la robe. Il se retourna et sortit en fermant la porte.

Je quittai mes fripes indécentes à la mode d'Allison, passai la robe sur mon dos et mes épaules guéris de frais et la fermai sur le devant. Je me sentais plus en confiance désormais, moins vulnérable. J'ouvris la porte et sortis en clignant des yeux à cause de la lumière. L'homme en robe blanche se tenait à quelques pas.

« J'exige d'être libérée.

— Naturellement, répondit-il, et j'espère que vous poursuivrez votre voyage vers Nkumaï. »

Je ne fis aucun effort pour cacher que je doutais de la sincérité de son invitation.

« Je redoutais que vous le preniez ainsi, dit-il, mais je vous prie de pardonner à nos soldats ignorants. Nous tirons la plus grande fierté de notre savoir, chez les Nkumaï, mais nous en savons très peu sur les nations au-delà de nos frontières. Et les soldats encore beaucoup moins que nous, bien sûr.

— Nous ?

— Je suis professeur, dit-il. On m'a envoyé vous enjoindre de nous pardonner et de continuer votre chemin jusqu'à notre capitale. Quand le capitaine a demandé la permission de vous mettre à mort pour avoir mutilé l'un de nos soldats, il nous a rapporté que vous prétendiez être un émissaire de Loiseau. À ses yeux, l'idée qu'on envoie une femme en ambassade est absurde. Il vient des basses branches de l'arbre, où on ne reconnaît pas toujours le véritable potentiel des femmes. Mais je sais que Loiseau est gouverné par des femmes, très sagement à ce qu'on m'a dit, et j'ai tout de suite compris que votre récit devait être vrai. »

Il sourit et écarta les mains. « Je ne peux pas espérer défaire ce que notre officier, dans son ignorance, a fait. Nous l'avons évidemment dégradé, et les mains qui vous ont frappée ont été coupées. »

J'acquiesçai. C'était sans doute le moins qu'ils pouvaient faire sans avoir l'air de prendre l'affaire à la légère. Mais je savais que, moi aussi, j'avais causé quelques dégâts. « L'homme que j'ai frappé, dis-je. Je crois qu'il a été suffisamment puni. »

Il haussa un sourcil. « Il n'était pas de cet avis. Comprenez bien : être castré d'un seul coup de pied asséné par une femme attachée, il ne supportait pas de vivre avec cette honte sur son nom. »

J'acquiesçai de nouveau, comme si je comprenais parfaitement.

« Et maintenant, dit-il, permettez-moi de vous escorter jusqu'à Nkumaï, où votre ambassade peut encore être reçue.

— Je me demande si notre désir de faire alliance avec Nkumaï était sage, en fin de compte. Nous avions entendu parler de vous comme d'un peuple civilisé. »

Il parut quelques instants peiné puis m'adressa un sourire impuissant. « Ce n'est pas le cas, répondit-il. Nous ne sommes pas encore civilisés. Mais, au moins, nous essayons, et bien des peuples de l'Est ne peuvent pas en dire autant. À l'Ouest, je n'en doute pas, les choses sont différentes. »

À ce stade, je pense que j'aurais encore pu reculer, quitter Allison sans davantage m'impliquer auprès des Nkumaï, et de là disparaître de Trahison, du moins en ce qui concernait Mueller. Mais, quoi qu'il arrive, j'étais toujours déterminé à accomplir ma mission et à découvrir ce qu'ils vendaient à leur Ambassadeur pour en tirer du fer en plus grande quantité que nos organes n'en rapportaient à Mueller. Je prononçai donc les mots qui rouvriraient la possibilité d'une négociation.

« Il y a des barbares dans toutes les régions du monde, et peut-être en des temps troublés faut-il s'attirer l'amitié de ceux qui veulent se civiliser afin de se protéger de ceux qui méprisent le raffinement de la loi et de la politesse.

— Alors il sera bon pour vous de converser avec ceux qui détiennent le pouvoir à Nkumaï », dit-il.

Je hochai doucement la tête puis acceptai son invitation. Mais lorsque nous montâmes dans sa voiture et prîmes la direction de l'est, vers Nkumaï, j'eus le sentiment désagréable d'être pris dans un tourbillon et de m'y être enfoncé si loin déjà qu'il m'entraînait vers le fond. Je ne pouvais plus reculer dorénavant.

Nous changions de chevaux tous les jours et progressions rapidement, mais nous fîmes plus de douze arrêts en chemin pour dormir. Mon guide me désignait des curiosités botaniques et zoologiques et me racontait des histoires et légendes qui ne voulaient pas dire grand-chose pour moi à l'époque, mais qui devinrent plus claires par la suite, à mesure que j'en apprenais davantage sur les us des Nkumaï. Il me racontait aussi des histoires de batailles, et je remarquai que chacune semblait se terminer par un sermon sur l'impossibilité de vaincre les Nkumaï au combat.

Il veillait néanmoins à ne pas m'offenser. On m'attribua toujours une chambre privée dans les auberges d'Allison, et bien que des gardes fussent postés devant ma porte, il ne firent jamais mine de me retenir ou de me suivre lorsque je quittais mes quartiers privés pour m'aventurer dans la salle commune, voire à l'extérieur pour marcher un peu. Ils étaient manifestement là pour me protéger plutôt que m'enfermer.

Puis les arbres blancs d'Allison se firent plus rares, remplacés par d'autres plus grands qui se dressaient vers le ciel sur des centaines de mètres. Enfin, la route serpenta au milieu d'arbres géants qui faisaient paraître les plus vieux de Ku Kuei insignifiants. Nous ne nous arrêtions plus dans des auberges et dormions à côté de la voiture, voire en dessous quand il pleuvait, phénomène qui me semblait à peu près quotidien.

Puis un jour, en début d'après-midi, le professeur nkumaï fit signe au conducteur de s'arrêter. « Nous y voilà », dit-il.

Je regardai autour de moi. Je ne voyais aucune différence entre ce secteur et un autre de la forêt, qui me paraissait uniforme depuis des jours.

« Où ça ? demandai-je.

— À Nkumaï. La capitale. »

Puis je suivis son regard vers le haut et aperçus un système très complexe et subtil de rampes, ponts et bâtiments suspendus dans les arbres à perte de vue vers le ciel et de tous côtés.

« Imprenable, fit-il.

— Époustouflant », répondis-je. Je m'abstins de faire remarquer qu'un bon feu en viendrait à bout en une demi-heure. Et j'en fus heureux, car le déluge quotidien s'abattit bientôt sur nous, et cette fois je n'étais ni dans la voiture ni dessous. Nous fûmes aussitôt trempés comme si nous avions plongé dans l'océan. Le Nkumaï ne fit aucun effort pour trouver un abri, je ne pouvais donc pas non plus.

Au bout de quelques minutes seulement, l'averse cessa, et il se tourna vers moi en souriant. « La pluie tombe de cette façon presque tous les jours, souvent deux fois par jour. Sinon, nous pourrions redouter un feu. En l'occurrence, notre seul problème consiste à sécher suffisamment la tourbe pour la faire brûler sous nos casseroles. »

Je lui souris en retour et acquiesçai. « J'imagine que cela peut être problématique. »

À l'évidence, il avait deviné mon idée que la ville était vulnérable au feu et voulait me faire sentir de première main combien cette arme serait inutile contre eux.

La terre était couverte de boue sur quinze centimètres, ce qui rendait la marche malaisée, et je fus surpris que les Nkumaï n'aient pas tenté de créer un chemin pavé ou en rondins à côté de la route. C'est alors que nous trouvâmes une échelle de corde et que nous nous élevâmes dans les airs. Il allait s'écouler des semaines avant que je touche à nouveau le sol.

3

NKUMAÏ

« DÉSIREZ-VOUS vous reposer ? » s'enquit-il, et pour une fois je fus heureux de passer pour une femme, car cette plateforme était un îlot de stabilité dans un monde absurde d'échelles de corde ballantes et de soudains coups de vent. Le fils du Mueller n'aurait jamais pu admettre qu'il voulait souffler, mais une dame de Loiseau en mission diplomatique ne perdrait pas la face pour si peu.

Je m'allongeai sur la plateforme de façon à ne voir pour quelques instants que le toit de verdure encore lointain au-dessus de moi et pouvoir m'imaginer encore sur la terre ferme.

« Vous n'avez pas l'air très fatiguée, commenta mon guide. Vous n'êtes même pas vraiment essoufflée.

— Oh, je ne souhaitais pas ce repos à cause de la fatigue. Simplement, je n'ai pas… l'habitude de telles hauteurs. »

Mon guide se pencha nonchalamment par-dessus le bord de la plateforme. « Eh bien, nous ne sommes encore qu'à quatre-vingts mètres du sol. Il nous reste beaucoup de chemin. »

J'étouffai un soupir. « Où m'emmenez-vous ?

— Où voulez-vous aller ?

— Je veux voir le roi. »

Il se mit à rire, et je me demandai si une dame de Loiseau était censée se vexer qu'on lui rie au nez. Je décidai de paraître légèrement contrariée. « Est-ce si amusant ?

— Bien sûr, vous ne vous attendez pas réellement à voir *le roi*, ma dame. »

Il répondit avec un sourire affecté, mais je n'avais pas manqué de pratique dans l'art de rabattre le caquet de ceux qui osaient me prendre avec condescendance. Je savais comment donner l'impression que ma voix avait vieilli tout l'hiver sur la glace.

« Votre roi est donc invisible. Comme c'est cocasse. »

Son sourire se figea. « Il ne reçoit pas de visites, voilà tout.

— Ah bon. Dans les pays civilisés, on accorde aux émissaires la courtoisie d'une audience avec le chef de l'État. Mais dans votre pays, je suppose que les ambassadeurs étrangers doivent se contenter de grimper aux arbres et de se rendre visite mutuellement. »

Son sourire avait désormais disparu. La condescendance s'exerçait en sens inverse, et il n'aimait pas cela. « Nous ne recevons pas beaucoup de missions diplomatiques. Jusqu'à il y a peu, les nations voisines ne voyaient en nous que des "singes vivant dans les arbres", si je ne m'abuse. Ce n'est que ces derniers temps, alors que nos soldats commençaient à faire un peu de bruit dans le monde, que les émissaires ont commencé à affluer. Peut-être ne sommes-nous donc pas au fait de toutes les coutumes des nations "civilisées". »

Je me demandais dans quelle mesure c'était vrai. Sur la grande plaine du fleuve Rebelle, toutes les nations échangeaient des diplomates depuis que les familles s'étaient réparti le monde. Mais si les Nkumaï s'étaient assez tournés vers l'extérieur pour partir en conquête, ils avaient sûrement appris aussi comment traiter les émissaires de nombreuses nations.

« Nous n'accueillons en ce moment que trois diplomates, ma dame. Il y en avait d'autres, mais l'émissaire d'Allison est désormais un loyal sujet du roi tandis que ceux de Mancowicz, Parker, Underwood et Sloan ont été renvoyés chez eux car ils semblaient s'intéresser davantage à notre Ambassadeur qu'à la promotion de bonnes relations avec les Nkumaï. Aujourd'hui, seuls Johnston, Cummings et Dyal sont représentés ici. Et comme nous usons avec parcimonie de notre espace de vie, nous avons dû les loger ensemble. Nous sommes un coin perdu de ce monde, je le crains. Avec une mentalité très provinciale. »

Et tu en rajoutes un peu, commentai-je en silence. Mais, si peu subtil qu'il ait été, j'avais parfaitement compris sa mise en garde. Les Nkumaï étaient conscients de ce que cherchaient la plupart des émissaires, y compris – et plus particulièrement – moi-même. Il me faudrait donc agir avec prudence.

« Néanmoins, dis-je, je suis là pour voir le roi, et s'il n'existe aucun espoir de le faire, je rentrerai chez moi expliquer à mes supérieurs que Nkumaï ne montre aucun intérêt à entretenir de bonnes relations avec Loiseau.

— Oh, il existe une chance que vous puissiez voir le roi. Mais vous devez faire une demande auprès des services sociaux, et où cela vous mènera, nul ne saurait le dire… » Il eut un petit sourire. Nous n'étions pas amis. « On y va ? » suggéra-t-il.

J'avançai prudemment jusqu'à l'échelle de corde qui se balançait encore doucement dans la brise, vaguement amarrée à la plateforme par une cordelette attachée à un pieu.

« Pas par là, dit-il. Nous prenons un autre chemin. » Et il se mit à courir en s'éloignant de la plateforme sur l'une des branches. Si on pouvait appeler ça des branches : aucune ne faisait moins de dix mètres d'épaisseur. J'atteignis lentement le point où il avait entamé son ascension et découvris que des prises subtiles paraissaient avoir été creusées dans le bois par l'usage plutôt que par des outils. Je passai maladroitement de la plateforme à l'endroit où mon guide attendait, impatient. Là où il se tenait, la branche s'aplatissait un peu avant de s'élever à l'oblique dans le lointain en croisant les branches d'autres arbres.

« Tout va bien ? s'enquit-il.

— Non. Mais poursuivons.

— Je vais marcher un certain temps, dit-il, jusqu'à ce que vous preniez l'habitude de l'arbre. » Puis il me posa une question qui me sembla déplacée après tant de journées de voyage ensemble : « Quel est votre nom, ma dame ? »

Mon nom ? Évidemment, j'en avais préparé un à Allison, mais l'occasion de m'en servir ne s'était jamais présentée, et il m'échappait maintenant. Aujourd'hui encore, je n'arrive pas à me rappeler quel nom j'avais choisi. Et puisque ma confusion était évidente à ce stade, je ne pouvais pas me contenter d'en inventer un autre, sous peine de lui donner des soupçons. J'eus donc à nouveau recours à une prétendue coutume pour couvrir cette panne momentanée. J'espérais sincèrement que le gouvernement de Loiseau ne choisirait pas d'envoyer un émissaire dans un avenir proche, car je doutais que cette femme ait envie de suivre le script que j'avais improvisé. Et si Nkumaï était aussi efficace que Mueller, on enverrait des espions en apprendre davantage sur une nation qui dépêchait des diplomates, et mon petit tissu de mensonges se déferait bientôt.

« Mon nom, monsieur ? fis-je, masquant ma confusion derrière de l'arrogance. Soit vous n'êtes pas un gentleman, soit vous ne me croyez pas une dame. »

Il parut brièvement décontenancé, puis il éclata de rire. « Pardonnez-moi, ma dame. Nos coutumes diffèrent. Dans mon pays, seules les dames ont un nom. On appelle les hommes par leur métier. Comme je vous l'ai dit, je suis Professeur. Mais je ne voulais pas vous faire offense.

— Très bien », dis-je, l'excusant brutalement.

Ce jeu devenait amusant : je m'efforçais d'affirmer une certaine supériorité sur lui dans une situation où je ne pouvais être qu'inférieur, comme j'imaginais qu'une authentique diplomate se trouverait obligée de le faire. Je faillis en oublier, bien que le chemin que nous empruntions ne soit pas plus difficile à gravir qu'une colline pentue, que cette colline se trouvait être une grosse branche dont les côtés descendaient vite et que, si je devais m'écarter du chemin, je me retrouverais bientôt en chute libre. Je n'osais pas regarder et je n'arrivais pas à deviner notre altitude mais, curiosité malsaine, je ne pus résister à l'envie de poser la question : « À quelle hauteur sommes-nous ?

— Ici, je dirais environ cent trente mètres, ma dame. Mais je n'en suis pas vraiment sûr. Nous ne mesurons guère. Une fois qu'on est assez haut pour se tuer en tombant, peu importe à quelle distance se trouve le sol, hein ? Mais je peux vous dire combien il nous faut encore monter.

— Combien ?

— Environ trois cents mètres. »

J'en eus le souffle coupé. Je savais que les arbres pouvaient atteindre des tailles phénoménales sur Trahison – n'avais-je pas traversé Ku Kuei ? – mais à cette altitude les branches seraient sûrement trop faibles et minces pour supporter notre poids. « Où allons-nous ? Pourquoi si haut ? »

Il rit à nouveau, et cette fois il n'essaya même pas de dissimuler le plaisir qu'il tirait de mon aversion pour les hauteurs. Peut-être était-ce sa façon de me rendre la monnaie de ma pièce pour notre petit accrochage sur les noms et tous les autres affronts que je lui avais faits ainsi qu'à son pays au cours de notre voyage.

« Nous allons là où vous séjournerez, répondit-il. Nous nous sommes dit que vous apprécieriez de visiter la cime. Peu d'étrangers l'ont jamais fait.

— Je vais *séjourner* à la cime ?

— Eh bien, nous pouvions difficilement vous loger avec les autres émissaires, n'est-ce pas ? Ce sont des hommes. Nous sommes quand même un tant soit peu civilisés. Mwabao Mawa a donc accepté de vous héberger. »

Notre conversation fut interrompue comme il traversait au trot un pont de corde, ne se servant que rarement de ses mains. Cela paraissait facile, d'autant qu'on y marchait sur des lattes de bois. Mais lorsque je m'y engageai, il se mit à osciller, et le phénomène empira à mesure que j'avançai. Au plus fort de chaque balancement, je voyais les troncs descendre vers un sol si distant que je n'étais pas sûr de sa position exacte dans l'ombre. Je finis par perdre la maîtrise de mes nerfs et je vomis, peut-être au milieu du pont. Je me sentis mieux ensuite et pus traverser sans autre incident. À partir de là, puisque j'étais déjà parfaitement humilié, je ne fis plus semblant de ne pas avoir peur et découvris que ce sentiment en devenait plus supportable. Mon guide, Professeur, se montrait aussi plus serviable et me menait à un rythme moins soutenu. Je ne rechignais pas, de temps à autre, à m'appuyer sur lui.

Et lorsque nous arrivâmes enfin au niveau où poussaient les feuilles, des éventails de deux mètres de large pour certaines, je compris soudain que, même si je découvrais ce que les Nkumaï vendaient à l'Ambassadeur en échange de fer, cela ne nous aiderait guère. Comment les hommes de Mueller, des hommes de la plaine, attachés à la terre, pourraient-ils jamais envahir – sans parler de conquérir – un peuple pareil ? Les Nkumaï se contenteraient de remonter leurs échelles de corde et de leur rire au nez. Ou de leur lancer des pierres mortelles. Quant au vertige, il handicaperait sans doute d'autres Mueller que moi. Nous avions peut-être appris à séparer peur et douleur, mais tomber était une tout autre affaire. De plus, je n'avais aucun moyen de savoir si une chute d'aussi haut ne causerait pas davantage de dégâts à un Mueller que son corps ne pouvait en réparer à temps pour lui sauver la vie. Des poissons pouvaient aussi bien lancer une guerre contre les oiseaux que Mueller combattre les Nkumaï ici, dans leurs arbres.

À moins, bien sûr, que nous ne trouvions un moyen de former les soldats de Mueller à tolérer les hauteurs. Peut-être pourraient-ils s'entraîner sur des plateformes artificielles, ou dans les grands arbres de Ku Kuei. J'aurais poursuivi cette réflexion plus avant si je n'avais été sans cesse distrait par le besoin d'assurer mes pas de façon à ne pas basculer tête la première.

Pour finir, nous empruntâmes prudemment une branche étroite jusqu'à une maison assez sophistiquée – quoique je l'aurais considérée toute simple chez Mueller. Professeur lança d'une voix douce mais pénétrante : « De la terre vers les airs.

— Et jusqu'au nid, Professeur. Entrez. »

Et la voix rauque mais splendide de Mwabao Mawa nous attira à l'intérieur.

La maison se composait de cinq plateformes, chacune guère différente sous le pied de celles sur lesquelles je m'étais déjà reposé, bien que deux d'entre elles fussent nettement plus larges. Toutefois, elles avaient un toit de feuilles et un système assez complexe permettant de recueillir l'eau dans des tonneaux installés aux coins de chaque pièce.

Si l'on pouvait parler de pièces. Chaque plateforme était une pièce distincte. Et je ne voyais pas trace de mur nulle part. Rien que des rideaux aux couleurs vives, pendant de la ligne de toit jusqu'au plancher. Le vent ouvrait facilement les murs.

Je choisis de me tenir au milieu de la plateforme.

Mwabao Mawa était décevante, d'une certaine façon. Elle aurait dû être très belle, à en juger par sa voix, mais ce n'était pas le cas – du moins selon tous les critères de beauté que j'aie jamais connus – même aux yeux des Nkumaï. Toutefois elle était grande, et son visage, si peu aimable fût-il, était expressif et animé. Quand je dis qu'elle était grande, mes mots ne lui font pas justice : chez les Nkumaï, presque tout le monde est au moins aussi grand que moi aujourd'hui, or je suis très au-dessus de la moyenne des Mueller. À l'époque, bien sûr, je n'avais pas encore terminé ma croissance, et puisque Mwabao Mawa écrasait de sa taille les autres Nkumaï, elle me faisait l'effet d'un géant. Pourtant, elle se déplaçait avec grâce, et je ne me sentais pas intimidé. Plutôt protégé.

« Professeur, qui m'amènes-tu ?

— Elle refuse de me dire son nom, répondit-il. Un gentleman, semble-t-il, ne pose pas cette question à une dame.

— Je suis l'émissaire de Loiseau, dis-je en m'efforçant d'impressionner sans verser dans le pompeux, et à une autre dame je révélerai mon nom. »

À ce stade, bien entendu, je m'en étais choisi un nouveau et, jusqu'à la fin de mon séjour chez les Nkumaï, je fus désormais Lalouette. C'était ce qui se rapprochait le plus de Lanik tout en restant plausible pour une femme de Loiseau.

« Lalouette, fit Mwabao Mawa en donnant à ce nom une sonorité musicale. Entrez. »

Je me croyais déjà à l'intérieur.

« Par ici, ajouta-t-elle aussitôt pour apaiser ma perplexité. Quant à toi, Professeur, tu peux partir. »

Il fit demi-tour et sortit, abordant au trot la branche étroite qui m'avait tant effrayé. Je remarquai qu'il obéissait comme si Mwabao Mawa était investie d'une grande autorité, et il m'apparut qu'un déguisement féminin n'était peut-être pas ici le handicap qu'il représentait en Allison.

Je suivis Mwabao Mawa derrière le rideau par lequel elle était entrée. Il n'y avait pas de chemin, rien qu'un espace d'un mètre et demi environ à franchir pour passer dans la pièce suivante. Qu'on manque son saut et l'on allait embrasser la terre. Ce n'était certes pas un bond de compétition, mais à Mueller la punition pour un échec au saut en longueur se limitait au mépris du public.

Cette fois, les rideaux faisant office de murs étaient sobres et plus sombres, et le plancher, Dieu merci, n'était pas un plan ininterrompu. Deux marches menaient à une grande zone centrale surbaissée, généreusement semée de coussins. Après avoir descendu les marches, je découvris que mes yeux acceptaient de croire que j'étais entouré de véritables murs, et je me détendis.

« N'hésitez pas, asseyez-vous, dit-elle. Voici la pièce vouée à la détente, et au sommeil la nuit. Je suis certaine que Professeur a paradé pendant toute l'ascension, mais nous ne sommes pas insensibles à la crainte des hauteurs. Tout le monde dort dans une pièce comme celle-ci. Nous n'aimons pas l'idée de rouler à terre au milieu d'un rêve. »

Elle éclata d'un rire grave et riche, mais je ne l'imitai pas. Je me contentai de m'allonger et de laisser mon corps trembler tout son saoul pour libérer la tension accumulée pendant l'ascension.

« Je m'appelle Mwabao Mawa, dit-elle. Et je dois vous dire qui je suis. Vous entendrez sûrement des histoires sur mon compte. La rumeur veut que j'aie été la maîtresse du roi, et je ne fais rien pour la contredire car elle me vaut d'exercer beaucoup de pouvoir. D'autres rumeurs me peignent sous les traits d'une meurtrière – et me sont plus utiles encore. La vérité, bien sûr, c'est que je ne suis rien d'autre qu'une hôtesse talentueuse et une formidable chanteuse. Peut-être la plus grande qu'ait jamais connue un pays de chanteurs. Je suis aussi vaniteuse, ajouta-t-elle en souriant. Mais à mes yeux la véritable humilité consiste à reconnaître la vérité sur soi-même. »

Je marmonnai mon approbation, satisfait de la chaleur de sa conversation et de la sécurité que m'offrait le plancher. Elle continua de parler et me chanta quelques airs. Je me souviens à peine de notre conversation. Je me rappelle encore moins en détail les chansons mais, alors que je n'en comprenais pas les paroles et que je n'y détectais pas de mélodie précise, elles déchaînèrent mon imagination, et je visualisai presque ce dont elle parlait – comment pouvais-je savoir de quoi il était question, pourtant, je l'ignore. Bien que des événements effroyables se soient produits depuis et que j'aie moi-même fait taire la musique de Mwabao, je donnerais cher pour entendre à nouveau ces chansons.

Ce soir-là, elle alluma une torche devant sa porte principale et m'annonça que des invités viendraient. J'appris plus tard que la présence d'une torche à sa porte signale qu'on est prêt à recevoir et constitue une invitation ouverte à tous ceux qui la verraient briller dans le noir. Signe de l'influence qu'exerçait Mwabao Mawa sur ses concitoyens (ou, d'un point de vue moins cynique, preuve de leur dévotion pour elle et du plaisir qu'ils tiraient de sa compagnie), lorsqu'elle sortait la torche, il s'écoulait à peine une heure avant que sa maison soit pleine et qu'elle doive l'éteindre.

Ses hôtes étaient pour l'essentiel des hommes – ce qui n'était d'ailleurs pas inhabituel à Nkumaï, puisque les femmes voyageaient rarement de nuit, chargées qu'elles étaient de s'occuper des enfants, dont le sens de l'équilibre ne leur permettait pas encore de se déplacer en sécurité dans le noir. Les discussions étaient surtout mondaines, mais en y prêtant une oreille attentive, je parvins à en apprendre un peu. Hélas, la politesse nkumaï imposait aux invités de passer autant de temps à s'entretenir avec moi qu'à parler entre eux. Il aurait été appréciable, pensai-je sur le moment, qu'ils partagent la coutume mueller de laisser son hôte rester muet tant qu'il ne souhaitait pas se joindre aux conversations. Bien sûr, la coutume nkumaï empêche l'étranger d'en apprendre autant, et je ne découvris effectivement rien d'intéressant à mes yeux ce soir-là.

J'appris seulement que tous ses hôtes étaient des hommes instruits, des scientifiques d'un genre ou d'un autre. À leur façon de parler et d'argumenter, j'eus le sentiment qu'ils ne se préoccupaient pas de la science telle qu'on la pratiquait à Mueller, comme moyen en vue d'une fin. La science était au contraire une fin en soi.

« Bonsoir, madame, dit un petit homme d'une voix douce. Je suis Professeur, et je souhaite vous être utile si je le puis. »

Une entrée en matière classique, mais je cédai enfin à la curiosité et lui demandai : « Comment Professeur peut-il être votre nom, de même que celui de trois autres hommes dans cette pièce et du guide qui m'a conduite ici ? Comment vous différencie-t-on ? »

Il se mit à rire, de ce rire supérieur qui m'irritait déjà et dont je constatai bientôt qu'il s'agissait d'une coutume nationale. « Je suis moi-même, et eux non.

— Mais quand vous parlez des autres ?

— Eh bien, expliqua-t-il patiemment, j'espère que, si l'on parle de moi, on m'appelle Professeur-qui-apprit-à-danser-aux-étoiles, car c'est ce que j'ai fait. L'homme qui vous a conduite ici ce matin s'appelle quant à lui Professeur-de-la-vraie-vue. Parce que c'est lui qui a fait cette découverte précise.

— La vraie vue ?

— Vous ne comprendriez pas, dit-il. C'est très technique. Mais quand quelqu'un souhaite parler de nous, il fait référence à notre plus grande réussite, et tous ceux qui comptent savent aussitôt de qui il s'agit.

— Et si quelqu'un n'a pas encore fait de grande découverte ? »

Il rit encore. « Qui voudrait parler d'un individu pareil ?

— Pourtant, quand vous parlez des femmes, elles ont toutes un nom.

— Comme les chiens et les petits enfants, répondit-il si gaiement que j'aurais pu croire qu'il n'avait pas eu l'intention de blesser. Mais personne n'attend de grandes réalisations de la part des femmes, du moins pas tant qu'elles sont entièrement occupées à concevoir, porter et élever des enfants. Vous ne trouvez pas qu'il serait grossier de désigner une femme en référence à son plus grand talent ? Imaginez qu'on appelle quelqu'un Danseuse-au-gros-popotin ou Cuisinière-qui-brûle-toujours-la-soupe ! » Il rit à sa propre plaisanterie, et plusieurs autres qui avaient vaguement écouté proposèrent de nouveaux noms. Je les trouvais hilarants mais, en tant que femme, je devais faire mine de les juger insultants. D'ailleurs, je fus assez contrarié quand l'un d'eux suggéra que l'on pourrait m'appeler Émissaire-aux-seins-couverts-de-taches-de-rousseur.

« Et comment sauriez-vous qu'il faut m'appeler ainsi ? » demandai-je d'un air impudent. Je fus ennuyé de découvrir la facilité avec laquelle ce ton me venait : il me suffisait d'imiter celui de l'étron et de hausser un sourcil – ce que je sais faire depuis l'enfance, au grand amusement de mes parents et à la terreur des troupes placées sous mon commandement.

« Je ne le sais pas, répondit un homme nommé Regarde-les-étoiles (comme deux autres parmi les convives). Mais je le découvrirais par moi-même avec plaisir. »

Je ne m'étais pas vraiment préparé à affronter ce genre de situation. Les violeurs de grand chemin, je pouvais m'en défaire en les tuant. Mais comment une femme dit-elle non à un homme en bonne compagnie sans se montrer offensante ? En tant que fils de roi, je n'avais pas l'habitude d'entendre des femmes se refuser. En tant qu'amant de Saranna, j'avais même perdu l'habitude de demander.

Heureusement, je n'eus pas à répondre.

« La dame de Loiseau n'est pas venue découvrir ce que vous cachez sous votre robe, fit Mwabao Mawa. D'ailleurs nous savons tous qu'elle ne dissimule pas grand-chose. »

Tous se mirent à rire bruyamment, surtout l'homme insulté, mais ils s'éloignèrent de moi pour un temps, et on me laissa un moment seul, libre d'observer.

Il y avait, au milieu de toutes les discussions scientifiques et des ragots de cour – plus nombreux que le reste, bien sûr – un motif récurrent qui m'amusa. Je vis un homme après l'autre prendre Mwabao à part pour quelques instants de conversation discrète. Je parvins à en entendre une : « À minuit », dit-il, et elle acquiesça. C'était trop peu pour me permettre de tirer des conclusions, mais j'étais prêt à croire qu'ils prenaient rendez-vous. Dans quel but ? Plusieurs raisons évidentes me venaient à l'esprit. Ce pouvait être une putain, mais j'en doutais, à la fois parce qu'elle n'était pas belle et parce que ces hommes respectaient manifestement son esprit, eux qui ne la laissaient jamais à l'écart de leurs conversations et n'ignoraient jamais ses remarques. Elle pouvait aussi être la maîtresse du roi, auquel cas elle vendait peut-être son influence, mais j'en doutais là encore car il paraissait très peu probable qu'un émissaire soit confié à une femme dotée d'un tel pouvoir.

Il y avait une troisième possibilité : qu'elle soit d'une façon ou d'une autre impliquée dans une rébellion ou au moins liée à un parti secret. Cela ne contredisait ni les faits ni la logique, et je me demandai s'il y avait là quelque chose à exploiter.

Pas ce soir-là, en tout cas. J'étais fatigué. Bien que depuis longtemps remis de la fatigue liée à l'ascension jusqu'à la maison de Mwabao Mawa – comme, d'ailleurs, de la correction infligée par les soldats nkumaï peu auparavant –, j'étais encore épuisé sur le plan émotionnel. J'avais besoin de dormir. Je m'assoupis un moment et me réveillai pour découvrir les derniers invités en train de partir.

« Oh, fis-je, surpris. J'ai dormi si longtemps ?

— Non, juste quelques instants, répondit Mwabao Mawa, mais ils se sont rendu compte qu'il était tard et ils sont partis. Pour que vous puissiez dormir. »

Elle alla dans un coin de la pièce, plongea la main dans un tonneau et but. J'en aurais volontiers fait autant, mais à la pensée de l'eau, une idée affreuse me submergea. En prison, j'avais pu me soulager en privé et, tant que je voyageais avec Professeur, il m'avait délicatement permis de faire mes besoins de l'autre côté de la voiture en interdisant à quiconque de regarder. Mais seul ici dans cette maison avec une autre femme – une autre ? – on ne s'embarrasserait peut-être pas de tant de chichis.

« Y a-t-il une pièce particulière pour… » Pour quoi au juste, me demandai-je. Existait-il une manière élégante de le dire ? « Enfin, à quoi servent les trois autres pièces de votre maison ? »

Elle se tourna vers moi et sourit légèrement, mais ses yeux trahissaient autre chose qu'un simple sourire. « Je le dirai à ceux qui ont une raison pratique de le savoir. »

Raté. Pire, je dus regarder Mwabao Mawa quitter sa robe avec naturel et se diriger vers moi, nue.

« Vous ne voulez pas dormir ? s'enquit-elle.

— Si », répondis-je sans chercher à cacher mon trouble.

Son corps n'était pas particulièrement séduisant, mais c'était la première fois que je voyais une femme si imposante nue, et, ajouté à sa peau noire et ma longue abstinence, cela la rendait exotique et très excitante. Il était donc d'autant plus urgent de trouver un moyen d'éviter de me dévêtir à mon tour, car la pudeur était essentielle à ma survie dans une nation où on me prenait pour une femme.

« Alors pourquoi ne vous déshabillez-vous pas ? demanda-t-elle, perplexe.

— Parce que, dans mon pays, on dort habillé. »

Elle éclata de rire. « Vous voulez dire que vous portez des vêtements même devant d'autres femmes ? »

Je fis mine de parler comme si je venais d'un monde où les coutumes coïncidaient parfaitement avec mes besoins actuels, bien qu'à l'époque je n'eusse pas encore connaissance d'un monde pareil. « Le corps est notre premier bien, le plus intime, dis-je. Portez-vous toujours tous vos bijoux ? »

Elle secoua la tête, amusée. « Eh bien, au moins, j'espère que vous les enlèverez pour lâcher.

— Lâcher quoi ? »

Elle rit à nouveau (de ce maudit rire supérieur) et dit : « J'imagine qu'un habitant d'en bas appelle ça autrement. Eh bien, autant que vous observiez la technique : elle est plus simple à montrer qu'à expliquer. »

Je la suivis jusqu'à un coin de la pièce. Elle attrapa le poteau d'angle puis s'élança vers l'extérieur, passant le rideau. Je retins mon souffle en la voyant faire ce brusque écart si haut dans les airs. L'espace d'un instant, je me demandai si elle avait bondi dans l'espace et s'était envolée, mais ses mains étaient là, toujours accrochées au poteau à travers les rideaux, et elle dit d'une voix calme : « Eh bien, ouvrez le rideau, Lalouette. Vous ne pouvez pas apprendre sans regarder ! »

J'obéis donc et la regardai déféquer dans le vide. Puis elle se rétablit d'un mouvement brusque et gagna un autre tonneau plein d'eau – pas celui où elle avait bu – et se lava.

« Il faut vite apprendre à distinguer les deux tonneaux, fit-elle dans un sourire. Autre chose : ne lâchez jamais quand il y a du vent, surtout s'il s'accompagne de pluie. Il n'y a personne juste en dessous de nous, mais il y a beaucoup de maisons légèrement décalées sous la mienne, et leurs occupants n'aiment pas du tout retrouver des crottes sur leur toit ni de l'urine dans leur eau potable. »

Puis elle s'allongea sur une pile de coussins.

Je remontai bien haut ma robe, m'accrochai fermement au poteau et franchis délicatement le rideau, sur la pointe des pieds. Je me mis à trembler en voyant à quelle distance les quelques torches encore allumées brillaient plus bas. Mais je m'inclinai – ou plutôt je m'accroupis – face à l'inévitable tout en m'efforçant de faire semblant d'être ailleurs.

Il me fallut longtemps pour convaincre mes sphincters de se relâcher au lieu de se crisper sous l'effet de la terreur. Lorsque j'eus enfin terminé, je revins et me dirigeai maladroitement vers le tonneau. L'espace d'un instant gênant, je me demandai si je ne me trompais pas.

« C'est le bon », confirma la voix de Mwabao Mawa depuis le plancher.

Je grimaçai intérieurement à l'idée qu'elle m'avait observé, en espérant que mon visage n'en trahissait rien. Je me rinçai et m'allongeai sur une autre pile de coussins. Ils étaient trop mous, et je les écartai bientôt pour dormir à même le plancher, qui était plus confortable, même si un matelas aurait été le bienvenu.

Avant que je m'endorme, toutefois, Mwabao Mawa me demanda d'une voix ensommeillée : « Si vous ne quittez pas vos vêtements pour dormir ni pour lâcher, les quittez-vous pour faire l'amour ? »

À quoi je répondis, somnolent : « Je le dirai à ceux qui ont une raison pratique de le savoir. »

Son rire, cette fois, me révéla que j'avais gagné une amie, et je dormis paisiblement toute la nuit.

Un son me réveilla. Dans une maison où il y avait non seulement un nord, un sud, un est et un ouest mais aussi un dessus et un dessous, je n'arrivais pas à déterminer sa provenance. Mais il s'agissait de musique, compris-je.

Un chant. La voix, distante, fut bientôt rejointe par une autre, plus proche. Les paroles n'étaient pas claires. Ce n'étaient peut-être pas de vrais mots. Mais je finis par écouter, charmé par la mélodie. Il n'y avait pas d'harmonie, du moins rien que je pus identifier. Chaque voix paraissait plutôt rechercher son propre plaisir, sans lien avec les autres. Mais il y avait néanmoins une interaction à un niveau subtil – ou peut-être simplement rythmique – et, à mesure que d'autres voix se joignaient au concert, la musique devint très riche et belle.

Je perçus un mouvement et me retournai vers Mwabao Mawa qui me regardait.

« Le chant du matin, souffla-t-elle. Vous aimez ? »

Je hochai la tête, et elle aussi. Elle me fit signe de la suivre et se dirigea vers un rideau, qu'elle écarta pour se planter au bord de la plateforme, nue, tandis que la chanson continuait. Je me retins au poteau d'angle et regardai dans la même direction qu'elle.

L'est. L'hymne s'adressait au soleil sur le point de se lever. Sous mes yeux, Mwabao Mawa ouvrit la bouche et se mit à chanter. Non pas avec retenue, comme la veille, mais à pleine voix, une voix qui résonnait au milieu des arbres et paraissait retrouver cet accord velouté insufflé à l'origine dans le bois. Au bout d'un moment, je me rendis compte que tout s'était tu hors sa musique. Alors qu'elle chantait une succession complexe de notes rapides qui paraissaient ne suivre aucun motif mais s'imprimèrent néanmoins de façon indélébile dans ma mémoire et dans mes rêves, le soleil dépassa l'horizon quelque part et, si je ne le vis pas à cause des feuilles au-dessus de ma tête, je sus à l'éclaircissement de ce plafond vert qu'il était levé.

Toutes les voix s'élevèrent alors à nouveau et chantèrent ensemble pendant quelques instants. Puis, comme en réaction à un signal, le silence.

J'étais debout, appuyé contre le poteau. Autrefois, me remémorai-je, je partageais le fantasme de Mueller qui voulait que tout homme à la peau noire ne soit bon qu'à l'esclavage. J'avais au moins appris une chose de ma mission, et j'en emporterais une autre : le souvenir d'une musique à nulle autre pareille sur ce monde. Je restai là, immobile, jusqu'à ce que Mwabao Mawa ferme les rideaux.

« Le chant du matin, dit-elle en souriant. La soirée d'hier était trop belle pour ne pas fêter aujourd'hui. »

Elle prépara le petit-déjeuner : la viande d'un petit oiseau et de fines tranches d'un fruit quelconque.

Je posai la question. Elle m'expliqua que ce fruit était celui des arbres où vivaient les Nkumaï. « Nous en mangeons comme vous autres mangez du pain ou des pommes de terre. » Il avait un drôle de goût. Je n'aimais pas, mais c'était mangeable.

« Comment attrapez-vous les oiseaux ? demandai-je. Vous vous servez de faucons ? Si vous tiriez sur un oiseau, il tomberait sans fin vers le sol. »

Elle secoua la tête, attendant pour répondre d'avoir avalé sa bouchée. « Je dirai à Professeur de vous emmener aux filets à oiseaux.

— Professeur ? »

Comme s'il n'attendait que ma question pour se manifester, un instant plus tard il se tenait devant la maison et lançait doucement : « De la terre vers les airs.

— Jusqu'au nid, Professeur », répondit Mwabao Mawa.

Elle passa dans la pièce où Professeur devait attendre. Je lui emboîtai le pas sans enthousiasme, effectuai le petit bond vers la pièce voisine puis, sans même un au revoir, je suivis Professeur hors de la maison de Mwabao Mawa. Sans un au revoir, avant tout parce que je n'avais aucune idée de la façon dont deux femmes qui se connaissaient à peine se salueraient, et parce qu'elle avait déjà quitté le rideau avant que je me décide enfin à me retourner pour dire quelque chose.

Monter était une épreuve terrible, mais descendre infiniment pire. Quand on grimpe une échelle de corde, on atteint les plateformes avec les mains et on se hisse en sécurité. Mais à la descente, il faut s'allonger sur le ventre et laisser pendre ses jambes en cherchant du pied un barreau, conscient que si on va trop loin, on sera incapable de remonter.

Je savais que le succès de mon entreprise chez les Nkumaï dépendait de ma capacité à me déplacer d'un lieu à l'autre et je refusai donc de laisser la peur prendre le dessus. Si je tombe, eh bien, je tombe, me dis-je. Puis j'ignorai ma vision périphérique et suivis Professeur au petit trot.

Pour sa part, il n'essayait pas de faire autant d'esbroufe que la veille, et le trajet fut donc plus aisé. Je découvris que des manœuvres difficiles et effrayantes, si on les réalisait lentement, devenaient beaucoup plus simples – et moins impressionnantes – quand on allait vite. Un pont de corde est assez stable quand on le traverse en courant un peu, mais il oscille à chaque pas si on se montre timide.

Lorsque Professeur saisit une corde suspendue pourvue d'un nœud à son extrémité et passa aisément d'une plateforme à la suivante, par-dessus un gouffre qu'aucun homme sain d'esprit n'aurait jamais franchi, je me contentai de rire. J'attrapai la corde qu'il me renvoyait et je l'imitai aussitôt. Arrivé de l'autre côté, je fis comme si je n'avais pas franchi davantage qu'un petit ruisseau et lâchai la corde pour atterrir des deux pieds sur la plateforme. Ce n'était pas si dur, en fin de compte, et j'en fis la remarque.

« Bien sûr que non. Je me réjouis que vous appreniez si vite. »

Mais tandis que nous trottions le long d'une branche en pente, je demandai soudain : « Que serait-il arrivé si je n'avais pas atteint la deuxième plateforme ? Si j'avais mal visé ou si je n'avais pas pris assez d'élan ? »

Il resta muet quelques instants. « Nous aurions envoyé un garçon tout en haut, pour qu'il descende le long de la corde en la faisant balancer, de façon à la ramener vers l'une ou l'autre plateforme.

— La corde pourrait-elle supporter le poids de deux personnes dans ce cas ?

— Non, répondit-il, mais nous ne l'aurions pas fait tout de suite. »

J'évitai de m'imaginer en train de me balancer dans le vide, impuissant, pendant que des dizaines de Nkumaï attendaient impatiemment que je lâche (bien que ce mot n'eût plus le même sens pour moi désormais) afin de pouvoir retrouver l'usage de leur voie de passage.

« Ne vous en faites pas, dit enfin Professeur. La plupart de ces cordes sont équipées d'une cordelette de rappel, pour qu'on puisse les ramener vers les plateformes. »

Je le crus sur le coup, mais je ne vis jamais de cordelette de rappel. Ce devait être dans une autre région de Nkumaï.

Notre premier arrêt fut au bureau des services sociaux.

« Je veux voir le roi, dis-je après avoir expliqué qui j'étais.

— Splendide, répondit le vieux Nkumaï assis sur un coussin près d'un poteau d'angle. J'en suis ravi pour vous. »

C'est tout. Et, apparemment, il ne comptait rien ajouter.

« Pourquoi cela vous ravit-il ? demandai-je.

— Parce qu'il est bon d'avoir un rêve insatisfait. Cela rend la vie plus stimulante. »

Déconcertant. À ce stade, chez les Mueller, si j'avais été à la place de Professeur et que j'avais amené un émissaire dans un bureau du gouvernement, j'aurais ordonné qu'un fonctionnaire aussi récalcitrant soit étranglé séance tenante. Mais Professeur se contentait de sourire. Merci pour ton aide, mon ami, pensai-je en silence. Puis je demandai si j'étais au bon endroit.

« Pour quoi faire ?

— Pour obtenir la permission de voir le roi.

— Vous avez de la suite dans les idées, hein ?

— Oui », répondis-je, bien décidé à jouer selon ses règles si nécessaire, mais à gagner quelles qu'elles soient.

La matinée se passa ainsi, jusqu'à ce que le vieil homme grimace enfin : « J'ai faim, et un homme aussi pauvre et sous-payé que moi doit saisir toutes les occasions de se mettre quelque chose dans le ventre. »

L'invite était claire. Je sortis de ma poche un anneau d'or.

« Il se trouve, monsieur, dis-je, qu'on m'a offert ceci. Mais je ne supporterais pas de le garder alors qu'un homme tel que vous en ferait bien meilleur usage.

— Je ne peux pas le prendre, répondit-il, si pauvre et sous-payé que je sois. Pourtant mon travail consiste aussi à nourrir ceux qui ont encore moins de chance que moi, au nom du roi. J'accepte donc votre cadeau afin de le transmettre aux pauvres. »

Puis il s'excusa et passa dans une autre pièce pour déjeuner.

« Qu'est-ce qu'on fait ? demandai-je à Professeur. On s'en va ? On attend ? Est-ce que je viens de gâcher un pot-de-vin parfait ?

— Un pot-de-vin ? fit-il d'un air soupçonneux. Quel pot-de-vin ? La corruption est passible de mort. »

Je soupirai. Allez comprendre ces gens.

L'homme revint, souriant. « Ah, mon amie, me dit-il, chère madame, je viens juste d'avoir une idée. Si je ne peux pas vous aider, je connais toutefois quelqu'un qui le peut. Il vit par là-bas et vend des cuillers en bois sculpté. Demandez simplement après Sculpteur-de-la-cuiller-translucide.

Nous partîmes, et Professeur me tapota l'épaule. « Très bien joué. Il ne vous a fallu qu'une journée. »

J'étais un peu en colère. « Si vous saviez que ce Sculpteur était celui auquel je devais m'adresser, pourquoi m'avoir conduite ici ?

— Parce que Sculpteur refuse de parler à ceux qui n'ont pas été envoyés par Fonctionnaire-qui-engrange-des-devises-étrangères. »

Sculpteur-de-la-cuiller-translucide n'avait pas le temps de me voir ce jour-là, mais il me conseilla de revenir le lendemain.

Tandis que je suivais Professeur dans ce labyrinthe sylvestre, il me montra un filet à oiseaux en cours d'installation entre les arbres : « Dans une petite semaine, il sera parfaitement en place, prêt à être déployé. Il a l'air assez épais tant qu'il est enroulé, mais une fois tendu entre les arbres, le filet est si fin qu'on le distingue à peine. »

Il me montra que les mailles étaient juste assez larges pour laisser passer la tête d'un oiseau, et si étroite, qu'à moins de reculer tout droit, chose impossible pour la plupart des volatiles, l'oiseau ne pouvait que s'étrangler ou se briser le cou.

« Et, en fin de journée, nous replions le filet et nous distribuons à manger.

— Vous distribuez ? »

J'eus alors droit à un sermon : en Nkumaï, tout appartenait à tout le monde et l'argent n'avait pas cours car personne n'était jamais payé.

J'appris toutefois très vite qu'en réalité tout le monde l'était. Je pouvais aller voir Sculpteur, par exemple, et lui demander une cuiller, et il accepterait volontiers, me la promettant d'ici une semaine. Mais, le délai écoulé, il aurait oublié, ou bien son travail l'aurait tant accaparé qu'il ne pouvait tout simplement pas s'atteler à la mienne pour l'instant. Il ne cesserait de promettre et de repousser, jusqu'à ce que je lui rende un service de valeur équivalente – par pure bonté d'âme.

Celui que rendait Mwabao Mawa, celui grâce à quoi elle gagnait sa vie, consistait à se planter de temps à autre devant sa maison en entonnant le chant du matin, ou celui du soir, ou celui des oiseaux, ou qui sait quel autre encore. Cela suffisait : elle n'avait jamais faim; elle avait même souvent tant de réserves alimentaires et de biens qu'elle en donnait beaucoup.

Les pauvres étaient ceux qui n'avaient rien de valeur à donner. Les imbéciles. Les sans talent. Les paresseux. On les tolérait. On les nourrissait – à peu près. Toutefois, on ne leur accordait aucune importance. Et ils portaient tous un nom.

J'étais en Nkumaï depuis deux semaines, assez pour que la vie commence à m'y paraître normale, quand je parvins enfin à voir un homme investi d'un réel pouvoir. Il s'appelait Fonctionnaire-qui-nourrit-tous-les-pauvres, et Professeur s'inclina légèrement devant lui en entrant dans sa maison.

Mais l'entretien fut vain. Des propos sans conséquence, une discussion sur la conscience sociale des Nkumaï, des questions sur ma patrie. Je m'étais depuis longtemps inventé ma version de Loiseau, puisque je n'avais pas d'autre moyen de répondre aux questions que tant de Nkumaï me posaient sur mon pays. Après tout ce bavardage inutile, il m'invita à venir dîner quelques jours plus tard. « Quand je ferai brûler deux torches », précisa-t-il.

Je partis frustré.

Je le fus davantage encore quand Professeur se mit à rire et me dit que mon ascension au sein du gouvernement semblait avoir atteint son terme.

« Quel service lui offrirez-vous ? » demanda-t-il.

Je m'abstins de souligner qu'il reconnaissait implicitement que je corrompais bel et bien les fonctionnaires nkumaï. Je me contentai de sourire et lui montrai l'un de mes précieux anneaux de fer.

Il sourit à son tour et ouvrit sa robe, révélant une lourde amulette de fer pendue à son cou. La vue de tant de fer gâché pour un usage décoratif me donna des frissons.

« Du fer ? dit-il. Nous en avons tellement. Le fer suffirait pour Sculpteur et Oiseleur, mais pour Fonctionnaire-qui-nourrit-tous-les-pauvres ?

— Quel genre de cadeau apprécierait-il ?

— Qui sait ? répondit Professeur. Nul ne lui en a jamais donné qui ait servi à quoi que ce soit. Mais vous devriez être fière, madame. Vous lui avez parlé tout court – et c'est plus que la plupart des émissaires ont obtenu.

— Splendide. »

Je soutins à Professeur que je n'avais pas besoin de son aide pour retrouver le chemin de chez Mwabao Mawa. Il finit par hausser les épaules et me laisser partir seul. Je couvris rapidement la distance et fus heureux de constater comme je me débrouillais bien si haut. Je passai même un peu de temps à grimper des branches dépourvues de marquage, pour m'amuser, et si j'évitais encore de regarder vers le bas, je pris plaisir à relever le défi d'une approche difficile.

Il faisait presque noir quand je regagnai la maison de Mwabao et l'appelai.

« Rentrez au nid », dit-elle en souriant. Elle me servit aussitôt à dîner. « On m'a dit que vous étiez allée jusqu'à Fonctionnaire-qui-nourrit-tous-les-pauvres.

— Un jour, il faudra que vous me laissiez vous préparer un repas tel que nous les servons à Loiseau », dis-je, mais elle se mit à rire. Alors je l'interrogeai : « Pourquoi m'avez-vous accueillie, Mwabao Mawa, si on n'a jamais eu l'intention de me laisser rencontrer le roi ?

— Le roi ? répéta-t-elle dans un sourire. L'intention ? Personne ici n'a la moindre intention. On a demandé qui accepterait de vous accueillir chez elle, et comme j'ai à manger pour deux, je me suis proposée. On m'y a autorisée. »

J'étais furieux contre elle, même si elle me nourrissait. « Comment vous autres Nkumaï comptez-vous faire face au monde si vous refusez de permettre aux émissaires étrangers de voir votre roi ? »

Elle tendit la main et me caressa doucement la joue, encore imberbe. « Nous ne te refusons rien, petite alouette, dit-elle en souriant. Ne sois pas impatiente. Nous autres Nkumaï faisons les choses à notre manière. »

J'éloignai ma joue de sa main et décidai qu'il était temps de laisser quelqu'un me voir en colère. « Vous me répétez tous que la corruption est interdite, et pourtant elle m'a valu une douzaine d'entretiens. Vous me répétez tous que vous partagez tout, que personne n'a rien à vendre ni à acheter, et pourtant j'ai vu des achats et des ventes dignes de colporteurs faisant du troc. Et maintenant vous me dites qu'on ne me refuse rien, alors que je n'ai rencontré que des obstacles. »

Je me levai et fis quelques pas furieux.

Elle resta un moment silencieuse. Je ne pouvais pas me retourner et en dire plus, sous peine de perdre mon avantage, mon impact. C'était l'impasse, jusqu'à ce qu'elle se mette à chanter d'une voix de petite fille, une voix qui ne ressemblait en rien à celle qui chantait ses véritables chansons :

L'oiseau voleur cherche des baies
mais ne trouve qu'abeilles.
« Je sais où dormir et manger, dit-il,
mais, ça, qu'est-ce que j'en fais ? »

« Il faut les suivre, répondis-je, le dos tourné, jusqu'à ce que l'une d'elles rejoigne la ruche et le miel. » Puis je lui fis face et ajoutai : « Mais que sont ces abeilles, Mwabao Mawa ? Qui dois-je suivre, et où est le miel ? »

Elle ne répondit pas. Elle se leva simplement et quitta la pièce, sans toutefois gagner celle de devant, que je connaissais bien. Au lieu de cela, elle se rendit dans l'une des pièces interdites, à l'arrière, et comme elle ne disait rien de plus, je la suivis.

Je me retrouvai – après une brève course sur une branche de moins d'un mètre d'épaisseur – dans une pièce aux rideaux gais au pied desquels s'alignaient des coffres en bois. Elle en avait ouvert un et fouillait dedans.

« Voilà, dit-elle en trouvant ce qu'elle cherchait. Lis ceci. » Elle me tendit un livre.

Je le lus ce soir-là. Il s'agissait de l'histoire des Nkumaï, et c'était la plus étrange que j'avais jamais lue. Elle n'était pas longue et ne parlait pas de guerres, ni d'invasions ou de conquêtes. Elle consistait plutôt en une suite de notices biographiques de Chanteurs, Sculpteurs, Danseurs, Professeurs et Architectes. Il s'agissait en somme d'un registre de noms accompagnés de leur explication. Comment Sculpteur-qui-apprit-à-l'arbre-à-teinter-son-bois avait mérité son nom. Comment Chercheur-qui-vit-la-mer-froide-et-la-ramena-dans-un-seau avait gagné le sien.

En lisant ces brèves histoires, je commençai à comprendre les Nkumaï. Un peuple pacifique qui croyait sincèrement en l'égalité, malgré sa tendance à mépriser ceux qui n'avaient guère à offrir. Un peuple parfaitement à l'unisson de son univers d'arbres géants et d'oiseaux.

Mais tout en lisant à la lumière d'une épaisse chandelle, je perçus peu à peu des contradictions. Qu'est-ce qu'un tel peuple pouvait bien avoir trouvé à vendre à l'Ambassadeur ? Et qu'est-ce qui l'avait fait descendre de ses arbres et partir en guerre, usant de son fer pour conquérir Drew et Allison, et peut-être davantage à ce stade ?

Tandis que j'y réfléchissais, d'autres contradictions m'apparurent. Je me trouvais ici dans la capitale, pourtant personne ne semblait conscient qu'une guerre venait d'être gagnée, personne ne semblait s'y intéresser. On ne voyait pas d'esclaves venus d'Allison ou de Drew progresser prudemment parmi les arbres. Pas de soudaine richesse tirée des impôts et du tribut du vaincu. Pas même de fierté tirée de leur succès, bien que nul ne le contestât quand je mentionnais leurs victoires.

« Tu lis encore ? souffla Mwabao Mawa dans l'obscurité.

— Non. Je réfléchis.

— Ah bon. À quoi ?

— À ta drôle de nation, Mwabao.

— Je la trouve confortable. »

Elle était amusée : le ton de sa voix évoquait un sourire.

« Vous avez conquis un empire plus étendu que la plupart des autres nations, et pourtant votre peuple n'est pas militarisé, ni même violent. »

Elle gloussa. « Pas violent. C'est tout à fait vrai. En revanche, toi, tu l'es. Professeur m'a dit que tu avais tué deux violeurs en puissance sur un chemin en Allison. »

J'étais stupéfait. Ils avaient donc entrepris de remonter ma trace. Cela me mettait mal à l'aise. Jusqu'où iraient-ils ? J'aurais dû prétendre venir de Stanley, à l'autre bout du monde par rapport à Nkumaï, mais seul Loiseau avait des dirigeants féminins. Puis je me souvins qu'un grand Noir nkumaï ne pouvait pas davantage traverser Robles ou Jones pour aller enquêter à Loiseau que je ne pouvais quitter la maison de Mwabao d'un bond et atterrir en courant.

« Oui, reconnus-je. À Loiseau, on enseigne aux femmes des techniques secrètes pour tuer, sinon les hommes auraient bientôt le dessus. Mais, Mwabao, pourquoi les Nkumaï sont-ils partis en guerre ? »

Elle fut silencieuse un moment à son tour, puis elle répondit simplement : « Je ne sais pas. On ne m'a pas demandé mon avis. Je n'y serais pas allée.

— Où a-t-on trouvé les soldats, alors ?

— Parmi les pauvres, bien sûr. Ils n'ont rien à offrir d'intéressant. Mais j'imagine que la guerre leur a permis de donner la seule chose qui leur appartienne : leur vie. Et leur force. Après tout, la guerre ne présente pas de difficulté. Même un imbécile peut être soldat. »

Je me rappelai les hommes trop braves de Nkumaï, la démarche conquérante, armés de fer et prompts à maltraiter le peuple tremblant d'Allison. Évidemment. La lie des Nkumaï, habitués à subir le mépris de tous, enfin en position d'exercer un pouvoir sur d'autres. Pas étonnant qu'ils en abusent.

« Mais ce n'est pas ce que tu veux savoir, dit Mwabao Mawa.

— Ah bon ?

— Tu es venue pour autre chose.

— Quoi donc ? » demandai-je, en proie à cette peur oppressante que ressentent les enfants sur le point d'être découverts à cache-cache.

« Tu es venue découvrir d'où nous tenons notre fer. »

Sa phrase resta en suspens entre nous. Si je répondais par l'affirmative, je l'imaginais déjà crier dans la nuit, entendue par un millier de voix. Je me voyais poussé de la plateforme et tombant dans le noir. Mais si je niais, peut-être manquerais-je une occasion, la seule, d'apprendre ce que je voulais savoir. Si Mwabao était effectivement une rebelle, comme je l'en avais soupçonnée, peut-être serait-elle prête à me dire la vérité. Mais si elle travaillait pour le roi (son amant ?), elle s'efforçait peut-être de me prendre au piège.

Sois ambigu, me répétait toujours mon père.

« Tout le monde sait d'où vous tenez votre fer, répondis-je avec aisance. De l'Ambassadeur, des Observateurs. Comme tout le monde. »

Elle éclata de rire. « Très malin, ma fille. Mais tu possèdes un anneau de fer et tu le croyais de grande valeur. » Savait-elle donc tout ce que j'avais dit et fait ces deux dernières semaines ? « Et si ton peuple obtient du fer, en si petite quantité soit-il, tu dois mourir d'envie de savoir ce que nous vendons à l'Ambassadeur.

— Je n'ai posé de telles questions à personne. »

Elle gloussa. « Bien sûr que non. C'est la raison pour laquelle tu es encore là.

— Naturellement, je suis curieuse de beaucoup de choses. Mais je suis là pour voir le roi.

— Le roi, le roi, le roi... Te voilà comme tous les autres, à courir après des mensonges et des chimères. Le fer. Tu veux savoir ce que nous faisons pour obtenir du fer. Pourquoi ? Pour nous en empêcher ? Ou pour en faire autant et en obtenir les mêmes quantités que nous ?

— Ni l'un ni l'autre, Mwabao Mawa, et peut-être ferions-nous mieux de ne pas en parler, dis-je, persuadé qu'elle continuerait, qu'elle en avait envie.

— Mais c'est là que c'est complètement idiot, dit-elle d'une voix de petite fille espiègle. On prend toutes ces précautions, on te garde prisonnière, soit avec moi, soit avec Professeur, toute la journée, tous les jours, alors qu'il te serait de toute façon impossible de nous arrêter ou de reproduire ce que nous faisons.

— Si c'est impossible, pourquoi vous inquiéter ? »

Elle rit – pouffa même, cette fois, comme un gosse – et dit : « Au cas où, dame Lalouette. Au cas où. » Elle se leva soudain, bien qu'elle se fût déjà dévêtue pour dormir, et quitta la chambre pour retourner vers les coffres pleins de livres et autres objets. C'étaient ces autres objets qui l'intéressaient cette fois. Je la suivis et arrivai juste à temps pour attraper une robe noire qu'elle me lançait.

« Je vais m'éloigner pour que tu puisses t'habiller », dit-elle.

Quand je regagnai la chambre, elle attendait, impatiente, faisant les cent pas en fredonnant un petit air. Elle vint à moi et posa les mains sur mes joues. Elles étaient couvertes d'une matière tiède et collante, et Mwabao pouffa en me regardant.

« Maintenant tu es noire ! » murmura-t-elle avant de s'attaquer à mes mains et mes poignets, puis mes chevilles et mes pieds. Tandis qu'elle me peignait les pieds, elle glissa une main le long de ma jambe, remontant plus haut que le genou, et je reculai brusquement, de crainte qu'à ce jeu elle ne découvre une réalité qui ne la ferait pas sourire.

« Attention ! » s'écria-t-elle. Je me retournai et découvris que je me tenais juste au bord de la plateforme. Je fis un pas en avant.

« Désolée, dit-elle. Je n'attenterai plus à ta pudeur ! Ce n'était qu'un jeu.

— Qu'est-ce qui se passe ? demandai-je. Pourquoi fais-tu ça ?

— Je peux voyager de nuit comme ça, dit-elle en tournant sur elle-même devant moi, toute nue, et personne ne me voit de très loin. Mais toi, blanche comme le lys et le cheveu si clair, dame Lalouette, on te verrait à six arbres de distance. » Elle enfonça un bonnet noir serré sur ma tête et me mena par la main jusqu'au bord de sa maison.

« Je t'emmène, et si tu aimes ce que tu vois, tu me devras une faveur.

— D'accord, répondis-je. Quelle faveur ?

— Rien de difficile, dit-elle. Rien de difficile. »

Puis elle s'enfonça dans la nuit, et je la suivis.

C'était la première fois que je me déplaçais dans le noir, et la panique revint soudain. Sur les branches les plus larges, j'avais trop peur pour courir – et si je m'écartais un tant soit peu du chemin ? Comment pourrais-je voir où viser si je m'élançais agrippé à une corde ? Comment espérer garder mes appuis où que ce soit ?

Mais Mwabao Mawa guidait bien et, aux passages difficiles, elle me prit la main. « N'essaye pas de voir, soufflait-elle sans cesse. Contente-toi de me suivre. »

Elle avait raison. La lumière, qui se réduisait à la clarté des étoiles et de Dissidence, faisait plus de mal que de bien tant elle était atténuée par les feuilles. Et plus nous descendions, moins il faisait clair.

Il n'y eut pas de cordes à chevaucher, et j'en fus soulagé.

Nous arrivâmes enfin à un endroit où elle me dit de m'arrêter. J'obéis, puis elle me demanda : « Alors ?

— Alors, quoi ?

— Tu le sens ? »

Je n'avais pas pensé à solliciter mon odorat. J'inspirai donc lentement, ouvris la bouche et goûtai l'air par le nez et la langue. C'était exquis.

Un rêve d'amour charnel avec une femme que je désirais depuis toujours sans jamais espérer la posséder.

Un souvenir de guerre mêlant la soif de sang et la joie de survivre dans un océan de lances en mouvement et de haches en obsidienne.

L'essence même du repos après un long voyage en mer, quand l'odeur de la terre vous accueille et que le grain qui ondule sur les plaines semble une autre mer, que l'on pourrait traverser sans bateau celle-là, où l'on pourrait se noyer mais survivre.

Je me tournai vers Mwabao Mawa et je sus que j'écarquillais les yeux d'étonnement, car elle se mit à rire.

« L'air de Nkumaï, dit-elle.

— Qu'est-ce que c'est ?

— Une combinaison multiple. L'air qui s'élève d'un marais malsain sous nos pieds, la fragrance qui tombe des feuilles, l'odeur du vieux bois, les derniers vestiges de la pluie, les restes de soleil. Quelle importance ?

— Et c'est ce que vous vendez ?

— Bien sûr, répondit-elle. Pourquoi t'amener ici, sinon ? Seulement, l'odeur est bien plus forte de jour, quand nous la mettons en bouteille.

— Des odeurs, dis-je, intrigué. Les odeurs de gaz d'un marais. Les Observateurs ne savent donc pas les synthétiser ?

— Pas encore. En tout cas, ils continuent à acheter. Quelle ironie, dame Lalouette, que l'humanité soit capable de voyager entre les étoiles plus vite que la lumière et que nous ne sachions toujours pas ce qui provoque les odeurs.

— Bien sûr que nous le savons, protestai-je.

— Nous savons ce que sentent différentes substances, répondit-elle, mais nul ne sait exactement ce qui voyage jusqu'au nerf olfactif. »

Inutile de contester, puisque je ne faisais pas encore la différence entre olfactif et occipital.

Autre chose m'intriguait dans ses propos. Je revins à ce qu'elle avait dit sur les hommes qui voyageaient plus vite que la lumière. « N'importe quel écolier sait que c'est impossible, dis-je. Nos ancêtres sont arrivés sur Trahison après un sommeil de cent ans dans des vaisseaux spatiaux.

— L'humanité se traînait donc à l'époque, dit-elle. Croyais-tu qu'elle allait cesser d'apprendre parce que nos ancêtres n'étaient plus là ? En trois mille ans d'isolement, nous avons manqué les grandes prouesses de l'humanité.

— Quand même, plus vite que la lumière ! Comment aurait-on réussi ? »

Elle secoua la tête, vague point gris dans le gris de la nuit, animé d'un vague mouvement. « C'était juste pour parler, dit-elle. Du bavardage. Rentrons. »

Nous revînmes sur nos pas. Nous étions à mi-hauteur d'une échelle de corde quand une voix au-dessus de nous murmura dans la nuit.

« Il y a quelqu'un sur l'échelle. »

Mwabao Mawa se figea devant moi, et je fis de même. Puis je sentis la corde osciller légèrement, et son pied descendit près de mon visage. J'en conclus que nous devions descendre et l'aurais fait aussitôt si elle n'avait pas passé son pied sous mon bras, m'arrêtant dans mon élan. J'attendis donc qu'elle descende de l'autre côté de l'échelle jusqu'à parvenir à ma hauteur : ses pieds reposaient alors sur le barreau du dessous par rapport aux miens, et ses lèvres n'étaient donc pas loin de mon oreille.

Sa voix n'aurait pas été audible à trois pas : « Première plateforme. Lave-toi le visage. On va voir Fonctionnaire-qui-nourrit-tous-les-pauvres. Deux torches. »

Nous poursuivîmes donc notre ascension pour atteindre la première plateforme sur laquelle, par un heureux hasard – heureux, en effet, car ce n'était pas si fréquent – se trouvait une barrique d'eau. Je me lavai le visage le plus discrètement possible tandis que Mwabao Mawa continuait à monter et descendre les trois mêmes mètres d'échelle, de sorte qu'un individu observant le fil dans la nuit ne puisse deviner que nous nous étions arrêtés.

Je me nettoyai le visage aussi bien que je pus, de même que pieds et mains. Puis je grimpai à l'échelle derrière elle.

« Non », murmura-t-elle, et nous redescendîmes sur la plateforme, où elle exigea – sans bruit, bien sûr – que je lui donne ma robe.

« Je ne peux pas, soufflai-je.

— Tu portes quelque chose en dessous, non ? »

J'acquiesçai.

« Eh bien, moi, je ne peux pas me permettre d'être surprise toute nue entre les arbres. Je ne peux pas. »

Je persistai toutefois dans mon refus, jusqu'à ce qu'elle dise : « Alors donne-moi tes sous-vêtements. »

J'acceptai et passai la main sous ma robe pour ôter culotte et brassière. L'ample culotte était trop étroite pour ses hanches, mais elle parvint néanmoins à s'y glisser. Quant à la brassière, elle lui allait parfaitement – preuve supplémentaire, hélas, que ma poitrine était devenue des plus généreuses.

Je découvris toutefois bien pire à cette même occasion. Le corsage, alors que je le faisais glisser sur mon épaule sous la robe, avait accroché quelque chose. Rien n'aurait pourtant dû accrocher au niveau de l'épaule. Ce qui signifiait qu'un nouveau membre était en train de pousser.

Un bras ? Dans ce cas, je disposais de moins d'une semaine avant d'être obligé de le couper, et il était trop mal placé pour que je m'en occupe seul. Comment irais-je trouver un chirurgien nkumaï (existait-il des chirurgiens nkumaï ?) pour lui demander de m'ôter un bras surnuméraire ?

Mais l'inquiétude momentanée que j'en conçus se mua en soulagement lorsque je me rendis compte que je n'avais pas besoin de rester là une semaine ni même un jour de plus. J'avais tout ce qu'il me fallait, tout ce que j'avais espéré. Je pouvais désormais quitter les Nkumaï avec fracas, écœuré qu'ils ne me laissent pas rencontrer le roi. Je pouvais retourner auprès de mon père et lui dire ce que les Nkumaï vendaient à l'Ambassadeur.

Une odeur.

J'en aurais éclaté de rire, sauf que nous grimpions de nouveau l'échelle. En comprenant que j'étais passé à deux doigts de rire, il m'apparut que respirer l'air des forêts nkumaï à l'aplomb de marais malsains pouvait être dangereux. Ma retenue habituelle, mes réflexes et ma discipline, qui avaient toujours été fiables, ne me servaient pas aussi bien ici, pas cette nuit.

Nous atteignîmes enfin la plateforme où se tenaient les gardes en faction.

« Stop », souffla une voix dure, puis des mains saisirent mon poignet et me tirèrent vers la plateforme. Hélas, je ne m'étais pas préparé à ce mouvement, et ce fut un coup de chance si je parvins à garder les pieds sur l'échelle de corde. Je me retrouvai suspendu au-dessus du vide, les pieds sur l'échelle et le bras enserré dans la poigne d'un garde.

« Attention, dit Mwabao. Attention, elle est d'en bas, elle risque de tomber.

— Qui êtes-vous ?

— Mwabao Mawa et dame Lalouette, émissaire de Loiseau. »

Un grognement signala qu'on nous reconnaissait, et je me vis hissé vers la plateforme jusqu'à ce que mon tibia heurte le bord. Je pris maladroitement pied sur le plancher, tombant à genoux.

« Que faites-vous à errer dans le noir comme ça ? » insista la voix.

Je décidai de laisser Mwabao répondre. Elle expliqua qu'elle m'emmenait rencontrer Fonctionnaire-qui-nourrit-tous-les-pauvres.

« Personne n'a de torche allumée à cette heure, fit la voix.

— Lui, si.

— Ah oui ?

— Deux torches, insista-t-elle. Il attend un invité. »

Murmures. Puis nous attendîmes tandis que des pieds discrets s'éloignaient rapidement. Un garde – non, deux, comprisje lorsque le rythme de leur respiration se décala – resta avec nous pendant qu'un autre partait vérifier. Il ne tarda pas à revenir en annonçant : « Deux torches.

— Pas de problème, dans ce cas, dit la voix. Allez-y. Mais à l'avenir, Mwabao Mawa, prenez une torche. On vous fait confiance, mais vous n'êtes pas infaillible. »

Mwabao marmonna des remerciements, et je fis de même. Puis nous reprîmes notre chemin.

Quand nous distinguâmes deux torches dans le lointain, Mwabao Mawa me dit au revoir.

« Quoi ? fis-je d'une voix assez forte.

— Chut. Fonctionnaire ne doit pas savoir que je t'ai amenée.

— Mais comment est-ce que je fais pour aller là-bas ?

— Tu ne vois pas le chemin ? »

Je ne le voyais pas. Elle m'amena donc plus près, jusqu'à ce que la lueur des torches illumine le reste du trajet. J'étais heureux que Fonctionnaire n'affectionne pas les approches étroites comme Mwabao. Je me sentais assez en sécurité tout en suivant le chemin dans l'obscurité pendant que Mwabao Mawa s'éloignait dans la nuit des arbres.

Arrivé à la porte, je dis tout bas : « De la terre vers les airs.

— Et jusqu'au nid, entrez », me répondit-on à voix basse.

Je franchis les rideaux. Fonctionnaire était assis, l'air très officiel dans sa robe rouge, à la lueur vacillante de deux chandelles.

« Vous venez enfin, dit-il.

— Oui, répondis-je avant d'ajouter sans mentir : Je ne suis pas très douée pour me déplacer dans l'obscurité.

— Parlez bas, car les rideaux cachent peu de choses, et le son porte loin dans l'air nocturne. »

Nous parlâmes donc à voix basse tandis qu'il me demandait pourquoi je souhaitais voir le roi et ce que je voulais obtenir. Que dire ? Plus besoin de voir le vieux maintenant, Fonctionnaire, j'ai déjà ce que je voulais. Je répondis donc à toutes ses questions, jusqu'à ce qu'enfin il soupire profondément et dise : « Eh bien, dame Lalouette, on m'a demandé, si vos réponses me satisfaisaient, de ne pas vous empêcher davantage d'approcher le roi. »

La veille, j'aurais été ravi. Mais ce soir… Ce soir, j'avais juste envie de quitter Nkumaï avec mon corps difforme et le nouveau bras qui lui poussait.

« Je vous en suis reconnaissante, Fonctionnaire.

— Bien entendu, vous n'irez pas droit de moi à lui. Un guide va venir pour vous amener à la personne très haut placée qui m'a donné mes instructions, et cette personne vous emmènera plus haut à son tour.

— Jusqu'au roi ?

— J'ignore à quel niveau précis cette personne se situe dans la hiérarchie », répondit-il enfin sans sourire.

Comment pouvaient-ils gérer un gouvernement de cette façon ? Je me posais la question.

Mais un petit garçon apparut quand Fonctionnaire claqua des doigts, et il me fit sortir en empruntant un autre chemin. Je le suivis avec prudence : cette fois il y avait un vide à franchir en s'élançant avec une corde, mais le gamin alluma une torche de l'autre côté et je réussis mon coup, malgré un atterrissage maladroit et une cheville tordue. La foulure était légère ; elle guérit et ne me fit plus mal en quelques minutes.

Le petit me laissa devant une maison plongée dans l'obscurité, et il m'ordonna de rester muet. J'attendis donc devant la maison, jusqu'à ce qu'enfin une voix dise dans un murmure : « Entrez. »

Ce que je fis.

La maison était obscure, mais une fois encore on me posa des questions, et une fois encore je formulai des réponses, sans savoir à qui je parlais ni même précisément où il se trouvait. Au bout d'une demi-heure, il finit par déclarer : « Je vais maintenant partir.

— Et moi ? demandai-je bêtement.

— Restez. Quelqu'un d'autre va venir.

— Le roi ?

— La personne la plus proche du roi », répondit-il plus bas encore avant de sortir par où j'étais entré entre les rideaux.

Puis j'entendis des bruits de pas discrets dans une autre direction. Quelqu'un entra et s'assit près de moi. Tout près. Et se mit à rire doucement.

« Mwabao Mawa, fis-je, incrédule.

— Dame Lalouette, souffla-t-elle en réponse.

— Mais on m'a dit…

— Que tu rencontrerais la personne la plus proche du roi.

— Et c'est toi ? »

Elle rit de nouveau.

« Tu es donc la maîtresse du roi.

— D'une certaine façon. Si seulement il y avait un roi. »

Je mis un certain temps à comprendre.

« Il n'y a pas de roi ?

— Il n'y en a pas qu'un, répondit-elle, mais je peux parler au nom de ceux qui gouvernent aussi bien qu'un autre. Mieux que la plupart. Mieux que certains d'entre eux.

— Mais pourquoi ai-je dû passer par tout cela ? Pourquoi m'imposer de me frayer un chemin jusqu'à toi à coups de pots-de-vin ? J'étais chez toi depuis le début !

— Plus bas, dit-elle. Plus bas. La nuit a des oreilles. Oui, Lalouette, tu étais chez moi depuis le début. Je devais savoir si je pouvais te faire confiance. Si tu n'étais pas une espionne.

— Mais tu m'as montré cet endroit de toi-même. Tu m'as laissée sentir cette odeur.

— Je t'ai aussi montré qu'il est impossible de nous arrêter ou de nous imiter. Près du sol, Lalouette, l'air sent mauvais. Et ton peuple ne pourrait jamais grimper à nos arbres, tu le sais. »

J'étais d'accord. « Mais pourquoi me l'as-tu montré malgré tout ? C'est parfaitement inutile.

— Pas inutile, dit-elle. Cette odeur a d'autres effets. Je voulais que tu respires cet air. »

Je sentis alors sa main ôter mon bonnet. Elle tira doucement sur une boucle de mes cheveux. « Tu me dois une faveur », dit-elle, et je sentis soudain ma fin approcher.

Son souffle était brûlant sur ma joue, et sa main caressait ma gorge quand je trouvai enfin une issue. En tout cas, un moyen de reculer l'échéance. Peut-être cette fragrance suffisait-elle à lever les tabous sexuels des Nkumaï. Peut-être la dose aurait-elle affaibli les inhibitions d'une femme normale à la perspective de faire l'amour à une autre femme. Mais je n'avais pour ma part aucune objection à l'idée de faire l'amour à une femme, et mon corps, trop longtemps privé, réagissait à l'offre de Mwabao Mawa comme si elle était terriblement opportune. Heureusement, j'avais de fortes inhibitions contre la mort, et l'air de la forêt ne les avait en rien amoindries. Je savais que si je laissais la situation suivre son cours jusqu'à sa conclusion naturelle, elle aboutirait à la découverte de ma spécificité anatomique. Il m'apparut que Mwabao Mawa ne serait peut-être pas aussi ouverte à l'idée de découvrir un homme dans son lit qu'elle s'attendait à ce que je le sois en trouvant une femme dans le mien.

« Je ne peux pas, dis-je.

— Mais si, répondit-elle en glissant sa main froide sous ma robe. Je peux t'aider. Je peux faire semblant d'être un homme, si tu veux », et elle se mit à fredonner une drôle de chanson douce.

Presque aussitôt, la main sous ma robe devint plus rude, puissante, et le visage qui m'embrassait la joue se fit barbu. Tout cela parut se produire par l'intermédiaire de sa chanson. *Comment a-t-elle fait ?* me demandais-je tandis qu'un coin de mon esprit notait avec reconnaissance que sa virilité simulée contribuerait sans doute à étouffer le désir qu'elle m'inspirait.

Sauf que ma poitrine réagissait comme celle d'une femme, et je commençais à prendre peur tandis que son chant devenait trop rythmique et m'attirait plus profondément dans la transe.

« Je ne dois pas », dis-je en m'écartant. Elle me suivit. Ou était-ce « il » ? L'illusion était puissante. J'aurais juste voulu pouvoir en faire autant et lui faire croire que j'étais une femme, quelles que soient les preuves que ses mains, ses lèvres et ses yeux pourraient trouver. Mais j'en étais incapable. « Si tu persistes, je me tuerai ensuite.

— Bêtises.

— Je n'ai pas été purifiée. » Je m'efforçais de paraître désespérée. Cela ne présentait pas de difficulté.

« Bêtises, répéta-t-elle.

— Si je ne me tuais pas, les miens le feraient. Ils n'hésiteraient pas si ceci se produit sans que j'aie d'abord été purifiée.

— Et comment l'apprendraient-ils ?

— Crois-tu que je mentirais aux miens ? »

J'espérais que ma voix rauque et tremblante donnait davantage une impression de dignité offensée que de terreur absolue, mon véritable sentiment.

Peut-être était-ce le cas, car elle s'arrêta, ou plutôt marqua une pause et demanda :

« En quoi consiste cette purification ? »

J'inventai tout un fatras religieux, inspiré à la fois des pratiques du peuple de Ryan et de mon besoin personnel de solitude. Elle m'écouta. Elle me crut. Et j'effectuai donc un nouveau trajet dans l'obscurité, pour me retrouver seul dans une pièce chez Mwabao Mawa – celle qui contenait les coffres. Mon objectif en ce lieu, me dit-elle, était de méditer.

J'y restai une matinée, une soirée et une nuit.

Je ne savais pas quoi faire. Mwabao se trouvait dans la pièce voisine, celle que nous partagions depuis deux semaines. Elle fredonnait une chanson érotique qui me maintenait dans un état d'excitation sexuelle constante.

Je jouai avec l'idée de sectionner mes organes génitaux, mais je ne pouvais pas savoir avec certitude combien de temps prendrait la régénération, et Mwabao ne confondrait pas la cicatrice laissée par la castration avec une anatomie féminine.

Je pensai aussi à m'enfuir, bien sûr, mais je savais parfaitement que la seule voie praticable passait par la chambre où Mwabao Mawa patientait gaiement. Je jurai encore et encore – tout bas, bien sûr – en me demandant pourquoi j'avais eu la déveine de me trouver prisonnier d'un corps de femme avec une lesbienne pour geôlier et la gravité ainsi que des centaines de mètres d'altitude en guise de barreaux.

Je compris enfin que mon seul espoir, si mince fût-il, consistait à m'échapper non pas sous les traits d'une femme, mais d'un homme. La nuit suivante, si je me grimais en noir, je parviendrais peut-être à éviter les gardes. S'ils me repéraient et me capturaient, je n'aurais plus qu'à tomber. Lâcher, songeai-je avec ironie. Et mon identité de Mueller serait sauve.

Passer Mwabao Mawa ? Simple. Il suffisait de la tuer.

En étais-je capable ? Pas si simple. Je l'appréciais. Elle avait violé le protocole diplomatique, mais elle ne m'avait pas vraiment fait de mal. Et puis elle connaissait beaucoup de monde. On remarquerait vite sa disparition.

Je ne la tuerais donc pas. Un coup sur la tête, quelques os brisés, voilà qui devait suffire. Cela la réduirait au silence assez longtemps, ou du moins cela l'immobiliserait-il. Mais à vrai dire je n'avais aucune idée de la violence du coup à porter pour faire perdre conscience à une personne normale sans la tuer, du nombre d'os à briser pour ne pas l'handicaper à vie. Avec les Mueller, ce n'était pas un problème. Et je n'avais jamais entendu dire qu'un Mueller ait frappé un étranger sans avoir l'intention de tuer ou de mutiler. Toutefois, je ferais de mon mieux pour la laisser entière.

Il ne restait plus qu'à dissimuler qui j'étais. Je pouvais attendre d'en avoir fini avec Mwabao avant de me noircir la peau. Mais les autres préparatifs valaient pour l'effet de surprise.

J'entrepris de fouiller sans bruit ses coffres dans l'espoir d'y trouver un couteau qui me permettrait de me défaire de mes seins. Ils repousseraient, bien sûr, mais d'ici ce soir le tissu cicatriciel se serait juste transformé en peau normale, et ma poitrine n'aurait pas encore recommencé à pousser. Je ne pouvais pas faire mieux en termes de changement de sexe, compris-je avec amertume.

Je ne trouvai pas de couteau. En revanche, je tombai sur plusieurs livres, et un moment de curiosité se transforma en une demi-heure de concentration.

Il s'agissait d'une histoire de Trahison. J'avais lu notre version de l'histoire planétaire, bien entendu, mais celle-ci était plus complète par certains aspects. Des aspects majeurs. Et je me rendis bientôt compte qu'on m'avait roulé dans la farine. C'était pourtant si évident.

Ce que l'histoire des Mueller laissait de côté alors que celle des Nkumaï s'appesantissait sur le sujet, c'était le groupe au complet. Ce récit ne concernait pas une seule famille mais tous les membres de la conspiration exilés sur cette planète dépourvue de minerais pour montrer au reste de la République ce qui arrivait à ceux qui tentaient d'imposer un gouvernement par les élites intellectuelles. Les questions surannées qui avaient amené les familles sur Trahison m'avaient toujours paru risibles, et cela n'a pas changé. Qui doit diriger ? La réponse était toujours, immanquablement, « moi ». Quel que soit ce « moi », il recherchait le pouvoir.

Mais l'histoire des Nkumaï passait en revue tous les noms. Je cherchai Mueller et le trouvai. Han Mueller, généticien spécialisé dans l'hyperdéveloppement de la régénération humaine. J'en trouvai d'autres. Mais bien sûr, Nkumaï était celui qui m'intéressait le plus à ce moment-là. Ngago Nkumaï, qui avait adopté un nom pseudo-africain par défi, s'était fait connaître en développant des théories physiques de l'univers. En concevant de nouvelles façons d'appréhender l'univers, qui permettaient aux hommes de développer des techniques nouvelles.

Tout s'éclaira d'un seul coup, chaque élément si ténu qu'à lui seul il ne prouvait rien, mais tous les événements des semaines passées en Nkumaï si cohérents que je ne pouvais douter de ma conclusion.

L'air odorant au-dessus du marais n'était qu'un leurre ; le truc qu'avait trouvé Mwabao Mawa pour mettre dans son lit la jolie blonde de Loiseau. Mais d'autres informations étaient vraies. Il n'y avait pas de roi, par exemple. Mwabao n'avait pas menti : un groupe gouvernait à sa place. Mais pas un groupe d'hommes politiques, non. Un groupe d'hommes dont la profession était celle de leur fondateur, Ngago Nkumaï. Des scientifiques à l'origine d'inventions telles que la « vraie vue » ou qui faisaient « danser les étoiles ». Ils se servaient de Mwabao Mawa pour faire le lien avec les hauts fonctionnaires que comptait Nkumaï. À qui avaient-ils recours pour communiquer avec l'armée ? Et les gardes ? Peu importait. Et pourquoi tous les Nkumaï du commun croyaient-ils qu'il existait un roi ? Il y en avait sûrement eu un – ou peut-être y avait-il encore une figure de proue. Encore une fois, peu importait.

Ce qui comptait, c'était que les Nkumaï ne vendaient pas une fragrance à l'Ambassadeur, en réalité. Ils vendaient de la physique. De nouvelles façons de considérer l'univers. Ils avaient vendu, bien sûr, le voyage supraluminique, comme Mwabao Mawa l'avait innocemment laissé échapper avant de se reprendre avec finesse. Et d'autres découvertes. Des découvertes de bien plus grande valeur pour les Observateurs que les bras, jambes, cœurs et têtes moissonnés sur les corps de régénérants radicaux.

Chaque famille, si elle avait le moindre espoir de créer un objet susceptible d'intéresser l'Ambassadeur, s'efforçait nécessairement de développer le domaine de compétence de son fondateur : pour Mueller, les manipulations du génome humain ; pour les Nkumaï, la physique. Je cherchai le nom de Loiseau et me mis à rire. La première Loiseau était une riche mondaine, une femme dont les compétences commercialisables étaient rares, si ce n'est son talent pour plier autrui à sa volonté. Le matriarcat était son seul héritage. Dans la compétition pour obtenir du fer, cela ne lui conférait aucun avantage. Pourtant, comme tous les autres, elle avait transmis à sa famille ce en quoi elle excellait.

Je refermai le livre. Il était désormais plus urgent encore de m'échapper, car cette découverte précise pouvait être la clef d'une victoire des Mueller sur les Nkumaï. Et j'étais capable – j'en étais sûr – de former une armée Mueller à se battre dans les arbres. Nous pouvions, j'en avais bon espoir, remporter la victoire et faire prisonniers au moins quelques-uns de ces cerveaux, ou du moins prendre le contrôle de leur Ambassadeur et les empêcher de s'en servir. Après tout, la population de Nkumaï était mal équipée pour le combat, alors que celle de Mueller était élevée le couteau, la lance et l'arc à la main. Nous pouvions réussir.

Il nous fallait réussir. Car les Nkumaï obtenaient des métaux plus vite et, quand ils en auraient assez, ils disposeraient de la technologie nécessaire pour bâtir un vaisseau et quitter la planète. Pas un vaisseau où l'on dormirait d'un sommeil artificiel, mais un bâtiment qui voyagerait plus vite que la lumière. Ils quitteraient Trahison – or Mueller n'en avait aucun espoir. Puis, une fois que les Nkumaï auraient atteint la République et réglé leurs comptes, ils reviendraient avec tout le métal que leurs vaisseaux pourraient transporter, et aucune famille ne pourrait alors espérer leur résister. Ils régneraient.

Il fallait que je les arrête.

Je mis le livre de côté et repris ma quête d'un couteau. Je cherchais encore quand les rideaux s'écartèrent devant cinq gardes nkumaï.

« Nos espions reviennent tout juste de Loiseau », déclara l'un d'eux.

J'en blessai deux et en mutilai un troisième. Ils furent incapables de me maîtriser. Ils durent me porter à la tête un coup qui aurait tué un homme ordinaire. Il causa de tels dégâts que je restai inconscient plusieurs heures.

4

LANIK ET LANIK

JE REPRIS CONSCIENCE allongé sur une plateforme si courte que si ma tête y reposait, mes pieds pendaient dans le vide. J'étais encore habillé, je le sentis plus que je ne le vis. J'avais peine à croire qu'ils n'avaient pas découvert le secret de mon corps – ils m'avaient sûrement fouillé en quête d'armes –, toutefois j'espérais encore qu'une généreuse pudeur avait préservé le secret de Mueller.

Deux gardes nkumaï se tenaient à proximité. Quand ils me virent conscient, ils me rejoignirent aussitôt en suivant des branches étroites. Nous étions si haut que les feuilles poussaient dru autour de nous et je voyais des lambeaux de ciel. Les branches étaient si fines que ma plateforme tangua violemment tandis que les gardes se dirigeaient vers moi.

Lorsqu'ils se tinrent sur la branche qui passait sous ma plateforme, ils brandirent des crochets pour attraper deux cordes qui pendaient de branches plus hautes et fines encore. À l'extrémité de ces cordes se trouvaient les menottes les plus ingénieuses que j'avais jamais vues. Au lieu des instruments en bois peu pratiques et prompts à pourrir dont nous nous servions à Mueller, celles-ci étaient faites de verre maintenu par de la corde. Deux demi-cylindres de verre furent glissés autour de mes poignets. Ils ne se rejoignaient pas tout à fait de chaque côté. Puis la corde fut nouée serré autour d'eux, tenue en place par une rainure creusée dans le verre. Quand les gardes eurent terminé leurs nœuds, les demi-cylindres se touchaient fermement.

En guise d'au revoir dans cette rencontre muette, les gardes tirèrent brusquement sur les menottes. Celui de droite fit descendre la sienne vers mon coude. L'autre fit monter celle de gauche vers ma main. La douleur fut intense et immédiate. Je les regardai, surpris. Ils m'adressèrent un sourire sinistre et s'en allèrent.

Autour de mon avant-bras droit et de ma main gauche, les menottes m'avaient blessé au point de faire couler le sang. Le verre avait été effilé ou ébréché pour que le bord devienne coupant. Il était assez simple de quitter ces menottes – si l'on était prêt à perdre la moitié de la main dans l'opération ; or, dans ce cas, la descente de l'arbre deviendrait franchement difficile.

Les menottes étaient aussi attachées de telle sorte que je ne pouvais pas les heurter l'une contre l'autre, ni contre rien, même ma tête. Impossible de les briser. De plus, comme elles étaient reliées à des branches très souples, elles avaient tendance à remonter et à me couper quand je les tirais vers le bas. En l'état, l'installation était si tendue que le moindre mouvement m'entamait la peau. Je ne pouvais pas m'allonger ; pas même m'agenouiller.

Ils ne voulaient pas que je m'échappe, et ils ne voulaient pas non plus que j'apprécie mon séjour. J'ai connu des hôtes de ce genre avant et depuis, mais aucun n'était odieux à ce point.

Je regardai autour de moi. C'était la fin de l'après-midi : le soleil était encore visible, bas au milieu des feuilles à l'ouest, brillant sous les nuages qui arrivaient du nord-ouest. J'avais dû rester inconscient pendant des heures.

Ma plateforme reposait sur une seule branche, mais elle était reliée à beaucoup d'autres, formant un réseau dense. Je rebondis légèrement, et aussitôt les gardes perçurent mon mouvement et se retournèrent.

Il y avait d'autres plateformes près de moi, toutes inoccupées. Je crus distinguer quelqu'un debout, menotté, mais sans certitude. Les feuilles m'empêchaient de voir très loin.

Il se mit à pleuvoir. Je fus trempé sur-le-champ. À cette hauteur, où les feuilles et branches susceptibles d'atténuer l'orage étaient moins nombreuses, les grosses gouttes me frappaient violemment. Pire : elles tombaient avec une force telle que chaque souffle de vent secouait les branches, et cela me rappela ma première traversée d'un pont de corde – une sensation pire que le mal de mer. Pendant l'averse, je constatai que les gardes se réunissaient sous deux petits toits sans plus surveiller personne.

Mon plan se dessina vite et sans peine, mais il me permettait seulement de quitter la zone de la prison. Comment atteindrais-je le sol en vie et, de là, comment traverserais-je la forêt pour arriver en lieu sûr ? (Où cela, d'ailleurs ?) Ces problèmes étaient trop nébuleux pour que je m'y attelle dès à présent.

« Dame Lalouette », fit une voix lointaine et familière.

Mwabao Mawa arrivait par le réseau de petites branches. Les gardes se levèrent et la saluèrent de la tête tandis qu'elle s'approchait de moi.

« Mwabao Mawa, dis-je. J'ai changé d'avis. Je préférerais continuer à vivre avec toi, au bout du compte.

Elle fit la moue puis répondit : « Nous avons reçu le rapport complet de nos informateurs. Un duo assez perfide, des mercenaires d'Allison persuadés à tort que nous continuerions à payer un peu plus pour chaque bribe d'information qu'ils nous distilleraient. J'espère que tu ne nourris pas d'espoir aussi déplacé, Lalouette ou qui que tu sois. Nous ne marchanderons pas, sauf pour ta vie. »

Je souris, mais je ne pense pas avoir paru très jovial.

« Dame Lalouette, tu ne viens pas de Loiseau. Les histoires absurdes que tu nous as contées sur la culture de cette famille tendent même à prouver que tu n'y es jamais allée, tant elles sont loin de la vérité. Néanmoins, vu ton accent, il est évident que tu viens bien de la plaine du fleuve Rebelle. La pièce de fer que tu as produite indique aussi clairement que tu es issue d'une famille qui se sert de devises. Et puisque ce fer ne pouvait pas venir de nous, tu as dû le trouver auprès d'une famille qui a quelque chose à vendre à l'Ambassadeur. Qui est-ce ? »

Mon sourire s'élargit.

« Eh bien, dit-elle, je suis à peu près sûre que tu viens de Mueller. Ton identité exacte, je la connaîtrai sous une semaine, grâce à des espions plus fiables que les deux hommes d'Allison dont nous nous sommes servis. Passons à des questions plus concrètes. Ton peuple, que vend-il à l'Ambassadeur ?

— De l'air tiré des marais à l'embouchure du fleuve Rebelle. »

Elle me lança un regard noir. « Je t'aimais bien, vraiment.

— Moi aussi, je t'aimais bien, répondis-je. J'ai changé d'avis il y a deux jours, quand j'ai découvert à quel point nos attirances sexuelles divergent. » Un mensonge éhonté : nous aimions tous deux les femmes.

« Je t'apprécie toujours, Lalouette, dit-elle. Je ne suis pas sadique, et tu n'es pas là par un effet de mon dépit. Tu comprendras donc que je ne reste pas en observatrice. »

Quand elle fut partie, les gardes arrivèrent et me soulevèrent dans les airs. Je crus d'abord qu'ils me lâcheraient simplement, laissant les menottes faire le travail. Mais apparemment non : s'ils me découpaient par accident un bout de la main, les menottes ne pourraient plus me retenir. Alors que j'étais en l'air, ils me parlèrent donc pour la première fois et m'invitèrent à agripper les cordes, qui avaient désormais assez de mou pour me le permettre.

Je me retins aux cordes tandis qu'ils faisaient basculer mes pieds vers l'avant. Dans cette position, je ne pouvais pas lâcher les cordes sans m'ouvrir les poignets sur les menottes, et elles étaient attachées à des branches si souples que je ne pouvais pas y prendre appui pour frapper les gardes. Ils entreprirent de m'entailler les pieds en suivant un délicieux motif croisé sur un bon centimètre de profondeur, qui mit l'os à nu en plusieurs endroits. C'était douloureux, bien sûr, mais j'avais subi pire à l'entraînement. Néanmoins, je savais ce que l'on attendait de moi : je gémis et hurlai obligeamment. Je devais bien jouer la comédie, car ils cessèrent bientôt de creuser, me soulevèrent à nouveau en me disant de lâcher les cordes et me reposèrent délicatement.

Sur mes pieds, bien entendu. Or les menottes me forçaient encore à rester debout. Je repensai au sort qu'on réservait aux espions dans les donjons de Mueller et décidai que, sur ce plan, nos deux civilisations étaient à égalité. Mueller déployait une technologie plus avancée pour causer la douleur, mais Nkumaï savait pousser au désespoir.

Perdu dans mes réflexions, j'en oubliai de hurler pendant quelques secondes, mais lorsque je me rappelai que j'étais censé souffrir, je gémis tout mon soûl. Ils s'en allèrent.

Dans la demi-heure, les entailles de mes pieds étaient refermées ; quant à la douleur et au picotement lié à la guérison, ils prirent eux aussi bientôt fin. Le problème d'une cicatrisation si rapide, c'est que mes tortionnaires la remarqueraient sûrement et que je n'aurais plus besoin de dissimuler ce que Mueller vendait à l'Ambassadeur.

Je me mis à prier pour qu'il pleuve. Ou du moins à souhaiter une averse, car mon panthéon n'incluait aucune divinité chargée de la météo.

La pluie vint une heure après la tombée de la nuit. Les nuages se déroulèrent dans le ciel, masquant les étoiles et la lueur de Dissidence. Le vent se leva et secoua la plateforme. Ce fut pour moi le signal du départ : puisque les branches bougeaient déjà, mes mouvements passeraient inaperçus.

Je commençai à tirer sur mes menottes de façon à me trancher une partie de la main. Le plus dur consistait à maintenir suffisamment de pression sur les menottes dans la bonne direction pour que le verre sectionne les deux doigts extérieurs de chaque main et non le pouce car j'en avais besoin pour grimper.

Il y eut un instant terrifiant lorsque mes deux mains se libérèrent en même temps, pile au moment où un coup de vent soulevait la plateforme sous mes pieds. Je tombai à plat ventre, mais la chance me souriait ce jour-là, et je finis sur la branche du dessous plutôt que dans le vide.

Je restai allongé là un moment, le sang dégouttant de mes mains blessées, tandis que la pluie commençait à tomber.

Il ne restait plus que quelques minutes avant que la tempête ne se calme. Entre les nuages, la pluie et la nuit noire, je ne voyais rien du tout. Pourtant je devais bouger, m'éloigner de ma prison avant qu'on puisse à nouveau détecter mes mouvements. La douleur n'était rien, mais il fallait surmonter ma peur de tomber et de me déplacer dans l'obscurité, et je n'avais jamais eu tâche plus ardue, ni porteuse d'un tel risque pour ma petite personne. Aujourd'hui encore, quand j'y repense, je me demande quelle folie a pu m'y pousser. Mais j'étais encore jeune à l'époque, et la vie n'avait pas le prix qu'elle a désormais.

Le bois était glissant, et je rampais, grimpais et titubais bien plus vite que la prudence ne le recommandait. Je m'efforçais de progresser dans la direction où les branches prenaient naissance, sachant que je finirais par en trouver une plus épaisse où je pourrais affermir ma position. Je gardais les yeux fermés et avançais à tâtons car, même dans le noir complet, tant que j'avais les yeux ouverts mon cerveau cherchait à voir et tendait à paniquer en y échouant.

À un moment, j'atteignis une plateforme et redoutai brièvement qu'elle soit occupée. Mais non. De là, je ne mis que quelques instants à gagner un bois bien ferme. Je ne me relevai pas pour autant ni ne me mis à courir. Je n'avais pas de guide et le bois était glissant. Mais je fus soulagé de ne plus être ballotté en tous sens, et je m'enfonçai dans l'obscurité.

La pluie cessa. Le vent tomba. Et comme je soupirais de soulagement, le chemin que je suivais devint soudain très pentu ; je perdis prise et tombai. L'espace d'un instant, je crus mon heure venue, mais j'atterris presque aussitôt sur une plateforme.

« Bon sang ! » s'exclama une voix furieuse alors que je me relevais : j'avais fait tomber quelqu'un.

« Qu'est-ce qui tombe donc du ciel ces temps-ci ? » s'enquit une voix de femme amusée.

Je doute qu'ils aient été amusés quand je les neutralisai. Je n'avais pas le temps de me montrer doux et persuasif. Mais je ne pense pas les avoir tués. Leurs instincts et mes désirs coïncidaient suffisamment pour que ni l'un ni l'autre ne s'approche trop du bord et, quand je les eus immobilisés, je pris quelques instants pour les fouiller, au cas où j'aurais pu leur dérober quelque chose. J'avais vaguement l'intention de me faire passer pour un voleur de façon à détourner mes poursuivants.

L'homme avait un couteau et je le pris, ainsi qu'une amulette en fer que la femme portait autour du cou. J'avais déjà dans l'idée qu'il me faudrait peut-être des valeurs lorsque j'aurais quitté Nkumaï – comme si j'avais un espoir raisonnable d'y parvenir. Puis je trouvai une échelle de corde qui descendait de la plateforme, je retins mon souffle et me laissai basculer par-dessus bord vers l'obscurité.

Je descendais en silence, à l'affût de tout bruit révélateur dans l'air nocturne signalant qu'on avait découvert mon évasion, mais la nuit était silencieuse. Une pâle lueur commençait à se diffuser à mon niveau à mesure que les nuages s'éloignaient et que Dissidence montait dans le ciel.

Tandis que je passais une plateforme reliée à un pont de corde, je jouai avec l'idée de quitter l'échelle. Mais je décidai de descendre encore d'un niveau afin de mettre autant de distance possible entre mes poursuivants et moi dans le sens de la hauteur.

Mauvais choix. Je venais de dépasser la plateforme quand l'échelle de corde se mit à osciller violemment, à la manière d'un pendule. Puis elle commença à s'élever. Ils m'avaient retrouvé.

Mes réflexes dans cet environnement sylvestre étaient encore lents. Il me fallut un moment pour décider de passer de l'autre côté de l'échelle, vers la plateforme. Le temps d'y arriver, je me trouvais à trois mètres au-dessus, et l'échelle montait très vite. Je ne pouvais pas attendre d'être sûr de mon coup : je sautai en arrière quand mon instinct me souffla de le faire.

Je me réceptionnai sur le dos et glissai contre le sens du grain du bois, me lardant l'échine d'échardes. J'avais tellement d'élan que je glissai jusqu'au bout de la plateforme et continuai sur la pente raide du pont de corde.

Franchir un pont de corde en courant comme un dératé est une chose. Y glisser tête la première sur le dos vous offre beaucoup moins de maîtrise sur la situation. J'écartai les jambes afin d'essayer de m'arrêter en accrochant les cordages des côtés. Hélas, le pied droit s'y prit le premier et me dévia brutalement dans cette direction. Les cordes m'empêchèrent de tomber, mais le choc suffit à faire basculer le pont à la renverse et moi avec.

J'attrapai les cordes et tins bon dans une horrible secousse. Le pont était sens dessus dessous à mon niveau, et la situation empira encore quand les lattes en bois tombèrent. L'une me heurta l'épaule et, par réflexe, la main associée lâcha prise. Je me retins de l'autre et retrouvai bientôt ma prise. Mais je ne voyais pas comment redresser le pont – ce n'était pas comme un bateau qui chavire. Il n'y avait pas d'eau pour me soutenir pendant que je le retournais. En fait, la seule façon de le redresser consistait à le lâcher. Et cela ne me serait d'aucune utilité.

J'envisageai un temps de regagner à la force des bras la plateforme que j'avais quittée car elle était beaucoup plus proche que l'autre côté. Mais je savais que mes poursuivants, sans doute des gardes, ne tarderaient pas à y arriver – d'ailleurs, ils contrôlaient la seule autre issue depuis cette plateforme : l'échelle de corde.

Je me dirigeai donc à la force des bras vers l'autre extrémité du pont. J'étais heureux d'avoir mes pouces. Même si mes plaies avaient cessé de saigner, mes mains amputées me faisaient encore souffrir et n'étaient pas au mieux de leur forme tandis qu'elles s'efforçaient de guérir. Mais je tenais. Au début, du moins. Au bout d'un moment, je dus passer un bras entre les cordes pour m'aider à porter mon poids. Cela me ralentit encore, mais je fis néanmoins assez vite.

Vers le bout du pont, la position des aussières principales forçait l'ouvrage à reprendre une assise plus normale malgré le poids de mon corps, et je me hissai avec reconnaissance sur les planches.

Puis je perçus un tressautement qui n'était pas dû à mes propres mouvements : quelqu'un d'autre arrivait sur le pont.

Maintenant qu'il s'était redressé, mes poursuivants le franchiraient vite, sauf dans la zone où les planches étaient tombées. Cela ne manqua pas, d'ailleurs : j'entendis un cri de surprise et le pont rebondit soudain. L'homme avait-il basculé dans le vide ou s'était-il rattrapé à temps ? Impossible de le savoir. Même dans la pénombre, je ne voyais pas à plus de deux mètres devant moi.

Deux mètres me suffirent toutefois pour constater que la plateforme dont j'approchais était occupée. Les deux hommes ne faisaient pourtant manifestement pas partie de la chasse car ils me tournaient le dos. Je n'avais pas de temps à perdre, et il n'était désormais plus utile – si cela l'avait jamais été – d'essayer de masquer mon évasion. Le couteau que j'avais volé se planta dans le cœur de celui qui se retournait vers moi alors que l'autre chutait dans la nuit après que je lui eus asséné un coup de pied brutal dans les reins. Il tomba sans bruit.

Tout en extrayant mon couteau du cadavre, je cherchai une autre issue alentour et découvris que je me trouvais au point de jonction entre le tronc et une branche principale plutôt qu'à la fourche de deux branches. Il n'y avait pas de pente douce, rien que le plongeon vertigineux du tronc. La branche s'élançait vers le ciel – la direction opposée à la mienne. Et le pont frémissait encore des pas de mes poursuivants. S'ils n'avaient pas été ralentis par les planches manquantes, ils m'auraient sûrement déjà rejoint, habitués qu'ils étaient à se déplacer dans le noir.

J'envisageai de sectionner les attaches du pont, mais les aussières étaient bien trop épaisses et je n'essayai même pas.

Je décidai plutôt de suivre la branche en espérant qu'elle me mènerait à un chemin qui me servirait. Je commençais mon ascension quand je remarquai ce sur quoi les deux Nkumaï travaillaient à mon arrivée : un filet à oiseaux.

Ils venaient d'en attacher l'extrémité : le filet roulé sur lui-même était tendu dans la nuit. Un autre point d'attache au moins était assuré, et cela suffirait peut-être.

Je testai les nœuds : solides. Puis je me mis à ramper à reculons sur l'épais rouleau. Il était rêche et fournissait suffisamment de prise pour m'empêcher de tomber voire de basculer et me retrouver accroché par le bas. Tout en reculant le long du filet, je coupai les ficelles qui le maintenaient enroulé.

En arrivant au point d'attache suivant, je me reposai et découvris à mon grand soulagement que l'ensemble était attaché en un autre point encore, plus loin. J'entendis – pas si loin – le bruit de pas sur la plateforme que je venais de quitter.

Coupant toutes les ficelles sur mon passage, je poursuivis ma progression à reculons sur le filet. Je le voyais se dérouler, s'ouvrir le long du chemin que je venais d'emprunter. Mes poursuivants essaieraient-ils de me suivre le long du filet ? Maintenant qu'il était déployé, leur tâche serait beaucoup plus difficile. À moins qu'ils ne tranchent l'attache ? Cela ne me ferait rien : il y en avait une autre entre eux et moi. Et cela rendrait toute poursuite impossible.

Je les entendais presque s'efforcer de se décider dans le noir et le calme de la nuit nkumaï.

Jusqu'où le filet descendrait-il ? Jusqu'où étais-je moi-même descendu, d'ailleurs ? Que gagnerais-je à le dérouler si, une fois rendu en bas, je m'apercevais qu'il restait encore cent mètres entre le sol et moi ?

Le filet était long, et, quand j'atteignis le septième point d'attache, il m'apparut que les gardes m'attendraient probablement sur la plateforme où il se terminait, prêts à m'accueillir et me rendre à la captivité. Je me retournai donc laborieusement. J'avais plus de mal à me déplacer en avançant, mais je me sentais davantage à l'abri des surprises. Grand bien m'en prit. Je me trouvais au niveau du neuvième point d'attache quand je sentis le filet frémir. Cela ne pouvait pas venir de l'arrière : je l'aurais senti depuis longtemps si on m'avait poursuivi par le chemin que j'avais pris. Je n'avais pas besoin de tous mes cours de logique pour en conclure que quelqu'un arrivait en face.

Je continuai à trancher les nœuds du filet tout en avançant. Et au point d'attache suivant, je décidai de mettre fin à mon voyage le long du filet. Juste après le point d'attache, j'entrepris de découper le filet lui-même. Chaque maille se tranchait facilement, et même cinq ou six à la fois, mais il y en avait des centaines dans le filet roulé sur lui-même. Et j'étais si concentré que je ne vis pas l'ennemi avant qu'il soit sur moi.

Il n'avait pas coupé de nœuds, lui, bien sûr, et le filet était donc épais sous lui, alors qu'il se déroulait sous moi, me laissant sur une base plus fine et moins stable. J'en avais déjà découpé la moitié – voire plus – mais il avait lui aussi un couteau, et je décidai prudemment que le combattre était plus urgent que couper des fils.

La bataille fut à sens unique. En bonne condition physique et sur la terre ferme – voire une plateforme lisse –, je suis sûr que je n'aurais pas eu de mal à le tuer. Mais sur un filet tendu en hauteur, dans une obscurité à peine percée par la faible lueur de la lune, et affaibli par la perte de sang ainsi que l'amputation encore douloureuse de mes doigts, je n'étais pas dans la meilleure forme. Pire, l'avantage normal des Mueller – nous ne nous formalisons pas de quelques blessures mortelles au combat – ne valait pas ici, puisque tout affaiblissement supplémentaire me forcerait à lâcher le filet et plonger si loin vers le sol que mes chances de guérir à temps seraient très minces.

Pire encore, il était clair que mes ennemis n'essayaient pas de me prendre vivant : ils devaient juger que mon cadavre leur suffirait, même s'ils ne pouvaient pas l'interroger. Le bref combat aurait pris fin sommairement quand il enfonça enfin son arme dans mes entrailles si le haut du filet n'avait pas été à ma portée.

Il me fouilla le ventre de son couteau, et la douleur fut telle qu'elle me coupa le souffle. Un Mueller peut supporter quelques petites plaies, mais notre entraînement ne nous apprend pas à rester passif pendant que l'ennemi nous ouvre comme un cerf tombé à terre. Je lui donnai un coup au bras et touchai la chair, mais un instant plus tard sa main était de retour, et son arme frappait à nouveau pour m'éviscérer. Il était clair que ce compromis – son bras contre mes tripes – se conclurait très vite par ma chute. Au lieu de m'en prendre à lui, j'attaquai donc violemment le filet plus haut, où j'avais déjà commencé à le tailler. La souffrance et le désespoir me donnaient peut-être de la force, ou bien le temps passait plus vite que je n'en avais l'impression, mais le filet céda bientôt, et mon adversaire émit un grognement surpris lorsque les deux moitiés se séparèrent et tombèrent chacune de leur côté. Il disparut en silence dans le noir, me laissant seul à me balancer sur le filet suspendu.

Celui-ci était désormais ouvert sur toute sa longueur, et je m'accrochai des doigts et des orteils aux fines mailles. L'air était froid sur mon ventre béant. Je sentis quelque chose de chaud et humide frotter contre mon genou, et je me rendis compte qu'une longueur d'intestins s'était échappée de moi.

Cacher mon véritable sexe n'avait plus vraiment d'importance désormais, et je découpai ma robe noire au niveau des épaules afin d'être plus libre de mes mouvements pour progresser à quatre pattes. Nu et de plus en plus indifférent à la douleur, j'entamai la descente de mon vestige de filet.

Je me faisais l'effet d'une araignée boiteuse sur une toile abîmée. Plus d'une maille céda, m'obligeant à tenter de retrouver une prise. Les fils ténus entamaient constamment la chair de mes doigts et de mes orteils.

Après une descente qui dura des siècles, mon pied ne trouva plus d'appui. J'avais atteint le bas du filet ; il n'y avait que du vide en dessous.

Mais combien de vide ? Cinquante centimètres ou deux cents mètres ?

Je n'avais aucune idée de l'altitude à laquelle j'avais démarré. Comme le filet avait été découpé, le coin auquel j'étais désormais suspendu se trouvait plus bas qu'il n'aurait été dans sa position normale. Le sol n'était peut-être qu'à un pas sous moi.

Mais je n'avais guère le choix. Dans mon état de faiblesse, boyaux ouverts et pendants, perdant encore du sang par un impossible fatras de blessures à demi guéries, je ne pouvais ni remonter ni tenir beaucoup plus longtemps. Mon seul espoir de survie consistait à lâcher le filet. S'il était suffisamment bas, j'arriverais peut-être à atterrir avec assez d'os intacts pour me permettre de m'éloigner à quatre pattes dans le noir et de trouver une cachette, le temps que mon ventre cicatrise. Si le filet était trop haut, alors on me trouverait à terre au matin, que je saute ou que je m'évertue à tenir encore un peu.

Alors que j'essayais de me décider, pendu là, le filet commença de se déchirer. J'étais trop lourd pour une toile censément invisible aux oiseaux. J'entendis les mailles céder rapidement l'espace de quelques instants, puis je fus précipité dans le vide obscur, les doigts encore agrippés aux fils.

Je tombai en chute libre pendant une longue seconde. Je ne pouvais même pas me préparer à rouler à l'impact puisque je ne voyais pas le sol. J'atterris sur le dos, le souffle coupé par le choc. Et comme je n'avais pas lâché le filet, je m'y retrouvai emmêlé, et mètre après mètre il s'empila sur moi et tout autour.

J'étais vivant.

Pendant quelques instants, je restai allongé, sonné, tenté par le soulagement bienvenu que m'apporterait la perte de conscience. Mais je refusai. Avoir survécu jusqu'à la terre ferme de la forêt nkumaï me poussait à ne pas renoncer à mon évasion. Combien de temps mes poursuivants mettraient-ils à descendre par l'échelle ? Et combien de temps leur faudrait-il ensuite pour arriver jusqu'à moi ? Pas longtemps, décidai-je, et je me libérai du filet.

J'y laissai un bout d'intestin, et les boyaux encore tachés cherchaient à s'échapper par ma blessure béante à chaque pas. Seule une main constamment appuyée sur mon ventre les y maintenait. Je m'éloignai en titubant dans une direction qui me mènerait, je l'espérais, à la mer. J'avais perdu tout sens intellectuel de l'orientation ; j'espérais que mon instinct me guiderait dans la bonne direction.

Si mon cerveau ne fonctionnait pas bien, je me rappelle néanmoins avoir au moins tenté de dissimuler ma piste. Je trouvai un ruisseau où je m'arrêtai le temps de rincer ma blessure – l'eau froide frappa mes tripes comme une massue – puis je suivis son cours sur une longue distance. J'y buvais de temps en temps, ce qui paraissait me rafraîchir, jusqu'au moment écœurant où l'eau atteignit mon intestin sectionné. Je renonçai vite à boire.

Quand le bruit du ruisseau devint assourdissant, j'étais trop abruti pour comprendre ce que cela signifiait. La chute d'eau me précipita dans l'obscurité, et je tombai dans la rivière en contrebas dans une grande gerbe d'éclaboussures. Encore une fois, je manquai perdre conscience et je me serais peut-être noyé, mais le courant était vif et je sus rester éveillé et à flot assez longtemps pour atteindre l'autre rive. Dans l'eau, je perdis le couteau que j'avais réussi à conserver dans ma chute. Je m'en fichais un peu à ce moment-là. Je dormis de l'autre côté de la rivière, sur la berge, en pleine vue.

Je me réveillai alors que le soleil perçait timidement à travers les feuilles en haut de la forêt, et je restai conscient le temps de ramper jusqu'à un épais buisson dans lequel on ne pouvait me voir d'en haut.

Je me réveillai à nouveau dans le noir, haletant de soif, et, bien que me souvenant encore de la souffrance ressentie la dernière fois que j'avais bu, je savais qu'il me fallait fournir de l'eau à mon organisme si je voulais garder un espoir de guérison. Je me glissai péniblement jusqu'à la rivière, l'intestin traînant derrière moi, et je bus l'eau trouble de la rive. Je n'en éprouvai aucune torture dans les boyaux ; apparemment, mon corps de Mueller était capable de faire face même à une blessure aussi étendue, et il avait fermé quelque part la connexion qui laissait passer l'eau. Ce faisant, toutefois, il avait contourné une bonne part de mon intestin. Celui-ci, inutile, continuait à se répandre et à traîner dans l'herbe et la poussière, et j'étais trop fatigué pour essayer de le nettoyer.

Le jour revenu, le soleil me tira du sommeil. Cette fois, j'entendis parler et crier. On courait sur l'autre rive. Les Nkumaï, si assurés et silencieux dans les grands arbres, n'étaient pas doués pour lire les signes au sol, sinon ils auraient aussitôt repéré l'endroit où je m'étais traîné jusqu'à la rivière pour boire la nuit précédente. Je restai muet et immobile dans le buisson où je m'étais caché, et mes poursuivants passèrent leur chemin.

Je dormis à nouveau, et cette nuit-là je me glissai encore jusqu'à l'eau pour boire. Le bout d'intestin qui pendait derrière moi me paraissait plus large et difficile à traîner, mais c'était sans doute dû à mon épuisement. Je m'endormis à nouveau.

L'eau était souillée. Je me mis à vomir tôt le lendemain matin, et dès le début je vomis du sang. Je n'ouvris pas les yeux, me contentant de me tordre de souffrance, et je fus pris de panique à l'idée que la fièvre ne mène au délire, et que le délire ne mène à moi mes assassins en puissance.

J'ignore combien de temps je restai fiévreux et inconscient. Mais je sais vaguement que je finis par retrouver assez de forces pour marcher, toujours dans un état semi-léthargique, et tituber à travers la forêt. Seule l'ignorance des Nkumaï me sauva, car je n'étais pas assez conscient pour me montrer prudent. J'avançais peut-être de nuit. Ou ils avaient abandonné les recherches. Je ne sais pas. Mais je passai de la rivière à des ruisseaux plus propres, et je bus. Les arbres formaient un brouillard brun sans limite. Le soleil n'était qu'un point brillant au milieu du vert, une fois de temps en temps. J'ignorais tout des événements.

Et je rêvais que je n'étais pas seul sur le chemin. Je rêvais que quelqu'un voyageait avec moi, quelqu'un à qui je parlais doucement et j'exposais toute la sagesse de mon esprit enfiévré. Je rêvais que je tenais un enfant dans mes bras, que j'étais père et que, contrairement au mien, je ne déshériterais pas mon fils le plus digne pour un crime sur lequel il n'avait aucune prise. Je rêvais, et un jour j'essayai de poser l'enfant pour boire.

Mais il refusa de quitter mes bras et, progressivement, alors que je m'efforçais de le repousser, je me rendis compte que les oiseaux chantaient, que le soleil brillait, que la sueur coulait de mon menton et que je ne dormais pas.

Le gosse gémissait.

Le gosse était réel.

Je me souvins alors qu'il avait hurlé de faim. Je me souvins avoir chanté pour lui dans mon délire tout en marchant, avoir dormi serré contre lui. Tout cela était très clair – mais d'où venait-il ?

Je n'eus pas à chercher longtemps. Nous étions reliés à la taille par un pont de chair, par les tripes. Il avait dû se nourrir des forces qu'il parvenait à tirer de moi. Ses jambes pendaient à une trentaine de centimètres du sol quand je me tenais debout, sa tête était à peine plus bas que la mienne. Et, en le regardant dans les yeux, je reconnus les miens.

Régénérant radical. Je pouvais guérir n'importe quelle partie de mon corps. Et quand la moitié de mes tripes avait été arrachée, ne restant attachée que par veines et artères, celui-ci n'avait pas su décider quel était le véritable moi, quelle partie de mon être guérir. Il avait donc soigné les deux, et j'avais plongé mon regard dans celui de mon double parfait, qui me souriait timidement comme un enfant bête mais doux.

Non, pas un enfant. Il avait grandi vite, et un léger duvet sur les joues et autour des lèvres évoquait l'adolescence proche. Il était maigre : il crevait de faim et ses côtes nues saillaient. Les miennes aussi. Ne sachant pas lequel de nous deux sauver, mon corps avait puisé dans ses réserves pour lui donner des forces et luttait désormais pour atteindre un équilibre.

Je ne voulais pas de cet équilibre.

Je me rappelais le rad monstrueux que j'avais vu se traîner jusqu'aux abreuvoirs dans les laboratoires, et je m'imaginai là-bas, prêt à être moissonné. Sauf que j'avais créé non pas une simple tête mais un corps tout entier. Et quand je serais mûr et qu'on séparerait les corps, lequel serait moi-même, lequel enverrait-on à l'Ambassadeur ?

Pour l'instant, il n'y avait pas encore de doute quant à qui était le Lanik Mueller d'origine. J'avais des seins, et un bras surnuméraire minuscule dont le poing se fermait déjà me poussait à l'épaule. Il n'avait pas du tout grandi depuis mon évasion de la prison nkumaï, et je félicitai amèrement mon corps d'avoir établi les bonnes priorités en soignant ma blessure au ventre avant de s'en occuper. Bon travail.

Ce nouveau moi-même était-il vivant ? Humain ? Intelligent ? Je ne pensai pas à poser la question. Je savais juste que je ne voulais pas vivre en deux exemplaires.

J'étais nu et sans couteau. Mais le lien entre nous se résumait encore aux minces plis de tissus riches d'artères qui l'avaient maintenu en vie pendant sa gestation.

Ça. Qui avaient maintenu *ça* en vie. Si je laissais cet organisme devenir une personne dans mon esprit, il n'y avait plus qu'un pas à franchir avant de le considérer comme moi-même. En l'occurrence, j'avais déjà du mal à me considérer comme moi-même.

Ses cheveux poussaient comme les miens, en formant les mêmes boucles folles et emmêlées. Je les lui tirai, j'essayai de le repousser. Bien sûr, *ça* ne pouvait pas partir. Mais ça ne pouvait pas rester non plus. C'était moi, moi tel que j'étais quelques mois plus tôt seulement, avant que mon corps ne change pour faire de la place à une femme qui n'avait rien à y faire, une femme qu'on insistait pour assimiler à moi.

En l'absence d'arme, la séparation physique fut sale et douloureuse. La créature s'éveilla tandis que j'attaquais notre connexion avec une pierre aiguisée. Elle pleura, tenta faiblement de m'arrêter. Mais elle ne parla pas.

Nous saignâmes tous les deux quand la peau céda, quand je tranchai nos liens et que je gagnai ma liberté en me détachant du fardeau de me porter moi-même.

Enfin nous fûmes séparés. Mon corps était affaibli de l'avoir créé, mais je mis toutes mes forces à abattre la pierre sur sa tête, encore et encore. Sa tête. Les pleurs cessèrent et la cervelle se répandit hors du crâne brisé. Je sanglotais d'épuisement et de me voir mourir.

Je jetai la pierre et m'enfuis dans la forêt.

Je mangeai ce que je trouvais, dans un effort pour reprendre des forces. Je ne vis plus aucun signe de mes poursuivants : ils devaient avoir renoncé à la chasse depuis longtemps. Mais cela ne m'aidait pas à m'échapper. S'ils me retrouvaient, mon sort serait vite scellé. De là où je me trouvais, toutes les directions menaient plus profondément en territoire nkumaï – toutes, sauf une. Je déterminai vaguement où était le nord-ouest d'après la position du soleil et partis dans ce sens.

Le voyage fut dur, car je n'étais pas solide, mais cette fois au moins j'étais conscient. Je procédai par étapes modérées, me rapprochant chaque jour, suivant un ruisseau jusqu'à une rivière, et la rivière jusqu'à la mer.

Bien sûr, il y avait une ville nkumaï près de l'embouchure, mais elle se trouvait dans les arbres, à l'exception de quelques bâtiments auprès d'un quai rudimentaire. Ce n'étaient pas des marins, compris-je. Ils ne s'étaient pas adaptés comme nous autres Mueller. Je me souvenais de l'immense flotte qui s'était élancée sur la Manche depuis Mueller, emportant des milliers d'hommes de troupe qui avaient conquis Huntington en moins d'un mois. Aucun navire ne partirait de Nkumaï. Mais des bateaux d'autres nations pourraient venir, or tel était mon seul espoir de quitter ces terres et d'informer enfin Père de ce que l'ennemi vendait à l'Ambassadeur.

J'attendis la nuit, puis je passai sous la ville pour atteindre la mer. Je restai en lisière de la forêt et remontai la côte sur quelques kilomètres. Je pouvais guetter les bateaux de là et, si je savais encore nager aussi bien qu'avant, je n'aurais pas de mal à monter à bord.

En sécurité dans ma cachette, je m'endormis.

Je me réveillai à midi, suant et haletant. J'avais rêvé que j'étais venu m'assassiner – sauf que ce n'était pas moi, mais l'enfant que j'avais tué dans la forêt – et j'étais sorti du sommeil alors que les couteaux jaillissaient et que mon double et moi les enfoncions chacun dans le cœur de l'autre.

Me souvenant vaguement avoir été réveillé par un cri, je me demandai si j'avais hurlé dans mon sommeil. Mais quand je quittai ma cachette et regardai vers la mer, je vis un navire passer près de la côte : les cris venaient des hommes qui affalaient les voiles.

Le navire entra au port et, pendant les deux jours où il y resta, j'essayai de déterminer comment je pourrais attirer l'attention des marins sans attirer sur moi les Nkumaï de la ville.

Je trouvai une branche pourrie et la testai dans l'eau. Elle flotterait. Même si j'étais trop faible pour parcourir toute la distance, j'aurais la branche pour me soutenir. L'eau était froide sur ma peau nue, mais quand je vis le vaisseau s'écarter du quai et virer au nord-est, vers moi, je m'élançai dans l'eau puis, allongé sur ma branche comme si j'en avais déjà besoin, je ramai maladroitement pour dépasser les premières vagues de ressac et gagner la faible houle d'une mer calme.

À bord du navire, on s'écria : « Un homme à la mer ! »

Je levai la main et fis des signes.

On me sortit bien vite de l'eau et je me retrouvai, tremblant sous une couverture, dans une petite embarcation qui se dirigeait vers le bateau.

« Merci », dis-je.

L'un des rameurs eut un sourire qui n'avait rien de très aimable. Et le barreur fit : « Bien. Emmener à commandant.

— De quelle nation venez-vous ? »

Ils semblaient rechigner à répondre. Je me demandai s'ils avaient compris.

« Quelle famille ? De quelle famille vient votre navire ? »

Le barreur répondit sans enthousiasme : « Singer. »

Les insulaires de la grande baie du Nord, qui conquéraient le territoire des Wing quand j'avais quitté Mueller. L'émissaire de Wankier avait demandé des troupes à mon père, sachant que sa nation serait la suivante sur la liste, mais il était reparti avec notre sympathie, guère plus. Au moins, ces marins n'étaient pas nkumaï, et ils avaient assez d'humanité pour me tirer de l'eau. J'allais peut-être vivre.

Le commandant n'avait pas l'air beaucoup plus aimable que son équipage, et à mon arrivée à bord, il m'interrogea brièvement. « Nation ? »

Comme je jugeais plus prudent de taire la vérité, je répondis : « Allison. Je viens de m'échapper d'un camp de prisonniers nkumaï. »

Il hocha la tête d'un air songeur puis fit un signe. Quelques marins s'approchèrent et m'arrachèrent la couverture.

« Mon Dieu, s'exclama le commandant, que font ces salauds à leurs prisonniers maintenant ? »

Je ne répondis pas. Qu'il pense ce qu'il voulait, me disais-je impudemment. Mais j'avais peur.

« Alors qu'es-tu ? Homme ou femme ? Lequel est le vrai ?

— Les deux, désormais », fis-je sans mentir, et il secoua la tête.

« Impossible. Voilà qui rend l'affaire difficile. Comment saurai-je à quel prix t'évaluer ? »

À quel prix ? Je me rappelai alors autre chose dans les propos de l'émissaire de Wankier. Que Singer pratiquait un commerce florissant. Celui de la chair humaine.

« On le vend comme divertissement, intervint un autre officier. On le met en cage et on fait payer le spectacle.

— Bien, fit le commandant. Et je crois que le meilleur marché sera Rogers. Ils ont des cirques. Descendez-le. »

L'ordre avait à peine été donné qu'on me souleva pour m'amener jusqu'à une écoutille, qu'on ouvrit pour m'y précipiter. Je tombai lourdement, et l'écoutille se referma au-dessus de ma tête.

Il n'y avait pas de lumière et peu d'air, mais j'étais en vie. Je n'avais même pas songé à résister. L'important, c'était que j'avais de la valeur à leurs yeux. Seuls les morts n'ont aucun espoir.

Mais Rogers se trouvait à l'extrémité sud-ouest du continent. Le voyage durerait des mois. Serait-il alors trop tard pour transmettre à mon père mes informations concernant Nkumaï ? Je l'ignorais, et cela n'avait pas d'importance. Je ne pouvais pas y faire grand-chose tant que je ne sortirais pas de là.

Avaient-ils remarqué le bras qui poussait sur mon épaule ? En plein soleil, peut-être pas. Les yeux rivés sur mes seins et mes organes génitaux, l'équipage était distrait. Mais ce bras se plia involontairement et me chatouilla le dos. Le voyage allait être très long.

5

LE MONSTRE

J'AVAIS DU MAL à me changer les idées, enfermé tout seul dans l'obscurité, nu comme un ver dans un espace d'environ deux mètres carrés. Dormir occupait une grande partie de mon temps, bien entendu, mais le sommeil ne me reposait guère : impossible de m'allonger de tout mon long. À mesure que le navire faisait voile vers le nord, le froid s'insinua dans ma cellule. Lorsqu'il repartit au sud, elle devint une étuve où mon corps mais aussi les murs dégoulinaient de ma sueur. L'odeur du sel m'accompagnait toujours.

Pourtant, cela aurait pu être pire. Si je ne vis pas le soleil pendant près de cinq mois, je fus nourri, et j'appris à apprécier les saveurs subtiles de la viande véreuse et du pain moisi. On me descendait un seau d'eau chaque matin; un autre de nourriture chaque soir. Une fois le seau vide, je le remplissais, bien décidé à maintenir ma cellule aussi propre que possible même sans rien y voir. Je pense qu'ils le rinçaient à l'eau de mer avant d'y remettre boisson et nourriture. Même le plus cruel des paysans veille à ce que son bétail ne tombe pas malade.

En revanche, il y avait un environnement sonore. Mon seul contact avec autrui venait des bruits au-dessus et en dessous : les cris des hommes dans les espars, le claquement des voiles dans le vent, les prières du matin et du soir, où l'équipage entonnait des chants envoûtants et certains matelots se confessaient en pleurant au commandant; les jurons, les querelles, les plaisanteries et les maladroites tentatives de séduction entreprises par des hommes en mer depuis si longtemps que les autres hommes commençaient à leur paraître beaux. Je finis par connaître leur nom. Roos et Mépris étaient en bisbille perpétuelle, sur un mode qui me paraissait assez amical, jusqu'à ce qu'une nuit l'un d'eux produise un couteau et que Roos meure pile sur mon écoutille. Le sang dégoulina à travers avant qu'on ne lave le pont, et j'entendis Mépris implorer pitié avant qu'on le pende par les pouces et qu'on larde ses membres de flèches jusqu'à ce que mort s'ensuive. Bizarrement, il pleura et supplia jusqu'à la première flèche. Puis il dut comprendre que la douleur ne pourrait plus empirer, qu'on ne pourrait pas lui infliger pire. Il se mit à réciter des blagues et à railler les archers, et, juste avant de mourir, il raconta une histoire sentimentale sur sa mère qui assombrit l'humeur de la plupart des hommes et en laissa quelques-uns en larmes, sans honte. Je crois que c'est là qu'ils le laissèrent enfin mourir, en lui plantant une flèche dans le cœur. Drôle de peuple, à la fois cruel et tendre, fort et faible, et si prompt à passer d'un extrême à l'autre que je n'arrivais pas à prédire ses réactions.

Sauf le commandant, îlot de force au milieu de cette confusion. Il était comme un père pour un équipage d'enfants, écoutant patiemment leurs doléances, arbitrant leurs querelles, pardonnant leurs fautes, leur enseignant leurs tâches et prenant toutes leurs décisions à leur place, à l'exception des plus insignifiantes. Il m'étonnait, car je l'entendais rarement se mettre en colère, et toujours brièvement, pour faire son effet. Il n'hésitait jamais, ne craquait jamais. Je reconnaissais toujours ses pas sur le pont. *Clac, clac, clac,* parfaitement en rythme. On aurait cru que le pont glissant restait immobile pour lui et qu'il n'avait pas à faire de compromis avec la mer agitée. Il me rappelait mon père, et j'aspirais à rentrer chez moi.

Mais il y a des limites à la sympathie qu'un esclave peut ressentir pour ses propriétaires. Au bout d'un certain temps, l'obscurité finit par me peser : j'étais contrarié de devoir me réveiller, contrarié de devoir m'endormir ; et, plus que tout, je rêvais de voir la lumière du jour. J'étais un cavalier, pas un marin. Ma conception du voyage impliquait une masse de chair vivante entre mes jambes, ou mes propres pieds heurtant le sol, sûrement pas d'être ballotté de gauche à droite, de haut en bas et d'avant en arrière par le roulis et le tangage du navire en haute mer.

De plus, les effets de ma visite chez les Nkumaï n'avaient pas fini de se faire sentir. L'effort colossal de régénération fourni par mon corps afin de créer feu mon double ne s'arrêta pas avec l'amputation. Mon corps semblait même déterminé à régénérer chacun de mes membres. Quelques semaines après le début de ma captivité, le bras jaillissant de mon épaule était devenu assez long pour lui permettre en ballant de me gratter le dos. D'autres membres germèrent bientôt, d'autres excroissances apparurent. Et si je ne manquais pas de nourriture pour alimenter ce phénomène, je n'avais aucune occasion de me dépenser. Toute l'énergie que j'emmagasinais n'avait qu'un seul exutoire : la croissance.

La chaleur était insupportable depuis plusieurs jours quand je me rendis enfin compte que je perdais la tête. Je me découvris allongé dans l'herbe près du fleuve Cramer, à regarder les petits bateaux de pêche remonter le courant vent arrière. À mes côtés se trouvait Saranna, la robe négligemment entrouverte (je savais toutefois qu'elle était consciente de l'effet exact produit par chaque centimètre carré de peau découvert), qui me caressait d'un doigt tandis que je faisais mine de l'ignorer. Je vis tout cela, je faisais tout cela alors que j'étais roulé en boule sur le plancher de ma prison étouffante.

Je faisais tout cela pendant que la cinquième jambe à pousser de mes hanches commençait à s'agiter maladroitement, à s'animer. La réalité, elle était là. La sueur qui coulait sur ma poitrine. L'obscurité. La destruction de mon corps. La privation de liberté.

Voilà comment les rads confinés dans l'enclos le supportent, compris-je alors. Ils vivent une autre vie. Ils ne se vautrent pas dans la poussière ou dans l'herbe, ils ne se nourrissent pas à l'abreuvoir : leurs corps sont à nouveau sains et entiers, et ils sont allongés sur la rive d'un fleuve, prêts à faire l'amour à un être qui, en réalité, n'ose même pas se souvenir qu'ils existent.

Mais dès que je me rendis compte que cette folie était ma seule issue, je décidai de ne pas y avoir recours. Je choisis plutôt de garder à l'esprit la réalité présente, si insupportable fût-elle.

J'ai une bonne mémoire. Pas phénoménale – je ne peux pas me rappeler des pages entières mot pour mot –, mais j'entrepris de consacrer mon temps à rassembler tout ce que j'avais appris en lisant le livre d'histoire trouvé dans la dernière pièce de Mwabao Mawa.

Mueller : la génétique.

Nkumaï : la physique.

Loiseau : la haute société.

Ceux-là me revenaient facilement. Mais je m'imposai encore et encore de revenir en arrière, de laisser la transe de la folie me ramener à un détail utile, jusqu'à ce que j'en retrouve d'autres. Pas tous, mais quelques-uns.

Schwartz, avec qui on avait perdu le contact dans le désert. C'était une géologue. Des compétences gâchées sur ce monde dépourvu de minerais.

Allison : la théologie. Grand bien leur avait fait.

Soubois : la botanique. Et maintenant, en haute montagne, quelles fleurs ses enfants faisaient-il désespérément pousser ?

Hanks : la psychologie, le traitement de la folie. D'aucune aide pour moi.

Anderson : le meneur inutile de la rébellion, dont le seul talent était la politique.

Drew : l'interprétation des rêves.

Qui avait trouvé quoi à exporter ? Je l'ignorais. Mais il y avait sûrement dans la bibliothèque de mon père des livres qui me diraient ce dont je ne me souvenais pas. Des livres qui combleraient les lacunes et nous fourniraient des indices quant aux projets sur lesquels on travaillait en secret dans d'autres familles. Certaines, bien sûr, devaient avoir cédé au désespoir, ne possédant rien sur ce monde qui eût la moindre valeur aux yeux de l'Ambassadeur. Cramer et Wizer, par exemple, les ingénieurs. Ils avaient été faciles à soumettre : c'étaient désormais des paysans qui avaient tout oublié de leurs connaissances vaines sur cette planète. Et Ku Kuei, un philosophe dont les idées ne rencontraient manifestement guère de succès au sein de la République. Il n'avait pas vécu assez longtemps pour fonder une famille. Peut-être dans sa sagesse avait-il décidé que son dernier acte de rébellion consisterait à disparaître, à mourir de sorte que ses enfants ne soient pas prisonniers de Trahison à tout jamais.

Mais le fer était enfin venu aux Nkumaï et aux Mueller. La physique et la génétique. Eux pour leurs idées, nous pour nos produits. Les nôtres étaient inépuisables. Et leurs idées ? Cela n'avait pas d'importance : chaque idée leur rapportait tant de fer qu'ils pouvaient nous submerger rapidement.

Je n'arriverais jamais à temps à Mueller.

Malgré tous mes efforts pour y résister, je doute d'avoir toujours tenu la folie à distance. Car je me souviens comme si c'était vrai d'une créature comme moi, venue se moquer dans ma cellule. Il aurait pu s'agir du Lanik que je me rappelais avoir vu dans les miroirs aux premiers temps de l'adolescence, sauf qu'un côté de son crâne était enfoncé et que sa cervelle ne cessait d'en dégouliner. Pourtant sa conversation était agréable, et ce n'est qu'à la fin qu'il essaya de me tuer. Je l'étranglai à quatre mains et le mis en pièces. Je m'en souviens clairement.

Je me rappelle aussi la visite de mon frère, Dinte. Il me découpa en petits morceaux, qui se transformèrent tous en Lanik miniatures, si petits à l'âge adulte que mon cadet s'amusa follement à les écraser sous ses bottes. Peut-être hurlai-je alors : Dinte s'enfuit quand on tambourina à l'écoutille au-dessus de ma tête.

Ruva vint, elle aussi, la bouche pleine ; elle se vantait tout en mâchant d'avoir enfin eu les couilles de mon père – elle les lui avait coupées, elle les bouffait, et j'étais le suivant. Un affreux petit garçon l'accompagnait, et son visage était une caricature de celui de mon père. À l'âge de… combien ? Dix ans ? Il bavait encore. Son menton humide brillait à la lumière. Je savais pourtant que ça ne pouvait pas être vrai, car il n'y avait jamais de lumière dans ma cellule, à part quelques instants éblouissants lorsqu'on abaissait ou relevait le seau.

Enfin une vieille femme des hautes collines de Mueller continua de m'apporter des flèches jusqu'à ce que je croule sous leur nombre.

Je me souviens aussi clairement de ces rêves éveillés insensés de mon père m'apprenant à tuer à dos de cheval ou me dédiant le rituel du chagrin ; il essuyait le sang sur son visage tout en me révélant mon sort. Rétrospectivement, j'ai appris à faire la distinction entre les véritables souvenirs et ceux qui étaient impossibles. À l'époque, ce n'était pas si clair.

Un jour, j'entendis un fond sonore nouveau. Il n'était pas inhabituel par son intensité, mais je me rendis compte que j'entendais de nouvelles voix. Le navire n'était pas entré dans un port. Nul ne nous avait abordés. À l'évidence, on laissait donc les esclaves quitter leurs cellules pour rejoindre le pont. Cela signifiait que nous approchions d'un port : les muscles atrophiés devaient se réveiller pour que les esclaves fassent bonne figure sur les marchés de Rogers, Dunn et Sombre.

Mais, ce premier jour, personne ne me laissa sortir, et je me demandai pourquoi.

Le lendemain, j'avais conclu qu'il importait peu que je paraisse vigoureux puisque je ne devais pas être vendu comme travailleur de force. Je devais être une bête de foire. Sinistre, je me demandai ce que mes propriétaires penseraient de moi désormais. Un nouveau nez me poussait à côté de l'ancien, partiellement joint à lui. Sur le côté gauche, trois oreilles dépassaient de ma chevelure hirsute. Mon corps était un mélange confus de bras et de jambes qui n'avaient jamais appris à marcher ni à saisir. Mes geôliers pensaient avoir mis la main sur une curiosité. J'étais maintenant un cirque à moi tout seul.

Là-haut, d'autres esclaves marchaient, voyaient, sentaient le soleil et le vent. Moi pas.

Je me mis à crier. Ma voix avait perdu l'habitude de servir, et mon esprit l'usage des mots. Je ne devais pas paraître très cohérent. Mais je m'exprimai de plus en plus fort et l'écoutille par laquelle on me nourrissait s'ouvrit.

« Tu veux te faire botter le cul jusqu'au sang ? fit une voix que je connaissais très bien sans savoir à qui elle appartenait.

— C'est moi qui vais te botter le cul ! » hurlai-je en réponse. Ma voix n'eut pas tout à fait l'effet qu'elle avait autrefois sur le champ d'entraînement quand je manœuvrais des troupes de cavalerie sans l'aide d'un aboyeur, mais le résultat fut néanmoins satisfaisant. Au lieu d'un coup de pied, j'obtins une autre voix.

« Écoute, ordure, dit-elle, jusqu'à maintenant tu étais un esclave modèle. Ne commence pas à nous emmerder autrement qu'avec ton seau, si t'as un peu de jugeote !

— Faites-moi sortir !

— Pas d'esclaves sur le pont.

— Il y en a dix en ce moment même !

— C'est des paysans. Toi, t'es une attraction.

— Je vais me tuer !

— Tout nu ? Dans le noir ?

— Je m'allongerai sur le dos, je m'arracherai la langue avec les dents et je m'étoufferai dans mon sang ! » m'écriai-je, et l'espace d'un instant, je le pensai vraiment, tout en sachant pertinemment que ma langue cicatriserait bien trop vite. Je devais avoir l'air fou, toutefois, car une nouvelle voix intervint. C'était le commandant.

Il parla sans hausser le ton, et sa voix était lourde de menaces. « Si nous laissons un esclave monter sur le pont alors que ce n'est pas son tour, ce n'est que pour une raison : le punir.

— Punissez-moi ! Mais faites-le au soleil.

— Le châtiment commence en général par l'ablation de la langue. »

Je me mis à rire. « Et ensuite ?

— On termine en coupant les couilles. »

Il le pensait vraiment. Un eunuque partirait au même prix qu'un esclave en état de se reproduire. Mais la menace n'a pas le même poids auprès d'un homme déjà pourvu de trois paires de testicules. Peut-être était-ce la testostérone qui m'avait donné un excès de courage.

« Vous pouvez les faire frire et me les faire bouffer au petit-déjeuner ! Laissez-moi sortir ! »

Il ne s'agissait pas que de courage, bien sûr. Je savais que je valais essentiellement à leurs yeux en tant que phénomène de foire. Aucun public ne s'intéresse à un monstre mutilé par les hommes. Rien que les mutilations de la nature, s'il vous plaît. Ils ne me feraient pas de mal. En attendant, l'idée qu'un autre esclave se trouvait sur le pont alors que j'étais coincé dans mon trou me paraissait la provocation la plus outrée à laquelle j'avais jamais fait face.

Néanmoins, je fus surpris quand ils cédèrent et me jetèrent des cordes. Je m'en saisis et m'y accrochai de quatre mains tandis qu'ils me hissaient.

Je fus plus étonné encore de la violence de leur réaction, mais j'aurais dû m'y attendre. Ils avaient descendu dans cette cellule un homme à forte poitrine, ou une femme à bite. Ils en tiraient un monstre.

Je ne voyais rien. La lumière était aveuglante, et j'avais bien assez de mal à trouver mon équilibre sur des jambes qui n'avaient pas tenu debout depuis des mois. Certaines n'avaient même jamais supporté mon poids. Je ne pouvais pas marcher, rien que tituber d'un côté à l'autre en luttant pour tenir debout.

Ils ne m'aidaient guère. Ils poussaient des cris assourdissants, et des mots revenaient sans cesse, tels que « diable » et d'autres dont le sens m'échappait, si ce n'est que les marins avaient affreusement peur. De moi.

Je sais reconnaître une occasion quand j'en croise une.

Je rugis. Ils répondirent par un hurlement à l'unisson, et j'avançai de quelques pas mal assurés vers le groupe le plus bruyant. Je fus accueilli par une flèche dans le bras.

Je suis un Mueller. La douleur ne m'arrêta pas ; quant au bras, j'en avais plusieurs autres tout aussi bons – voire deux bien meilleurs, puisqu'ils avaient blessé un bras dont je ne me servais guère. Je continuai d'avancer. La terreur se teinta dès lors de respect. La flèche n'avait fait aucun effet au monstre.

Le commandant criait. Des ordres, sans doute. Je plissais les yeux dans la lumière pour essayer de voir. L'océan était d'un bleu éblouissant. Le navire et tous ses occupants m'étaient invisibles, ombres fugaces qui passaient jusqu'à ce que je doive refermer les yeux.

J'entendis quelqu'un approcher et sentis la vibration de ses pas sur le pont. Je me retournai maladroitement à sa rencontre. C'est alors que je découvris qu'un cœur supplémentaire m'était poussé : son couteau en bois trouva celui auquel j'étais habitué, mais cela ne m'arrêta pas. Je ne maîtrisais le combat à mains nues qu'avec mes deux bras d'origine, mais, plutôt que de laisser les matelots s'en rendre compte, je fis entrer les autres dans la danse. Je tâtonnai un peu à cause d'eux, mais cela ne me retarda guère et, en l'occurrence, le délai me profitait. Je réduisis mon assaillant en pièces et lançai ses restes aux marins spectateurs. J'en entendis vomir et d'autres prier. J'entendis la liberté.

La voix du commandant à nouveau. Conciliante, cette fois. J'étais déconcerté de l'entendre s'aplatir. Je fus honteux, pour quelques instants, de l'avoir affaibli.

« Monsieur, qui que vous soyez, dit-il, rappelez-vous que nous vous avons sauvé la vie en vous repêchant en mer. »

Je me contentai de cligner des yeux et d'agiter les bras. Je le vis vaguement reculer. Ils avaient peur de moi. À juste titre. La blessure de mon cœur était déjà refermée. Ah, qu'est-ce qu'on se marre, nous autres rads, dans les situations difficiles.

« Monsieur, reprit-il. Que vous soyez un dieu ou que vous le serviez, nous vous en conjurons, dites-nous ce que vous voulez et nous vous le donnerons, si seulement vous acceptez de retourner à l'eau. »

Retourner à l'eau était hors de question. J'étais bon nageur – avec deux bras et deux jambes. J'avais désormais plus de lest et une moins bonne coordination.

« Déposez-moi à terre, répondis-je, et nous serons quittes. »

Si j'avais eu tous mes esprits, ou si j'avais vu plus clair, j'aurais essayé de les tyranniser un peu plus longtemps pour atteindre des côtes plus accueillantes. Je ne voyais pas, pas avant de me trouver à la proue de la chaloupe en compagnie de six hommes d'équipage pétrifiés qui ne reprenaient vie en sursaut que lorsque le barreur leur ordonnait de ramer, avant de se muer à nouveau en pierre, les yeux rivés sur moi. C'est là que ma vue redevint claire – mais je tournais le dos à la côte.

La quille toucha le fond. Je me hissai péniblement par-dessus la proue et avançai dans l'eau avec force éclaboussures. Ce n'est qu'en arrivant à sec que je levai les yeux et découvris où je me trouvais.

Je me retournai aussi vite que possible, pour voir la chaloupe déjà presque de retour au navire. Inutile de rappeler les matelots. Je venais juste de les forcer intelligemment à m'aider à me tuer.

Je me tenais nu sur une plage d'une centaine de mètres de large. Derrière s'élevaient les pentes abruptes et irrégulières de pierre et de sable que les marins de Mueller surnommaient le Gratte-pieds. Au-delà s'étendait le plus terrible désert de la planète. Mieux valait se rendre à un ennemi plutôt que toucher terre à cet endroit d'où ne partait aucun chemin, où les navires n'accostaient jamais et où s'enfoncer dans les terres vous menait au cœur du désert inconnu de Schwartz. Rien n'y vivait. Pas même les broussailles qu'on trouvait dans les déserts sur la côte occidentale de la Manche. Pas même un insecte. Rien.

C'était l'après-midi. Le soleil chauffait. Ma peau, blanche comme les nuages suite à mon long confinement, brûlait déjà. Sans eau, combien de temps tiendrais-je ?

Si seulement je n'avais pas ouvert mon clapet dans ma cellule fraîche et ombragée où l'on m'apportait de l'eau. Si seulement j'avais dit ce qu'il fallait pour dissiper les craintes de l'équipage.

Je marchai car il n'y avait rien d'autre à faire. Parce que de vieilles légendes parlaient d'immenses fleuves au cœur de

Schwartz, qui s'enfonçaient sous le désert avant de s'échapper vers d'autres terres. Parce que je ne voulais pas qu'on découvre mon squelette sur la plage, comme si je n'avais pas eu les tripes de tenter *quelque chose*.

Il n'y avait pas de vent.

À la tombée de la nuit, j'étais déjà assoiffé, à bout de souffle et fatigué à l'extrême. Je n'étais pas encore parvenu au sommet et la mer paraissait ridiculement proche. Avec tous ces membres, je faisais un piètre grimpeur. Je ne pouvais pas dormir ; je forçai donc mes muscles réticents et mal préparés à me porter plus avant dans l'obscurité. Celle-ci était bienvenue, et le froid s'abattit sur le désert, porteur de soulagement après la chaleur du jour. C'était l'été, ou tout comme, mais la nuit était plus froide que je ne l'aurais cru possible dans un lieu pareil, et je continuai d'avancer même après que l'envie de dormir m'eut saisi, car le mouvement me tenait chaud.

Quand le soleil se leva, j'étais épuisé. Mais j'avais atteint le sommet et je pouvais voir devant moi des dunes à l'infini, semées de montagnes ici et là, au lointain. En me retournant, je voyais au loin l'océan bleu vif. Pas un bateau en vue. Et, sur terre, pas d'ombre, nulle part où me reposer pendant la chaleur du jour.

Je marchai donc, choisissant arbitrairement une montagne pour but afin d'en avoir un. Elle me paraissait aussi proche que les autres, et tout aussi impossible à atteindre. Je mourrais aujourd'hui, je m'en doutais : j'étais gras par manque d'exercice, faible par manque d'espoir.

L'après-midi venu, je ne me concentrais plus que sur l'idée d'avancer. Je ne pensais plus à la vie ou la mort, désormais. Rien qu'à faire un pas. Puis un autre.

Cette nuit-là, je dormis dans le sable, sans insectes bourdonnant autour de ma tête parce qu'aucun n'était bête au point de chercher à survivre où je me trouvais.

Je m'étonnai moi-même en me réveillant et en reprenant mon chemin. Mon seuil de résistance était plus élevé que je ne l'aurais cru. Mais sûrement pas beaucoup plus. Mon ombre portait encore du côté matinal quand j'atteignis un endroit où le sable faisait place à la pierre et à une vague saillie rocheuse. Était-ce l'affleurement d'une montagne ? Je m'en fichais, j'étais indifférent. Elle donnait de l'ombre, voilà tout. Et comme je m'y allongeais, mon cœur cessa de battre. Je tentai de reprendre ma respiration et découvris que la mort n'était pas si terrible en fin de compte, à condition qu'elle vienne vite, qu'elle ne traîne pas, que je n'aie pas à rester allongé là une éternité avant d'être libre de partir.

6

SCHWARTZ

IL SE PENCHA sur moi alors que mes yeux n'arrivaient pas à accommoder. Mais c'était un homme et non un cauchemar de Dinte, de l'étron ou de moi-même.

« Souhaites-tu mourir ? » s'enquit-il d'une voix jeune, une voix sérieuse.

J'envisageai le choix qui s'offrait à moi. Si vivre signifiait un jour de plus dans le désert comme ceux que j'y avais déjà passés, la réponse était oui. Mais cette personne, cette hallucination, qui que ce fût, était vivante. On pouvait survivre dans ce désert.

« Non », répondis-je.

Il resta muet, se contentant de me regarder.

« Boire », dis-je.

Il hocha la tête. Je m'imposai de me redresser, de m'appuyer sur les coudes tandis qu'il reculait d'un pas. Partait-il chercher de l'aide ? Il s'arrêta et s'accroupit sur le rocher. Il était nu et n'emportait rien avec lui – pas même une gourde. Cela voulait dire que l'eau était proche. Qu'attendait-il ? Il devait bien voir que je ne pouvais pas le payer. Ou bien pensait-il que, sous ma forme monstrueuse, je n'étais pas humain ? Il fallait que je boive, sinon je mourrais.

« Boire », répétai-je.

Il ne dit rien et ne hocha même pas la tête cette fois. Il se contenta de regarder le sable. Je sentais mon cœur battre en moi, battre avec vigueur. Difficile de croire qu'il s'était arrêté un peu plus tôt. D'où sortait ce gamin ? Pourquoi n'allait-il pas chercher de l'eau ? Comptait-il me regarder mourir, pour le plaisir ?

Je me tournai vers le sable qu'il fixait. Ce sable bougeait.

Les grains se déplacèrent sans ordre de gauche et de droite, puis s'enfoncèrent ici et là, tombant, glissant, s'effondrant et s'éclaboussant doucement, jusqu'à ce qu'un cercle d'un mètre et demi de diamètre se fût rempli d'une eau animée d'un lent tourbillon, une eau noire qui m'aveuglait en reflétant le soleil.

Il me regarda. Je me soulevai péniblement (chaque muscle était douloureux, sauf mon cœur jeune et vigoureux) et je me traînai jusqu'à l'eau. Elle était immobile, désormais. Immobile, fraîche, profonde et bonne, et j'y plongeai la tête pour boire. Je ne reprenais de l'air que lorsque j'en avais absolument besoin.

Je fus enfin soulagé ; je me soulevai puis me laissai retomber sur le sable auprès de l'eau. J'étais trop fatigué pour me demander pourquoi l'eau était montée du sable ou comment le gamin le savait. Trop fatigué pour me demander pourquoi l'eau disparaissait maintenant dans le sable, laissant une tache sombre qui s'évapora bientôt au soleil. Trop fatigué pour répondre clairement quand le gamin m'examina et s'étonna :

« Pourquoi es-tu ainsi ? Tellement étrange ?

— Dieu sait que je m'en passerais bien », répondis-je. Puis je dormis à nouveau.

Je dormis sans m'attendre à mourir, cette fois, mais plutôt à vivre, frappé par cette coïncidence qui voulait qu'on m'ait trouvé juste à côté d'une source dans ce désert sans eau.

Quand je me réveillai à nouveau, la nuit était tombée, et j'avais complètement oublié le gamin. J'ouvris les yeux et vis ses amis au clair de lune.

Ils étaient assis en cercle autour de moi, silencieux, une douzaine d'hommes à la peau tannée et aux cheveux blondis par le soleil, tous aussi nus que le gamin. Ils gardaient les yeux rivés sur moi, immobiles. Ils étaient vivants, moi aussi, et je n'y voyais pas d'objection.

J'allais parler, leur demander de me donner asile, mais je fus distrait. Je perçus mon corps de l'intérieur. Je remarquai qu'il y avait quelque chose à remarquer. Quelque chose allait de travers.

Non. Quelque chose allait bien.

Je n'avais pas de sensation de tiraillement sur le côté gauche, là où trois jambes faisaient pendant à deux. Pas de cambrure excessive du dos pour compenser la présence de tous ces membres sous moi pendant mon sommeil. Pas un souffle d'air inspiré par un nez surnuméraire.

De l'intérieur, je ne sentais que deux bras, deux jambes, le sexe avec lequel j'étais né, un visage normal. Pas de seins. Pas même ça.

Je levai la main gauche (une seule !) et me touchai le torse. Rien que du muscle. Du muscle bien ferme. Je me tapai la poitrine, et mon bras me parut vivant et fort.

Était-ce vrai ? Était-ce un rêve ? N'avais-je pas été confiné dans une cellule sur un navire pendant plusieurs mois ? Était-ce là aussi une hallucination ? Dans ce cas, comment étais-je arrivé ici ; je me posais la question. Je n'arrivais pas à croire que j'étais normal à nouveau.

C'est alors que je me souvins du garçon et de l'eau montée du désert. Alors, ça aussi, c'était un rêve. Des choses impossibles se produisaient alors que j'étais en train de mourir. Des rêves d'eau. Des rêves de normalité. Les rêves d'un homme agonisant. Le temps s'étirait pour mes derniers instants de survie.

Sauf que mon cœur battait trop fort pour que je l'ignore. Et je me sentais aussi plein de vie qu'avant de quitter Mueller. Si la mort ressemble à ça, j'en veux encore, songeai-je.

Je leur demandai : « Vous les avez coupés ? »

Ils restèrent un moment sans répondre. Puis l'un d'eux fit : « Couper ?

— Couper, répétai-je. Pour me rendre cette apparence. Normale.

— Helmut a dit que tu n'en voulais plus.

— Ils reviendront. »

L'homme qui m'avait parlé me regarda, perplexe. « Je ne crois pas, dit-il. Nous avons arrangé ça. »

Arrangé ça. Défaire ce que cent générations de Mueller avaient vainement tenté de guérir. Voilà donc ce que Schwartz avait produit. L'arrogance des sauvages.

Je m'interrompis en pleine réflexion méprisante. Quoi qu'ils aient fait, cela n'aurait pas dû marcher de cette façon. Quand on coupait un membre à un régénérant radical, il repoussait de toute façon. Les rads pouvaient remplacer tous les organes possibles et imaginables et en ajoutaient d'autres jusqu'à mourir sous la masse et le volume. Pourtant, quand ces hommes avaient amputé mes membres, mes seins et tous les autres extras, les plaies avaient guéri sans cicatrice, normalement.

Mon corps avait son apparence naturelle, et, quand le gamin avait fixé le sable, de l'eau était apparue et j'en avais bu. Leur arrogance apparente... Pouvait-il, en fin de compte, s'agir de simple confiance ? Si ce que je voyais et sentais correspondait à la réalité, ces gens, ces Schwartz ,possédaient un don trop précieux pour être vrai.

« Comment avez-vous fait ?

— De l'intérieur, répondit l'homme, rayonnant. Nous ne travaillons que de l'intérieur. Veux-tu poursuivre ta route maintenant ? »

Question absurde. Je mourais de soif dans le désert, en monstre impuissant, et ils m'avaient sauvé la vie et guéri de ma difformité. S'attendaient-ils vraiment à ce que je continue à errer dans le sable comme si j'avais une course à faire que leur intervention aurait retardée ?

« Non », dis-je.

Ils restèrent assis en silence. Qu'attendaient-ils ? À Mueller, on n'hésitait pas une minute avant d'inviter chez soi un étranger – surtout sans défense – à moins de voir en lui un ennemi, auquel cas on lui décochait une flèche à la première occasion. Mais ces gens... attendaient.

Autre peuple, autres mœurs.

« Puis-je rester avec vous ? » demandai-je.

Ils hochèrent la tête. Mais ils ne dirent rien de plus.

Je m'impatientai : « Me mènerez-vous à votre demeure, alors ? »

Ils s'entre-regardèrent et haussèrent les épaules.

« Que veux-tu dire ? » s'enquirent-ils.

Je jurai intérieurement. On parlait la même langue sur toute la planète, et ils ne comprenaient pas un mot tout simple comme « demeure ».

« Votre demeure. Là où vous vivez. »

Ils se regardèrent encore, et le porte-parole répondit : « Nous vivons en ce moment. Nous n'allons nulle part en particulier pour vivre.

— Où allez-vous pour vous protéger du soleil ?

— Il fait nuit, dit l'homme, incrédule. Nous ne sommes pas au soleil. »

La conversation tournait en rond. Mais j'étais surpris et heureux de me voir physiquement capable de discuter avec eux. Je survivrais – j'étais de nouveau entier, vigoureux et bavard, cela ne faisait pas de doute.

« J'ai besoin d'aller avec vous. Je ne peux pas vivre tout seul ici, dans le désert. »

Plusieurs d'entre eux – ceux qui paraissaient les plus âgés, mais comment en être sûr ? – hochèrent la tête d'un air sage. Bien sûr, semblaient-ils dire. Il y a des gens comme ça, pas vrai ?

« Je suis étranger au désert. Je n'ai aucune idée de la manière dont on survit ici. Vous pouvez peut-être m'emmener à la limite du désert. À Sill, peut-être. Ou Wong. »

Quelques-uns pouffèrent.

« Oh non, répondit le porte-parole, nous préférons éviter. Mais tu peux vivre avec nous, rester avec nous, apprendre à nos côtés et être l'un des nôtres. »

Mais pas de visite aux frontières ? Très bien, pour l'instant. Très bien tant que je ne savais pas comment survivre dans cet enfer qu'ils avaient l'air de trouver si confortable. En attendant, je serais ravi de vivre avec eux et d'apprendre à leurs côtés – l'autre option étant la mort.

« Oui, dis-je. Je veux être l'un des vôtres.

— Bien, fit le porte-parole. Nous t'avons examiné. Tu as un bon cerveau. »

Je me sentis amusé et légèrement offensé. J'étais le produit de la meilleure éducation de la famille la plus civilisée qu'on trouvait en Occident, et ces sauvages examinaient mon cerveau et le jugeaient bon.

« Merci, murmurai-je. Et pour manger ? »

Ils haussèrent de nouveau les épaules, perplexes. La nuit allait être longue. J'étais trop fatigué pour faire face. Tout cela disparaîtrait quand je me réveillerais pour de bon, le lendemain matin. Ou quand j'aurais fini de mourir. Alors je me rallongeai et je dormis à nouveau.

J'étais encore vivant au matin.

« Je te tiens compagnie aujourd'hui, annonça le gamin qui m'avait trouvé. On m'a dit de te donner ce dont tu as besoin.

— Un petit-déjeuner.

— Qu'est-ce que c'est ? répondit-il.

— À manger. J'ai faim. »

Il secoua la tête. « Non, tu n'as pas faim. »

J'allais le reprendre vertement pour son impertinence quand je me rendis compte que, bien que je n'eusse pas mangé depuis plusieurs jours, je n'avais pas faim du tout. Je décidai donc de ne pas m'appesantir sur la question. Le soleil était déjà chaud, pourtant le jour se levait à peine. Ma peau, claire et qui rougissait facilement au début de chaque été, était déjà brune et capable de supporter les rayons directs du soleil. Et en ce nouveau jour, mon corps restait tel qu'il devait être. Je me levai d'un bond (m'étais-je jamais senti aussi bien au réveil ?) et sautai du rocher où j'avais dormi vers le sable en contrebas en hurlant à pleins poumons. Je ne pouvais pas résister. Je décrivis un large cercle puis effectuai un saut périlleux maladroit dans le sable pour atterrir sur le dos.

Le gamin éclata de rire.

« Ton nom ! m'écriai-je. Comment t'appelles-tu ?

— Helmut.

— Moi, c'est Lanik ! »

Il eut un large sourire, puis sauta et courut vers moi. Il s'arrêta à seulement un pas, et je tendis la main pour le faire trébucher. Je n'avais pas l'habitude qu'on anticipe mes attaques, mais Helmut bondit pile à la hauteur nécessaire pour me faire manquer mon coup. Puis il s'élança par-dessus moi et me frappa la hanche des deux pieds avant que j'aie pu réagir.

« T'es rapide comme une petite sauterelle, pas vrai ? dis-je.

— Et toi lent comme un roc, hein ? » répondit-il.

Je me jetai sur lui. Cette fois, il me laissa l'attraper et nous luttâmes pendant un bon quart d'heure. Mon poids et ma force l'empêchaient de me clouer au sol ; sa vitesse lui permettait de m'échapper quand je l'enserrais dans des prises à qui personne n'avait jamais su résister.

« Égalité ? fit-il.

— Je te veux dans mon armée, répondis-je.

— C'est quoi, une armée ? »

Dans mon univers, jusqu'alors, cela revenait à demander : c'est quoi, le soleil ?

« Qu'est-ce qui cloche, chez vous ? Vous ne savez rien de la nourriture, du petit-déjeuner, des armées…

— Nous ne sommes pas civilisés », dit-il.

Puis il m'adressa un large sourire et partit en courant. J'en avais fait autant quand j'étais gamin, forçant mes tuteurs, précepteurs et professeurs à me courir après où que j'aille. Cette fois c'était moi le suiveur, et je peinai à sa suite, montant des collines rocheuses et glissant à bas de dunes. Le soleil tapait fort et je dégoulinais de sueur quand je contournai enfin un rocher qu'il venait de dépasser pour qu'il se jette sur mes épaules d'en haut.

« Hue, dada ! Hue ! » s'écria-t-il.

Je levai les bras et le redescendis – il était plus léger que sa taille ne le laissait supposer.

« Dada, répétai-je. Tu connais les chevaux ? »

Il haussa les épaules. « Je sais que les gens civilisés montent des chevaux. C'est quoi, un cheval ?

— C'est quoi, un rocher ? répondis-je, exaspéré.

— La vie, fit-il.

— Qu'est-ce que c'est que cette réponse ? Un rocher, c'est tout ce qu'il y a de plus mort ! »

Son visage s'assombrit.

« On m'a dit que tu étais un enfant et que, puisque j'ai choisi d'en être un, je devais donc être ton professeur. Mais tu es trop bête pour être un enfant. »

Je n'ai pas l'habitude qu'on me traite d'imbécile. Mais au cours des derniers mois, j'avais eu plus d'une occasion de comprendre qu'on ne me traiterait pas toujours comme le meilleur soldat de Mueller, et je tins donc ma langue. Et puis, il avait dit avoir « choisi ».

« Sois mon professeur, alors, dis-je.

— On commence, répondit-il aussitôt, comme s'il ne pouvait assumer ce rôle qu'une fois que je le lui avais demandé, par le roc. » Il passa délicatement le doigt sur la façade rocheuse. « Le roc est vivant.

— Ouais.

— Nous nous tenons sur sa peau, reprit-il. En dessous bouillonne du sang chaud, comme chez l'homme. Ici, sur sa peau, il est sec. Comme un homme. Mais il est bon, et il se montre bon envers tout homme qui accepte de lui parler. »

Encore de la religion. Sauf que – et cela me travaillait malgré mes efforts pour ne pas y penser – ces gens-là m'avaient guéri.

« Comment… euh… parle-t-on au roc ?

— On se le représente par l'esprit. Et s'il sait qu'on n'est pas un tueur de roc, il apporte son aide.

— Montre-moi.

— Te montrer quoi ?

— Comment tu parles au roc. »

Il secoua la tête : « Je ne peux pas te montrer, Lanik. Tu dois le faire toi-même. »

Je m'imaginai en pleine conversation avec un galet et me jugeai bon pour l'asile d'aliénés – où je me trouvais en quelque sorte il y a si peu de temps. La réalité était encore en suspens pour moi, et je me demandai si c'était moi qui avais mal entendu et non pas lui qui disait des bêtises. « Je ne sais pas comment faire.

— Je sais, dit-il en hochant la tête avec sollicitude.

— Que se passe-t-il quand on parle au roc ? m'enquis-je.

— Il écoute. Il répond.

— Que dit-il ?

— Ça ne peut pas être dit par la bouche. »

Je n'avançais pas. C'était comme un jeu. On ne pouvait rien faire pour moi tant que je ne le demandais pas, et même alors, si je formulais mal ma demande, je n'obtenais rien. Comme un repas – pourtant, dès que j'y pensai, je me rendis compte que je n'avais toujours pas faim.

« Écoute, Helmut, quel genre de choses le roc accepte-t-il de faire ? »

Il sourit. « Qu'est-ce qu'un homme pourrait vouloir du roc ?

— Du fer », proposai-je.

Il eut l'air furieux. « Le fer de ce monde est caché loin sous la surface, où les hommes ne pourront jamais aller.

— Un chemin pour escalader une falaise », dis-je aussitôt, espérant l'apaiser en détournant son attention de ma première suggestion.

La façade rocheuse à côté de nous était impressionnante et très escarpée. Je m'étais brièvement demandé comment Helmut l'avait escaladée.

Il fixait désormais intensément le roc, de la même façon qu'il avait fixé le sable quand je l'avais rencontré pour la première fois. Et tandis que je l'observais, j'entendis un léger bruissement. Je tournai la tête et vis le sable couler d'une petite encoche sur la falaise – à un endroit où il n'y en avait pas auparavant. L'écoulement cessa. Je brossai le reste de la main, glissai mes orteils dans l'encoche et me hissai plus haut. Je tendis alors le bras, sans trouver de prise au-dessus de ma tête.

« Reste tranquille », dit le gamin, et soudain du sable s'écoula sous mes doigts, créant une prise. On aurait cru qu'une centaine de petites araignées venaient de surgir de la roche, et je retirai ma main, écartant le sable.

Helmut fit claquer sa langue : « Non. Tu *dois* grimper. Ne rejette pas son cadeau. »

Il était sérieux. Je grimpai donc, de nouvelles prises apparaissant à mesure que j'en avais besoin, jusqu'à ce que j'atteigne le sommet.

Je m'assis, le souffle coupé, non par l'ascension mais par ce qui ne pouvait être que de la magie. Helmut se tenait loin en contrebas, les yeux levés vers moi. Je n'étais pas prêt à descendre. Mes mains tremblaient. « Monte ! » lui criai-je.

Il ne se servit pas de mes prises. Il se dirigea vers un pan de falaise parfaitement lisse et y grimpa très vite. Ses orteils n'entraient pas en contact avec la roche : rien que ses genoux et ses mains. Je me penchai par-dessus bord pour le regarder et ressentis un affreux vertige, comme si la gravité s'était inversée et qu'il se trouvait en terrain plat et moi accroché à la falaise.

« Qu'est-ce que c'est que cet endroit ? » dis-je, ou plutôt soufflai-je quand il atteignit le sommet et s'assit à mes côtés. « Quel genre de peuple êtes-vous ?

— Nous sommes des sauvages, répondit-il, et c'est le désert.

— Non ! m'écriai-je. Pas de faux-fuyant ! Tu sais très bien ce que je veux dire ! Ce que vous faites, les êtres humains en sont tout simplement incapables.

— Nous ne tuons pas.

— Cela n'explique pas tout.

— Nous ne tuons pas d'animaux, dit-il. Pas de plantes. Pas de roc. Pas d'eau. Nous laissons tous les êtres vivre, et eux aussi nous laissent vivre. Nous sommes des sauvages.

— Comment peut-on tuer du roc ?

— En le découpant. » Il parut frémir.

« Le roc est très dur, répondis-je avec ce sentiment récurrent de supériorité. Il ne ressent pas la douleur, en tout cas c'est ce qu'on m'a dit.

— Le roc est vivant, de la peau au plus profond de son cœur. Ici, en surface, il nous soutient. Il pèle et perd des lambeaux de peau tout comme nous, sous forme de sable, de gravier et de rochers. Mais cela fait toujours partie de lui. Quand les hommes découpent le roc, il ne tombe plus où il devrait. Ils prennent la roche et en font de fausses montagnes, et cette roche est morte. Elle ne fait plus partie de lui. Elle est perdue pour lui jusqu'à ce que, au fil des siècles, il la transforme à nouveau en sable. Il pourrait tous vous tuer rien qu'en éternuant, fit Helmut avec colère, mais il s'en abstient. Parce qu'il respecte la vie, même mauvaise. Même “civilisée”. »

Helmut ne s'exprimait pas comme un enfant.

« Mais il est prêt à tuer, reprit-il, si le besoin est grand et l'heure appropriée. Quand les hommes civilisés de Sill ont décidé qu'ils devaient posséder davantage de ce désert, ils sont venus avec leurs armées pour nous tuer. Beaucoup de femmes vivaient là, les dormeuses paisibles, et les hommes de Sill les ont tuées. Alors nous avons tenu conseil, Lanik. Nous avons parlé au roc, et il est tombé d'accord avec nous : il était temps de rendre justice. »

Il s'arrêta.

« Et alors ? l'encourageai-je.

— Alors il les a avalés. »

J'imaginai les cavaliers de Sill au milieu du désert, découvrant soudain les grains de sable mouvant sous eux, leurs chevaux qui s'enfonçaient, l'équilibre impossible, le sable qui se refermait au-dessus de leur tête tandis qu'ils hurlaient, s'étouffaient, avalaient du sable et se faisaient avaler par lui jusqu'à ce que ne restent plus que leurs os tout propres.

« Sill n'a plus jamais renvoyé d'armée dans le désert, dit Helmut. C'est alors que nous avons su que nous étions des sauvages. Les hommes civilisés n'accordent pas davantage de valeur aux pierres qu'aux hommes. En même temps, les sauvages ne tuent pas des femmes endormies. N'est-ce pas ?

— Cette histoire est-elle vraie ? demandai-je.

— As-tu escaladé cette falaise ? »

Je m'allongeai et fixai le ciel bleu où ne passait aucun nuage.

« Comment se fait-il ? Pourquoi est-ce que, vous, vous savez communiquer avec le roc… » Je ne pouvais pas finir. Cela semblait ridicule.

« Tu as honte, dit-il.

— Tu peux le dire !

— Tu es un enfant. Mais c'est très facile de parler au roc. Il est simple, il est grand. Si grand qu'on peut aisément se le représenter. C'est ce que nos enfants ont appris en premier.

— Appris ?

— Quand nous avions des enfants. Maintenant que personne ne meurt, pourquoi ajouterions-nous à notre nombre ? Nous n'avons aucun besoin. Et certains d'entre nous ont choisi d'être des enfants à jamais, de façon à divertir les plus vieux, et parce que nous préférons jouer plutôt que nous livrer à des réflexions profondes. »

Si on m'avait dit une chose pareille alors que j'étais en sécurité au sein du château Mueller, j'aurais bien ri. Je me serais moqué. J'aurais embauché comme bouffon celui qui avait parlé. Mais j'avais grimpé la falaise. J'avais bu de l'eau. J'avais été guéri.

« Apprends-moi, Helmut. Je veux parler au roc.

— Le carbone est subtil. Il s'associe à tout et forme d'étranges chaînes. Il est plus souple que le roc, mais il peut créer de petites vies alors que le roc ne peut vivre que sous la forme d'une immense boule qui tourne autour du soleil. Il est difficile de parler au carbone. Il faut beaucoup de voix pour être entendu par une pierre aussi subtile.

— Mais vous m'avez parlé ?

— Nous avons trouvé l'endroit où l'erreur s'était produite. Elle était sur tes chaînes les plus longues, et nous leur avons appris à se combiner différemment, pour qu'elles ne remplacent que ce qui a été perdu et non ce qui est encore entier. Nous avons d'abord pensé que tu étais comme nous, que tu savais parler au carbone, puisque tes chaînes étaient différentes. Nous n'avions pas cette capacité de guérison dans nos corps : nous devions soigner chaque égratignure, une par une. Nous avons aimé ce que tu avais fait, et nous nous sommes donc modifiés mutuellement. Maintenant, nous guérissons tous comme toi. »

Autant pour le secret de Mueller, songeai-je. « Pourquoi ne l'aviez-vous pas fait plus tôt ?

— Nous ne touchons guère aux chaînes de carbone. Elles sont subtiles. Elles peuvent causer des problèmes. Nous ne procédons qu'à quelques modifications. Mais en rétribution du changement guérisseur que tu nous as enseigné, nous t'avons donné le changement vital. »

Il faisait presque noir, et nous étions encore perchés sur notre pilier rocheux ; la falaise était notre seule voie d'accès au sable en contrebas.

« Le changement vital ? Qu'est-ce que c'est ?

— Les hommes civilisés tuent parce qu'ils en ont besoin, pour vivre. Pour obtenir de l'énergie, ils doivent assassiner des plantes ou des animaux. Tuer leur est si naturel qu'ils n'ont plus aucun respect pour la vie.

— Et vous, que faites-vous ?

— Nous sommes des sauvages. Nous tirons notre énergie de la même source que les plantes. » Et il pointa le doigt vers le ciel, encore éclairé par le soleil qui avait sombré derrière les montagnes à l'ouest.

« Du soleil, dis-je.

— C'est pour ça que tu n'as pas faim », répondit-il.

Il continua de parler alors que l'obscurité était tombée, et je compris ce que Schwartz avait réussi. Une géologue, dans un paradis de géologue, et ses enfants après elle, armés d'un profond respect et d'une compréhension plus grande encore pour la pierre, jusqu'à éveiller non pas la terre elle-même mais cette part de leur esprit capable d'appréhender les structures et de les modifier. Leur formulation était mystique, mais ce n'était pas un mystère. Ils comprenaient l'ADN comme même les experts de Mueller en étaient incapables.

Toutefois le prix de cette connaissance était la sauvagerie. Ils ne pouvaient pas user d'outils, construire de maisons, écrire leur langue. S'ils mouraient tous et que des archéologues arrivaient dans ce désert, ils ne trouveraient que des cadavres et s'étonneraient que des animaux à forme humaine soient si totalement dépourvus d'intelligence.

« Comment puis-je apprendre à parler au roc ? » demandai-je.

La voix d'Helmut me répondit : « Tu dois sauter de cette falaise dans l'obscurité. »

Il était sérieux. Mais c'était impossible. « Je vais me tuer.

— C'est arrivé à certains. » Cela l'amusait-il ? Je ne voyais pas son visage. « Mais tu dois le faire vite. Dissidence se lève dans quelques minutes.

— En quoi le fait de me tuer m'aidera-t-il à parler au roc ? » dis-je sur le mode de la plaisanterie, mais Helmut était trop grave.

« Tu as tué, Lanik, dit-il. Tu dois te soumettre au jugement pour savoir si tu l'as fait sans intentions malignes. Si le sable te reçoit en douceur, le roc s'adressera à toi.

— Mais… »

Je laissai ma phrase en suspens car je ne pouvais dire que j'avais peur. Pourquoi aurais-je eu peur puisque je n'étais pas sûr, à ce moment-là encore, de vraiment croire à tout ce qui m'arrivait.

Non. Je savais que j'avais peur parce que j'y croyais, et je n'étais pas persuadé d'avoir agi sans intentions malignes. J'avais savouré la perspective de la bataille et, bien que je n'eusse jamais tué personne au combat à Mueller, j'avais tué un homme sur le navire Singer, deux soldats de Mueller avant d'entrer à Ku Kuei, deux soldats d'Allison en en sortant, et j'en avais sans doute tué d'autres en m'échappant de Nkumaï. Ces meurtres m'avaient été imposés, pour me défendre, mais n'avais-je pas ensuite savouré un sentiment de triomphe et de puissance ? Était-ce vraiment différent d'aimer tuer ? Sans compter que j'avais approuvé la politique guerrière de mon père, désiré devenir le Mueller et le surpasser. Cette soif de domination avait-elle quitté mon cœur ? J'étais un homme véritablement civilisé. Je n'arrivais pas à croire qu'il y eût une seule chance que le sable m'accepte, comme disait Helmut.

« Je dois te dire, précisa-t-il, qu'il n'y a pas d'autre moyen de descendre de cette tour rocheuse.

— Et les prises ?

— Elles ont déjà disparu. Soit tu sautes, soit tu restes ici à jamais. Et tu dois sauter maintenant, dans le noir, avant que Dissidence ne se lève, sinon ce saut risque de te coûter la vie.

— Tu ne laisses pas grand-chose au hasard, hein, petit garçon ? »

J'étais furieux : on m'avait pris au piège.

« Je suis un gamin par l'esprit, Lanik, mais j'étais déjà vieux quand le grand-père de ton père apprenait à ne pas pisser dans la réserve d'eau potable de la famille. Et je te le dis, je crois que, si tu sautes, le sable pourrait bien te recevoir. Mais tu dois avoir suffisamment confiance en toi pour sauter. Si tu sais que tu es un meurtrier, autant rester là. Tu n'en mourrais pas, tu sais. Tu ne mourrais pas de faim. Tu serais juste seul ici, pour toujours. »

Je me levai. Je savais que le bord de la tour se trouvait tout près dans toutes les directions. Mais je ne pouvais pas faire le pas.

« Lanik, murmura Helmut d'une voix de nouveau jeune et innocente. Lanik, je pense vraiment que le sable te soutiendra. » Une main douce et fraîche saisit l'intérieur de ma cuisse tandis que je restais là, tremblant à l'idée de ce que je devais faire. « Je veux que le sable te soutienne.

— Moi aussi.

— Alors saute tant qu'il fait noir. »

Il ôta sa main et je me dirigeai vivement vers le bord. Puis soudain je posai le pied dans le vide. Je n'étais plus à Schwartz, j'étais en Nkumaï et j'avais fait un faux pas dans l'obscurité avant de tomber sans fin entre les arbres silencieux ; tout le reste n'était qu'un rêve, tous ces mois n'étaient qu'un rêve et j'étais tombé en Nkumaï et j'allais mourir et je refusais de hurler. Je laissai le vent me ballotter tandis que mon estomac se soulevait dans ma gorge et que ma vessie se libérait, et la mort était comme mille lames de terre sous moi, qui me sculpteraient et me briseraient à leur contact. Et puis j'atterris dans la douce étreinte du sable, qui s'ouvrit doucement et tourbillonna autour de moi, m'éclaboussa de chaleur et se referma sur ma tête. Là, dans l'étreinte du sable, je sentis le cœur battant de la terre, le rythme des courants de roche bouillante sous moi, et j'entendis dans le coin le plus secret de mes oreilles un étrange chant qui disait des milliards d'années de tourments à chercher une façon confortable de me poser et de dormir alors que les continents dansaient dans un sens et dans l'autre sur ma peau et que les océans gelaient et tombaient. Et tout en écoutant le chant de cette danse à grande échelle, j'entendais encore les mélodies discrètes du sable glissant, des pierres qui tombaient et du sol qui se tassait. J'entendis la souffrance du roc découpé et déchiré en un millier d'endroits à la surface de ma peau, et je pleurai sur les mille morts de la pierre et du sol, et des plantes qui se cramponnaient à la vie entre la pierre et le ciel.

Des armées tonnèrent sur ma peau, la mort dans tous les cœurs, accompagnées d'arbres morts sculptés pour créer des outils destinés à produire davantage de mort encore. Seule la voix des hommes est plus forte que celle des arbres, et si le murmure collectif d'un million de tiges de blé qu'on coupait était terrible, le hurlement de mort d'un esprit humain est le cri le plus fort que la terre puisse entendre.

Je sentis le sang imprégner ma peau, et je cessai de pleurer. J'aspirais à mourir, à me libérer de ces cris incessants.

Je hurlai.

Le sable coula près de mes oreilles et se glissa entre mes jambes, et tandis qu'il exerçait sa pression contre mon visage, je me séparai de cette part de moi-même dont les oreilles avaient entendu pour moi, et je demandai au sable (sans mots, car aucune bouche ne peut prononcer cette langue) de me remonter en surface.

Je m'élevai dans le sable chaud et il s'ouvrit au-dessus de moi. J'écartai bras et jambes à la surface, et le sable me soutint.

J'avais l'impression d'être tombé du sommet de la roche au cœur de la terre, et je flottais désormais en surface, sur une vague de sable immobile.

Je souris. Helmut se tenait au-dessus de moi, souriant lui aussi.

« A-t-il chanté pour toi ? »

J'acquiesçai.

« Et il t'a trouvé pur.

— Ou il m'a purifié », répondis-je. Puis je frémis en repensant aux cris des mourants. Je regardai la tour de roc dont j'étais tombé. Elle ne dépassait pas deux mètres de haut. J'écarquillai les yeux, et Helmut éclata de rire.

« Nous l'avons élevée pour en faire le site de ton test. Si tu n'avais pas sauté de toi-même, nous l'aurions fait s'effondrer pour que tu tombes.

— Charmant », commentai-je, mais j'étais trop comblé pour verser dans l'amertume, et je ne fus pas étonné quand Helmut s'agenouilla pour toucher mon torse et me prendre dans ses bras. Il pleura sur ma peau, et ses larmes s'évaporèrent bientôt.

« Je t'aime, souffla-t-il, et je suis heureux que le roc t'ait reçu.

— Moi aussi. »

Nous dormîmes, sa peau fraîche pressée contre la mienne comme le sable auparavant, non pour exciter ou satisfaire des désirs, mais pour exprimer un sentiment. Et, dans notre sommeil, nous rêvâmes ensemble, et je découvris la véritable voix d'Helmut, et je l'aimai.

J'aurais pu rester à Schwartz pour toujours. Je le voulais. Eux-mêmes le voulaient. J'apprenais vite, et s'ils avaient réparé les manifestations les plus évidentes de ma faculté de régénération radicale, mon corps restait bien décidé à sortir de l'ordinaire. Une zone spécifique du cerveau abrite la faculté qui permet aux Schwartz de parler à la pierre. À mesure que j'apprenais à m'en servir, mon corps la développa et lui permit de grandir. Mon crâne se déforma légèrement derrière les oreilles et un peu au-dessus pour lui faire de la place, et le porte-parole me dit enfin : « Tu nous as dépassés, maintenant. »

Je fus surpris. « Vous faites des choses dont je ne peux même pas rêver.

— Ensemble, dit-il. Séparément, nous ne sommes pas aussi forts que toi.

— Alors modifiez-vous pour me ressembler.

— Il est des secrets que les chaînes de carbone savent garder, même face à nous. »

Ce fut tout. Pourtant, il ne me vint pas à l'esprit, pas avant des semaines, que cela me conférait un avantage qui me libérerait. Pour la simple raison que je ne voulais pas me libérer d'eux.

Quand je parlais au roc, j'apprenais beaucoup de choses qui me ramenaient à moi. Les guerres se poursuivaient et, tandis que je m'habituais à supporter la souffrance de nombreuses morts, j'apprenais aussi à étudier les guerres et voir où se déroulaient les batailles. Quand je parlais au roc, la peau de la terre devenait la mienne, et j'appris à sentir d'où venaient les cris. Les batailles eurent d'abord lieu sur la plaine entre Allison et la source du fleuve Rebelle. Puis elles se déplacèrent vers les collines de Robles et au nord-ouest, à la confluence de la Myron et du Rebelle, où le Rebelle ne s'appelle plus Swoop mais Mueller. Puis la guerre se déclara en Wizer, un territoire que mon père avait conquis. Cela signifiait que les Nkumaï avaient tout balayé devant eux et se trouvaient aux frontières de mon pays.

Peu importait désormais que je connaisse le secret du fer des Nkumaï. Peu importait que mon père m'ait envoyé en exil et que mon frère Dinte ait envie de me tuer. Je n'étais plus un régénérant radical, j'étais deux fois meilleur soldat que mon père et de loin meilleur général que Dinte. Ma famille avait besoin de moi pour perdurer.

L'idée d'entrer en guerre me répugna d'abord, mais la situation de ma famille me minait, et je me mis à interroger le roc. Je lui demandai si une vie pouvait compter plus qu'une autre, et le roc répondit par la négative. Je lui demandai s'il était juste de mettre fin à une vie si, ce faisant, de nombreuses autres pouvaient être sauvées. Le roc répondit par l'affirmative. Je demandai si l'idée de loyauté signifiait quelque chose pour les forces de l'univers, et le roc pleura.

La loyauté ? Quoi d'autre avait poussé le roc à répondre à l'appel des Schwartz ? La terre comprenait le concept de confiance, et je lui demandai s'il était bon pour moi de retourner diriger ma famille. Oui, répondit le roc.

Cette conversation ne fut pas le produit d'une nuit de sommeil sous le sable, toutefois. Il fallut bien des nuits et bien du sommeil, et les mois passèrent avant que je sache que je pouvais rentrer chez moi. Que je devais rentrer chez moi.

« Tu ne peux pas rentrer, dit le porte-parole.

— Le roc m'a parlé et m'a dit que je devais y aller.

— Il t'a dit que partir était bon pour toi. Pour toi. Pour ta famille. Mais pas pour nous.

— Bon pour la terre.

— Le sang imbibe la terre de la même façon, peu importe qui manie les outils civilisés, répondit le porte-parole. Si tu pars, ce sera bon et mauvais à la fois. Je ne peux pas te laisser partir. Nous ne pouvons pas. Tu as pris tout ce que nous avions à t'apprendre et maintenant tu vas t'en servir pour détruire et tuer au nom de la loyauté.

— Je jure que je ne me servirai jamais de ce que vous m'avez enseigné pour tuer.

— Si tu tues, tu te serviras de ce que nous t'avons enseigné.

— Jamais.

— Parce que désormais tout homme qui mourra de ta main hurlera dans ton âme à jamais, Lanik. »

Voilà qui était de nature à me faire réfléchir.

Quand les combats arrivèrent aux plaines de Cramer, à moins de trois cents kilomètres de Mueller-sur-Rebelle, la capitale, je ne pus attendre davantage. Helmut et moi nous amusions au milieu des sommets d'une chaîne de montagnes semblables à des lames de couteau, nous faisions des acrobaties à mille mètres au-dessus du sable, quand je retirai soudain la roche de sous ses pieds, et il chuta.

Le roc le rattrapa sur une saillie une centaine de mètres en contrebas, loin au-dessus du désert.

« Espèce de salaud ! s'écria-t-il.

— Je suis obligé ! Si tu préviens le conseil, ils peuvent m'arrêter.

— Tu as dit que tu m'aimais ! »

Je l'aimais. Je l'aime. Mais je me tus. Il tenta d'escalader la roche, mais j'interdis à la pierre de le soutenir, et j'étais plus fort que lui. Il essaya de former des prises dans le roc, mais j'étais plus fort. Il essaya de s'élancer de la saillie vers le sable, mais le roc refusait de le laisser sauter parce que je le lui avais demandé. Et j'étais plus fort.

La chaîne de montagnes pointait vers le nord-ouest, et je partis dans cette direction. Quand elle se termina, je plongeai dans le sable et courus tout le jour et toute la nuit, m'interdisant de dormir. Je pris le chemin le plus rapide que pouvait suivre un Schwartz, et comme aucun d'eux ne courait aussi vite que moi, aucun poursuivant ne pouvait me rattraper.

Il me fallut huit jours. Je dormis en courant, car mon esprit avait besoin de sommeil même si ce n'était pas le cas de mon corps. Je parvins enfin à un endroit où des nuages traversaient le ciel et où quelques brins d'herbe perçaient à l'occasion de crevasses dans la roche ; j'avais quitté Schwartz. Cela aurait dû me soulager, et j'étais assez content de voir du vert au lieu des jaunes, gris et bruns sans fin du désert, mais je regrettais d'être parti, à tel point que je m'arrêtai, fis demi-tour et manquai repartir en sens inverse.

Je me souvins du visage de mon père. Je me rappelai ses paroles : « Lanik, je voudrais tant pouvoir faire quelque chose. » Je l'entendis plaider : « Ce corps est gâché. L'esprit me servira-t-il encore ? L'homme aimera-t-il encore son père ? »

Oui, espèce de salopard assoiffé de conquête, songeai-je. Tu te trouves devant un ennemi trop fort pour toi. Et je viendrai. J'arrive.

Je fis demi-tour et pris la direction du nord, en passant par les hauteurs de Sill.

La terre avait été ravagée par la guerre.

Les champs brûlés étaient ponctués des coquilles de maisons et des tas de cendres qui seuls restaient de huttes plus humbles. Je parcourus des kilomètres dans ce paysage de ruine, au cœur de ce qui ne devait être que de pauvres terres agricoles, au mieux, si près du désert. Quel but de telles destructions pouvaient-elles servir ? Aucun objectif militaire important ne se trouvait à proximité. Cela ne pouvait aboutir qu'à affamer le peuple. La terre avait été assassinée. Torturée.

Pourtant je connaissais le peuple de Nkumaï (aussi bien qu'on peut le connaître au milieu de son réseau de mensonges), et pareilles destructions n'étaient pas dans sa nature. Cela ne ressemblait pas à ces gens qui se tenaient sur le seuil de leur maison dans les arbres pour chanter un hymne au matin. Même leur bureaucratie tâtonnante et leurs protestations hypocrites qu'ils ne vendaient et n'achetaient rien en vue de faire du profit – c'étaient là des symptômes de bonnes intentions plutôt que de corruption établie. Et puis la cupidité aurait laissé ces champs intacts. Seule une haine vicieuse et idiote pouvait pousser à détruire la terre au lieu de la conquérir.

Mais qui pouvait haïr même les habitants bêtement violents de Sill ? Mon père les avait laissés tranquilles tout en conquérant les deux nations voisines car, malgré la vie tapageuse de leurs villages, leurs vantardises et leurs raids, ils étaient en fin de compte inoffensifs.

Plus je marchais, plus j'étais en colère.

J'arrivai enfin à une terre arrosée de rivières et de systèmes d'irrigation, et là des gens travaillaient à reconstruire les canaux. De nouvelles maisons sortaient de terre, des maisons de fortune pour se protéger de la pluie. J'avais perdu la notion des saisons : les pluies viendraient bientôt.

C'est alors seulement qu'il m'apparut que j'étais nu, et que la nudité était mal vue dans cette région du monde. L'idée de porter des vêtements me paraissait étrangère – j'avais fait sans pendant un an au moins, depuis que j'étais tombé du filet à oiseaux en Nkumaï. Mais comment un homme se procure-t-il des vêtements quand il n'a ni amis ni argent et qu'on le dévisage et qu'on l'évite quand on le voit approcher ?

Le problème se résolut de lui-même. Je dormais, cette fois de corps et d'esprit, dans l'herbe qui pousse sur les berges de la Wong, et lorsque je me réveillai, trois femmes me regardaient fixement. Je bougeai lentement, de façon à ne pas les alarmer. « Salutations », dis-je, et elles hochèrent la tête. Autant pour la conversation, songeai-je. « Je ne vous veux aucun mal. »

Elles acquiescèrent à nouveau. « Nous le savons. »

Je suppose que, dans ma tenue, le fait que je n'étais pas d'humeur à les violer n'était pas un secret. Je ne voyais pas quoi leur dire d'autre, si ce n'était l'évidence : « J'ai besoin de vêtements. »

Elles s'entre-regardèrent, perplexes.

« Je n'ai pas d'argent, mais je peux vous promettre de vous payer sous un mois.

— Alors tu n'es pas l'homme nu, murmura l'une d'elles.

— Il n'y en a qu'un ? demandai-je.

— Il traverse les champs depuis le désert. On dit qu'il nous vengera de nos ennemis. »

J'avais donc été remarqué, et la rumeur s'était répandue. Rien d'étonnant à ce que ces gens se saisissent d'un mystère et en fassent la solution à leurs problèmes. « C'est moi, dis-je. Je viens de Schwartz. Je vais trouver l'armée qui a fait tout cela.

— Tu vas les tuer ? souffla la plus jeune, dont la grossesse était très avancée.

— Je les empêcherai de tuer, promis-je en me demandant si j'en étais vraiment capable. Mais en attendant, j'ai besoin de vêtements. Il est temps que je m'habille. »

Elles hochèrent la tête et s'éloignèrent. Elles n'étaient pas pressées, et elles furent bientôt hors de ma vue dans la campagne vallonnée. Je plongeai dans l'eau en les attendant et m'amusai à rester allongé au fond de la rivière pour observer les poissons. Tout était ravagé au-dessus de la surface, mais dans le lent courant de la Wong, les poissons ne s'en rendaient pas compte.

Je remarquai que j'étais sous l'eau depuis longtemps, fis surface et me remis à respirer. Je n'avais pas plus tôt sorti la tête de l'eau qu'une femme se mit à hurler tout près, et les cris qui lui répondirent amenèrent d'autres spectateurs au pas de course. Je compris une fois de plus que j'étais tombé dans le piège de penser et agir comme un Schwartz. Il fallait que je cesse de faire ce dont les autres étaient incapables.

« Il est resté sous l'eau tout ce temps », disait la femme à la vingtaine de personnes qui se pressaient autour d'elle et me lançaient des regards fréquents, alors que je me dressais encore dans la rivière. « Il est resté sous l'eau tout ce temps, et ça fait une heure que je suis là, une heure pleine !

— C'est ridicule, protestai-je. Je ne peux pas être resté là-dessous plus d'un quart d'heure. »

On me considérait avec respect, admiration, et non sans crainte, et la femme enceinte me tendit une brassée de vêtements. Je sortis de l'eau et tous me regardèrent fixement, comme s'ils s'attendaient à une quelconque anomalie. Je faillis rire au souvenir de la réaction des marins sur le navire Singer devant mon apparence avant que les Schwartz ne me guérissent. S'ils pouvaient me voir maintenant, en pleine possession de ces pouvoirs qu'ils m'attribuaient alors en imagination ! Pourtant la façon dont ces gens me dévisageaient me rappela la pudeur de ma jeunesse à Mueller. Je m'habillai aussitôt, sans attendre que ma peau et mes cheveux sèchent.

« Merci, dis-je une fois vêtu.

— Nous sommes honorés », répondit un homme qui paraissait parler au nom des autres – un vieillard. Je notai qu'il n'y avait pas d'hommes en âge de porter les armes.

« Vos fils sont tous partis à la guerre ?

— Il n'y a plus de guerre », répondit-il.

La femme enceinte acquiesça gravement. « Pour Sill, il n'y a plus de guerre.

— Il n'y a plus de Sill, renchérit le vieil homme. Nous sommes des Nkumaï, désormais. »

Je les regardai qui hochaient tous la tête. « Ah bon ? Alors quel ennemi voulez-vous que je tue ? »

Ils restèrent muets, jusqu'à ce qu'une vieille femme s'écrie, amère et les larmes aux yeux : « Les Nkumaï ! Tue les Nkumaï ! Pour l'amour de Dieu, si tu as le moindre pouvoir… »

Les autres reprirent son cri : « Tue les Nkumaï ! Pour nos fils, pour nos maisons, pour notre terre, tue ces diables ! »

J'entendais chanter la haine et la mort dans leur cœur. Je hochai doucement la tête et poursuivis mon chemin.

« Comment t'appelles-tu ? » cria la femme enceinte dans mon dos.

Je me retournai et répondis : « Lanik Mueller. »

À ma grande surprise, les cris se turent aussitôt. Certains paraissaient terrorisés. D'autres plissèrent le nez d'un air de dégoût, comme si j'avais fait une plaisanterie obscène. Des visages se figèrent simplement, impassibles. Puis ils me quittèrent tous en silence et regagnèrent leurs maisons. La vieille femme, elle, m'adressa un message : elle cracha par terre.

Seul mon nom avait pu les faire passer de l'amitié et de l'espoir à la haine et la peur. Mais que signifiait mon nom dans une région comme celle-ci ? À Mueller, on le connaissait bien, puisque j'étais l'héritier présomptif du trône, mais pourquoi serait-il familier à Sill ? J'étais parti un an, toute la durée de la guerre. Je pesai cette question en reprenant la direction du nord, obliquant légèrement à l'ouest, sur la route de Mueller-sur-Rebelle. Était-il possible que Dinte m'ait haï au point de répandre des rumeurs de traîtrise sur mon compte ? Je n'arrivais pas à croire que Père l'aurait laissé faire une chose pareille. Étais-je parti si longtemps que Père n'était plus le Mueller ? Je ne comprenais pas.

Les Nkumaï avaient manqué des parcelles ici et là, des îlots d'un vert profond, où la récolte serait bonne. Les gens ne mourraient pas de faim. En courant, toutefois, je ne vis personne. La nouvelle de mon passage m'avait-elle précédé ? Évitait-on le parcours de l'homme nu ? Ou était-ce le nom de Lanik Mueller qui effarouchait ? Ni l'une ni l'autre interprétation ne semblait impossible. Je voyageais très vite, mais les rumeurs pouvaient me dépasser. Sinon, comment les survivants de Sill auraient-ils entendu parler de l'homme nu alors que je voyageais tout le jour et presque toute la nuit ? Les histoires qui décrivent la rumeur comme un oiseau maléfique qui vole plus vite que le son devaient être vraies.

Heureusement, je n'avais jamais faim. En passant devant les champs de blé et les potagers, ma bouche s'en rappela le goût et je désirai manger, mais je n'en avais pas besoin, et je ne m'arrêtai pas. D'ailleurs, même si j'avais eu faim, nul n'était là pour partager son repas avec moi, et je n'envisageais pas de voler sur une terre où il y aurait déjà peu à manger cette année.

Le fleuve Sill était derrière moi depuis deux jours quand j'aperçus enfin quelqu'un d'autre. Ou quelques-uns. Je perçus le claquement des sabots avant de les voir. Ils venaient du nord, de Mueller, et quand ils arrivèrent en vue, je reconnus la bannière de l'armée de l'Est. Son commandant était Mancik, mon parrain.

Mais Mancik n'était pas avec eux, bien que la bannière du commandant fût là. Je sus ainsi qu'il était mort. Si j'avais eu un couteau, je lui aurais offert mon chagrin, mais je ne détenais pas d'arme et, très vite, j'eus d'autres soucis en tête.

Je ne connaissais pas le commandant de la troupe, ni les soldats qui sautèrent à bas de leur monture et me ligotèrent. Je me laissai faire, en partie parce que j'étais perplexe, mais aussi parce qu'ils étaient trop nombreux. Il y a une limite au nombre d'organes que même un régénérant radical guéri peut renouveler – or ils avaient l'air prêts à me tailler en pièces.

« On m'a ordonné de vous ramener vivant à la capitale, dit le commandant.

— Alors je ne vous en empêcherai pas, répondis-je. C'est là que je me rendais. »

Cela les mit en rage. Deux soldats me frappèrent aussitôt, et je fus un instant stupéfait.

« Je suis Lanik Mueller, crachai-je, et je refuse qu'on me traite de la sorte ! »

Le commandant me regarda froidement. « Nous savons qui vous êtes, et vu la façon dont vous avez traité ces terres, tous les traitements que nous pourrions vous réserver seraient bien plus cléments que vous ne le méritez. » Il contempla un moment les champs dévastés, l'air lugubre. « De tous les traîtres qui ont jamais vécu, Lanik Mueller, il doit y avoir un coin d'enfer qui vous est spécialement réservé.

— Je suis allé en enfer, répondis-je. C'était plus agréable qu'ici.

— Et si tu brûlais comme tu as brûlé ces champs ? » lança un soldat.

Il y eut un murmure amer d'assentiment.

« Je n'ai pas fait ça, dis-je, ne comprenant pas qu'ils puissent penser le contraire.

— Ah ouais ? s'écria un homme. Je t'ai vu balancer une torche toi-même, à la tête de tes troupes inkés ! »

Comment pouvais-je même contester une accusation aussi absurde ?

« Assez parlé, intervint le commandant. Il va prétendre qu'il était fou, ou bien une autre ineptie. Personne ne le croira et il connaîtra la mort que mérite un homme pareil, mais il n'y aura aucune gloire à cela pour nous qui l'aurons trouvé. Les dégâts sont déjà irréparables, et le tuer ne changera rien. »

Drôle de discours de la part d'un commandant, pourtant il eut un effet étrangement apaisant sur ses hommes. Ils n'avaient pas cet appétit du combat que j'avais vu toute ma vie dans l'armée. Mais les paroles de leur officier avaient ranimé en eux un courage silencieux, proche du désespoir. Ils firent tous leur travail vite et sans bruit. Ils me jetèrent en travers d'une selle, attachèrent mes jambes aux étriers et me laissèrent trouver un équilibre de mon mieux sur un cheval au galop, les bras entravés. Ils chevauchèrent comme des fous à travers champs, comme s'ils espéraient (et je suis sûr que c'était le cas) que mon cheval tomberait et m'écraserait dans les cendres de ce qui était autrefois des champs de céréales. Ou peut-être ne pensaient-ils plus à moi, se contentant d'avancer en machines de chair sur ces chevaux bondissants, l'esprit vide en dehors de cette désolation.

Pendant ce trajet, que pouvais-je faire d'autre sinon réfléchir ? Pour une raison obscure, on me reprochait ces dévastations – et non pas seulement des étrangers, mais aussi des hommes de Mueller – ceux qui m'aimaient autrefois, si ce n'est pour moi-même, du moins en tant que fils de mon père. Dinte n'aurait pas pu obtenir ce résultat par ses mensonges, ni Ruva persuader quiconque de me juger ainsi, ni aucun autre ennemi jaloux. Le soldat disait m'avoir vu. Il m'avait *vu*, et tout en sachant que c'était impossible, je ne pouvais pas mettre son honnêteté en doute. On ne se contentait pas de haïr mon nom, par ici, on haïssait mon visage.

En songeant à la haine et à mon visage, une image de moi-même se présenta devant mes yeux, une image qui n'était pas le souvenir de mon visage tel que je le voyais dans les miroirs. Je connus alors la réponse. Je sus comment toutes les accusations portées contre moi pouvaient être à la fois vraies et erronées. Je sus aussi que, si convaincant que fût mon récit, on ne me croirait jamais.

Les bottes en cuir dur heurtèrent en résonnant le dallage des couloirs du palais de mon père. Je fus traîné sans ménagement et jeté à terre. J'avais déjà vu cette scène, mais de l'autre côté de la barrière, alors que des hommes accusés de trahison étaient préparés pour leur procès. Le procès n'était qu'une formalité. L'accusation était si grave qu'on ne la portait presque jamais sans que la culpabilité soit certaine.

Toutefois mes pensées continuaient à vagabonder. Tandis qu'on me faisait passer par les couloirs et qu'on m'enfermait dans une petite cellule le temps que la cour se rassemble, je ne cessai de regarder les murs de pierre morte, comprenant combien ce château avait coûté à la terre. Si j'en parlais, on me prendrait pour un fou. De la pierre vivante ? Mais je m'exprimai en esprit, je chantai le chant du roc et le sentis résonner.

Loin sous le château, les pierres écoutaient. Elles entendraient et elles sauraient, les pierres vivantes, si l'on versait mon sang.

La trahison est punie d'écartèlement. Les femmes sont d'abord décapitées. C'est macabre, mais j'y avais toujours vu un châtiment très dissuasif.

Je me relevai.

« À genoux ! » s'écria Harkint, le commandant de la garde. (Nous faisions la course à cheval dans les rues de la ville, autrefois.)

Je me tournai vers lui et parlai froidement, théâtralement, car les procès, comme l'essentiel de la vie royale, sont un spectacle, et je ne pouvais m'empêcher de jouer mon rôle. « Je suis de sang royal, Harkint ; je me tiens debout devant le trône. »

Cela le fit taire, et la cour s'occupa dès lors de me haïr et de me craindre.

Mon père paraissait vieux. C'était pour lui que j'étais revenu. Il me semblait maintenant las et affligé.

« Lanik Mueller, un procès ne sert pas à grand-chose, dit-il. Tu sais et nous savons pourquoi tu es ici. Tu es coupable, alors finissons-en avec cette triste histoire. »

Tout délai était une promesse de vie, et même en sachant qu'on ne me croirait en aucun cas, je voulais malgré tout avoir mon mot à dire. Il se passerait peut-être de longues années avant que mon innocence ne soit prouvée, mais certains se rappelleraient alors que j'avais dit la vérité en ce jour. « J'ai le droit de savoir quelles sont les charges retenues contre moi.

— Si nous en faisions l'inventaire, répondit mon père, je ne pourrais pas empêcher les gens présents ici de te tuer à mains nues.

— Alors citez-les brièvement, mais nommez mes crimes, car j'ignore leur nature. »

Le visage de mon père se plissa de dégoût à ce qu'il prenait pour un mauvais mensonge.

« Tu te fais honte », dit-il.

Mais il se tourna vers le héraut, et le vieux Swee lança d'une voix sonore :

« Les crimes de Lanik Mueller sont d'avoir mené les armées nkumaï au combat contre les armées de Mueller ; d'avoir détruit les champs et maisons de citoyens de Mueller et de familles inféodées ; d'avoir trahi le secret de la régénération de sorte que nos ennemis taillent désormais en pièces nos soldats sur le champ de bataille afin qu'ils meurent ; d'avoir comploté pour faire échouer la succession et détrôner l'héritier légitime. »

Swee paraissait amer, et la cour rassemblée cria son indignation à la lecture de chaque accusation.

« Je n'ai rien fait de tout cela, dis-je en regardant mon père dans les yeux.

— Un millier de témoins t'ont vu », répondit mon père.

Un soldat s'avança, rageur – un homme du peuple car il avait perdu ses bras sans qu'aucun ne repousse. « Je t'ai vu moi-même, s'écria-t-il, quand tu m'as coupé les deux bras avant de me renvoyer ici dire au Mueller que tu avais l'intention de boire son sang !

— Je n'ai jamais fait ça ni rien dit de tel. »

Père répondit avec mépris : « Il en est d'autres qui te connaissaient et qui t'ont vu mener les armées nkumaï. Nous en avons assez entendu, maintenant. Tu es coupable, et je te condamne à…

— Non ! m'écriai-je. J'ai le droit de m'exprimer !

— Les traîtres n'ont pas de droits ! lança un soldat.

— Je suis innocent !

— Si tu es innocent, fit mon père, toutes les putains de Mueller sont des vierges.

— J'ai le droit d'être entendu, et je parlerai ! »

Ils se turent alors, peut-être parce que ma voix avait gardé un certain pouvoir de commandement ; ou plutôt, sans doute, parce qu'ils trouvaient une satisfaction morbide à me voir lutter en vain pour ma vie. Toutefois, bien que l'effort fût inutile, j'essayai de leur donner la seule explication qui collait avec ce qu'ils avaient vu ainsi qu'avec ce que je savais avoir fait ou non. La moitié de mes dires n'étaient que spéculation, mais à ma connaissance du moment, je disais la vérité.

Je leur expliquai que j'étais allé en Nkumaï, mais que mon subterfuge avait été éventé quelques instants après que j'eus découvert le secret de ce qu'ils échangeaient contre du fer. Je leur parlai de mon évasion, de mon éviscération et de l'écho de moi-même qui s'était régénéré à partir de mes propres tripes. Je décrivis mon emprisonnement sur un navire singer et ma guérison par les Schwartz (sans préciser comment ils avaient fait, ni ce que j'avais appris sur le roc vivant de notre monde), et je racontai mon retour aussi rapide que possible pour avertir mon père du danger.

Quant à celui qui se faisait passer pour moi et réussissait à tromper son monde, je ne pouvais que supposer qu'il s'agissait de mon double, qu'il n'était pas mort et avait été trouvé par les Nkumaï.

« Je me suis montré négligent. J'aurais dû détruire le corps. Mais je ne n'avais pas les idées claires à l'époque, et la plupart des Mueller seraient morts de blessures pareilles. »

Ils avaient dû le former, spéculai-je, et il possédait sans doute toutes mes qualités innées. Pas étonnant qu'on le prenne pour Lanik Mueller : c'était moi, jusque dans ses gènes.

J'expliquai tout ce que je pensai à expliquer, puis je me tus.

Quel effet avaient produit mes discours ? Bien peu. La plupart demeuraient hostiles, ouvertement incrédules, pressés de me voir mourir. Mais ici ou là, surtout parmi les plus vieux, un visage paraissait songeur. Et quand je regardai mon père, je sus qu'il me croyait. (Ou projetais-je seulement mon désir sur lui ?)

Je n'étais pas bête. Qu'il me croie ou non, il n'avait pas le pouvoir de me sauver, je le savais. Il n'aurait pas pu m'acquitter, pas ce jour-là, devant ce public.

J'avais à peine remarqué Ruva et Dinte jusque-là, mais cette fois ils s'avancèrent pour s'entretenir avec mon père. Je fus stupéfait de les découvrir alliés – Dinte ne la détestait-il pas autant que moi ? Mais ils étaient bel et bien alliés et, bien sûr, ils avaient remarqué ce changement sur le visage de Père qui me disait qu'il croyait mon histoire. Ils allaient s'efforcer de défaire tout le bien que mon discours avait pu produire. Ruva continua de murmurer à l'oreille de mon père tandis que Dinte s'avançait pour s'exprimer à haute voix, afin que toute la cour l'entende.

« Apparemment, tu nous prends pour des imbéciles, Lanik, dit-il. Jamais personne dans toute l'histoire de la régénération radicale n'a formé de double complet de lui-même.

— Aucun rad n'a jamais eu les boyaux à l'air et répandus dans la campagne non plus.

— Et puis tu dis que les Schwartz t'ont guéri. Des sauvages du désert qui sauraient faire ce dont aucun de nos généticiens n'est capable ?

— Je sais que c'est dur à avaler…

— Ce qui est dur à avaler, c'est que tu puisses nous raconter ça sans broncher, mon cher frère. Personne n'est jamais sorti vivant du désert des Schwartz. Personne n'a jamais accompli aucun de ces exploits dont tu te targues. Ce qu'on a fait, en revanche, c'est te voir à la tête de l'armée ennemie. Je t'y ai vu moi-même, quand je commandais l'armée du Sud à Cramer, et tu m'as fait signe en me hurlant une obscénité. Ne fais pas semblant de ne pas t'en souvenir.

— Je ne serais pas le premier à te hurler des obscénités, Dinte », répondis-je, et à ma surprise j'entendis quelques rires au sein de la cour. Pas assez pour me laisser croire que j'avais des amis. Mais suffisamment pour prouver que Dinte avait quelques ennemis.

À cet instant, mon père intervint : « Dinte, tu manques à ta dignité. »

Sa voix était chargée de mépris. Mais une autre émotion la teintait quand il s'adressa à moi.

« Lanik Mueller, ta défense n'est pas plausible et le témoignage d'un millier d'hommes incontestable. Je te condamne à être écartelé vif sur le terrain de jeu près du fleuve, demain à midi. Et que ton âme, si tu en as une, pourrisse en enfer. »

Il se leva pour partir. À quel point avais-je envie de vivre ? Assez pour sacrifier toute fierté et lui crier : « Père ! Si tout cela était vrai, pourquoi au nom du ciel me serais-je rendu ? »

Il se retourna lentement et me regarda dans les yeux. « Parce que même le diable accorde une certaine forme de justice à ses victimes, quand nul ne peut plus rien pour elles. »

Il quitta la salle. Les soldats m'emmenèrent alors, et puisque j'avais été condamné à mort, ils passèrent l'après-midi et la soirée à me torturer. Dans la mesure où nous guérissons très vite, nous autres Mueller pouvons endurer des blessures exquises sans mourir. Je ne m'étendrai pas davantage sur cette nuit-là.

7

ENSEL

JE NE SAIGNAIS PLUS, mais j'avais encore mal, et plus douloureux encore était le souvenir de la haine des soldats. Je n'en connaissais que quelques-uns, mais ceux-là s'étaient toujours montrés cordiaux avec moi, et certains étaient mes amis depuis l'enfance. Ils se délectaient maintenant de ma souffrance, ils voulaient me voir souffrir, et pourtant il était clair qu'à leurs yeux rien de ce que je subissais n'était à la hauteur de mon juste châtiment. Leur répulsion me blessait, d'autant que je ne la méritais pas et que je n'avais aucun espoir de prouver mon innocence.

J'étais donc étendu dans la cellule de pierre morte où ils m'avaient enfin abandonné au repos jusqu'à l'exécution le lendemain. Mes blessures se refermaient assez vite, me laissant épuisé. Mais bientôt je serais rétabli. Père m'avait accordé une nuit et une matinée à vivre avant de mourir. Je décidai de mettre ce délai à profit non pas pour me préparer à mourir, mais pour trouver un moyen de m'échapper.

Je reconnais que mon raisonnement n'était pas clair. Je revenais tout juste de chez les Schwartz et je me découvris aussi terriblement dédaigneux qu'eux des préoccupations normales. On ne m'avait pas nourri depuis mon arrivée, mais je n'avais pas faim. On ne m'avait pas offert d'eau, mais je ne sentais pas la soif. Et puisque je pouvais ignorer la douleur jusqu'à ce qu'elle disparaisse, que restait-il pour me rappeler que je devais agir vite, immédiatement, si je voulais sauver ma peau ?

La sauver pour quoi ?

Mon but chez les Schwartz avait été de partir prévenir ma famille. L'avertissement était venu un peu tard, et nul ne voulait désormais entendre mon message, de toute façon. Pire, on m'avait enfermé dans une prison de pierre morte, de sorte que je ne pouvais même pas parler au roc, m'enfoncer dans le sol et m'échapper.

Je pouvais me suicider, bien sûr, mais outre l'aversion naturelle que ce geste m'inspirait, je ne supportais pas l'idée de causer tant de souffrance à la terre. Le roc supporte assez de meurtres sans qu'on y ajoute le hurlement de mort d'un suicidé.

Des pas légers se firent entendre de l'autre côté de la porte. On souleva la barre et le battant s'ouvrit péniblement.

« Lanik », dit une voix dans l'obscurité. Je la reconnus aussitôt, sans vraiment y croire. Et puis Saranna me prit dans ses bras en pleurant. « Lanik, ils t'ont même pris tes yeux.

— Ils repoussent, répondis-je. C'est tellement bon d'être à la maison.

— Oh, Lanik, on a eu si peur pour toi ! »

Elle me parlait comme si je n'étais jamais parti, comme si rien n'avait changé. Ses mains s'ajustaient précisément sur mon dos, là où de vieilles habitudes me soufflaient que des mains de cette taille devaient se poser. Elle me serrait d'une façon que j'avais connue pour la dernière fois la veille (ou un an plus tôt), et son souffle, sa peau tandis que sa joue frôlait la mienne, son odeur, même les boucles folles qui me chatouillaient le nez…

Je la serrai fort, car l'espace d'un instant, elle me fit oublier le cauchemar des derniers jours, des derniers mois, et j'étais de nouveau Lanik, fils d'Ensel Mueller, héritier du trône et jeune homme heureux. Heureux à mourir. À mourir.

« Pourquoi es-tu venue ?

— Tu as des amis, Lanik. Certains d'entre nous te croient.

— Alors vous devez être fous. Il n'y a rien de crédible dans mon histoire.

— Je te connais depuis assez longtemps pour savoir quand tu dis la vérité. Je ne veux pas que tu sois écartelé demain. Viens avec moi.

— Tu ne te crois pas capable de me sortir de cette prison, si ?

— Oui, avec de l'aide. »

Elle me prit par la main et m'emmena dans les couloirs. Elle me serrait les doigts une fois quand nous arrivions devant une volée de marches à monter, deux fois quand il fallait descendre. Nous étions aussi discrets qu'on peut l'être sur ses pieds et, en ce qui me concerne, je ne respirais même pas. C'était plus facile ainsi. Mes yeux étaient en voie de guérison. Ils avaient déjà leur forme arrondie, mais les nerfs mettraient du temps à guérir correctement et à me rendre pleinement la vue. Me déplacer à l'aveuglette, comme cette nuit sombre où j'avais rampé sur les branches humides et glissantes en Nkumaï, voilà qui était effrayant. Cette nuit-là, je ne savais jamais ce qui m'attendait plus loin. C'était pareil cette fois – sauf que quelqu'un me tenait par la main et me guidait. Cette fois, je confiais ma vie non pas à mon instinct mais à une femme que j'avais toujours jugée frivole. Loyale, certes, et magnifiquement exubérante quand nous faisions l'amour, mais pas fiable. Je me trompais, manifestement. Nous ne rencontrâmes personne en chemin.

Nous nous arrêtâmes.

« Qu'est-ce qu'on attend ?

— Chut », dit-elle, et j'obéis.

Au bout de quelques minutes, j'entendis au loin des pas traînants. Un vieil homme, décidai-je d'après le bruit. Puis il fut tout près, et je sentis des bras m'étreindre dans une poigne de fer et des larmes brûlantes couler dans mon cou.

« Père, soufflai-je.

— Lanik, mon fils, mon fils, dit-il, et ma peur s'envola.

— Tu me crois.

— Tu es mon seul espoir. »

Ce vieux salaud persistait à me considérer comme *son* espoir, comme si je lui devais une loyauté plus forte encore qu'à moi-même. Enfin, c'était le cas.

« Et quatre beaucoup plus petits demain », répondis-je.

Il se contenta de me serrer plus fort. « Il est des occasions où un gouvernant honnête doit abdiquer, et en voici une. Ils ne te couperont pas en morceaux. Je savais que tu ne trahirais jamais – pas de façon permanente en tout cas.

— Pas même de façon temporaire, dis-je. Mais mettons-nous en route avant que l'on remarque que tu tiens séance ici.

— Nous ne pouvons pas encore partir. Nous devons attendre.

— Pourquoi ?

— La relève de la garde à l'aube. Nous espérons que cela distraira les sentinelles.

— La garde ? Tu as peur de la garde ? Tu ne peux pas tout simplement me cacher et ordonner qu'on te laisse passer ? »

Saranna répondit : « Ce n'est pas si simple. Ton père ne commande pas à la garde.

— Eh bien, qui donc ? murmurai-je.

— Ruva », dit Père.

J'élevai la voix. « L'étron fait la loi dans ton palais ?

— Chut. Oui. Elle et Dinte. Ils complotaient déjà avant que tu ne quittes le palais, et après ton départ ils ont agi. J'aurais pu les en empêcher, je suppose, mais je ne pouvais pas me permettre de tuer celui que je considérais comme mon seul héritier, et j'ai donc fait mine de ne pas voir qu'on usurpait mes prérogatives, que les charges de mes amis devenaient des sinécures et que le véritable pouvoir se concentrait entre des mains beaucoup plus jeunes.

— Ma mère a tenté d'avertir la cour, dit Saranna.

— J'ai dû signer son arrêt de mort.

— Pourquoi l'as-tu signé ? demandai-je.

— Pour la même raison que j'ai signé le tien. Elle s'est échappée et vit en exil dans le Nord. À Brian, je crois. Ses agents ont fait sortir clandestinement la moitié de la fortune familiale. Cela s'est arrêté quand Ruva a trouvé la fuite.

— Je vois.

— Quand nous avons appris que tu commandais les troupes d'envahisseurs nkumaï, j'étais comblé. J'ai usé de mon influence, ou ce qui m'en reste, pour placer nos commandants les plus bêtes, Dinte y compris, aux positions clés. J'ai ouvert nos portes à l'ennemi. En croyant, bien sûr, que tu venais nous libérer, le peuple et moi, de cet âne que j'ai eu le malheur d'épouser et de cet enfant que ta mère prétendait aussi de mon sang.

— Ce n'était pas moi.

— J'ai su que ça ne pouvait pas être toi quand nous avons appris que les troupes détruisaient tout. Tu es trop avisé pour cela. Je savais qu'il s'agissait d'un imposteur. Mais il y avait tellement de témoins. » Il soupira. « J'ai trahi ma propre famille, pensant ouvrir la porte à mon fils, qui me sauverait de ma femme et de Dinte, notre monstrueux petit morveux. Désormais, l'ennemi étend ses ravages de Schmidt à Jones et ce n'est qu'une question de temps avant qu'il passe la rivière et prenne cette ville. Il le fera sans doute bientôt. Les pluies rendront la rivière infranchissable d'ici quelques semaines. » Il se remit soudain à pleurer. « J'ai rêvé de ton retour, Lanik. J'ai rêvé que tu reviendrais triomphant pour mener ces gens au combat. Toi, tu aurais pu diriger mon armée et vaincre les Nkumaï. Ils devaient le savoir. C'est pour ça qu'ils ont détruit l'amour que le peuple te portait. Nous ne pouvons plus que fuir.

— Ça me convient, dis-je. N'attendons pas.

— La relève de la garde, souffla Saranna.

— Non, répondis-je. Dinte et Ruva vous font sans doute surveiller. Ils m'ont probablement laissé sans surveillance pour que vous tentiez cette manœuvre et que vous vous fassiez tuer. Vous feriez mieux de remonter, tous les deux, et de prétendre n'avoir pas trempé là-dedans.

— Pas cette fois, dit Saranna.

— Nous devons partir avec toi, renchérit Père. La situation est intolérable ici. Il nous reste quelques centaines d'hommes loyaux que j'ai déjà mis en poste dans le Nord. Ils nous attendent. Ils se rallieront à nous.

— À toi, tu veux dire. Pas un bonhomme ne se rallierait à moi. Mais nous n'allons pas attendre la relève de la garde.

— Alors nous serons pris. Toutes les portes sont étroitement surveillées. »

Je distinguais désormais l'éclat tremblant de la torche de Saranna. Ma vue revenait. « Je ferai diversion. À la poterne.

— Elle est bien gardée.

— Je sais. Emmenez-moi tout près, mais tenez-moi caché. J'y vois un peu, et je devrais récupérer bientôt la vue, mais en attendant je ne saurais pas me défendre d'un moucheron. Une fois là-bas, préparez-vous à bondir vers la porte du puits. Je vous y rejoindrai.

— Aveugle ?

— Je connais le chemin les yeux fermés. Et, d'ici là, personne ne cherchera après moi.

— Quel genre de diversion peux-tu donc créer ? » s'enquit Père, dubitatif.

En réponse, j'ouvris ma chemise et leur montrai mon torse. « Te rappelles-tu ce qui poussait là quand tu m'as exilé, Père ? »

Il se rappelait.

« Cela ne reviendra jamais. Les Schwartz m'ont guéri, comme je vous l'ai dit. S'ils ont réussi cet exploit, tu ne crois pas qu'ils ont pu m'apprendre d'autres choses encore ? »

La main de Saranna glissa le long de mon torse, comme dans le rêve que j'avais vécu pendant une centaine de nuits sur le navire singer.

« Allons-y », dis-je.

Ils me guidèrent le long des escaliers, des rampes et des couloirs qui nous mèneraient à la poterne. Ils me laissèrent à la fenêtre loin au-dessus de la porte du palais, d'où, si j'y avais vu clair, j'aurais pu observer la cour devant la poterne, dans les murs du palais. En l'occurrence, je distinguais de vagues formes ; bien que les torches ne fussent que de vives étincelles lumineuses, je voyais danser les flammes.

Il y avait tant de pierre morte autour de moi que cela me gênait, mais je trouvai bientôt la voix du roc. Il y avait beaucoup de nouveautés. Le sol, à la différence du sable, contenait trop de vie et représentait un obstacle plutôt qu'un canal. Mais je trouvai enfin la voix du roc vivant. J'expliquai mon objectif, je demandai de l'aide, et le roc s'exécuta.

Je ne le vis pas vraiment se produire. J'entendais seulement le crissement des pierres mortes tandis que la terre se soulevait sous elles et les jetait à bas de leurs empilements. Il y eut des cris alors que les hommes de la poterne accouraient vers la brèche dans le mur. La terre continuait de se soulever, et certains furent jetés à terre. D'autres s'approchèrent bêtement des murs qui dansaient et des grands blocs de pierre qui tombaient et s'écrasaient au sol.

Je quittai la fenêtre et me dirigeai de l'autre côté, vers la porte du puits. Saranna, Père et quatre soldats menant sept chevaux attendaient à l'abri d'un mur.

« Qu'as-tu fait ? demanda Père, impressionné. On aurait dit un tremblement de terre.

— C'en était un. Mais un petit. Il faut un conseil au complet pour en produire de gros. » Puis je marchai vers la porte. Dans la lumière naissante de l'aube, je voyais à nouveau, bien qu'un peu flou, et je constatai avec soulagement que la porte n'était plus gardée : les soldats s'étaient précipités vers la brèche ouverte dans le mur.

Elle n'était pas gardée, et nous passâmes donc, Père et Saranna les premiers, puis les soldats. C'est pourquoi j'étais le dernier et toujours désarmé quand Dinte émergea de l'ombre.

Je vis l'éclat d'une torche se refléter sur l'acier. « Nous ne sommes pas à égalité, dis-je. Une marque de ton courage.

— Je voulais n'avoir aucun doute quant à l'issue, répondit-il.

— Alors tu aurais dû choisir une autre cible. »

Il me fut très simple de faire suinter la graisse et la sueur de ses mains, de sorte que la poignée de son épée devint glissante. Il tremblait, il n'arrivait pas à tenir son arme. Elle lui tomba des mains, et il la regarda horrifié. Il essaya de la ramasser, mais elle glissa encore d'entre ses doigts. Il frotta frénétiquement ses mains sur sa tunique, y laissant des taches sombres. Croyait-il pouvoir se sécher les mains si facilement ? Il fit une nouvelle tentative pour ramasser l'épée, à deux mains cette fois. Il la maintint contre lui et voulut se jeter sur moi. Je lui fis aisément lâcher prise. Et cette fois, c'est moi qui ramassai l'arme.

Ç'aurait été pure justice de le tuer, mais il appelait au secours, et c'était le fils de mon père, alors je me contentai de lui trancher la gorge d'une oreille à l'autre, l'abandonnant sur le sol, en sang et muet. Il se régénérerait et se remettrait, comme moi de la même blessure un an et quelque plus tôt. Mais, au moins, il saurait que la prochaine fois qu'il voudrait s'attaquer à moi, il lui faudrait le renfort de quelques amis.

Je franchis la porte, toujours armé de l'épée, et montai sur le cheval que l'on tenait pour moi. Je ne dis rien de la raison de mon retard. Si Père avait entendu la voix de Dinte, s'il devinait ce qui s'était passé de l'autre côté des murs, il n'en parla pas.

Nous chevauchâmes tout le jour vers le nord et, à la nuit, nous arrivâmes à un avant-poste militaire qui gardait autrefois les frontières septentrionales de Mueller, à l'époque lointaine où Epson était puissante et Mueller une famille d'éleveurs pacifiques aux pratiques un peu bizarres. L'avant-poste était en mauvais état, mais un compte rapide me permit d'estimer le nombre de chevaux à trois cents ou plus, ce qui signifiait qu'il y aurait au moins autant d'hommes.

« Es-tu sûr que ce sont des amis ? demandai-je.

— Sinon, nous n'avons guère d'espoir de toute façon, répondit Père.

— Quoi qu'il en soit, il vaudrait mieux que ce soit toi plutôt que moi qui tiennes cette épée. »

Je la lui tendis. Il la regarda et hocha la tête. « C'est celle de Dinte.

— Il se remettra, répondis-je.

— Dommage, grommela Saranna.

— Peut-être nous fera-t-il le plaisir de mourir de lui-même », dis-je. Mais j'étais certain que sa blessure n'était pas mortelle.

Puis nous fûmes aux grilles de l'avant-poste, et les soldats nous laissèrent entrer et acclamèrent Père, qui expliqua (très sommairement) que ce n'était pas moi mais un imposteur qui dirigeait les armées nkumaï. J'ignore combien le crurent. Mais c'étaient des hommes courageux et fidèles à sa personne. La plupart applaudirent, et nul ne protesta.

« Vous êtes des braves, leur dit-il, des soldats valeureux, mais trois cents ne suffisent pas. »

Il leur ordonna de rentrer chez eux et de ramener autant d'hommes loyaux qu'ils en trouveraient. Il leur demanda sagement de ne pas mentionner ma présence à ses côtés. Qu'ils se rallient au roi, pas à un homme qu'ils verraient sûrement comme un traître.

Tandis que les trois cents soldats s'éloignaient pour nous ramener une armée, nous changeâmes de chevaux pour la cinquième fois de la journée et nous enfonçâmes vers le nord dans l'obscurité.

« Tu dois prévoir ça depuis des mois, dis-je.

— Nous n'avions pas prévu ton retour, répondit Père, mais nous savions que bientôt une crise m'opposerait à mon cher benjamin et qu'il me faudrait être libre de faire appel à des troupes fidèles. Nous avions prévu l'urgence. »

Dissidence s'était déjà couchée deux fois cette nuit-là quand nous nous arrêtâmes enfin dans une ferme à l'écart de la route. Le bâtiment se trouvait juste sur la berge de la Douce, une grosse rivière. Un vent frais soufflait des collines qui menaient vers Ku Kuei à l'est. Le feu dans l'âtre était chaud et vif, et notre hôte nous força à manger de la soupe avant de nous laisser aller nous coucher.

Les gardes du corps dormaient à même le sol. Et quand l'hôte me montra ma chambre, Saranna m'attendait déjà sur mon lit.

« Je sais que tu es fatigué, dit-elle, mais ça fait un an. »

Tandis qu'elle me déshabillait, je regardai par la fenêtre les collines couvertes de blé ondoyant à l'est, où le soleil se levait au-dessus de Ku Kuei. Je sentais la brise jouer sur mon corps tandis que Saranna me caressait (rien d'oublié, encore maintenant), et je flairais l'odeur des chevaux sur mes vêtements et la chaux dont mon hôte avait badigeonné les murs une semaine plus tôt, et il faisait bon être de retour chez soi.

Au bout de trois semaines, il apparut clairement que notre rébellion ne serait pas mémorable. Nous disposions de huit mille soldats profondément loyaux et parmi les meilleurs combattants du royaume. Mais l'argent de Père les nourrissait et les armait en vain : des rumeurs coururent, qui furent bientôt confirmées, et nous sûmes notre cause perdue. Dinte avait signé un traité avec les Nkumaï. Il y avait maintenant cent vingt mille hommes face à notre minuscule armée. Père et moi étions peut-être de meilleurs généraux, mais il y a des limites à ce qu'un général peut accomplir.

Ce qui nous causa le plus grand tort, toutefois, c'est que les Nkumaï, du jour où j'avais été capturé, avaient remisé leur deuxième Lanik. Ils s'étaient mis à répéter partout que j'avais bien été de leur côté mais que, capturé par les forces Mueller, j'étais passé dans l'armée de mon père. Dès la rumeur lancée, ils mirent fin à leur politique de terre brûlée, prétendant que l'idée de tout détruire venait de moi et qu'ils étaient heureux de pouvoir y renoncer.

Cela ne contribua pas à me rendre populaire, ni mon histoire de jumeau crédible, et les troupes ne se bousculaient pas franchement sous ma bannière. Nous nous efforcions de cacher ma présence auprès de Père, mais certains secrets se gardent mal.

Nous avions donc huit mille hommes, des caisses bien remplies et pas d'autre choix que la fuite. Bien entendu, les Nkumaï et ce cher Dinte choisirent ce moment précis pour unir leurs forces au nord du fleuve Mueller et se diriger droit sur nous.

« Nous mourrons en héros, dit Harkint, qui ne me faisait toujours pas confiance.

— Je préférerais vivre, répondis-je.

— On connaît tes préférences, rétorqua-t-il froidement.

— Je préférerais que nous restions tous en vie. Parce qu'il ne se passera pas longtemps avec Dinte à la tête du royaume avant que les gens se mettent à réclamer le retour de Père.

— Il ne se passerait pas longtemps dès maintenant, si tu n'étais pas avec nous », lança un deuxième soldat, et un murmure d'assentiment monta des autres rassemblés dans la grande pièce de la maison. Père le regarda d'un œil noir, mais ce soldat avait raison. J'étais le principal handicap de mon père. Sans moi, il aurait pu réunir une plus grande armée. Peut-être dix ou quinze mille hommes de plus. Toujours pas assez.

« J'ai un plan, dis-je. Et il fonctionnera. »

Le lendemain matin, nous prîmes la route le long de la Douce. Nous ne tenions pas notre direction secrète et nous voyagions sans nous presser. La rivière coulait vers le sud-ouest, et le premier imbécile venu pouvait deviner que nous visions Mueller-sur-Mer, le grand port du delta du fleuve Rebelle, où l'eau douce se déversait dans l'eau salée de la Manche. Sur le plan stratégique, la ville était vitale, et la flotte, si nous l'atteignions les premiers, nous emmènerait à Huntington, où les troupes seraient encore fidèles à Père et, n'ayant pas vu les ravages des combats, où elles me haïraient peut-être moins. Là, nous pourrions attendre et préparer une invasion.

Cela signifiait, bien sûr, que Dinte et les Nkumaï tenteraient de nous prendre de vitesse et d'y parvenir avant nous. Je n'y voyais pas d'objection. Après tout, même si nous arrivions sains et saufs à Huntington, nous serions en exil permanent. Et si les Nkumaï obtenaient à la fois notre fer et le leur, il serait inutile de leur résister. En arrivant au point où nous devions quitter la rivière, quelle que soit notre destination, car elle s'écoulait vers l'ouest, j'ordonnai à notre armée de presser le rythme, non pas au sud-ouest vers Mueller-sur-Mer, mais au sud-est vers le grand coude du fleuve Mueller, où nous serions libres de partir vers l'est et de rassembler des forces au sein des populations récemment conquises et guère dociles de Loiseau, Jones, Robles et Hunter. Ce n'était pas le plan le plus évident ni le plus sûr du monde, mais c'était le meilleur qui me fût venu à ce moment-là.

Nous ne prîmes pas la peine de galoper – nous allions au meilleur pas des chariots, bien meilleur, puisqu'ils étaient tous peu chargés, que celui des fantassins de l'armée nkumaï, habitués à monter dans les arbres. J'espérais seulement que l'ennemi s'était enfoncé assez loin vers l'ouest, dans la mauvaise direction, de sorte que nous puissions atteindre le coude avant lui. Dans ce cas, il ne nous rattraperait pas vers l'est, et nous survivrions pour combattre un jour de plus.

Et s'il nous devançait, j'avais encore un plan, mais il interviendrait au moment où nous n'aurions plus rien à perdre.

Tandis que nous chevauchions vers le sud-est, je n'avais pas grand-chose à faire. Père connaissait ses hommes et nul ne se pressait pour prendre ses ordres de moi. Je réfléchissais donc, et le sujet qui me revenait le plus souvent en tête était l'imposteur, ce Lanik plus vrai que nature, désormais sans emploi.

Il était intéressant d'imaginer ce à quoi sa vie avait ressemblé. Sa création avait été difficile pour moi, certes, mais, pour lui, sa conscience s'était éveillée alors qu'un homme qui lui ressemblait trait pour trait s'efforçait de lui répandre la cervelle à coups de pierre. Et par la suite, que lui avaient fait subir les Nkumaï, le prenant pour moi, avant de comprendre enfin ce dont il s'agissait ? S'il hantait jusque-là mes rêves, il hantait désormais mes jours alors que je me figurais la haine qu'ils devaient lui avoir enseignée. *Tu es un monstre pour les hommes de Mueller*, lui avaient-ils sûrement dit. *Ils te tueront si jamais ils apprennent qui tu es. Mais si tu travailles avec nous, nous t'installerons sur le trône et tu pourras leur montrer que tu mérites leur crainte, si ce n'est leur respect.*

Avait-il réellement dirigé leurs armées ? Peut-être. Mes souvenirs lui avaient-ils été transmis en même temps que mes gènes ? Dans ce cas, il serait mon égal sur tous les champs de bataille, puisqu'il connaissait mes mouvements à l'avance. Ils le garderaient sans doute avec eux pour cette raison-là au moins.

Quel que fût son rôle auparavant, il était de nouveau trahi, dépouillé sans ménagement de toute valeur. Peut-être l'ont-ils déjà tué, songeai-je. Ou peut-être connaît-il le même désespoir que moi, sachant que nul n'est plus haï que lui dans tout l'Occident, sans réellement mériter cette haine.

Je pensai à Mwabao Mawa et j'eus envie de l'étrangler.

Pas de meurtre, me dis-je. Ne pas tuer. J'ai entendu le chant de la terre, et il est plus fort que la haine.

Dans ces moments-là, je m'éloignais de l'armée, prenant plusieurs kilomètres d'avance ; je m'allongeais sur le sol et parlais au roc vivant. Puisque j'avais peur d'être incapable de me contrôler, je laissais le roc me contrôler, me revigorer, m'apporter la paix.

« Ils ont libéré les Cramer et ils réduisent les Mueller en esclavage », nous apprit, horrifié, un soldat qui rejoignait notre armée. La réaction fut électrique : bon nombre de nos soldats avaient leur famille dans l'ouest du royaume, où les Cramer faisaient peut-être des ravages sans personne pour défendre notre peuple. Je ne fus pas surpris de voir notre effectif commencer à diminuer à mesure que des soldats s'éclipsaient pour prendre la direction du sud-ouest. Je fus encore moins surpris que la plupart de nos éclaireurs ne reviennent pas. Néanmoins, nous devions tenir notre armée : j'insistai pour que Père cesse de demander des volontaires pour les missions de reconnaissance.

Nous n'étions qu'à trente kilomètres du grand coude quand l'information la plus importante de toutes nous vint d'un homme que nous n'aurions jamais cru revoir.

« Homarnoch, souffla Père en reconnaissant l'homme qui conduisait un chariot à un rythme endiablé le long de la route que nous venions d'emprunter. Homarnoch ! Ici ! » s'écria-t-il, et le vieux docteur fut bientôt près de nous. Nous ordonnâmes une pause : les soldats s'arrêtèrent sur la route.

« Inutile, dit Homarnoch. J'ai tué une paire de chevaux en venant vous le dire. Les Nkumaï n'ont pas mordu à l'hameçon. Ils n'ont envoyé que Dinte et ses forces à Mueller-sur-Mer, et quand vous avez tourné au sud-est, ils étaient déjà loin en avance sur vous. Ils vous attendent à moins de cinq kilomètres. Ils sont au grand coude depuis des jours. »

Père convoqua ses commandants et leur ordonna de préparer nos hommes à une marche beaucoup plus rapide.

« Nous allons les combattre et les vaincre, insista Harkint.

— Nous allons les fuir et survivre », répondit Père, et Harkint s'en fut, rageur.

Tandis que les préparatifs allaient bon train, Homarnoch nous expliqua comment et pourquoi il était venu : « Ils allaient tout prendre, tous nos travaux de trois mille ans. Je n'étais pas d'accord. Pas ces singes des forêts. »

Je ne pris pas la peine de l'informer que ces singes des forêts avaient donné au reste de l'univers le voyage supraluminique.

« Alors j'ai empoisonné les rads », dit-il.

Père était choqué. « Tu les as tués !

— Ils représentaient cinq tonnes de fer sur pattes, Ensel, et je ne pouvais pas laisser les Inkés les avoir. Je les ai donc empoisonnés. Même leurs ongles ne vaudront pas un gramme de minerai. »

Je restai silencieux, mais je me souvenais d'une époque où j'avais cinq jambes et un nez de trop, et où je me considérais encore comme un homme.

« J'ai aussi emmené la bibliothèque. Les archives essentielles. La théorie. Tout est dans ce chariot, et j'ai brûlé le reste. Maintenant que les hommes de Dinte sont responsables de la ville, personne n'a seulement songé à me retenir.

— Un coup de maître », commenta Père. Homarnoch rayonnait de fierté.

« Avoir les livres en notre possession ne répond pas à la véritable question, dis-je. Qu'est-ce qu'on fait maintenant ?

— Harkint veut attaquer, répondit Père avec un sourire ironique.

— Harkint est un imbécile héroïque, rétorquai-je. Mais je le comprends. Nous ne pouvons aller nulle part ailleurs. Les hommes de Dinte sont entre nous et la mer, et il n'y a rien au nord, si ce n'est Epson, qui ne sera guère enclin à provoquer les Nkumaï en nous donnant asile.

— Dinte ne fait pas le poids face à nous.

— Ses troupes sont cinq fois plus nombreuses. Avec un avantage pareil, pas besoin d'un commandant compétent. »

Nous restâmes assis en silence. Homarnoch grommela vaguement qu'il devait aller voir ses chevaux. Puis Harkint revint. Les hommes étaient prêts. « Et ce que je veux savoir, c'est si nous allons au combat ou si nous fuyons devant la bataille.

— Nous fuyons, répondit Père. La question, c'est : dans quelle direction ? »

Harkint renifla. « Je n'aurais jamais cru qu'un jour viendrait où le Mueller serait un lâche. Je vous ai suivi dans toutes les épreuves, y compris en abritant ce salopard de première classe (il parlait de moi), mais que je sois pendu si je tourne casaque avant une bataille. Et je ne suis pas le seul de cet avis. »

S'il avait eu le moindre sens théâtral, il serait parti en trombe à ce moment-là. Mais il ne l'avait pas fait, et Père répondit donc : « Passe les troupes en revue, alors, Harkint, et demande qui veut aller avec toi. Mais dis-leur que le Mueller se retire et demande que tous les hommes le suivent. Dis-leur cela, et prends tous ceux qui veulent partir avec toi. »

Harkint acquiesça et s'en alla. J'entrepris d'esquisser une carte approximative de Mueller et des territoires alentour.

« Le sud et l'ouest sont hors de question, dit Père. Tous les Mueller voudraient ta peau, et tous les Helper, Cramer ou Wizer la mienne.

— Et le nord est impossible, répondis-je, car Epson est trop faible pour nous protéger et trop fort pour qu'on lui impose de nous donner asile.

— Et nous ne pouvons pas passer à l'est parce que l'armée nkumaï nous barre le chemin.

— Désespérant, fit légèrement Homarnoch en levant les yeux d'une liasse de papiers à son retour à quelques pas de nous. C'est sans espoir. Jetons-nous dans la rivière et noyons-nous. »

Il était temps d'aborder la question de mon plan final, désespéré. « Il y a bien une direction que nous n'avons pas essayée. »

Père n'était pas lent. « Ku Kuei. Mais il y a trop de légendes sur la forêt, Lanik. Les hommes refuseraient d'entrer.

— J'ai traversé la forêt. Je n'en ai pas seulement longé l'orée, je l'ai traversée.

— Et ils te suivront n'importe où. »

J'éclatai de rire.

« Même si nous les faisions entrer, Lanik, que ferions-nous ? Nkumaï domine l'Est, et les armées de Singer ravagent le Nord. Que faisons-nous à Ku Kuei ?

— Nous survivons. Dinte ne durera pas éternellement.

— Tu veux sérieusement qu'on y aille, hein ? » Je voyais bien qu'il avait aussi peur de Ku Kuei que n'importe qui. N'avais-je pas été dans le même cas ? Et de drôles de phénomènes ne s'étaient-ils pas produits sous les arbres : le temps qui s'arrêtait, mon corps qui s'épuisait au-delà de toute attente ? Toutefois, c'était notre seul espoir.

« Il y a aussi des légendes sur Schwartz, répondis-je. Pourtant j'y suis entré et j'en suis ressorti vivant.

— Crois-tu qu'il y ait encore une famille Ku Kuei là-bas ? Crois-tu qu'ils aient quoi que ce soit de valeur à offrir ?

— La forêt est étrange et dangereuse, elle rendrait presque fou. Je n'ai rencontré personne dedans, Père, et je ne m'attends pas à y trouver quiconque pour nous aider cette fois encore. Mais un espoir, même ténu, vaut mieux que rien du tout. »

Père eut un petit rire. « Lanik, je crois que c'est avec des espoirs aussi fous qu'on montre son désespoir. »

Son amusement signifiait qu'il mollissait. J'insistai un peu plus. « Dinte nous suivrait-il dans Ku Kuei ?

— Dinte ? Il croit toutes les légendes. Il ferme ses fenêtres le soir. Il ne franchit ni flaque ni rivière sous un ciel nuageux. Il chante quand l'ombre du cheval d'un autre le touche. C'est un imbécile.

— Les Nkumaï ne sont pas des imbéciles, dis-je, et ils n'entrent pas non plus à Ku Kuei. La forêt est leur habitat naturel. Ku Kuei effraie tout le monde au point de figer la morve. Si nous évitons de paniquer nous aussi, nous serons en sécurité. »

Ils furent plus nombreux que nous ne l'aurions cru à choisir de suivre Harkint au combat. Nous disposâmes les autres en une double colonne malgré tout, et commençâmes à marcher vers le nord-est. Le départ ne fut pas agréable. Certains de nos hommes lancèrent des insultes aux troupes de Harkint car elles abandonnaient le Mueller. Lesquelles les traitèrent de lâches en réponse. La marche fut lugubre tandis que nous partions de notre côté, à peine cinq mille hommes, dont certains désertèrent en chemin. Je ne pouvais pas leur en vouloir, mais je forçai ceux que j'attrapai à revenir dans les rangs. Cela ne les dérangeait pas. Ils savaient qu'ils s'enfuiraient sous une heure, quand les officiers auraient le dos tourné.

Nous parvînmes à la fourche où la fuite vers le nord impliquait de suivre la route principale, à gauche, tandis que la plus petite, vers l'est, ne pouvait nous mener qu'à Ku Kuei. Le discours de Père fut impressionnant. Mais nous perdîmes deux mille hommes sur place, alors que la nouvelle nous arrivait que les forces de Harkint avaient été massacrées dans les heures qui avaient suivi notre départ. Les Nkumaï nous talonnaient, et ils s'étaient reposés pendant des jours en nous attendant au coude de la rivière : ils étaient frais, pas nous.

Nous marchions en file, sans espoir, sur la route étroite qui traversait les rudes collines de l'Est. Il n'y avait guère de désertions désormais : dans ces collines, la meilleure assurance de manger était nos chariots, et les déserteurs avaient peu de chances de survivre alors que l'ennemi nous suivait de si près. Et puis ceux qui étaient encore avec nous formaient le noyau dur des partisans de Père. Des hommes prêts à mourir plutôt que de l'abandonner, pensions-nous.

« J'ai une idée qui me trotte dans la tête, me dit Père alors que nous étions en tête de la colonne sur la route qui serpentait. Choisir un site adapté dans le secteur, et mourir au combat.

— Une idée stupide », répondis-je joyeusement.

Père sourit d'un air sinistre. « Je m'en rends compte à mesure que nous approchons de Ku Kuei, je suis un peu superstitieux moi aussi. Tu es sûr d'avoir traversé la forêt sain et sauf ?

— Je suis là, non ?

— Tu es là, mais qu'est-ce que ça prouve ? Lanik, mon fils, je suis peut-être un vieil homme qui radote mais, si je ne m'abuse, tu as renversé un mur de mon palais sans te servir du moindre caillou ni d'une catapulte.

— J'ai appris quelques tours auprès des Schwartz.

— Lanik, je ne mets pas ta parole en doute. Mais te rends-tu compte que ce qui t'est possible ne l'est peut-être pour personne d'autre ? Tu es sans doute en sécurité à Ku Kuei, mais qu'est-ce qui te fait croire qu'un seul de nous autres y survivra ?

— Tout ce que j'ai appris, je l'ai appris à Schwartz. J'étais un garçon ordinaire quand je suis entré à Ku Kuei, et j'en suis ressorti fatigué mais toujours le même. »

Il soupira. « Qu'allons-nous faire à Ku Kuei ?

— Survivre. » Quel autre plan attendait-il de ma part ?

La route virait vers le nord, et au loin à l'est nous apercevions les premiers arbres de Ku Kuei. Il n'y avait pas de piste menant à la forêt – ce n'était pas la direction habituelle des voyageurs. Je choisis donc ce qui paraissait un chemin raisonnablement praticable et je m'engageai.

Les hommes ne suivirent pas.

Ils ne dirent rien, ne se rebellèrent pas. Simplement, les premiers rangs restèrent plantés sur leurs chevaux, à me regarder sans parler ni bouger.

Puis Père quitta la route et s'engagea derrière moi, au pas, et un ou deux autres lui emboîtèrent le pas. Mais alors que Père avançait jusqu'à moi, les autres s'arrêtèrent au bout de quelques longueurs.

Père se tourna vers eux. « Je n'ordonnerai à personne de venir, dit-il. Mais c'est là que va le Mueller, et tous les véritables hommes du Mueller viendront avec lui. Restez avec moi et vous vivrez aussi longtemps que moi. »

Je ne sais pas si le petit discours de Père aurait suffi à les persuader à lui tout seul. La volée de flèches qui se dirigeait vers notre colonne fut beaucoup plus convaincante. La visée n'était pas bonne – la distance trop grande pour permettre la précision. Mais le message était clair : les Nkumaï s'étaient déployés sur notre flanc, et toute la longueur de notre colonne serait bientôt exposée aux flèches ennemies.

Père s'écria : « À moi, Mueller ! puis il murmura d'une voix forte à mon adresse : Mène, bon sang ! »

Je partis au petit galop, une allure parfaitement déraisonnable sur ce terrain accidenté. Mon cheval et moi eûmes de la chance, mais d'autres moins, et bon nombre de montures perdirent leur cavalier avant d'atteindre le couvert des bois.

Les arbres étaient hauts mais les branches souvent basses, et il était difficile de discerner un chemin. Je devais mettre pied à terre, et cela signifiait que nos forces devraient aussi marquer un arrêt à l'orée de la forêt et s'exposer aux archers Nkumaï en attendant que ceux de devant avancent sous les arbres. Nous perdîmes là plus de deux cents hommes, mais quand je nous eus enfoncés de deux heures dans la forêt, l'arrière fit remonter la nouvelle que les Nkumaï avaient cessé la poursuite.

L'urgence de la fuite s'était dissipée, mais nous ne pouvions pas nous arrêter là. Les arbres étaient si denses qu'aucun fourrage décent ne poussait pour les chevaux. Je décidai de guider les hommes jusqu'aux rives du lac étroit où j'avais fait mon premier arrêt. Là, les arbres laissaient paraître assez d'herbe pour faire paître les chevaux quelques jours au moins.

Notre passage à travers la forêt fut silencieux. Je ne regardais pas les hommes dans mon dos – cela les aurait inquiétés plus encore de savoir combien ils m'inquiétaient. Je m'attendais sans cesse à ce que nos forces déclinent alors que le temps semblait ne plus s'écouler, comme cela s'était produit pour moi. Cette fois, pourtant, rien n'affecta notre endurance, mais le silence même de la forêt, malgré le piétinement constant des sabots et des bottes, était déstabilisant. On aurait dit que les sons étaient avalés par le silence, un peu de nous-mêmes volé par les arbres et qui ne nous était pas renvoyé.

Nous passâmes une nuit difficile dans la forêt. Le terrain était assez meuble, et il y avait bien assez à manger dans les sacs, mais au matin des centaines d'hommes avaient disparu. Partis dans la nuit ou ayant fait demi-tour aux premières lueurs, mais partis. Nous savions qu'ils avaient simplement déserté (et plus d'un qui était resté regrettait sans doute de n'être pas parti lui aussi), mais l'impression que des hommes pouvaient s'évanouir dans la nuit ne contribuait guère à promouvoir le calme.

Nous vécûmes sur les réserves de nos sacs, et il nous fallut davantage de journées de marche que je ne le croyais possible avant d'enfin trouver le lac. Ne l'avais-je pas atteint – épuisé, certes – après une seule et unique journée de course ? Le soleil brillait de tous ses feux, des oiseaux volaient au bord de l'eau, les chevaux paissaient dans le pré à découvert, et je me dis que nous étions arrivés en sécurité. Je comptai les hommes. Moins d'un millier. Et voilà avec quoi nous espérions reprendre le pouvoir à Mueller.

Ils se baignaient dans le lac, s'éclaboussant comme des enfants. Ils riaient fort. Ils étaient saufs, désormais, et n'avaient pas de besoin pressant, ni hommes ni chevaux. Père et moi décidâmes de laisser à Homarnoch la responsabilité de nos troupes heureuses et pacifiques, et de partir en quête d'un site où nous pourrions camper, construire des huttes et faire des semailles. Sans le dire, nous espérions confusément trouver ce faisant les Ku Kuei, si ces gens traînaient encore dans les parages.

Saranna s'accrocha à moi en disant que je ne devais pas m'en aller. Mais Père et moi la laissâmes malgré tout, et partîmes en quête dans la forêt. Cela paraissait raisonnable sur le coup.

8

KU KUEI

Ç'AURAIENT PU ÊTRE des vacances dans un bois de la Douce, Père marchant d'un pas vif (il n'est pas vieux du tout, réalisai-je) et moi suivant à quelques pas, le regardant toucher de la main les feuilles et les branches, cueillir des brins d'herbe ou des fleurs et discourir à grands gestes. Autrefois, je prenais ces mouvements pour de la fanfaronnade – ou, pire, une manière de frapper, de me contrôler moi et tous les autres autour de lui, de nous soumettre sous ses coups. Je voyais désormais que ses moulinets et ses gesticulations étaient signe d'exubérance. Il n'était pas assez grand et ne se mouvait pas assez vite pour contenir toute sa joie et sa vitalité.

Comme il était ironique que je m'en rende compte seulement alors, au moment où sa joie était si déplacée ! Elle aurait dû être contagieuse, mais à mes yeux elle semblait forcée. Au lieu d'avoir envie de rire, de gambader et crier avec lui, j'aurais voulu pleurer pour lui. Et je l'aurais bien fait, mais il en aurait eu trop de honte. On pouvait pleurer à certaines occasions, comme le retour d'un fils perdu de longue date ; mais sur ce qu'il perdait, un Mueller ne versait pas une larme. Pas même sur son royaume. Mon père vivait encore mais je portais déjà son deuil car sa vraie personne était le Mueller, le gouvernant, l'homme d'une ampleur telle que seul un royaume pouvait le contenir. Et voilà qu'il était désormais confiné dans l'espace de son corps, avec pour seul royaume une forêt étrange et quelques hommes qui chérissaient le souvenir de ce qu'il était et continuaient donc à servir ce pâle vestige de lui-même. Ensel le Mueller était mort. Mais Ensel Mueller insistait pour rester en vie et garder une certaine grandeur jusque dans la défaite.

J'avais cru hériter de lui le royaume. Prendre sa place quand il mourrait; devenir lui-même. Je m'en jugeais capable. Mais en le suivant dans la forêt, je me rendis compte que même si j'étais devenu le Mueller, au cas où les choses se seraient passées différemment, je n'étais pas encore assez ample pour prendre sa place, car en mourant il laisserait beaucoup de vides, des rôles que je ne serais jamais assez grand pour remplir, dont je connaissais à peine l'existence.

Nous quittâmes le lac assez vite, sans événement notable. Je commençais à me demander si ce que j'avais ressenti la fois précédente, quand j'avais traversé Ku Kuei, fou de fatigue, n'était pas une simple illusion. Puis cela recommença, de la même façon que la première fois. Nous marchions, nous marchions, et le soleil restait haut dans le ciel, comme immobile. Père eut faim et nous mangeâmes, pourtant le soleil n'avait pas bougé, et nous continuâmes à marcher jusqu'à ce que la fatigue nous gagne, et le soleil avait à peine avancé; enfin nous marchâmes jusqu'à l'épuisement, incapables de faire un pas, et il aurait pu être midi.

« C'est ridicule, dit Père avec lassitude tandis que nous étions étendus dans l'herbe.

— J'y trouve un certain réconfort, répondis-je. Maintenant je sais que je n'étais pas fou quand ça m'est arrivé.

— Ou alors nous le sommes tous les deux.

— C'est exactement ce qui s'est produit quand je suis venu ici la première fois.

— Quoi ? Tu t'es senti faible et tu as laissé tomber après une malheureuse matinée de marche ?

— C'est ce que je croyais, seulement je n'en suis plus aussi sûr. »

J'en avais appris assez long sur le monde depuis mon dernier passage à Ku Kuei. Que des hommes qui regardaient les étoiles du haut des arbres pouvaient imaginer le moyen de voler entre les étoiles plus vite que la lumière. Que des sauvages nus dans le désert pouvaient transformer les pierres en sable. Nous fatiguions-nous trop vite ? Ou le soleil était-il juste un peu lent ?

« Quelle que soit la fatigue que nous accumulons, le temps ne défile pas, et nous croyons donc nous épuiser trop vite. Mais songes-y : n'as-tu pas l'impression que nous voyageons depuis une éternité ? Nous-mêmes allons peut-être très bien, alors que le temps est devenu un peu paresseux.

— Lanik, je suis trop fatigué pour comprendre ce que tu racontes, sans parler d'y réfléchir.

— Alors repose-toi. »

Père tira son épée et se coucha sur le flanc gauche, afin que sa main droite, qui tenait l'arme, soit libre de se mettre en action dès qu'il se réveillerait. Il s'endormit en quelques instants.

Je m'allongeai aussi sur l'herbe, sous les arbres, mais je ne dormis pas. J'écoutai plutôt le roc. J'écoutai à travers la barrière d'humus et les voix d'un million d'arbres, et j'entendis non pas la voix du roc, mais un murmure doux, mal perceptible, que je ne comprenais pas. Il semblait me parler de sommeil, ou était-ce mon imagination ? J'essayai d'entendre les cris des mourants (au lieu de m'efforcer comme d'habitude de les écarter) et cette fois j'entendis non pas une bouillie de voix hurlant ensemble leur souffrance mais des appels graves et distincts. Torturés, mais lents. Torturés, haineux, effrayés mais s'étirant sans cesse, séparés et distincts ; comparé à leur rythme, mon propre cœur était rapide, il semblait battre la chamade, s'être emballé, alors que j'étais au repos et qu'il battait normalement.

Je me laissai glisser dans le sol, qui ne s'ouvrit qu'avec réticence, jusqu'à ce que je trouve appui contre le roc. Les pierres s'effaçaient sous mon dos, les racines profondes se déroulaient pour me laisser passer, puis la roche dure céda et m'accueillit en douceur, et j'entendis.

Rien d'inhabituel. La voix du roc n'avait pas changé, et ce que j'entendais près de la surface avait disparu.

J'étais perplexe. Je ne m'étais pas imaginé ce que j'avais entendu, et pourtant maintenant, près du roc, tout était comme à Schwartz quelques semaines plus tôt.

Je m'élevai à nouveau, prêtant l'oreille, et progressivement le chant de la terre changea, parut ralentir et se scinder en plusieurs voix différentes. Le sol lui aussi paraissait plus lent à s'ouvrir pour me laisser passer. Mais j'arrivai enfin à la surface, les bras en croix, flottant comme toujours sur ce qui me paraissait une mer un peu plus épaisse que la normale.

Père était debout, il me regardait, une expression indescriptible sur le visage. « Mon Dieu, s'exclama-t-il, qu'est-ce qui t'est arrivé ?

— Je me reposais, répondis-je, car il n'y avait pas grand-chose d'autre à dire.

— Tu avais disparu, et puis tu es sorti de terre comme les morts sortent de leur tombe.

— J'ai oublié de marcher sur l'eau. Ne t'inquiète pas. Il fallait que je vérifie un détail. Je… Père, à Schwartz, j'ai appris à faire certaines choses. Des choses qu'on ne pourrait jamais exporter par l'intermédiaire d'un Ambassadeur parce qu'il s'agit d'une façon de… penser et parler à… des éléments à qui personne ne penserait à s'adresser.

— Tu me fais peur, Lanik. Tu n'es pas… Tu n'es plus humain. »

Je savais ce qu'il voulait dire, mais cela faisait quand même mal à entendre.

« L'affaire était entendue quand il m'est poussé des nichons et que Homarnoch m'a déclaré rad.

— C'était…

— Différent. Parce qu'alors j'étais moins qu'humain, et maintenant tu as l'impression que je suis davantage. Mais ni l'un ni l'autre ne sont vrais, Père. C'est quelque chose qui peut arriver à un être humain, dont il est capable. Pas un dieu ni un diable. Un être humain.

— Comment le sais-tu ?

— Parce que je suis humain et que j'en suis capable.

— Tu as disparu pendant presque une heure, à ce qu'il m'a semblé, une éternité, Lanik. Comment respirais-tu ?

— Je retenais mon souffle. Père, oublie ce que tu m'as vu faire. Laisse-moi te dire ce que j'ai appris. Il y a quelque chose de bizarre dans le sol, ici. Quelque chose qui ralentit tout, ou qui en donne l'impression. C'est comme si… Je ne sais pas. Comme s'il y avait une bulle qui nous engloberait, nous, la terre et les arbres autour de nous, et à l'intérieur de cette bulle, le temps ralentirait. Non, c'est inexact. C'est comme si le temps accélérait pour nous. Nous allons plus loin, nous faisons l'équivalent d'une journée de marche, et pourtant pour le monde extérieur, quelques minutes seulement se sont écoulées. Pendant que nous sommes à l'intérieur, le reste du monde semble ralentir, mais ce n'est pas le cas. Il reste le même.

— Si nous avons vraiment marché aussi loin que j'en ai l'impression, c'est une sacrée bulle.

— À moins qu'elle ne nous suive.

— Pourquoi cela ne s'est-il pas produit avec l'armée ?

— Peut-être avions-nous trop d'élan ou je ne sais quoi. Je l'ignore. Mais regarde le soleil. » Il avait à peine dépassé son zénith. « Et nous sommes déjà rompus pour aujourd'hui.

— Je suis reposé, maintenant, dit Père. J'ai eu l'impression de faire une longue sieste, et quand je me suis réveillé, tu avais disparu. Pas une empreinte de pied, rien, disparu. Je n'ai pas osé partir, de peur de te perdre à nouveau. J'ai cru attendre une éternité.

— Je ne suis parti que quelques minutes, c'est tout. Mais j'ai passé ces minutes hors de la bulle.

— Les bulles, je n'en sais rien, répondit Père, mais je suis reposé maintenant. »

Nous poursuivîmes donc.

D'après le soleil, ce n'était que le milieu de l'après-midi, mais selon moi, nous avions avalé deux jours de marche depuis le matin en arrivant à un autre lac. J'en avais longé la rive sud au cours de mon voyage précédent. Nous nous tenions cette fois sur sa rive occidentale, et celle d'en face était si proche que nous l'apercevions aisément. S'il s'agissait bien de la rive d'en face, bien sûr. Comme elle paraissait disparaître au nord et au sud, nous nous demandions si nous n'étions pas devant une île ou une péninsule.

Je n'avais pas dormi en même temps que Père, mais son repos ne lui avait guère servi. Il titubait comme un ivrogne, et j'étais si las que chaque pas représentait un effort, un triomphe de volonté. « Je ne sais pas pour toi, lui dis-je, mais j'ai atteint ma limite. Je m'arrête ici. »

Nous étions à peine couchés que nous dormions déjà.

Je me réveillai dans le noir. Je n'avais pas vu la nuit à Ku Kuei lors de mon premier voyage, et la nuit précédente, avec l'armée, j'avais d'autres soucis. Cette fois, je regardai le ciel. Dissidence et Liberté s'étaient toutes deux levées, et à cette époque de l'année, elles étaient très proches l'une de l'autre. J'étais allongé là, encore ensommeillé, laissant mon esprit vagabonder, quand il m'apparut qu'à ce stade Dissidence aurait déjà dû dépasser Liberté.

Pourtant, il n'y avait pas eu de mouvement détectable.

Les Ku Kuei auraient-ils donc trouvé le moyen de ralentir le soleil et les lunes ? Non, ou nous aurions observé ces phénomènes depuis Mueller également. Ce qui se passait n'était pas réel, il s'agissait d'une illusion, une manifestation locale et non une modification de la terre ou du ciel. Cela ne pouvait être qu'un changement qui nous affectait, nous. Un changement qui ne s'était pas produit quand l'armée se trouvait avec nous. Un changement qui ne se produisait que quand nous étions seuls.

« Pour une fois, Dissidence a compris où était sa place », lança Père. Il était donc réveillé.

« Tu as remarqué, toi aussi.

— Je déteste cette forêt, Lanik. » Il soupira. « Un mendiant ne crache sur aucune pièce, mais je commence à me dire que j'aurais été mieux avec Harkint.

— Jusqu'à un certain point, sans doute, oui.

— Lequel ?

— Celui où ils t'auraient coupé la tête et elle n'aurait pas repoussé.

— C'est le problème avec nous autres Mueller, dit Père. Nous n'arrivons pas à croire que la mort est permanente. J'ai entendu parler, un jour, d'un homme qui ne voyait pas comment se venger de son ennemi à moins de le tuer, alors qu'il ne visait rien de si définitif. Il défia donc l'homme en combat singulier, le vainquit, et pendant que son adversaire était étendu à terre, inconscient suite à la perte de sang, il lui coupa le bras et le recousit à l'envers. Il aima tellement le résultat qu'il fit de même pour l'autre bras, puis les jambes aussi, au niveau des hanches, de sorte que les fesses du bonhomme se retrouvaient du même côté que sa figure. Et, bien sûr, il avait une queue. C'était la vengeance rêvée. Quand il eut cicatrisé, son ennemi passa le reste de sa vie à se regarder chier et ne sut jamais s'il couchait avec une jolie fille ou un laideron. »

J'éclatai de rire. C'était une de ces histoires qu'on racontait devant les immenses feux de Mueller-sur-Mer en hiver. Une de ces fables que les hommes n'avaient plus le cœur de raconter aujourd'hui, même s'ils avaient eu assez d'esprit.

« Je n'y retournerai jamais, n'est-ce pas, Lanik ? »

À la façon dont il le disait, je sus qu'il n'avait pas envie d'entendre la vérité.

« Bien sûr que si, répondis-je. Ce n'est qu'une question de temps : les Nkumaï finiront par s'effondrer sous leur propre poids. Il y a une limite à l'étendue de terres qu'une famille peut absorber.

— Non, il n'y en a pas. J'aurais pu conquérir le monde.

— Pas sans moi, non », répliquai-je sur un ton suffisamment belliqueux pour le faire rire.

C'était le rire que je lui connaissais étant enfant. Je repensai au jour où je l'avais défié en combat singulier quand il m'avait ordonné de monter dans ma chambre pour mon impertinence. Il avait ri de cette façon, jusqu'à ce que je tire mon épée et exige qu'il relève mon défi. Il avait quasiment dû me couper la main droite avant que je me déclare satisfait et que je me soumette.

« Je n'aurais jamais dû essayer », dit-il. Essayer quoi ? me demandai-je jusqu'à ce qu'il finisse sa phrase : « De rien faire sans toi. »

Je ne répondis pas. Il avait été forcé de m'exiler, un an plus tôt; je n'avais guère eu de choix depuis. Un an ? C'était hier. Il y avait une éternité. Dans le noir, j'avais l'impression de n'avoir jamais été ailleurs qu'ici, les yeux dans les étoiles.

Père regardait lui aussi les étoiles. « Les atteindrons-nous un jour ?

— Oui, avec des bras assez longs.

— Et que trouverons-nous si nous y arrivons ? » Il avait l'air un peu triste, comme s'il venait de comprendre qu'il ne retrouverait jamais un objet qu'il avait malencontreusement égaré longtemps auparavant. « Si nous, les Mueller, nous obtenions assez de fer pour construire un vaisseau spatial et montions vers les étoiles, que trouverions-nous ? Après trois mille ans, nous accueillerait-on à bras ouverts ?

— Les Ambassadeurs fonctionnent encore. Ils nous envoient du fer. Ils savent que nous sommes là.

— S'ils avaient eu l'intention de nous laisser quitter la planète, ils seraient venus nous chercher depuis longtemps. Quelles que soient les fautes commises, elles ont été expiées un millier de fois avant ma naissance, Lanik. Me suis-je rebellé contre la République ? Quelle menace est-ce que je représente pour eux ? Ils possèdent des armes qui permettraient à un seul homme d'affronter toutes les armées de Nkumaï et d'en sortir vainqueur. Alors que je suis un homme d'épée vieillissant, qui autrefois gagna dix-sept duels d'archers en une seule journée. Je mettrai toutes mes médailles, et ils s'inclineront sûrement. » Il gloussa d'un air sombre, et son rire se finit en soupir.

« Quand on leur coupe les bras, ils ne repoussent pas, remarquai-je. Nous avons donc bien un avantage sur eux.

— Nous sommes des phénomènes de foire.

— J'ai froid », dis-je.

Mais les nuages restaient figés près de l'horizon et le vent ne soufflait pas.

« Pas de vent, repris-je. Ils ont tout ralenti. Regarde, Père. De l'autre côté de cette crique, tu vois comme l'herbe est couchée ? Comme si le vent soufflait. Et pourtant elle reste dans cette position. »

Père ne parut rien remarquer.

« Père. Peut-être devrions-nous continuer.

— À faire quoi ?

— À chercher les Ku Kuei.

— Partir comme Andrew Apwiter, alors, en quête de la troisième lune, une lune toute de fer qui nous sauvera de l'enfer. Il n'y a plus de Ku Kuei. Cette famille s'est éteinte il y a des lustres.

— Non, Père. Ce n'est pas un phénomène naturel, cette bulle temporelle. Elle nous suit partout. Puisque nous n'en sommes pas la source, c'est que nous en sommes les victimes, et cela signifie que quelqu'un nous la fait subir, et j'ai l'intention de trouver qui.

— Alors il y a peut-être quelques Ku Kuei. Si nous devions les trouver, ce serait déjà fait.

— Ils ne peuvent pas vivre sans laisser de trace, Père. Sans habiter quelque part.

— Et notre vie compte-t-elle suffisamment d'années pour fouiller de fond en comble la forêt dans l'espoir de trouver une crotte de Ku Kuei ou une mèche de cheveux accrochée à une branche basse ? Ils peuvent nous jouer de drôles de tours, pourtant nous ne les voyons jamais. J'appelle ça de la magie. J'abandonne et j'appelle ça de la magie. Les magiciens n'ont pas besoin de nous, ils ne peuvent pas nous aider, et je devrais retourner mourir auprès de mon peuple. Au moins, alors, on se souviendrait de moi comme du roi qui combattit jusqu'à la mort plutôt que du Mueller qui s'enfuit dans la forêt et fut dévoré par les arbres de Ku Kuei.

— Père…

— Je veux dormir encore. Je veux juste dormir. »

Il bascula sur le côté, me tournant le dos. Je restai allongé à contempler les étoiles et à me demander quel genre de peuple seraient les Ku Kuei. Sur ce monde, ils pouvaient être n'importe quoi. Enfant, alors que je grandissais à Mueller, je pensais que nous n'avions rien de bizarre. Tous les enfants apprenaient leurs leçons sous la menace de l'isolement ou du démembrement en cas d'échec à l'examen, puisque la douleur ne tirait pas à conséquence, même pour nos enfants. Les plaies d'un gamin guérissaient quelques instants après sa chute. À mes yeux, c'était normal. Mais je savais maintenant que non. Des habitants de la forêt qui répondaient aux questions de l'univers, des habitants du désert dont l'esprit modelait la pierre. Sur Trahison, l'étrangeté valait normalité, et ceux qui restaient véritablement ordinaires étaient condamnés à l'oubli ou à la soumission.

Nous sommes venus à vous, dis-je en esprit aux Ku Kuei, nous sommes venus à vous parce que nous ne pouvions aller nulle part ailleurs et nous espérions la miséricorde de ceux qui n'ont pas besoin de craindre la justice.

Nul ne répondit à mes pensées. Nul n'avait entendu.

Sur quel ton dois-je crier pour que vous me remarquiez ? songeai-je. Que dois-je faire pour attirer votre attention, ne serait-ce que quelques instants, si longs soient-ils par ici ?

Le lac reflétait le clair de lune. Près de nous, l'eau miroitait un peu, mais le scintillement cessa, et, plus loin, le lac était immobile, ses vagues figées à mi-chute. Et je sus comment je pouvais les forcer à nous prêter attention.

Après tout, la première manipulation que j'avais observée à Schwartz concernait l'eau, quand Helmut l'avait fait sourdre pour me permettre de boire, puis disparaître quand j'avais eu terminé. Une fois de plus, je restai étendu immobile et je parlai en silence, faisant appel à la terre sous mon corps.

La terre perçut mon besoin immense, peut-être, ou peut-être mon pouvoir était-il plus grand que je ne le croyais. Mais les rochers réagirent, la terre s'ouvrit sous le lac, et celui-ci s'enfonça rapidement. Lorsque j'eus fini, il ne restait d'eau en quantité suffisante que pour les poissons, en une succession de mares et de marais, et le lac avait disparu.

« Monsieur, dit une voix derrière moi.

— Comme vous avez fait vite, répondis-je sans me retourner.

— Vous avez volé notre lac.

— Juste emprunté.

— Rendez-le.

— J'ai besoin de votre aide.

— Vous venez de Schwartz.

— Nul ne sort vivant de Schwartz, dis-je.

— Nous sortons vivants de tous les territoires que nous choisissons de visiter, répondit la voix. Mais nul ne sait jamais que nous sommes venus. » Il pouffa de rire.

« Je viens de Mueller, insistai-je.

— Si vous pouvez faire rentrer un lac sous terre, vous venez de Schwartz. Qu'avez-vous appris d'autre là-bas ? Chez les Schwartz, on ne tue pas. Mais nous ne sommes pas des Schwartz, et nous sommes prêts à tuer.

— Alors tuez-moi, et dites adieu au lac.

— Nous ne vous devons rien.

— Mais vous me serez redevable quand je vous rendrai votre lac. »

Silence. Je me retournai. Il n'y avait personne.

« Bande de petits salopards sournois, murmurai-je.

— Quoi ? fit Père qui se réveillait. Bon sang, mais qu'est-il arrivé au lac ?

— J'avais soif », répondis-je. Je n'aimai pas la peur que je lus dans le regard qu'il posa sur moi. « Nous avons eu un visiteur. Il nous a même parlé.

— Où est-il ?

— Parti chercher du renfort pour nous jeter dehors, j'imagine. En attendant, regarde Dissidence et Liberté. »

Père obéit et vit ce que j'avais vu : Dissidence passait devant Liberté, et les feuilles des arbres murmuraient dans le vent.

« Eh bien, dit-il, je devrais m'endormir plus souvent. »

Nous attendîmes au bord du lac disparu. Mais l'attente ne dura guère. Dissidence n'avait dépassé Liberté que d'un pouce quand quatre hommes arrivèrent en trombe dans le sous-bois et nous entourèrent, furieux.

« Nom de nom ! s'écria l'un d'eux.

— Envie de piquer une tête ? demandai-je.

— De quel droit nous agressez-vous ainsi ? Quel mal vous avons-nous fait ?

— À part jouer avec notre perception du temps ? »

Ils s'entre-regardèrent, l'air consterné.

« Vous m'avez roulé à mon premier passage. Mais la deuxième fois, j'ai un peu mieux compris.

— Que faites-vous ici ? »

Père et moi leur expliquâmes, et ils écoutèrent, impassibles. Ils avaient tous la peau mate, ils étaient grands et gras, mais la graisse cachait du muscle. Ils ne montrèrent aucun sentiment en écoutant notre histoire.

Quand elle fut terminée, ils nous dévisagèrent un moment, jusqu'à ce que le plus grand et le plus gras, qui manifestement était le chef – choisissaient-ils leurs responsables au poids ? je me posais la question – réagisse : « Et alors ?

— Alors nous avons besoin de votre aide.

— Et alors ? Pour quelle raison devrions-nous vous l'accorder ? »

Père était perplexe. « Nous en avons besoin. Nous sommes condamnés si vous ne nous aidez pas.

— Ça, c'est sûr. Mais quelle différence cela fait-il pour nous ?

— Nous sommes tous des êtres humains ! » commença Père, mais il eut le bon sens de ne pas s'obstiner. Ils trouvèrent néanmoins l'idée amusante.

« J'ai une bonne raison à vous donner, intervins-je. Si vous ne nous aidez pas, vous n'avez plus de lac. Les moustiques se reproduisent facilement dans des mares comme celles-ci.

— Donc je vous promets tout ce que vous voulez, et vous remplissez le lac, fit le chef. Puis je n'ai plus qu'à vous tuer, et autant pour notre accord. En prime, nous gardons le lac. Alors pourquoi ne pas remplir le lac et partir, retourner d'où vous êtes venus ? On ne vous embête pas, vous ne nous embêtez pas. »

J'étais en colère. Je retirai donc le sol de sous leurs pieds et le fis glisser vers les côtés. Ils chutèrent lourdement. Ils tentèrent de se remettre debout (et furent plus vifs que leur corpulence n'aurait dû le leur permettre à mes yeux), mais le sol ne cessa de danser sous leurs pieds jusqu'à ce qu'enfin ils abandonnent, s'étalent à terre et me hurlent d'arrêter.

« Pour quelques instants, répondis-je.

— Si vous savez faire ça, dit le chef en se relevant et en brossant ses vêtements, vous n'avez guère besoin de notre aide. Malgré tous mes discours, vous savez, nous ne possédons pas d'armes. Nous n'en avons pas l'usage. Nous n'avons tué personne depuis des années. Nous n'y voyons pourtant aucune objection morale, alors ne vous tenez pas pour sortis d'affaire.

— Ce serait parfait si nous pouvions demander à la terre d'avaler nos ennemis, répondis-je. Mais le roc ne se mêle pas de massacres, et je suis donc limité à certaines démonstrations. Comme vider des lacs. Ou faire tomber quelqu'un sur les fesses. Pas très pratique contre un ennemi. Mais nous n'avons pas besoin de vous pour mener nos batailles. Nous avons besoin de temps. »

Ils furent pris d'un fou rire incontrôlable. Ils rirent aux éclats. Ils en pleurèrent même. Un clown pourrait prendre sa retraite au bout de cinq ans de travail dans la région, tant ils étaient bon public. Leur chef lança enfin : « Pourquoi ne pas l'avoir dit plus tôt ? Si vous ne voulez que du temps, nous en avons à revendre. » Ce qui les plongea dans un nouveau fou rire.

Père paraissait mal à l'aise. « Sommes-nous les seuls sains d'esprit sur ce monde ?

— Ils nous trouvent peut-être lugubres.

— Nous pouvons vous donner du temps, dit le chef. Nous travaillons avec le temps depuis des années. Nous ne pouvons pas aller dans l'avenir ou le passé, bien sûr, puisque le temps est unidimensionnel. » (*Bien sûr,* songeai-je. *Tout le monde le sait.*)

« Mais nous savons modifier notre propre vitesse par rapport au flux temporel général. Et nous sommes capables d'étendre cette modification à notre environnement immédiat. Il faut un des nôtres pour affecter quatre ou cinq personnes. Combien d'hommes avez-vous ?

— Moins d'un millier, répondit Père.

— Comme c'est rigoureux, fit l'autre avec un rictus qui semblait présager d'une nouvelle avalanche de rires. Vous êtes précis à la décimale, hein ? Il faudrait donc moins de deux cents d'entre nous, pas vrai ? Ou moins encore, bien entendu, si vous vous serrez, si vous partagez vos flux temporels. Alors peut-être qu'on y arriverait avec cinquante d'entre nous.

— Arriver à quoi ? demanda Père, méfiant.

— Je ne sais pas, répondit le Ku Kuei dans un large sourire. À vous donner du temps, évidemment. Dans combien d'années tous vos ennemis seront-ils morts ? Cinquante ? Si nous travaillons dur, cela signifie que vous devez rester dans une zone définie pour, disons, cinq jours. C'est trop long ? La difficulté augmente avec la vitesse de passage du temps, mais s'il vous faut un effort suprême, nous pouvons vous offrir cent ans en une semaine.

— Cent ans de quoi ?

— De temps ! » Il s'impatientait. « Vous restez ici pendant ce qui vous semblera une semaine, et hors de la forêt cent ans auront passé. Vous ressortez, tous vos ennemis ont disparu, personne ne vous recherche, vous êtes saufs. À moins que je me trompe ? Vos ennemis ont-ils une longévité exceptionnelle ? »

Père se tourna vers moi. « Ils en sont capables ?

— Après ce que j'ai vu depuis un an, je suis prêt à tout croire. Ils nous ont bien persuadés que les lunes s'étaient arrêtées. »

Le Ku Kuei haussa les épaules. « Ce n'était rien. Nous l'avons fait faire par un enfant. Laissez-nous aller chercher des volontaires pour vous aider, et remplissez le lac pendant que nous serons partis. »

Je secouai la tête. « Je remplirai le lac à votre retour.

— Je vous ai donné ma parole !

— Vous m'avez aussi dit que cela ne vous poserait pas de problème de me tuer après l'avoir donnée. »

Il sourit à nouveau. « Et je pourrais encore le décider. Qui sait ? Le monde est risqué, il faut s'y faire. »

Puis, brusquement, ses amis et lui disparurent. Ils ne firent pas demi-tour pour s'en aller, non, ils n'étaient tout simplement plus là. Cette fois, néanmoins, je devinai : le temps s'accélérait soudain pour eux, de façon qu'ils s'éloignent plus vite que nos yeux n'étaient capables d'enregistrer leur passage.

« Je suis vieux, dit Père. Je ne m'en sors pas.

— Moi non plus, répondis-je. Mais si cela signifie que nous pouvons survivre, je propose que nous essayions quand même. »

Ils n'étaient que trente, pour finir, mais leur chef nous assura qu'ils suffiraient sans doute, et nous partîmes après que le lac eut été rendu à sa beauté d'origine.

« Peut-être que maintenant nous allons vous tuer, dit le gros Ku Kuei quand le lac fut plein, puis il se mit à rire à gorge déployée et me serra dans ses bras. Je t'aime bien ! » s'écria-t-il.

Tous les autres se mirent à rire. Je ne compris pas la plaisanterie.

« Temps accéléré », annonça l'homme, mais à ma surprise, personne ne se dépêcha.

Puis je compris qu'il voulait simplement dire que leur temps passerait vite pendant que le monde extérieur poursuivrait à son rythme normal. Tôt le matin, nous arrivâmes au campement de l'armée. Pourtant nous avions marqué deux arrêts en chemin et dormi deux fois ; en tout, notre expédition avait duré cinq jours de notre temps, tandis que pour nos troupes vingt-quatre heures à peine s'étaient écoulées. Cette fois, Père et moi vîmes combien nous avions dû repousser nos limites à l'aller. Les Ku Kuei ne traînaient pas, et nous étions bien las chaque fois que nous nous allongions pour dormir ; Père et moi avions accompli le même trajet avec seulement une période de sommeil.

C'était un beau voyage, bouclé en moins de vingt-quatre heures après que nous avions quitté notre armée, si seulement celle-ci s'était encore trouvée là à notre retour.

À un kilomètre de distance, il était déjà clair que quelque chose clochait. Nous longions les rives du grand lac, et la vue portait loin sur le pré. Mais là où de la fumée montait encore des feux de camp, il n'y avait pas de grand troupeau de chevaux. Pas de chevaux du tout. Rien.

Sauf des cadavres, bien sûr. Pas trop, mais assez pour que le drame nous paraisse clair. Homarnoch, qui avait insisté pour emmener son chariot dans la forêt, malgré toutes les difficultés que cela posait, était étendu mort devant les restes calcinés du véhicule. Même un Mueller ne peut pas régénérer sa peau brûlée sur tout le corps – mais pour plus de sûreté, on lui avait coupé la tête après la mort. D'autres cadavres avaient subi le même sort.

Nous découvrîmes tout cela en quelques instants à notre arrivée au camp. Je cherchai Saranna en criant son nom. Pourtant j'espérais ne pas la trouver – mieux valait l'imaginer vivante parmi les déserteurs que morte ici. Je continuai à l'appeler, et bientôt les Ku Kuei se joignirent à cette quête des vivants au milieu des morts. C'est leur chef qui me héla : « Buveur-de-lac ! Un survivant ! »

Je me dirigeai vers lui.

« C'est une femme ! » cria-t-il, et je pressai le pas.

Père était agenouillé auprès d'elle. On lui avait coupé bras et jambes et sectionné les cordes vocales. Son corps se régénérait, mais cela prenait du temps. Ce n'était pas une rad. Elle ne pouvait pas encore parler.

Le chef des Ku Kuei ne cessait de demander comment elle avait pu cicatriser si vite et pourquoi elle n'avait pas succombé à la perte de sang, jusqu'à ce que Père lui dise de la fermer une minute. Nous la nourrîmes, et elle me regarda d'un air qui me déchira le cœur, tandis qu'elle tendait vers moi les moignons de ses bras. Je la serrai contre moi. Les Ku Kuei, perplexes, observaient.

« J'imagine que cela veut dire que vous n'aurez pas besoin de nous, dit leur chef au bout d'un moment.

— Si, plus que jamais », répondis-je à l'instant même où Père lançait : « Non, en effet.

— Et maintenant, lequel de vous deux dois-je croire ? fit-il.

— Moi, insistai-je. Nous n'avons pas besoin de trente hommes pour notre armée. Mais nous n'avons nulle part où aller. Tous les trois : mon père, Ensel Mueller ; Saranna, ma… femme ; et moi, Lanik Mueller.

— Nous avons rempli notre part du contrat, dit le gros Ku Kuei. Nous sommes donc débarrassés de vous. Voulez-vous que nous vous portions jusqu'à l'orée de la forêt ? »

Je n'étais guère patient. Je fis bouger le sol sous ses pieds. Il atterrit lourdement sur les fesses et se mit à jurer.

« Tu as des instincts de brute, s'écria-t-il, furieux. Puissent tous tes enfants être des porcs-épics ! Puisse ta vessie se remplir de calculs ! Puisse ton père découvrir qu'il a toujours été stérile ! »

Il avait l'air si sérieux, si passionné que je ne pus m'empêcher de rire. Et quand je me mis à rire, l'autre se fendit d'un sourire. « Tu es un bonhomme selon mon cœur ! » tonna-t-il.

Il suffisait de peu pour conquérir les Ku Kuei.

Ils transportèrent Saranna avec un soin incroyable pour des gens si énormes et mal proportionnés ; mais ils s'arrêtaient pour se reposer plus souvent que Père et moi n'en avions besoin, et tandis que Père dévorait volontiers les en-cas copieux qu'ils nous proposaient sans cesse de partager, je ne prenais pas la peine de manger. Je préférais rester avec Saranna et la nourrir. Nous marchions depuis des heures le deuxième jour depuis notre départ du camp lorsque Saranna parla enfin.

« Je crois, souffla-t-elle, que ma voix va revenir.

— Oh non ! s'écria l'un des Ku Kuei. Une femme parle, et c'est le silence qui est banni de la forêt ! »

Sa remarque provoqua de grandes crises d'hilarité. Plusieurs hommes se tordaient à terre, incapables de se redresser tant ils riaient ou par la faute du dernier repas ingéré.

« Saranna, dis-je, et elle sourit.

— Tu n'es pas parti très longtemps, Lanik.

— Trop quand même, on dirait.

— Ils m'ont laissée en vie pour te dire le fond de leur pensée.

— Première bonne décision du mois.

— Ils étaient persuadés que tu étais parti tuer le Mueller. Ils avaient la certitude que tu comptais ramener les terreurs de Ku Kuei pour les détruire. Ils te détestaient. Ils sont donc partis.

— En tuant sur leur route.

— Homarnoch leur a interdit de partir et a menacé de tuer le premier qui s'en irait. Ils étaient nombreux à vouloir être le premier, et Homarnoch n'a donc tué personne. Certains ont tenté de le défendre. Ils ont péri eux aussi.

— Et toi.

— Ils ont fait vite. Ils voulaient être sûrs que je ne pourrais pas voyager facilement. Ils pensaient que cela t'empêcherait de les poursuivre avec les monstres. »

Je regardai la trentaine de Ku Kuei assis comme de petites montagnes ou ronflant dans l'herbe. « Des monstres », répétai-je, et Saranna se mit à rire. Mais le rire vira bientôt aux larmes et aux sanglots.

« C'est si bon d'avoir une voix avec laquelle se lamenter, murmura-t-elle quand les larmes se furent calmées.

— Comment vont tes pieds ?

— Mieux. Mais les os ne sont pas encore solides. Demain je pourrai marcher un peu. »

Je défis le bandage que les Ku Kuei avaient improvisé autour de ses jambes.

« Menteuse. Tu n'es même pas encore à la moitié du tibia.

— Ah bon. Je croyais sentir mes orteils.

— C'est le nerf qui se reconstitue. Tu n'as jamais perdu de jambe auparavant ?

— Mes amis ne jouaient pas ce genre de tours. Et je me suis toujours bien conduite à l'école. » Elle sourit.

« Très bien, on y va, hop, hop, on se dépêche, on n'a pas tout notre temps ! » cria le chef, et les autres s'esclaffèrent bruyamment tandis que nous nous remettions en route. L'envie me tenait secrètement de tuer le prochain à rire.

La ville des Ku Kuei se trouvait au milieu du lac, sur l'île que nous avions aperçue depuis la rive. Si on peut appeler ça une ville. Il n'y avait pas de bâtiments, pas de structures d'aucune sorte. Rien que la forêt et de l'herbe passablement piétinée par endroits.

Ce qui était remarquable, c'était les gens. Les enfants, Dieu merci, étaient minces, mais les adultes m'incitaient à penser qu'en poids les Ku Kuei représentaient plus de la moitié de la vie humaine sur Trahison. J'avais l'impression d'une invraisemblable paresse – et je n'ai jamais eu de raison d'en changer. Nul ne donnait l'impression de faire ce qu'il pouvait éviter. « Viens chasser avec nous », me disaient-ils nombreux, et j'y allai une fois. Ils passaient en temps accéléré, marchaient jusqu'à leur proie et la tuaient alors qu'elle était encore immobile, figée en temps normal. Lorsque je fis remarquer que ce n'était pas sportif, ils me regardèrent bizarrement.

« Quand tu participes à une course, est-ce que tu te coupes les pieds ? » me demanda l'un d'eux. Et un autre répondit : « Si je me coupe les pieds, est-ce que cela signifie que je n'aurai plus jamais à participer à d'autres courses ? »

Paroxysme d'hilarité. Je regagnai alors la ville.

Malgré leur paresse, leur détermination à s'amuser de tout et leur refus caractérisé de prendre aucun engagement au sérieux, j'en vins à aimer les Ku Kuei. Non pas comme j'avais aimé les Schwartz, car je les admirais aussi. J'aimais les Ku Kuei comme de grands jouets autopropulsés. Et eux, pour une raison obscure, m'aimaient aussi. Peut-être parce que j'avais trouvé un nouveau moyen de faire tomber quelqu'un sur les fesses.

« Comment t'appelles-tu ? demandai-je à celui qui avait dirigé notre expédition de secours.

— Qu'en penses-tu, Buveur-de-lac ?

— Comment le saurais-je ? Et je m'appelle Lanik Mueller. »

Il pouffa. « Ce n'est pas un nom. Tu as bu le lac, tu es Buveur-de-lac.

— Tu es le seul à m'appeler ainsi.

— Je suis le seul à t'appeler tout court, répondit-il. Et comment va Souche ? »

Quand je découvris qu'il parlait de Saranna, je le laissai en plan. Il ne comprenait pas la raison de ma colère. Il trouvait ce nom approprié.

Je suppose que les mois que je passai à Ku Kuei furent une période idyllique, comme mon séjour à Schwartz. Mais là-bas j'étais encore enthousiaste pour l'avenir. À Ku Kuei, mon avenir était derrière moi. Et Père cherchait à mourir.

Je m'en rendis compte au deuxième jour de nos leçons avec Celui-qui-sait-tout. Saranna et moi étions étendus dans l'herbe, les yeux fermés, très attentifs alors que notre professeur parlait bas, chantait à l'occasion et tentait de nous aider à percevoir son propre flux temporel qui nous enveloppait. J'ignore ce qui me tira de la transe (j'en sortis involontairement, j'en suis sûr, car Celui-qui-sait-tout a le flux temporel le plus doux que j'aie jamais partagé), mais je me tournai du côté de Père : il avait les yeux ouverts, plantés dans le ciel, et une larme coulait de son œil vers ses cheveux.

Sur le coup, je chassai l'inquiétude de mon esprit. Père avait sûrement beaucoup de raisons de se sentir coupable. Inutile d'essayer de le forcer à afficher une joie qu'il ne ressentait pas.

Mais à cause de lui j'eus bientôt de plus en plus de mal à partager l'humeur insouciante qui étreignait sans relâche les Ku Kuei. Étreints sans relâche, les Ku Kuei ? Non, c'était mon attitude à moi. Même si parfois je me sentais détendu, aimé, si je me sentais *bien,* je n'étais jamais tout à fait en paix. Essentiellement à cause de mon inquiétude pour Père. Mais en partie aussi parce que, de toute mon enfance, on ne m'avait jamais appris à lâcher prise, à ne pas me sentir concerné. Je sortais juste d'une année très difficile, et ses effets tardaient à s'estomper. Et puis il est impossible de ne pas se sentir concerné quand on a entendu la musique de la terre.

« Tu es trop passionné, dit Celui-qui-tomba-sur-les-fesses (nom que j'avais finalement donné au chef que j'avais plusieurs fois renversé – il adorait ce nom et plusieurs de ses amis l'avaient adopté). Celui-qui-sait-tout dit que tu ne progresses pas beaucoup. Tu dois apprendre à rire.

— Je sais rire.

— Tu sais faire des bruits ridicules, le ventre tendu. On ne peut pas rire avec le ventre tendu. Et tu es trop maigre. C'est un signe d'inquiétude, Buveur-de-lac. Je te le dis parce que je crois que tu veux apprendre la manipulation temporelle. Tu fais trop d'efforts. »

Pour une fois, Celui-qui-tomba-sur-les-fesses avait l'air terriblement sérieux, très inquiet. Cette expression était si déplacée sur son visage que je ne pus m'empêcher de rire, et il rit en retour, pensant avoir obtenu un progrès. Mais il n'avait rien obtenu du tout.

Parce que Père ne faisait pas attention. Même à Ku Kuei où il faisait bon vivre, il fallait faire attention pour survivre, et Père s'en fichait. Il tombait beaucoup. Une fois d'une colline assez haute ; la chute se solda par deux bras cassés. Ils guérirent en quelques jours, mais alors qu'il était allongé sous un arbre pendant un orage tandis que je m'exerçais à pratiquer un contrôle élémentaire du temps en nous ralentissant tous deux un peu (très peu) de façon que les gouttes tombent avec une moindre force apparente, il serra soudain fort ma main, ce qui amplifia sûrement la douleur de son bras, et dit : « Lanik, tu possèdes le pouvoir des Schwartz. Peux-tu me changer ?

— En quoi ? demandai-je, m'efforçant de rester d'humeur légère car cela devenait une seconde nature.

— Enlève-moi mon don Mueller. Reprends-moi la régénération. »

J'étais perplexe. « Si je le faisais, Père, cette chute aurait pu te tuer. Et tes bras auraient mis des mois à guérir. »

Il détourna le regard, les yeux emplis de larmes, et je compris que cette chute de la colline n'était peut-être pas vraiment un accident. Cela m'inquiétait. Père avait déjà connu des revers, mais celui-ci, de loin le pire, il fallait bien l'admettre, le minait franchement.

Saranna me causait d'autres soucis. Cela commença quand je la découvris en train de faire l'amour à Tueur-d'insectes, ainsi nommé car il s'agitait en tous sens pendant l'acte. Elle riait tandis que des spasmes secouaient les jambes de son amant, et elle continua même en me regardant. L'amour sous les arbres était un spectacle assez courant à Ku Kuei, et je ne commettais pas l'erreur de croire que je limitais mes ardeurs à Saranna par un souci excessif de fidélité. Je trouvais simplement les femmes Ku Kuei trop grosses à mon goût. J'étais un peu jaloux, j'en suis sûr, mais, surtout, je me rendis compte que Saranna ne paraissait en rien différente de toutes les autres femmes de Ku Kuei : amusée, détachée, facile.

C'était Saranna qui m'avait supplié de l'emmener avec moi à mon départ en exil; Saranna qui s'était profondément ouvert les veines lorsque j'avais refusé de la garder pour maîtresse en découvrant que j'étais un rad. Et elle était intensément amoureuse depuis mon retour. Pourtant, maintenant…

« Saranna est une bonne élève, dit Celui-qui-sait-tout.

— Je sais, répondis-je. Je perçois son flux temporel presque aussi bien que le vôtre, désormais.

— Tu es contrarié, fit mon professeur.

— Je crois bien.

— Es-tu jaloux parce que tu es l'un des plus médiocres élèves que j'aie jamais eus alors que Saranna est aussi brillante que nos enfants les plus doués ? »

Je haussai les épaules. Ça n'y était sans doute pas étranger. « Je suis peut-être davantage inquiet parce qu'elle a l'air de moins se préoccuper de ce qui me tient à cœur. »

Celui-qui-sait-tout se mit à rire. « Tout te tient à cœur ! Comment peut-on prendre tant de choses à cœur ?

— Mon père est encore pire.

— Au contraire, Ventre-serré, ton père ne se préoccupe de rien, comme nous. Mais il a tendance à désespérer là où nous sommes pleins d'espoir.

— Je suis en train de perdre Saranna.

— Tant mieux. Nul ne devrait appartenir à personne. »

Et il poursuivit en expliquant pourquoi mon sens temporel ne valait rien et en insistant pour que je me détende avant de devenir aussi raide et dur qu'un arbre.

Je ne m'inquiétais pas tout le temps, bien sûr. Ce serait impossible à Ku Kuei. Même sans les jeux d'eau dans le lac ou les folles expéditions à travers la forêt, on aurait trouvé suffisamment à s'occuper pour un siècle rien qu'en errant dans la ville et en s'arrêtant pour goûter les flux temporels de gens qui vivaient à leur propre rythme.

Par exemple, Celui-qui-tomba-sur-les-fesses était presque toujours en flux très rapide. J'étais si peu apte à modeler le temps que je rejoignais presque automatiquement le flux de la personne la plus proche. Par contraste, les Ku Kuei les moins doués étaient capables, eux, de maintenir le contrôle de leur flux même lorsqu'ils se trouvaient juste à côté d'autrui. Quand j'étais en compagnie de Celui-qui-tomba-sur-les-fesses, le reste du monde semblait littéralement s'arrêter. Nous marchions et parlions sans que le soleil bouge jamais dans le ciel, et les gens que nous croisions étaient figés ou (si leur flux était rapide) avançaient comme des escargots. Personne ne se déplaçait aussi vite que Celui-qui-tomba-sur-les-fesses.

« Mon ami, dis-je un jour, quand j'eus le sentiment que nous étions amis, tu fais défiler ta vie si vite. Qu'est-ce qui te presse ?

— Je ne suis pas pressé. Je ne marche jamais vite.

— Je suis ici depuis peut-être un mois et… »

Il m'interrompit en riant. « Je ne sais pas comment tu tiens le compte des jours, comme s'ils signifiaient quelque chose !

— Et tu as vieilli pendant ce temps. »

Il porta la main à ses cheveux. « Ils sont devenus gris, hein ?

— Oui. Et tu as pris des rides.

— Des rides d'expression ! » dit-il d'un air triomphant, comme si c'était la réponse à tout.

Son attitude fataliste devant la mort gagnait Saranna – mais de façon différente. Elle ralentissait. Elle ne prit pas de décision soudaine – « aujourd'hui, je serai lente » –, cela vint progressivement. Mais une fois qu'elle eut appris à modeler le temps, je commençai à remarquer que lorsque j'étais avec elle, pris dans son flux, tout autour de nous bougeait à toute vitesse. À une vitesse insupportable. Les Ku Kuei qui nous dépassaient dansaient comme des fous et se précipitaient hors de notre vue, jacassant un instant avant de disparaître. Quand nous parlions, elle regardait sans cesse par-dessus mon épaule, de droite à gauche ou de gauche à droite, pour voir les gens passer. De temps à autre, elle souriait, sans lien avec notre conversation, et je me retournais pour constater que la scène qui l'avait amusée avait déjà disparu.

Je la croisai un jour, tôt le matin, et à l'issue d'une courte conversation je découvris que la nuit tombait. Je lui demandai alors pourquoi elle ralentissait à ce point.

« Parce qu'ils sont si comiques, à courir partout comme ça. »

C'eût été une raison suffisante pour la fille frivole dont j'étais tombé amoureux autrefois, mais ce n'était plus le cas désormais. J'insistai. Elle éluda la question. « Tu es trop passionné, Lanik. Mais je t'aime. »

Nous fîmes l'amour, et ce fut aussi bon que d'habitude, et sa passion pour moi était toujours intense – rien à voir avec les aventures rieuses et fantaisistes qu'elle avait avec les Ku Kuei. Je sus que j'avais encore prise sur elle, mais pas assez pour la persuader de ne pas laisser le monde défiler à toute vitesse sans y prendre part.

Elle acquit une certaine notoriété. Les Ku Kuei se mirent à l'appeler Souche pour une raison différente : pour la plupart d'entre eux, elle était aussi immobile et morte qu'un arbre coupé. Elle refusait de modifier son flux temporel pour quiconque et c'était donc moi, le caméléon qui changeait de flux avec chacun de ses amis, qui pouvais le plus facilement lui parler. En général, elle se tenait figée à mi-pas dans une position impossible, et je la regardais parfois durant des heures achever son geste et prendre appui sur l'autre pied.

À une occasion, pendant trois jours d'affilée, je l'aperçus en train de faire l'amour à Celui-qui-sait-tout. Les caresses étaient si lentes, leurs mouvements si infinitésimaux qu'on les aurait pris pour de lointaines étoiles, et j'eus l'impression de ne pas la connaître ; pire, qu'elle n'était qu'une statue obscène sous un arbre de l'île de Ku Kuei.

Saranna et Père trouvaient chacun leur façon personnelle de se retirer de la vie, tandis que j'étais incapable de m'en échapper.

Le jour de sa mort, Père vint me voir et s'allongea près de moi sous un arbre alors que tombait une petite bruine. « Ne t'amuse pas avec le temps aujourd'hui. Tu te concentres toujours tellement que j'ai le sentiment que tu ne m'écoutes pas. »

Je restai donc étendu là, et Père passa son bras autour de moi et m'attira à lui comme lorsque nous étions en manœuvres, quand j'étais petit. Il me disait je t'aime. Il me disait au revoir.

« J'étais un bâtisseur, dit-il, écrivant son épitaphe dans mon esprit, mais mes œuvres se sont effondrées, Lanik. Je leur ai toutes survécu.

— Sauf à moi.

— Tu as été modelé par des forces plus puissantes que tout ce que je peux invoquer. Quel dommage qu'un architecte vive jusqu'à voir son temple s'effondrer. »

On n'avait pas construit de temple à Mueller depuis des siècles.

« Ai-je été un bon roi ?

— Oui, répondis-je.

— Non. Guerres et meurtres, conquête et pouvoir, tout cela revêtait tant d'importance toutes ces années, et maintenant tout est démoli. Démoli non par les forces inexorables de la nature, mais parce que des hommes qui vivent dans les arbres ont remporté la partie et décroché le pompon plus vite que nous, et cela nous a déséquilibrés, jetés à terre. Le hasard. Et ce fut aussi le hasard si nous avons obtenu du fer de l'Ambassadeur, et je n'ai donc pas bâti d'empire en fin de compte, pas vrai ? Je me suis juste servi du fer pour tuer.

— Tu as été un bon dirigeant pour ton peuple », répondis-je, parce qu'il avait besoin de l'entendre et parce que, sur l'échelle relative où se mesurent les monarques, c'était vrai.

« Ils se jouent de nous, Lanik. Un peu de fer ici, un peu là, et voyons ce que devient le terrain de jeu. J'étais un pion, et je croyais être le roi. »

Il me saisit avec violence, s'accrocha à moi et me souffla durement à l'oreille : « Je refuse de rire ! »

Et pour appuyer ses dire, il pleura. J'en fis autant.

Il se noya ce jour-là. On trouva son corps flottant dans les joncs d'un côté de l'île, où le courant l'avait poussé. Il avait sauté d'une falaise dans le lac, à un endroit où il y avait peu de fond, et il s'était brisé le cou. Son corps n'avait pas pu se régénérer assez vite pour l'empêcher de se noyer tandis qu'il gisait, impuissant, au fond de l'eau. La douleur que je ressentis alors me revient parfois encore dans des souvenirs nets, mais je refusais de le pleurer. Il avait vaincu la régénération, et j'étais assez fier de son ingéniosité. Le suicide était hors de portée de la plupart des Mueller depuis des années, à moins d'être fou et capable de s'allonger au milieu des flammes. Père n'était pas fou, j'en suis sûr.

Une fois Père disparu, certaines choses s'améliorèrent. Il ne m'inquiétait plus, et quand je parvins enfin à oublier le sentiment de vide et de deuil, quand je cessai de me retourner en cherchant quelqu'un dont je mettais un moment à me rappeler qu'il ne serait pas là, je fis des progrès.

« Tu es encore un élève très médiocre, me dit Celui-qui-sait-tout, mais au moins tu es capable de contrôler ton propre flux temporel. »

Et il avait raison. Je pouvais m'approcher à un mètre d'une personne suivant un flux différent sans que le mien change. Cela me donnait une certaine liberté dont je n'avais pas joui à Ku Kuei jusque-là, et je pris l'habitude de passer en flux très rapide à l'heure de dormir, de sorte que mes neuf heures de sommeil ne duraient que quelques minutes et que les autres avaient l'impression de me voir toujours éveillé. Je vivais chaque heure de chaque jour et, comme un Ku Kuei, je découvris qu'elles m'amusaient toutes.

Mais je n'étais pas heureux.

Personne n'était heureux, compris-je un jour. Amusé, certes. Mais l'amusement est la réaction de ceux qui s'ennuient à mourir quand rien ne les distrait plus. Les Ku Kuei avaient tout le temps du monde, mais ils ne savaient pas qu'en faire.

Je vivais avec eux depuis six mois de temps réel (les saisons, dans l'ensemble, n'étaient pas affectées par leurs jeux) quand j'appris que Celui-qui-tomba-sur-les-fesses était mourant.

« Il est très vieux », dit la femme qui me l'annonça.

J'allai donc le voir et le découvris, toujours en temps accéléré, se précipitant comme un fou vers la mort, étendu dans l'herbe sous le soleil. J'ajustai mon flux au sien, ce que peu de Ku Kuei étaient prêts à faire, d'autant qu'il n'y avait rien d'amusant dans la mort. Je lui tins la main tandis qu'il respirait avec difficulté.

Il avait maigri, même s'il demeurait gras. Sa peau pendait, détendue.

« Je peux te guérir, lui dis-je.

— Ne te donne pas cette peine.

— J'en suis sûr. Je peux te remettre à neuf. J'ai appris à Schwartz. Ils vivent éternellement, là-bas.

— Et pour quoi faire ? demanda-t-il. Je ne me suis pas dépêché tout ce temps pour me faire flouer maintenant. » Il gloussa.

« Qu'est-ce qui te fait rire ?

— La vie, dit-il. Et toi. Ah, Ventre-serré. Mon cher Buveur-de-lac. Assèche-moi. »

Il m'apparut que je devais être le seul de tout Ku Kuei qui porterait son deuil. On ignorait la mort, ici. Ç'avait été le cas quand mon père avait disparu. Celui-qui-tomba-sur-les-fesses avait eu beaucoup d'amis. Où étaient-ils ? Ils se cherchaient de nouveaux amis qui n'avaient pas vécu à toute vitesse et usé leur temps avant les autres.

« La vie n'avait pas de sens à mes yeux, dit-il. Mais elle en a un pour toi. Nous nous prétendons heureux parce que nous avons l'espoir, mais c'est un mensonge. Nous n'avons pas d'espoir. Tu es le seul homme de ma connaissance qui ait espéré quelque chose, Buveur-de-lac. Alors va-t'en. Ici, c'est un cimetière. Va-t'en sauver le monde. Tu en es capable, tu sais. Et sinon, personne ne l'est. »

Je remarquai avec étonnement qu'il ne riait pas.

« Tu es sérieux, hein ?

— Je t'aime bien, Buveur-de-lac », répondit-il ; puis il mourut. Son flux temporel se poursuivit suffisamment pour qu'en quelques minutes de temps réel il se décompose largement, et nul ne déplaça donc son corps. Son cadavre s'effrita simplement et se fondit avec la terre.

Je m'enfonçai moi aussi dans le sol, le laissant se refermer au-dessus de moi pour écouter encore la musique de la terre. La guerre était terminée ; les cris des morts étaient isolés désormais – constants, mais isolés dans l'espace, les décès se répartissant selon les motifs aléatoires de la paix. Pour autant, je ne croyais pas le monde en paix. Il ne l'avait jamais été.

Sauver le monde ? De quoi ? Je n'avais pas d'illusions. Je ne pouvais même pas me sauver moi-même.

Je pouvais néanmoins le savourer ; or ici, à Ku Kuei, il était fade. Maintenant que Celui-qui-tomba-sur-les-fesses était mort, de même que Père, Saranna figée dans le temps et Celui-qui-sait-tout persuadé que je ne maîtriserais jamais mieux le temps, je me dis que le moment était venu de partir.

« Ne t'en va pas, répondit Saranna quand je lui en parlai.

— Je veux partir, et je partirai.

— J'ai besoin de toi. »

Son regard disait sa peur. Je restai donc un peu plus longtemps. Je restai avec elle, dans son flux temporel, pour encore un jour, une nuit et un autre jour de temps réel. Nous avons fait l'amour et échangé beaucoup de mots tendres qui nous feraient plus tard de bons souvenirs et adouciraient la séparation. Parmi les propos tenus, un « Pardonne-moi » et un « Je te pardonne », bien que je ne sois plus très sûr aujourd'hui de qui vit ses remords ainsi apaisés. Je doute que ce fût moi.

Quand je partis, elle ne pleura pas et moi non plus, même si nous en avions tous deux envie, je crois. « Reviens-moi, dit-elle.

— D'accord.

— Reviens vite. Reviens tant que tu es assez jeune pour avoir envie de moi. Parce que je vais être jeune à jamais. »

Pas à jamais, Saranna, pensai-je sans le dire. Jeune seulement le temps que la planète devienne vieille et soit avalée par une étoile. Alors tu seras vieille, et les flammes flétriront ce que le temps n'aura pas pu toucher. Et parce que tu as choisi de te cacher du temps, les flammes te brûleront infiniment avant que tu ne meures.

Je pensais en la quittant que je ne la reverrais jamais, et donc, une fois sorti de son flux, je me retournai et gravai son image dans ma mémoire, une larme quittant tout juste son œil, un sourire aimant sur le visage, les bras qui se tendaient pour un au revoir – ou peut-être pour me rattraper. Elle était terriblement adorable. La jolie fille avait perdu sa terre, sa famille, tout ce qu'elle aimait, et cette souffrance l'avait propulsée au rang de femme. Je me demandai brièvement si j'étais assez vieux pour l'aimer réellement.

Puis je m'en allai, sans dire au revoir à personne d'autre parce que mon départ n'aurait guère amusé quiconque. Je m'enfonçai dans la forêt en laissant mon flux glisser naturellement en temps réel, de sorte que la nuit venue j'étais fatigué, je dormis, et je me réveillai au matin avec le soleil. La normalité était rafraîchissante, pour changer.

J'avais quitté la ville d'une journée quand je sentis un flux plus rapide à proximité, et je m'y ajustai. Je découvris trois adolescentes Ku Kuei, encore minces. Elles harcelaient un étranger qui s'était aventuré dans la forêt. Quelle que soit la direction qu'il avait prise à l'origine, il allait désormais vers le sud en suivant la rivière de la forêt, qui coulait vers Jones. L'une des filles abandonna les autres et m'expliqua qu'elles accompagnaient ce pauvre type depuis des jours. Il était fou d'inquiétude à se demander pourquoi il n'arrivait pas à voyager plus d'une heure d'après le soleil avant d'avoir à dormir.

« En voilà un qui ne reviendra pas à Ku Kuei, dit-elle en riant.

— On ne sait jamais, répondis-je. On m'a fait la même chose à ma première traversée, et je suis revenu.

— Ah. Tu es Ventre-serré. Tu es différent. »

Elle entreprit alors de se déshabiller, signe immanquable qu'un Ku Kuei s'attend à faire l'amour, et je la fis rire aux éclats en lui assurant que je ne voulais pas.

« C'est ce qu'on m'avait dit, mais je n'y croyais pas ! Rien que cette Blanche qui vient de Mueller, hein ? Souche, c'est ça ?

— Saranna. »

Ma réponse la fit rire davantage. Je la laissai et repassai en temps réel afin que les trois jeunes filles s'éloignent rapidement. C'était vrai, pourtant. En arrivant à la puberté, j'avais passé un nombre d'heures infini à prévoir de coucher avec toutes les filles consentantes que je trouverais. Et rares étaient celles qui ne voulaient pas coucher avec l'héritier du Mueller. Toutefois, sans jamais le décider consciemment, j'avais d'une façon ou d'une autre choisi de ne coucher qu'avec Saranna. Quand avais-je pris cette décision, et pourquoi ?

La fidélité m'avait pris par surprise. Je me demandais combien de temps cette phase durerait.

Si on y marche sans crainte, la forêt de Ku Kuei est très belle. Mais j'avais été élevé au milieu de terres agricoles et de pâtures. Quand la rivière sortit des arbres pour sinuer dans les hautes collines de Jones qui descendaient jusqu'à la grande plaine du fleuve Rebelle, je m'assis durant une heure sur un sommet pour observer les champs, les arbres et le terrain. D'où je me trouvais, je voyais de la fumée monter des feux de cuisine tout proches. Sur le Rebelle, loin au sud, il y avait des voiles. Mais sur cette grande étendue de terre, les hommes avaient en fin de compte fait peu de différence. Je fus d'humeur philosophe quelques minutes, avant de me rendre compte que les vergers voisins regorgeaient de pommes. Je n'avais pas faim. Mais je n'avais pas mangé depuis si longtemps que mes dents me chatouillaient rien qu'à l'idée de mâcher. Je descendis donc la colline, oubliai la philosophie et rejoignis l'espèce humaine.

Nul ne se réjouit beaucoup de me voir.

9

JONES

LA VILLE avait un nom, mais je ne le sus jamais. Ce n'était qu'un village de plus le long de la grand-route qui reliait Nkumaï et Mueller. Autrefois, il s'agissait d'une petite route parmi tant d'autres qui permettaient à Jones de commercer avec Loiseau, Robles avec Sloan, mais l'empire nkumaï en avait fait une voie principale à forte fréquentation. Les gens du coin disaient que si l'on se tenait sur le bord de la route, on voyait passer un groupe de voyageurs toutes les cinq ou dix minutes, tout au long de la journée. Je ne voyais aucune raison de ne pas les croire.

Cela faisait seulement un an que mon père et moi avions disparu sans retour dans la forêt de Ku Kuei, et nous étions déjà des légendes. J'entendis dire que je l'avais assassiné, qu'il m'avait exécuté ou que nous nous étions entre-tués lors d'un terrible duel. J'entendis aussi prophétiser que Père reviendrait un jour et unirait toutes les nations de la plaine occidentale dans une grande rébellion contre les Nkumaï. Bien sûr, je ne dis rien du plongeon de Père dans le lac de Ku Kuei, sans pouvoir m'empêcher de me poser cette question : aurait-il choisi la mort s'il avait su l'immense respect que les gens de la plaine avaient pour son nom ?

C'était ironique, aussi, car ils l'avaient autrefois redouté, avant d'apprendre que Nkumaï était un maître bien plus dur que Mueller. Mais l'était-il réellement ? Je n'avais aucun point de comparaison. Nous autres de Mueller ne montrions pas beaucoup de miséricorde envers ceux que nous conquérions, à l'époque où nous partions en conquête. Ces gens auraient geint sous le talon de Mueller aussi sûrement qu'ils se plaignaient de l'oppresseur nkumaï.

De toute façon, tous les discours sur la rébellion n'étaient qu'illusion. En théorie, Dinte régnait à Mueller, mais le royaume ne bénéficiait que d'une indépendance de façade, c'était bien connu. Sur le papier, Mueller était plus vaste encore et plus puissant que sous mon père, mais tout le monde savait que le « roi » des Nkumaï régnait à Mueller aussi sûrement que chez lui.

Si durs que fussent les Nkumaï, toute la plaine du fleuve Rebelle était en paix, de Schmidt à l'ouest aux montagnes Étoilées à l'est. En paix parce qu'elle avait été conquise, certes, mais la paix amène la sécurité, la sécurité apporte la confiance, et la confiance invite la prospérité. Les gens se plaignaient, mais ils étaient plutôt satisfaits.

Le roi des Nkumaï ? J'en entendais beaucoup parler, mais je savais à quoi m'en tenir, comme d'autres bien placés pour le savoir. Comme l'aubergiste de cette ville, un homme qui avait été duc de l'Orée-du-Bois mais avait commis l'erreur de ne pas livrer l'intégralité de la colossale taxe du conquérant aux soldats nkumaï venus la collecter. Après qu'ils l'eurent privé de son titre et de ses terres, toutefois, il lui restait suffisamment d'argent caché pour acheter l'auberge et l'approvisionner, et il n'avait peut-être pas commis d'erreur en fin de compte : maintenant qu'il n'appartenait plus à la noblesse, on le laissait tranquille.

« Et maintenant je travaille ici tous les jours, et je gagne bien ma vie mais, mon garçon, je te le dis parce que tu ne le sauras jamais, il n'y a rien de tel que de suivre les chiens quand ils pourchassent une bête qui s'enfuit à l'orée du bois.

— Je n'en doute pas », répondis-je, dans la mesure où je l'avais pratiqué plus d'une fois moi aussi. Nous autres, nobles en surplus, compensions par le souvenir ce que nous avions perdu en prestige social.

« Mais le roi interdit désormais la chasse, et nous mangeons donc du bœuf et du mouton mêlés de fumier de cheval, et nous appelons ça du ragoût.

— Le roi doit être obéi », dis-je.

À l'époque, il n'était jamais mauvais d'en rajouter en faveur du roi, sur l'air de « il n'y a personne d'autre ici que nous autres loyaux partisans de Nkumaï ».

« Le roi doit être emmerdé », fit l'aubergiste. Il monta aussitôt dans mon estime. S'il y avait eu d'autres clients au même moment, bien sûr, il se serait sans doute montré plus prudent. Mais il devinait à ma façon de m'exprimer, je suppose, que j'étais instruit, ce qui signifiait que, moi aussi, j'avais été déchu d'une haute position sociale. « Le roi des Nkumaï est aussi commun de nos jours que les vaisseaux spatiaux. »

Je me mis à rire. Il était donc au courant, lui aussi.

« Tout le monde sait que le véritable pouvoir derrière le trône, c'est Mwabao Mawa », ajouta-t-il.

Ce nom suscita un afflux de souvenirs qui se terminaient par une nuit noire, quand elle avait voulu faire l'amour à une jolie jeune fille dans sa maison sylvestre. Bizarrement, cette idée m'excita et je songeai avec nostalgie à ce qui aurait pu se passer si nous l'avions fait. Elle aurait été quitte pour une sacrée surprise.

« Et je sais autre chose que beaucoup ignorent : ce sont les scientifiques le véritable pouvoir derrière Mwabao Mawa », ajouta-t-il.

Je souris. Comment les Nkumaï avaient-ils pu se montrer négligents au point de laisser ce secret-là filer ? Mais une fois de plus, je fis mine de ne rien savoir. « Les scientifiques ? Rien que des rêveurs.

— Vous croyez vraiment ? Pensez-vous que parce que je suis tombé en disgrâce je n'aie plus de soutiens ni d'amis haut placés ? C'est la même chose à Mueller. Ce sont les généticiens qui dirigent, là-bas, Dinte n'est là que pour empêcher les partisans du sang royal de se rebeller. Triste jour que celui où les hommes nés pour diriger tiennent des auberges pendant que des sages autoproclamés supervisent des affaires qu'ils n'auraient jamais dû gérer. »

Il passa dans l'arrière-salle et n'en ressortit pas avant que j'aie fini de boire ma bière. Je n'en avais pas besoin mais, de temps à autre, j'appréciais de boire. Et ensuite j'appréciais de pisser. Ceux qui le font tous les jours ne se rendent jamais compte du plaisir qu'on tire de ces obligations. Je bus donc, puis je me levai pour partir.

« Ne t'en va pas encore ! s'écria-t-il en revenant dans la salle commune. Rassieds-toi et donne-moi ta parole de ne dire à personne ce que je vais te révéler. »

Je souris, et il le prit bêtement pour un accord. Il sourit à son tour.

« J'ai tout de suite vu que tu n'étais pas un gars du commun, dit-il. Cela ne tient pas seulement à tes cheveux blancs, même s'ils trahissent sans doute quelqu'un de Mueller ou de Schmidt. Tu as une certaine prestance. Même si tu es seul, tu as connu la sensation du commandement. »

Je ne dis rien, me contentant de le regarder. Je n'avais pas essayé de déguiser mes manières et je n'étais donc guère impressionné par ses déductions.

Il sourit et reprit plus bas : « Je m'appelle Bill Soujones. Comprends-le bien, et sache que je ne suis pas un rêveur. »

Sous-Jones. Il n'était donc éloigné que d'un échelon du trône.

« Certains s'opposent encore à ces Inkés. Nous ne sommes pas nombreux, mais nous sommes malins et nous entassons du vieux fer de Mueller au sud d'ici, à Huss. C'est un trou paumé, mais la meilleure cachette qui soit. Je te dirai qui voir là-bas, et il sera heureux de te prendre dans nos rangs. Peu importe qui tu es : au premier regard, il voudra de toi. Il s'appelle…

— Ne me dites pas son nom, répondis-je. Je ne veux pas savoir.

— Ne me dis pas que tu ne détestes pas ces Inkés autant que moi !

— Peut-être davantage. Mais je craque facilement sous la torture. Je trahirais tous vos secrets. »

Il me regarda en biais. « Je ne te crois pas.

— Je vous empresse d'essayer, répondis-je.

— Qui es-tu ?

— Lanik Mueller. »

Il parut un instant surpris, puis il partit d'un grand rire. Je me servais souvent de mon nom – il provoquait toujours cette réaction.

« Autant prétendre être le diable en personne ! Non, Lanik Mueller s'est fait bouffer – quel farceur ! Son père l'a tué. Autant prétendre être le diable ! »

Autant le faire. Il riait encore lorsque je sortis dans la rue.

L'auberge faisait face à la grand-route, et alors que je quittais la galerie en bois qui en longeait la façade, un petit mendiant me dépassa en me bousculant. Contrarié, je regardai le gamin continuer à courir, pour finalement heurter tête la première un homme à l'air très important, dont les vêtements avaient dû coûter de quoi nourrir et habiller une famille de mendiants pendant un mois ou plus. L'homme était en train de discuter avec plusieurs jeunes gens, et quand l'enfant le percuta, il lui donna un méchant coup de pied dans la jambe. Le gamin tomba, et l'homme l'insulta copieusement.

C'était bête de ma part, mais cela me parut sur le coup l'injustice qui couronnait le million d'injustices que j'avais vues et perpétrées dans ma vie. Cette fois-ci, décidai-je, j'allais faire quelque chose.

Je me propulsai donc en temps accéléré, et les gens dans la rue ralentirent jusqu'à me sembler presque à l'arrêt. Je me frayai prudemment un chemin au milieu de la foule jusqu'à me tenir devant l'homme qui avait frappé l'enfant. Son pied droit descendait tandis qu'il continuait à marcher, toujours en pleine discussion avec ses jeunes amis. Je n'eus aucun mal à faire s'enfoncer le sol d'une dizaine de centimètres sous son pied et à y former une flaque qui s'étendait deux bons mètres devant lui. Je saisis à la main l'une des grosses pierres dont on se servait pour bloquer les roues des chariots et la plaçai de façon à faire obstacle à son pied gauche.

Puis je regagnai l'étable où l'on étrillait et nourrissait mon cheval, et je m'appuyai sur la porte. Je me sentais vraiment stupide d'avoir pris tant de peine pour accomplir si peu. J'avais surtout été inspiré par l'envie de faire une farce, je crois, plutôt que par un principe moral.

Toutefois, maintenant que j'étais en temps accéléré dans la foule, je pris un moment pour me détendre. En temps accéléré, je n'avais pas besoin de me méfier au cas où je rencontrerais quelqu'un qui me reconnaîtrait au lieu d'ignorants qui riaient en entendant mon nom. À la place, je pouvais examiner les gens à loisir.

Puisque je me comportais déjà comme un gamin, j'envisageai même sur le coup de faire les poches aux passants, non que j'eusse besoin d'argent, mais parce que je pouvais m'y risquer sans me faire prendre. La certitude de l'impunité a de quoi tenter l'homme le plus honnête, et je n'ai jamais prétendu être un parangon de vertu.

J'examinai la foule pour repérer une cible adéquate. Un peu plus loin sur la route, un grand attelage approchait – un coche nkumaï qui, à en juger à sa large escorte de cavaliers, transportait une personnalité importante. La journée était chaude, le coche était ouvert ; son seul occupant était un homme d'âge moyen, assez trapu et complètement chauve. À ma grande surprise, il était blanc. Je supposai aussitôt qu'il s'agissait d'un Mueller au retour d'une visite à Nkumaï. Mais les Nkumaï n'accordaient pas d'escorte montée aux étrangers qui les quittaient. Soit cet homme méritait un honneur particulier (auquel cas, pourquoi ne le connaissais-je pas ?), soit les Nkumaï laissaient des étrangers accéder à des postes élevés dans leur propre gouvernement.

Ces questions me firent oublier mon idée de jouer les tirelaine. Je repassai en temps normal et me retournai pour observer le résultat de ma farce. Comme je l'avais prévu, l'étranger si suffisant s'enfonça dans l'ornière que j'avais creusée et s'étala de tout son long dans la flaque. Il produisit une formidable éclaboussure et se releva en bredouillant et en jurant tandis que les passants se moquaient de lui. Même ses admirateurs ne purent dissimuler leur amusement tout en l'aidant avec sollicitude. Et même si mon geste était négligeable, j'en tirai une certaine satisfaction, surtout en voyant hilare le gamin que l'homme avait frappé.

Le moment passa. Les gens se poussèrent sur le bord de la route pour laisser passer la troupe nkumaï et le coche. J'y jetai un coup d'œil et fus stupéfait d'y découvrir non pas l'homme d'âge moyen, mais Mwabao Mawa.

Elle ne paraissait qu'un peu plus vieille (à peine deux ans et demi avaient passé) et elle se tenait d'un air d'importance dans le coche. Je me demandai brièvement pourquoi je ne l'avais pas remarquée auparavant, et où le Blanc chauve était passé. Mais, sur le coup, j'écartai cette idée, en partie parce qu'elle n'admettait aucune explication évidente, mais surtout parce que je me laissai aller au souvenir des jours passés dans la maison de Mwabao Mawa. Il me semblait désormais impossible d'avoir eu des seins et d'être passé pour une femme. D'avoir *été* une femme, plutôt. Et, l'espace d'un instant, en portant involontairement la main à mon torse, je crus y retrouver une chair tendre et, sur le coup, je fus étonné de ne rien rencontrer.

Je baissai les yeux, reconnus la vieille habitude dans laquelle j'étais retombé et me maudis de ma bêtise. Puis je relevai la tête et vis Mwabao Mawa me fixer, d'abord avec un intérêt limité, et ensuite, alors que le coche s'éloignait, d'un air de surprise, comme si elle me reconnaissait, et indiscutablement de peur. Sa peur me faisait plaisir, mais qu'elle me reconnaisse pouvait être désastreux.

Elle se retourna pour donner des instructions au conducteur. Je profitai de ce moment pour reculer dans l'écurie et sortir de sa vue. Je repassai également en temps accéléré – il fallait que je réfléchisse, et vite. Il m'était impossible d'emmener mon cheval en temps accéléré avec moi, car Celui-qui-sait-tout, malgré tous ses efforts, n'avait pas réussi à m'apprendre comment étendre ma bulle temporelle pour contrôler d'autres que moi. Mais en temps accéléré j'étais capable de marcher plus vite, par rapport au reste du monde, qu'un cheval ne pouvait me transporter au triple galop.

J'allai jusqu'à mon cheval, une bête énorme et stupide aux instincts de cochon, mais à un prix abordable, et je vidai ses sacoches, gardant tout ce que je pouvais porter et tout ce qui pouvait contribuer à m'identifier. Il y avait assez peu d'articles de ce genre – je n'avais jamais été très porté sur les mouchoirs brodés ou le cuir blasonné. Puis, muni des sacs, je me glissai par une porte arrière dans le corral.

Si Mwabao Mawa ne me trouvait pas rapidement, elle oublierait sa recherche et se dirait qu'elle avait seulement vu quelqu'un qui me ressemblait. Je ne pensais pas m'être fait remarquer au point qu'on se souviendrait de moi, sauf peut-être l'aubergiste, or il avait ses propres raisons pour ne pas collaborer avec les Nkumaï.

Je jetai les sacoches par-dessus la barrière de l'enclos, suivis le même chemin puis m'engageai dans une rue adjacente. Il me faudrait rester plusieurs jours en temps accéléré. Ce qui m'irritait car, dans ces conditions, bien sûr, je vieillissais plus vite par rapport au monde réel. Je ne finirais pas comme Celui-qui-tomba-sur-les-fesses, mais l'idée de perdre des jours ou des semaines de vie me répugnait. Quel âge avais-je à présent, de toute façon ? J'avais gagné des jours et des semaines quand j'étais en temps ralenti avec Saranna ; j'en avais perdu bien davantage en temps accéléré au milieu des Ku Kuei. Étais-je proche de mon âge théorique de dix-huit ans ? Sûrement pas, même si mon corps me paraissait aussi jeune et fort. J'avais traversé assez d'épreuves, à mon sens, pour avoir les souvenirs d'un homme d'âge mûr. Tandis que je m'éloignais par les petites routes en direction de Robles, au sud, je décidai que le temps accéléré n'avait pas vraiment d'importance. Je n'avais pas spécialement envie de connaître la vieillesse.

Néanmoins, je n'avais pas l'intention de laisser les Nkumaï m'attraper et comprendre qui j'étais.

Le pire, en temps accéléré, c'est la solitude. Nul n'est plus en sécurité que celui qu'on ne peut voir. Mais il est difficile de mener une conversation avec quelqu'un qui ne s'apercevra même pas de votre présence à moins que vous restiez immobile pendant une demi-heure.

Je franchis le rio de Janvier pour entrer à Cummings avant de m'autoriser à repasser en temps réel.Quel que soit son degré d'inquiétude, Mwabao Mawa n'enverrait pas de troupes à plus de mille kilomètres chercher quelqu'un qu'elle avait aperçu à seulement quelques pas le jour même.

Pourquoi partir vers le sud ? Je n'avais pas de but précis en tête. Sauf que j'avais vécu dans une douzaine de villes sous contrôle nkumaï à Jones et Loiseau ces six derniers mois, et j'avais envie de voir un pays où l'empire éclairé des physiciens ne s'étendait pas. Je ne voulais pas me liguer avec des rebelles qui se rassemblaient à Huss, et je partis donc au sud-est par le col de Da Silva.

Là, je découvris qu'on ne pouvait pas échapper aux conseils impériaux : quelques dizaines de scientifiques de Gill régnaient de Tellerman à Britton, et nul n'était libre.

J'aurais pu abandonner alors et retourner directement à Schwartz. Ou, si mon désespoir avait été plus grand, retourner à Mueller et affronter Dinte. Mais je n'étais pas encore assez las pour me retirer du monde, et pas assez passionné pour une mort spectaculaire ; je gardai donc Schwartz et Mueller pour l'avenir. Je préférai passer de Da Silva à Wood, de Wood à Hanks, de Hanks à Holt, de l'autre côté de la mer, et enfin à Britton, où je trouvai ma véritable patrie, mon véritable peuple, et où j'appris ce que je devais faire pour prendre soin de lui.

10

BRITTON

LE DISTRICT DE BOSSELÉ était une contrée sauvage au bord d'une mer calme. Par beau temps, les falaises vertigineuses et les éboulements rocheux de la côte n'étaient pas assaillis par des vagues furieuses mais léchés par des ridules avec la douceur d'un chien vieillissant quand il accueille son maître. Les pierres paraissaient pousser comme des plantes sur les raides collines et dans les étroites vallées de Bosselé. Une rivière cherchait son chemin vers la mer et le trouvait après une chute de douze cents mètres ; les moutons semblaient nerveux en choisissant la voie la plus sûre vers des pâtures encore intactes ; et quelques milliers de Bosselains s'occupaient de leurs moutons et tiraient des légumes de la terre rocailleuse, menant une vie aussi indépendante que possible pour un être humain qui a besoin malgré tout de se nourrir et de trouver de la compagnie.

Je n'avais pas besoin de me nourrir, mais la compagnie était bonne, car les Bosselains ne posaient pas de questions et ne donnaient pas de réponses. Difficile de trouver une ville dans cette région très isolée de Britton, car les gens avaient tendance à se rassembler en groupes familiaux de deux ou trois maisons aux murs en torchis et au toit de chaume. Je n'ai jamais découvert de hameau comptant plus de vingt familles dans un rayon d'un kilomètre.

Cet isolement était imposé par la nature, car le sol pauvre ne pouvait pas nourrir beaucoup de gens. S'ils ne se croyaient pas pauvres, c'était uniquement parce que tous étaient également démunis. Malgré les distances qui les séparaient, toutefois, ils s'accrochaient tristement à la compagnie de chacun, venant en aide sans un mot à la famille dont la maison tombait sous les coups de la tempête, plaçant anonymement un jeune bouc au milieu du troupeau dont le reproducteur était mort la veille et se rassemblant à l'occasion chez l'un ou l'autre pour la veillée, à échanger des contes effrayants, abracadabrants, ou à chanter la solitude et les aspirations silencieuses.

Je ressentais aussi une autre impression, subtile mais puissante : en arrivant à Bosselé, comme je l'avais fait en tant d'autres lieux dans l'année passée, je m'étais aussitôt senti bien. Ou, du moins, prêt à supporter les inconforts de la région parce qu'ils seyaient à mon cœur sauvage.

On me regardait avec méfiance, bien sûr, car je venais des collines de l'Ouest, où des gens plus civilisés sur des fermes plus faciles n'avaient que mépris pour les Bosselains et donnaient leur nom par moquerie aux enfants demeurés. Mais je vécus une semaine dans ces collines, sans parler à personne, jusqu'à ce que ma solitude touche enfin une corde sympathique. Je me tenais sur la crête d'une colline en pente raide et je regardais un berger en contrebas essayer de faire grimper une côte à ses moutons pour atteindre un col qui ouvrait sur une vallée en jachère. L'homme n'avait pas de chiens, ce qui était rare, et les moutons ne cessaient de partir à droite ou à gauche au lieu de grimper. Quand l'homme s'arrêta enfin et s'assit sur un rocher pour regarder ses bêtes victorieuses chercher de l'herbe dans cette vallée où ils avaient déjà trop brouté, je descendis de la colline et m'arrêtai à quelques pas de lui, l'œil sur les moutons. Je ne parlai pas car je n'avais rien à dire. Mon offre était implicite dans ma présence.

Le berger accepta. Il se leva et commença d'aiguillonner ses bêtes en émettant les cris graves, gutturaux que les moutons entendent clairement mais qui sont inaudibles à bonne distance. Ils se mirent en mouvement, mais cette fois, quand ils partaient à gauche, j'étais là pour les faire avancer ; quand ils partaient à droite, le berger était là, grommelant. Les moutons finirent par céder et montèrent la côte tant bien que mal, passèrent le col et redescendirent en hâte pour brouter l'herbe épaisse.

Je restai avec le berger tout l'après-midi, le plus souvent de l'autre côté de la vallée par rapport à lui, mais je surveillai ses bêtes et renvoyai les rares à se fourvoyer dans ma direction. Il ne parut pas remarquer ma présence et ne dit rien, de sorte que je me demandai si par malchance je n'étais pas tombé sur un Bosselain muet, mais quand le soleil se rapprocha de l'horizon, il se leva et entreprit de pousser ses moutons sur un chemin de retour assez aisé. Je ne le suivis pas, mais quand il arriva sur une éminence, après avoir montré qu'il n'avait pas besoin de mon aide sur ce trajet-là, il se retourna, m'observa un moment puis me fit signe. Je devais rentrer à la maison avec lui.

Je le suivis sur plusieurs kilomètres avant d'arriver à un groupe de trois maisons basses au toit de chaume. On aurait dit de petites collines avec leur toit couleur d'herbe jaunie par l'été, mais à l'intérieur il faisait chaud pour lutter contre le froid de la nuit. Le vent marin soufflait du nord, même pendant les nuits d'été, et le courant profond qui traversait la mer de Bosselé était glacé : Britton avait beau être aussi loin au sud que Wong, où l'on étouffait l'été venu, la nuit n'était jamais chaude à Bosselé, et les hivers, bien que dépourvus de neige, tuaient tous les imbéciles qui se laissaient surprendre dehors après le coucher du soleil. Sauf, bien sûr, quelqu'un comme moi, qui pouvais m'enfoncer dans la terre si je le voulais, ou tirer sans mal de la chaleur de l'air environnant, si froid fût-il. Ils ne pouvaient pas le savoir, toutefois. Pour eux, j'étais un homme seul et j'invitais la mort à chaque nuit passée à la belle étoile.

Ce qui a sans doute pesé dans la décision du berger de m'inviter chez lui. Les Bosselains savaient très bien (car toutes les nouvelles se propagent vite dans les régions isolées) que personne ne m'avait offert l'hospitalité; je passais nuit après nuit dans les collines, pourtant j'étais encore en vie. Cela me conférait comme une aura de sacré et de pouvoir, et je les impressionnais. Toutefois, quand j'eus prouvé que mes intentions étaient bonnes en aidant le berger, je fus accepté, non comme l'un des leurs, mais comme un homme avec qui ils partageraient volontiers leur petite maison et leur maigre garde-manger.

Le dîner était un ragoût, et comme la femme ignorait que je viendrais, la marmite n'était guère remplie. Puisque je n'avais pas besoin de me nourrir du tout, je pris la plus petite portion que j'osai – assez pour honorer leur hospitalité, mais rien de plus. Et quand la marmite eut fait le tour de la table et que la femme du berger en eut raclé les restes sur sa propre assiette, l'homme me regarda.

Pourquoi ? Ces gens priaient-ils ? Ou existait-il une coutume à respecter quand on vous offrait à manger ? Je l'ignorais. Je souris donc et dis : « Je m'appelle Buveur-de-lac, et tout le bien que je peux vous faire, je le ferai toujours. »

Le berger hocha gravement la tête et se tourna vers sa femme. Elle posa les mains sur la table, ferma les yeux et entonna :

Le soleil sur le blé
Cuit le pain
Nourrit la chair
Grâce aux morts.
Faisons le bien
Pour vivre.

Puis les trois enfants, dont pas un n'avait plus de cinq ans, regardèrent avec déférence leur mère prendre une cuillerée de ragoût dans sa propre assiette et la donner à son mari, qui mâcha solennellement le morceau de viande et l'avala. Puis il prit du ragoût dans sa propre assiette et me le tendit, et je mangeai à mon tour. Je n'étais pas sûr de la conduite à tenir ensuite, mais le rituel était assez logique, et je pris donc dans mon assiette pour donner à chacun des enfants, qui écarquillèrent les yeux de surprise mais mangèrent.

Le berger me regarda, des larmes dans les yeux, et dit : « Tu seras toujours le bienvenu ici. »

Puis nous nous attaquâmes au repas, et le ragoût fut terminé en quelques minutes.

Ils me firent une place dans le plus grand lit, un cadre rempli de paille et chargé de couvertures. Je savais qu'il s'agissait de celui des parents, et ils se préparaient en effet à dormir sur le sol de terre battue. J'avais dormi à même le sol pendant plus d'une manœuvre de terrain à Mueller, bien avant que la terre ne m'apprenne une autre forme d'accueil à Schwartz. J'ignorai donc le lit qu'on m'offrait et m'installai par terre, près de la porte. Il y avait là un courant d'air froid, mais mon corps formé à Schwartz s'en accommodait sans peine, et les parents, étonnés, se couchèrent dans la paille.

Au matin, je faisais partie de la famille, et les enfants discutaient librement en ma présence.

« Glain », dit le berger, puis, en lançant un regard à sa femme : « Vran. »

À partir de là, nous n'eûmes jamais de grande conversation, mais nous pouvions dire ce que nous avions à dire.

Ses chiens étaient morts dans la même semaine, un mois plus tôt, et il avait depuis perdu une bonne dizaine de moutons qui s'étaient éloignés sans qu'il puisse aller les rechercher. Je commençai par garder le troupeau avec lui pendant qu'il formait un chiot né chez un voisin. Plus tard, je restai à la maison pour m'occuper de son potager pendant que sa femme était alitée à cause d'une quatrième grossesse.

Je fus d'abord gêné de retirer tant de pierres vivantes du sol et de les entasser en piles mortes. Je m'étais si longtemps abstenu de tuer qu'il me pesait même de savoir que les plantes dont je m'occupais ne pousseraient que pour être tuées. La nuit, je posais la question à la terre, pour ne récolter qu'indifférence. La mort d'un milliard de plantes engendrait une plainte intense, mais c'était une mort nécessaire à la vie. Pour la première fois, je compris que, malgré leur génie, l'obsession des Schwartz à refuser de tuer était aussi contre-productive à long terme que la façon égoïste dont les Ku Kuei se servaient de leur pouvoir sur le temps.

Les Schwartz se maintenaient plus purs encore que la terre ne l'exigeait et, ce faisant, ils empêchaient tous les autres êtres humains d'approcher la pureté.

Ce qui faisait souffrir le roc, c'étaient les cris issus de morts inutiles ou cruelles, les hurlements de ceux qu'on assassinait. J'entendais tous ces bruits et toute la douleur, mais je décidai que dans le monde hors de Schwartz, la mort faisait partie du tableau. Même tuer, tant qu'on n'y recourait que par besoin, faisait partie de la nature. J'avais mangé des plantes et des animaux morts toute ma vie, pourtant le sable m'avait accepté quand j'avais sauté de l'éminence rocheuse. Alors, quoi qu'en aient dit les Schwartz, je savais que l'agriculture ne relevait pas du meurtre, et je travaillai dur et bien pour Glain et Vran.

Avec le temps, les autres familles de bergers vinrent leur rendre visite et finirent par surmonter leur timidité en ma présence. Je savais que l'histoire de mes nuits passées sur la colline et mon habitude de dormir sur le coin de sol le plus froid étaient connues de tous et, si l'on m'appelait Buveur-de-lac en face à face, j'entendis dans mon dos des références à l'homme du vent, un être légendaire qui vient pour tuer ou guérir, amené par le vent froid et finalement repris par la mer.

Toutefois, n'ayant pas l'habitude des gens de prestige ou de pouvoir parmi eux, ils ne savaient pas comment me faire honneur, si ce n'est en me traitant comme eux-mêmes. Là où tous les hommes sont uniformément pauvres, la seule récompense est la confiance, et je reçus la leur. J'appris à mener les bêtes, à tondre la laine avec des lames de verre sans entailler la peau, à aider les brebis à mettre bas, à reconnaître quand les moutons étaient nerveux et quand ils étaient malades. J'appris aussi la terre – pas de la façon personnelle que j'avais connue à Schwartz et Ku Kuei, mais comme une alliée réticente dans la lutte contre la famine. Bien que je n'aie jamais ressenti la faim moi-même, je connaissais le visage des enfants quand ils avaient faim, et je trimais d'autant plus dur.

Le travail commença avec une semaine d'avance pour Vran. Cela se produisit alors que j'étais seul avec elle et les enfants. Il devint bientôt clair que le bébé ne viendrait pas facilement. Elle hurlait dans la maison tandis que les enfants étaient dehors avec moi. Les mères de Bosselé mettaient leurs bébés au monde sans assistance, seules. Il était interdit aux hommes d'entrer dans la maison pendant l'accouchement. Mais alors que les enfants restaient près du potager, effrayés, je m'étendis sur le sol et écoutai les hurlements de Vran tels que la terre les entendait, et je sus que sa mort était proche.

Il y a un temps pour les tabous et un temps pour les ignorer. Après un cri particulièrement terrible qui signalait un nouveau pic de douleur, je me levai et entrai.

Vran était nue, accroupie sur la paille du lit dont les couvertures avaient disparu. Elle enfonçait les mains dans le mur de torchis, où elle s'accrochait à la paille et à l'argile dans sa souffrance. Elle me regarda d'un air terrifié, et je vis le sang couler en un flux continu sur la paille.

Je m'approchai d'elle et la poussai à s'allonger. Puis, comme je l'avais fait sur les brebis qui mettaient bas, j'examinai l'intérieur de la matrice pour voir comment se présentait le bébé. Une main et un pied étaient engagés.

Avec une brebis, il aurait suffi de pousser et de tirer. Avec une femme, ce traitement pouvait être fatal. Mais l'absence de traitement aurait la même issue, et je forçai donc l'enfant à adopter une position différente, lui brisant le dos dans l'opération, et je le sortis de force. À un moment, Vran s'évanouit.

Travailler sur le patrimoine génétique n'était pas à ma portée, mais guérir des blessures et des fractures était une tâche simple à Schwartz. Je n'eus guère de mérite à soigner Vran et son nourrisson, et quand le soleil se coucha, Glain rentra et trouva sa femme et son fils en bonne santé. Meilleure, même, que d'habitude après les accouchements de Vran.

J'ignore ce qu'elle lui raconta : elle avait dormi pendant les pires phases de mon intervention. Mais la nouvelle se répandit, et on commença à m'amener les animaux malades et les enfants blessés, et les femmes se mirent à me demander conseil. Je n'avais pas de conseils à donner. S'il y avait un problème, je devais aller le constater par moi-même. J'étais mal à l'aise qu'on me voue tant de respect, mais cela valait mieux que de les laisser souffrir alors que je pouvais l'empêcher. L'histoire de l'homme du vent passa ainsi de légende à réalité.

Il était sans doute inévitable, même dans une communauté aussi peu loquace avec les étrangers, qu'on finisse par entendre parler de moi ailleurs. Un jour, je plantais des légumes dans le potager pour mon deuxième printemps à Bosselé quand un homme arriva à cheval. La seule possession d'un tel animal en faisait un personnage d'importance; quand il se présenta comme le valet de Lord Barton, Vran sortit aussitôt de la maison et m'appela, me pressant de venir sans délai.

« C'est un homme qui vient de la maison sur la falaise », dit-elle, effrayée.

Je vins.

« Mon maître souhaite te voir, déclara le cavalier.

— Quand j'aurai fini les semis, répondis-je.

— Lord Barton n'a pas l'habitude d'attendre.

— Alors qu'il se réjouisse, car il apprendra quelque chose aujourd'hui. »

Je retournai au potager. Le domestique s'en alla bientôt.

J'eus du mal à me concentrer cet après-midi-là. Depuis presque deux ans, je vivais à Bosselé, et si les joies étaient rares, le chagrin l'était autant. J'avais trouvé un pays où mes talents étaient utiles et où l'on m'acceptait. On ne me considérait pas comme un ennemi. Je pouvais compter des centaines de bonnes gens comme mes amis.

Mais pouvais-je me permettre de rencontrer ce Barton? Je sentais ma belle vie à Bosselé m'échapper : je ne pouvais pas me permettre de ne pas le rencontrer. Si je résistais, cela ne ferait que causer des problèmes aux Bosselains, et plus particulièrement à Glain et Vran. Si j'y allais, cela pourrait m'attirer des ennuis. Cela m'en attirerait presque à coup sûr. La seule autre solution consistait à disparaître en temps accéléré et trouver ailleurs où vivre.

Je n'en avais pas envie.

D'ailleurs, tandis que j'enfonçais un pieu en bois dans le sol avant de remplir de graines le trou ainsi formé, je me rendis compte que la perspective d'un changement m'enthousiasmait autant qu'elle me gênait. Deux ans, et qu'avais-je fait ? Sauvé des vies, rendu des gens plus heureux, aimé beaucoup d'entre eux, donné un peu de ma vie à une terre dure. Une digne façon d'employer mon temps. Mais j'avais été élevé pour être l'héritier du Mueller, et cette éducation ou un besoin né avec moi en tant que fils de mon père me répétait que je devais accomplir un exploit qui secouerait le monde ou reconnaître que mon existence ne comptait pas.

Deux jours plus tard, les semis étaient terminés, et, comme s'il m'avait observé de loin, le domestique vint dans l'après-midi, menant cette fois un second cheval.

« Voulez-vous monter ? » demanda-t-il, plus humble.

Je ne dis rien mais enfourchai le cheval.

Les enfants se rassemblèrent en silence devant la maison. Vran me regardait, impassible. Je levai la main en guise d'au revoir, et Vran, violant tous les usages que j'avais vus chez les Bosselains, éclata en sanglots devant moi et se réfugia dans la maison. Je fus effrayé de voir comme des gens si indépendants pouvaient en venir à se reposer sur qui offrait le moindre pouvoir accompagné de gentillesse.

Le valet ne suivait pas de route : il n'y en avait qu'une dans les collines de Bosselé, et elle menait de la maison du Lord au bord de la mer à la ville de Hesswatch, à une bonne centaine de kilomètres au sud. Notre voyage prendrait fin là où cette route commençait. L'homme paraissait plutôt trouver son chemin en se dirigeant à l'est vers la mer avant de suivre la côte à distance respectueuse jusqu'à ce que la maison devienne visible sur un sommet qui s'élevait largement au-dessus des collines de Bosselé.

Le ciel se chargea de nuages noirs, et la pluie vint alors que nous approchions, rendue battante par le vent, et la mer, d'habitude si calme, forma soudain d'immenses rouleaux arrivant du nord pour se briser sur la côte rocheuse. Le vent nous cinglait et les chevaux devinrent agités, de sorte que nous en descendîmes pour marcher. Le domestique n'avait pas l'air sûr de lui. Ce n'était pas un Bosselain, et il obliqua vers l'intérieur des terres, loin de la mer qui aurait intimidé quiconque ne voyait de déferlantes que par grand vent. Hélas, il ne nous mena pas à la route, mais parvint plutôt à nous égarer dans un ravin où, vu l'obscurité, il était impossible de discerner le nord et le sud.

Il me regarda d'un œil encore confiant, mais sa question était claire : que fait-on, maintenant qu'on est perdus ? Je menai donc ma monture hors du ravin et trouvai un abri sous une falaise escarpée, où le vent du nord ne nous frapperait au pire qu'à coups d'embruns. Puis j'attachai ensemble les chevaux, et le domestique m'aida à les entraver.

« Je prends le premier tour de garde », lui dis-je.

Il hocha la tête avec reconnaissance et s'allongea pour dormir, grand et maigre dans la cape rouge sombre dont il s'était enveloppé.

J'étais plus fatigué des efforts de la journée que je ne l'aurais cru, toutefois, et je décidai de dormir un peu en temps accéléré, de façon à rester éveillé pendant l'essentiel de la nuit en temps réel.

Je dormis sans mal et me réveillai au bout d'un long moment, frais et dispos. Je restai étendu quelques instants en temps accéléré à regarder les gouttes tomber du ciel au ralenti, planer sur le dos des chevaux et les heurter enfin pour aussitôt former flaques et éclaboussures. Tout en revenant en temps réel, je regardai mon compagnon et fus surpris de le voir beaucoup plus petit et vêtu d'une cape bleue miteuse qui lui couvrait à peine les genoux.

L'illusion passa aussitôt. J'étais en temps réel, et il se ressemblait. Je ris de m'être laissé abuser par l'obscurité et le sommeil, et je montai bien la garde pendant tout le reste de la nuit, malgré un autre petit somme alors que les nuages s'écartaient juste avant l'aube. Les chevaux s'agitaient à l'occasion mais demeuraient globalement dociles, et nous reprîmes le chemin dès le soleil levé.

La maison s'élevait dans un fatras de pierres sur le promontoire, et, de près, elle était encore plus spectaculaire que sa taille ne la faisait paraître de loin. Elle avait dû être construite morceau par morceau au fil des siècles : il n'y avait pas de style architectural défini, bien que certaines des parties les plus anciennes parussent avoir été conçues pour la défense. Le site semblait désormais menaçant et abandonné, et la mer encore haute l'arrosait d'embruns jusqu'aux premiers étages, comme pour annoncer que ce n'était qu'une question de temps avant que les flots ne dévorent la maison.

Le domestique m'amena à l'écurie, où un unique valet plaça les chevaux dans leur box et ignora notre départ. À l'intérieur, les pièces étaient froides et nous ne croisâmes personne. La maison était manifestement conçue pour recevoir de nombreux invités, et le vide rendait le froid plus pénétrant encore.

Mais la froideur n'était pas dans les manières de Lord Barton, et quand nous nous présentâmes sans avoir été annoncés à la porte d'un bureau spacieux, je fus frappé par le contraste. Dans cette pièce brûlait un grand feu; dans cette pièce, les murs n'étaient pas de pierre, ou plutôt ils étaient couverts de livres qui s'élevaient vertigineusement jusqu'au plafond, dix mètres plus haut. Des échelles étaient placées aux points stratégiques et leurs barreaux bien usés sous-entendaient que les livres étaient souvent lus, même si ces échelles donnaient à la pièce l'air d'un bâtiment encore en construction.

Barton, un homme vieillissant dont le sourire mangeait souvent le visage, m'accueillit en me serrant la main et m'attira dans son bureau.

« Merci, Dul », dit-il au domestique, et nous nous retrouvâmes seuls. « J'ai entendu parler de vous, reprit-il. J'ai entendu parler de vous, et j'avais envie de vous rencontrer depuis un moment, oui, un moment. Asseyez-vous, je vous en prie, j'ai fait monter les meubles les plus confortables ici, où je vis. Tout cela est vieux et miteux, mais moi aussi, et c'est parfaitement approprié, quand on y pense, puisque je suis le vestige décrépit d'une lignée décadente. Je n'ai qu'un fils. »

Cela l'amusait, et il rit.

Pas moi. J'examinais les titres figurant sur la tranche des livres. Les habitudes des Bosselains ne disparaissent pas du jour au lendemain, et quand je n'avais rien d'important à dire, il m'était difficile de parler.

Barton me fixait d'un œil plein de sagacité. « Vous n'êtes pas ce que vous paraissez. »

Cela m'amusa et réveilla mon ancienne façon de m'exprimer. « Tant de gens me l'ont dit que je commence à croire que c'est précisément ce que je parais. Que parais-je donc être que vous avez découvert que je ne suis pas ?

— Une langue acérée, même lorsque vous vous adressez à un Lord, et un homme qui refuse de venir quand on le demande avant d'avoir terminé les semis. Vous paraissez être un rebelle, morose et silencieux. Mais on dit que vous êtes l'homme du vent et que vous sauvez les mères en couches, guérissez les moutons boiteux et aidez les enfants nés simplets à trouver leur esprit. Des miracles, non ? »

Je ne répondis pas, regrettant mon accès d'éloquence à la Mueller. Assez de cela. J'en avais fini avec ces manières.

« Mais si j'ai demandé à vous voir, c'est sans grand rapport avec cela, dit Barton. Les légendes vont et viennent parmi ces gens superstitieux, et je ne convoque pas tous les guérisseurs de passage pour discuter avec eux. Ce qui m'a intrigué, c'est cette chevelure blanche comme la laine, ainsi que disent les Bosselains, et un homme qui recherche les privations. Un homme qui paraît jeune par les ans mais aussi vieux que moi par l'expérience. Qu'est-il donc advenu de Lanik Mueller ? »

Cette dernière question était si ridicule, si déplacée – si dangereuse – que je ne pus dissimuler ma surprise. Barton se mit à rire ; il se sentait manifestement très malin.

« Des tours et des pièges. Je les joue même aux sages. Il y a des compensations au fait d'avoir l'air d'un vieil imbécile, voyez-vous. Lanik Mueller m'a toujours fasciné, vous savez. Cela fait, quoi ? quatre ans maintenant que ce cher vieil Ensel Mueller et lui ont disparu dans la forêt de Ku Kuei pour ne jamais être revus. Eh bien, je n'accorde guère de foi aux légendes. Elles semblent toujours avoir des fondements tout à fait naturels. Et je ne pense pas que ceux qui entrent à Ku Kuei meurent forcément. Pas vous ? »

Je haussai les épaules.

« Je crois qu'ils ressortent, dit Barton. Je crois que Lanik Mueller, fléau de la plaine du Rebelle, je crois qu'il est vivant. »

Il me fixait attentivement. « Je t'ai rencontré, mon garçon, quand tu avais onze ans. »

Cela me força à le dévisager à nouveau. Avais-je déjà vu ce mince vieillard ?

« J'étais un voyageur, autrefois. Et historien à mes heures. Je rassemblais contes et généalogies partout où j'allais, cherchant à découvrir ce qui était arrivé au monde depuis l'époque où la République avait déposé nos ancêtres et leur famille sur cette planète paradisiaque en punition de leurs fautes. Et quand je t'ai rencontré, je me suis dit : “Voilà un garçon qui fera de grandes choses.” On dit que tu as brûlé, ravagé, pillé et tué tout ce que tu trouvais sur ton chemin. »

Je secouai la tête, ne sachant si je devais reconnaître la vérité ou faire mine de ne rien savoir de plus qu'un autre sur Lanik Mueller. Quelle ironie : nul ne m'avait reconnu sur la plaine du Rebelle, où mon double avait fait connaître mon visage, et ici, dans le coin le plus reculé du monde, on m'identifiait.

« Mais ce qui m'a surtout intrigué, c'est un détail qui me touchait plus personnellement, Lanik Mueller. J'ai appris que ton jeune frère Dinte règne désormais là où tu aurais dû régner.

— Une vulgaire figure de proue, Dieu merci, car ce salaud ne pourrait pas diriger une fourmilière avec le minimum d'efficacité, répondis-je, reconnaissant ce qu'il savait manifestement.

— C'est le fils de ta mère ?

— Si incroyable que cela puisse paraître, oui. Je ne vous ai jamais vu, Lord Barton.

— J'étais plus jeune, alors. » Il quitta sa chaise et gagna une échelle dont il gravit lentement les barreaux, et prit un livre qui devait peser cinq kilos. Une fois redescendu, il me le tendit.

« J'ai acheté ceci à ton père, qui rechignait à s'en séparer. Mais il en possédait un autre exemplaire, et quand je lui expliquai l'importance qu'avait pour moi la généalogie, il se convainquit que j'étais un imbécile fini. Il me permit d'acheter ce livre, mais il me le fit payer cinq fois la valeur qu'il lui accordait. »

C'était tout mon père.

J'ouvris le volume. Une généalogie de Mueller et une histoire de la famille, tenue comme un genre de chronique sous la plume d'un héraut. Je ne reconnus pas la signature finale mais, effectivement, le récit et la généalogie prenaient fin à mes onze ans. Il était amusant de voir ce que le héraut avait jugé digne d'être rapporté. Je devais faire le délice de quelqu'un : toutes mes remarques pertinentes d'enfant y étaient consignées.

Le silence plein d'espoir de Barton représentait une telle pression que je feuilletai les pages rapidement jusqu'à la fin.

« Authentique ? demanda-t-il.

— Bien entendu. En doutez-vous, vu les circonstances dans lesquelles vous l'avez obtenu ?

— Pas du tout. Je voulais juste avoir ton avis avant de souligner une omission, un détail très important laissé de côté dans ce volume. Si évident qu'il ne te viendrait pas à l'idée de remarquer son absence. »

J'attendis.

« Ton frère, dit-il. Dinte. »

Bien sûr que Dinte était mentionné. Tant de mes souvenirs d'enfance étaient liés à lui. Mais je revins au passage relatant l'époque de sa naissance sans en trouver trace. Il n'était pas cité de tout le journal.

« Eh bien, peut-être le héraut n'aimait-il pas Dinte davantage que moi.

— Le héraut n'avait pas rencontré Dinte.

— Dans ce cas, il menait une vie recluse dans le palais.

— Lanik Mueller, je veux que tu repenses à un souvenir. De préférence désagréable. Je veux que tu te le représentes. »

Je souris : « Plus personne ne prend la psychologie au sérieux.

— Il ne s'agit pas de psychologie, Mueller, mais de survie. »

Je repensai donc au jour où j'avais menti quant à qui avait blessé Rurik, le cheval qu'on m'avait donné quand j'avais su monter comme un adulte. Je lui avais bêtement fait sauter un obstacle et il s'était blessé, puis je l'avais ramené à pied à la maison en disant à mon père que le garçon d'écurie l'avait estropié et que je m'en étais rendu compte dès mon départ de l'écurie. Le garçon avait perdu son travail et gagné une bonne correction dans l'affaire, d'autant qu'il avait « menti » en prétendant que le cheval était sain quand je l'avais pris. Je me rappelais l'expression de son visage quand mon père m'avait fait l'accuser face à face. Je me souvenais clairement de la honte ressentie.

« Je vois à ton visage que tu as évoqué quelque chose qui comptait pour toi. T'en souviens-tu précisément ?

— Oui, répondis-je.

— Maintenant, repense à ton souvenir le plus net de Dinte à l'époque où tu avais, disons, sept ou huit ans et que vous appreniez tous les deux auprès de précepteurs. Aviez-vous le même ?

— Yenwi.

— Mais Dinte avait-il le même précepteur ? »

Je haussai les épaules.

« Évoque un souvenir d'enfance de Dinte.

Facile. Jusqu'à ce que j'essaye. Mais tous mes souvenirs de Dinte dataient d'une époque plus récente. Quand j'avais douze, treize, quatorze ou quinze ans. Je n'arrivais tout bonnement pas à me rappeler Dinte avant cela, bien que demeurât la conviction inébranlable qu'il était présent.

« Ce n'est pas parce que je ne me souviens pas des détails, commençai-je avant de constater que Barton riait.

— Mes propres mots, dit-il. “Ce n'est pas parce que je ne me souviens pas des détails.” Mais tu en es si sûr. Tu n'as pas le moindre doute.

— Bien sûr que non. Si j'avais pu faire disparaître cette petite ordure, je l'aurais fait depuis longtemps, croyez-moi.

— Alors laisse-moi te raconter une histoire. Installe-toi dans ce fauteuil, Lanik Mueller, parce qu'elle est longue et, vu mon grand âge, je risque de la semer de détails qu'il vaudrait mieux laisser de côté. Tâche de rester éveillé. Les ronflements me déconcentrent. »

Puis il entreprit de raconter l'histoire de son fils, Percy. Quand il mentionna son nom, je le reconnus aussitôt.

« Percy Barton ? Lord Percy de Gill ?

— Lui-même. Mais tu m'interromps.

— Mais c'est le chef – ou disons plutôt la figure de proue – de la prétendue Alliance de l'Est. Et c'est votre fils ?

— Né et élevé dans ce château, mais je n'en finirai jamais si tu ne me laisses pas commencer, Mueller. »

Je le laissai donc commencer.

« C'est lié à mon penchant pour les voyages, vois-tu. J'ai fait un voyage, il n'y a pas tant d'années ; l'un des derniers avant que ma santé me l'interdise. À Lardner. Tu connais peut-être Lardner – une terre froide qui donne à Bosselé des allures de paradis, mais elle compte les meilleurs médecins de ce monde. Si jamais j'étais malade, je voudrais voir un docteur de Lardner. Pendant mon séjour là-bas, je tombai sur un médecin que j'avais connu jeune homme, marié de frais et à peine établi en tant que Lord – et régnant sur un territoire plus vaste qu'aujourd'hui, je te l'assure. Pas seulement Bosselé, mais toute la péninsule orientale. J'imagine que cela n'a plus d'importance. Ce docteur, Twis Stanly, était un spécialiste des femmes et de leurs problèmes, mais c'était aussi un archer de première et nous nous exercions à l'arc ensemble et passions d'excellents moments à chasser et randonner dans les montagnes de l'Échine. Nous étions bons amis, mais je me souvenais qu'il avait soigné ma femme un mois seulement après notre mariage pour une infection assez bizarre. C'était, bien sûr, avant la naissance de Percy. »

Il marqua une pause, comme s'il hésitait sur la façon de présenter la suite.

« Il prit bien sûr des nouvelles de ma femme, et je dus tristement lui apprendre qu'elle était morte à peine deux ou trois ans plus tôt, à un âge mûr mais pas avancé. Elle avait plus de cinquante ans, et je fus frappé de penser que près de trente-cinq ans plus tôt, Twis et moi avions abattu deux cerfs de la même harde d'une seule flèche chacun, presque à l'unisson. Je mentionnai ce détail, puis ajoutai que mon fils Percy ne s'imaginait guère que son père ait pu un jour être habile au maniement de l'arc.

» Nous rîmes ensemble à cette remarque et aux marottes de la jeunesse, puis il dit : "Eh bien, Barton, tu t'es donc remarié ?"

» La question paraissait étrange. "Bien sûr que non, répondis-je. Qu'est-ce qui te le fait croire ?

» — Tu as donc adopté l'enfant ? Ton fils ?" demande-t-il, et je proteste : "Un vrai fils né de ma chair, dis-je, deux ans à peine après le mariage."

» Il pâlit un peu à ces mots, comme nous autres vieillards tendons à le faire, et il prend un carnet sur ses interminables étagères d'archives diverses et consulte une entrée précise, qu'il me fait lire. Elle relatait l'hystérectomie qu'il avait pratiquée sur ma femme un mois après notre mariage.

» Imagines-tu le choc que cela fut pour moi ? J'étais certain qu'il se trompait, mais c'était un homme méthodique, vois-tu, et je ne pus ébranler ses certitudes. Il avait tout retiré, utérus et ovaires, et elle avait bien faillir mourir dans l'opération, mais c'était cela ou un cancer qui l'aurait emportée dans l'année. Elle était donc condamnée à la stérilité en échange de la vie.

» Cela me porta un coup. J'insistai, disant que je me souvenais de la naissance, mais quand j'essayai d'en rapporter les circonstances, je fus incapable de me rappeler le moindre détail. Ni le jour ni le lieu, ni même si j'étais resté dans la chambre ou à la porte, ni comment j'avais fêté la naissance d'un héritier. Rien. Comme toi à l'instant, quand tu as échoué à te souvenir de quoi que ce soit concernant ton frère. »

Je ne me fierais pas à n'importe qui, mais dans le cas présent, je ne voyais pas pourquoi Barton m'aurait menti. Le livre de généalogie pesait désormais plus lourd sur mes genoux, et je luttais tout en l'écoutant pour tenter de me rappeler quelque chose, n'importe quoi de notre enfance commune concernant Dinte. Le vide.

« Mon histoire ne s'arrête pas là, Lanik Mueller. Je revins chez moi. Et en chemin j'oubliai je ne sais comment toute cette conversation. Je l'oubliai ! Une histoire pareille, et elle me sortit purement et simplement de l'esprit. Jusqu'à ce que je quitte Britton pour un tout dernier voyage, cette fois pour aller visiter Goldstein à cause de sa douceur en hiver. Pendant que j'étais là-bas, je reçus une lettre de Twis. Il se demandait pourquoi je n'avais pas répondu à ses lettres. Eh bien ! j'ignorais en avoir reçu. Mais il en disait assez dans son courrier pour me rafraîchir la mémoire. Je fus choqué de ma défaillance, épouvanté d'avoir pu oublier. Puis je compris quelque chose. Ce n'était pas la vieillesse, Lanik Mueller, qui me faisait perdre la mémoire. Quelqu'un jouait des tours à mon esprit. Quand j'étais chez moi, quelqu'un m'imposait d'oublier.

» Je revins à la maison, mais cette fois je pensais sans cesse, continuellement, au fait que mon fils était un escroc, un parfait imposteur. Plus j'approchais du but, plus je retrouvais de paysages familiers, plus j'avais l'impression que Percy avait toujours fait partie de moi, de ma maison. Tout ce qui m'était cher et familier avait été associé à Percy dans mon esprit, bien que je n'eusse pas de souvenir précis de lui dans tel ou tel lieu. Je serrais la lettre de Twis sur mon cœur et la relisais constamment en chemin. J'en terminais la lecture sans avoir aucune idée de ce qu'elle disait. Plus j'approchais de Britton, plus cela devenait difficile. Je n'ai jamais connu pareille angoisse. Mais je ne cessais de répéter : “Je n'ai pas de fils. Percy est un imposteur”, sans parler de me demander comment on pouvait se présenter devant un homme sans descendance et se faire passer pour son fils. Contentons-nous de dire que j'y parvins. J'arrivai à destination l'esprit et la mémoire intacts. Et, surprise, sur ce même bureau, quatre lettres de Twis, ouvertes et manifestement lues, que je ne me rappelais pas du tout avoir reçues. Je pouvais désormais les lire, et chacune faisait référence à l'impossibilité de Percy.

» Dans ses autres courriers, Twis me rapportait des commentaires d'amis qui l'avaient accompagné depuis Lardner à l'époque où il était à Britton, des amis qui m'avaient rencontré. Je me souvenais bien d'eux. Tous se rappelaient très bien que je n'avais pas d'enfant et que ma femme et moi avions renoncé à l'espoir d'en voir naître un jour. Il citait ma propre plaisanterie sur le thème qu'au moins ma femme ne pouvait plus se soustraire à son devoir conjugal une fois par mois. Aussitôt, en lisant ces lignes, je m'en rappelai les circonstances. Je me rappelai avoir tenu ces propos. Ce fut comme si quelque chose cédait en moi. Je me souvins de tout. Je n'avais pas de fils. Jusqu'à mes quarante ans, où, soudain, je m'étais retrouvé nanti d'un garçon de dix-neuf ans, impatient de régner, prêt à saisir toutes les occasions. Je l'avais nommé gouverneur de mes terres les plus au nord, et il n'avait pas eu besoin de plus. En cinq ans il était devenu, fait incroyable, suzerain de tout Britton. Il y a huit ans, il s'est élevé de cette position à la tête de l'Alliance et l'a transformée en dictature. »

Je secouai la tête. « Pas une dictature, Barton. Une façade pour un conseil de scientifiques. Ces sages autoproclamés règnent aussi à Nkumaï et Mueller.

— Il est toujours bon, en matière de façades, d'être certain de qui manipule qui », fit Barton sur un ton mordant, sous-entendant qu'il ne me trouvait pas malin de défendre cette opinion. « Tu ne comprends donc pas ce que je te dis ? Dinte et Percy sont pareils. Des enfants sortis de nulle part mais que personne ne met en doute, même dans leur propre famille, dans leur propre pays, et qui se hissent à la plus haute position d'autorité au sein de royaumes très puissants, tandis que tout le monde se convainc qu'ils ne sont que des façades, des figures de proue. »

Effectivement, cela paraissait étrange.

« Je vais achever de te convaincre, dit-il. Un jour où je te demandais quel sentiment tu avais à l'idée d'hériter du trône, tu m'as répondu, assez brutalement – ton père était fier de ta franchise, dans mon souvenir –, tu as dit – et tu étais petit garçon à l'époque –, tu as dit : "Lord Barton, je ne peux me sentir à l'aise dans mon rôle d'héritier que parce que Père n'a pas d'autre fils. Si j'avais un frère, il me faudrait faire davantage attention à la façon dont je me conduis, car il y aurait toujours un remplaçant si on se débarrassait de moi." Je me rappelle ces mots car ton père me les a fait réciter à cinq ou six personnes différentes pendant mon séjour, comme preuve de ta précocité. Tu t'en souviens ? »

Oui. Je me rappelais ces mots. Je me rappelais ce moment. Et même le vieux Barton, beaucoup plus jeune alors, bien sûr. Il était fort amusé et se tapait la cuisse dans un éclat de rire tonitruant tout en répétant des fragments de ma remarque. Je m'étais beaucoup impressionné d'avoir fait rire un homme pareil.

Je me rappelais, et dès lors je sus que Barton avait raison. Je n'avais pas de frère. J'étais fils unique.

Et autre chose me revint. Mwabao Mawa. Pas à Nkumaï, mais arrivant à Jones dans un coche ouvert.

Le valet qui m'avait conduit à la maison entra, porteur d'un pichet de grog.

J'avais vu un homme blanc d'âge moyen dans ce coche. Et puis, quelques instants plus tard, en quittant le temps accéléré, j'avais aperçu Mwabao Mawa pile à la même place. Elle m'avait vu ; j'avais fui ; et malgré tout le temps qui s'était écoulé depuis, je ne m'étais jamais demandé pourquoi l'homme aurait quitté sa voiture au milieu des rues de Jones pour laisser monter Mwabao Mawa. Où était-elle donc jusque-là ? Où était-il parti ?

Cela collait avec le reste. Une figure de proue apparemment impuissante, manipulée par un conseil de scientifiques – mais à y regarder de plus près, peut-être le véritable dirigeant.

Le valet me versa le premier grog, sur l'insistance de Barton, et il apportait maintenant le sien au vieil homme.

Je me trouvais en temps accéléré quand j'avais vu le Blanc chauve. Puis, en temps réel, j'avais vu Mwabao Mawa. Quelle était la différence, alors ? En temps accéléré, je voyais la réalité, et en temps réel j'étais abusé comme tout le monde ?

Le domestique se pencha sur Barton et je me souvins avoir aperçu le matin même, en quittant le temps accéléré, une cape bleue sur un homme plus petit se transformer en cape rouge sur l'échalas qui se penchait vers mon hôte, qui le regardait porter le grog à ses lèvres.

« Non, dis-je à Barton. Ne buvez pas. »

Il eut l'air un instant surpris, tandis que le valet se redressait et me fixait, le regard vide. Soudain, il s'effondra et Barton bondit sur ses pieds pour quitter la pièce en courant. Je fus stupéfait. Décontenancé. Ralenti. Il me fallut plusieurs précieuses secondes avant de reporter mon attention vers l'homme prostré à terre et de me rendre compte qu'il ne s'agissait pas du domestique.

C'était Barton.

Comment avais-je pu voir le valet tomber et Barton s'en aller, et me tromper ? Ils n'avaient pas changé de place, en tout cas je ne l'avais pas vu. Et pourtant Barton gisait là, la tête presque détachée du corps, retenue seulement par la colonne vertébrale. Le coup devait avoir été porté d'un seul geste vif avec une lame acérée. Mais quand cela s'était-il produit ? Pourquoi ne l'avais-je pas vu ?

Une lame de fer.

Pas le temps de spéculer, bien sûr. Je m'agenouillai auprès de Barton et appuyai sa tête contre son cou pour procéder avec lui comme avec tant de Bosselains et leurs animaux. Je reconnectai des vaisseaux sanguins, soignai des muscles déchirés, refermai la peau sans laisser de balafre : je rendis ce corps sain et entier. Puis, comme j'étais lancé, que j'appréciais l'homme et qu'il était plus facile de faire ce que je savais faire plutôt que de réfléchir à ce que je ferais ensuite, je trouvai ses rhumatismes, sa faiblesse, sa maladie des poumons et son cœur mourant, et je les réparai, je les rajeunis, je lui rendis une santé comme il n'en avait pas eu depuis des années.

Il était conscient et me regardait. « L'homme du vent, dit-il en souriant. Les rumeurs sont vraies.

— Le valet était des leurs », répondis-je.

Sauf que, bien sûr, je n'avais aucune idée de qui « ils » étaient, si ce n'est qu'ils en étaient venus on ne sait comment à contrôler le monde.

« Ça, je l'avais deviné en sentant la lame me trancher la gorge. Ce cher Dul. Comment réussissent-ils à se déguiser, Lanik ? Je me souviens distinctement avoir cru que Dul était né dans cette maison, qu'il était le fils de ma gouvernante. Il ne m'est jamais venu à l'idée de mettre ce souvenir en doute. Il a entendu notre conversation, évidemment. Je suppose qu'il comptait nous empoisonner. Tu m'as prévenu de ne pas boire… Dis-moi, comment as-tu deviné ? »

Je n'avais ni le temps ni l'envie de lui parler de Ku Kuei et de la manipulation du flux temporel. « J'ai deviné, c'est tout, répondis-je. Vous m'aviez mis sur mes gardes. »

Il me regarda d'un air dubitatif puis décida sans doute que, si j'avais voulu dire la vérité, je l'aurais déjà fait. Il se leva. Il se redressa même si soudainement qu'il s'étonna lui-même et faillit perdre l'équilibre.

« Quand tu guéris quelqu'un, tu ne fais pas les choses à moitié, hein ? J'ai l'impression d'avoir trente ans.

— Dommage. Je visais la vingtaine.

— Je ne voulais pas fanfaronner. Lanik, qu'es-tu donc ? Peu importe. Peu importe. La question importante, c'est : que sont Dul, Percy et Dinte ? Je doute que nous trouvions Dul, en tout cas. Même si nous partions à sa poursuite, il prendrait sûrement l'allure d'une vieille femme et nous planterait un couteau dans le dos sur son passage.

— Nous ?

— J'attendais de voir si tu confirmais ma théorie avant d'agir, répondit Barton. Je me demandais encore… Au fond, je me demandais encore si je ne perdais pas la tête et si je n'avais pas tout inventé. Mais maintenant, bien sûr, je sais que j'ai raison, et toi aussi, et puisque je suis désormais en pleine forme physique, il est temps d'aller affronter Percy et de tuer ce petit salaud. »

Tuer ?

« Vous n'avez pas le profil, dis-je.

— Peut-être pas, répondit Barton. Mais un homme qu'on a trompé là où il plaçait toute sa confiance est saisi d'une sorte de rage. Il m'a roulé dans la farine, et pas sur un détail, non, à propos de moi-même, de ma propre femme, de mon espoir de fonder une famille. Il est devenu mon héritier, il s'est servi de moi comme d'un tremplin vers le pouvoir, et tout cela en faisant semblant, en me convaincant qu'il était mon fils. Je suis très en colère, Lanik Mueller.

— Il vous croira aussi mort, une fois Dul arrivé près de lui. Est-il sage de le désabuser si vite ? »

Barton marqua une pause à cette idée.

« Et puis quel bien cela nous ferait-il d'en tuer un ? Nous avons déjà des preuves sur quatre d'entre eux : Dinte, votre fils Percy, Dul et cette femme de Nkumaï, Mwabao Mawa.

— Alors maintenant tu es sûr de son cas aussi ?

— J'ai vu quelque chose un jour, que je n'avais pas compris jusqu'à maintenant. Quatre, mais il y en a sûrement d'autres prêts à prendre leur place. Si nous devons résoudre ce problème, il faut découvrir d'où ils viennent.

— Est-ce important ? fit-il.

— Ça ne l'est pas ? »

Il sourit. « Si, ça l'est. J'ai l'impression qu'ils sont en bonne voie pour prendre le contrôle de la planète entière. Et Nkumaï comme Mueller avaient du fer, pas vrai ?

— Et maintenant, quelles que soient leur identité et la façon dont ils procèdent, ces gens contrôlent la source de ce fer. »

Barton secoua la tête et rit avec amertume.

« Depuis des milliers d'années, toutes les familles se livrent une concurrence meurtrière pour vendre quelque chose à leur Ambassadeur afin de bâtir un vaisseau spatial les premiers et quitter la planète. Maintenant, ce seront eux les premiers, quel que soit le vainqueur. Ils contrôleront tout. Et personne en dehors de nous ne s'en rend seulement compte.

— Ce n'est pas une arnaque classique, fis-je remarquer.

— Tu prends tout cela très calmement.

— J'ai l'habitude de voir de drôles de choses sur ce monde. Je pars à Gill, Barton, mais je vous enjoins de rester ici. Ici, au moins, vous serez en sécurité. Et je pense avoir un moyen de les reconnaître. Aisément et sans risque. Les reconnaître et contourner leurs illusions. »

Il ne demanda pas comment j'y arrivais, car mon attitude, je crois, indiquait clairement que je ne répondrais pas de toute façon. Certes, j'envisageai de le lui dire, mais il était inutile de faire savoir à quelqu'un d'autre, même un homme de bien comme Barton, ce dont j'étais capable. Pas encore. Pas tant que j'ignorais ce que j'allais faire.

Il promit à contrecœur de rester chez lui. Je descendis à l'écurie, sellai un cheval – le meilleur – et me mis en route vers Gill. C'est peu de dire que je fus stupide de ne pas partir à pied en temps accéléré. Dans ce bureau, avec Barton, j'avais repris mon rôle d'aristocrate, héritier de Mueller ; j'avais parlé comme un seigneur, et voilà que, sans réfléchir, j'enfourchais un cheval pour voyager en seigneur. Telle est la force des vieilles habitudes, même quand on y a renoncé depuis longtemps. J'avais cessé d'être l'héritier de Mueller depuis plusieurs années, mais ce rôle faisait encore partie de moi, prêt à s'avancer et prendre le contrôle de mes actes. Il faillit me coûter la vie.

Alors que je chevauchais et que je progressais d'un bon pas – mais sans excès – sur la route de la civilisation et vers Gill au bout de celle-ci, je vis un Bosselain pousser son troupeau au nord, vers la région la moins civilisée et donc la plus attirante de Bosselé. Il me paraissait incroyable d'imaginer que la veille encore je terminais les semis pour Glain et Vran, que j'avais sérieusement envisagé de passer le reste de ma vie parmi les Bosselains. Ce souvenir, vieux seulement d'une journée, me fut une terrible douleur, la révélation que je n'étais pas prêt, en fin de compte, pour la bonté, la paix et le bonheur, et que je gardais le sentiment d'être investi d'une mission. S'il y a un but à atteindre, je l'atteindrai, songeai-je amèrement (bien qu'avec une certaine fierté, car jusque-là aucun de mes efforts n'avait abouti), et cette fois… cette fois, parce que les mystificateurs m'étaient révélés en temps accéléré, je n'étais pas seulement un de ceux qui pouvaient les arrêter mais le seul en dehors de Ku Kuei à pouvoir les identifier. Or, apathiques comme l'étaient les Ku Kuei, je n'avais aucune chance d'obtenir leur aide quand il s'agirait de détruire les mystificateurs.

Détruire. Étais-je déjà en train de prévoir des meurtres, si facilement ? Mais c'est la guerre, insistai-je en mon for intérieur, pour ensuite me demander qui l'avait déclarée et pourquoi je me croyais du bon côté. Pas besoin de poser la question à la terre sur ce point, compris-je. Cette fois, il ne s'agissait pas de manger des légumes. Je comptais tuer des hommes, les tuer de sang-froid ; les tuer pour une noble cause, certes, mais les tuer quand même.

La cause était-elle vraiment si noble ? Portais-je un coup en faveur de l'indépendance de Mueller ? Pour le libérer de quoi ? Peut-être ces mystificateurs accomplissaient-ils une œuvre précieuse pour notre pauvre planète. Ils mettaient fin au bain de sang, non ? À la concurrence entre familles. Ils unifiaient la planète afin d'atteindre un objectif commun.

Non. C'était faux. Ils ne mettaient pas fin à la concurrence. Ils gagnaient en trichant, et c'était tout à fait différent. Cela me paraissait injuste.

Et, après tout, c'est bien le seul moyen donné aux hommes de distinguer le bien du mal : à l'aune de ce qui leur paraît. Pour moi, c'était mal. L'esprit d'autres hommes résolvait les problèmes de l'univers. Le sang et les gènes d'autres hommes avaient contribué à gagner le fer que Mueller avait reçu de l'Ambassadeur. Et ces esprits et ce sang étaient volés sans que quiconque ait conscience qu'un crime était commis.

Je me souvenais avoir été régénérant radical. Je me souvenais m'être tenu debout à la fenêtre, à observer l'enclos et m'imaginer au milieu des monstres surchargés de bras et de jambes qu'on nourrissait à l'abreuvoir, à qui on ne reconnaissait aucun vestige d'humanité. C'était cruel, mais comment aurait-on pu traiter les rads autrement, Dieu seul le savait. Toutefois, même cette cruauté aurait pu être supportable, au moins en partie, car les rads savaient qu'ils subissaient leur sort pour Mueller. Pour s'assurer que leur famille et tous ses membres seraient les seuls à commercer avec la République, à construire des vaisseaux spatiaux, partir dans l'espace et se libérer.

Si cet espoir les avait aidés à conserver leur santé mentale, il était horrible d'en faire un mensonge et de laisser une race d'étrangers qui s'insinuaient au sein de familles profiter de leur souffrance, de leur solitude et de leur perte d'humanité…

Je haïssais Dinte. Je le méprisais jusque-là, mais désormais je le haïssais. J'entrais en imagination dans le palais de Mueller-sur-Rebelle, j'allais le trouver, je passais en temps accéléré et découvrais celui qui était vraiment Dinte, celui qui s'était prétendu mon frère, qui avait détruit mon père, m'avait volé mon héritage. Et, à ce moment-là, je le tuais, et je tirais plaisir de cette idée.

(Je me souvenais des gémissements de la terre sous les cris des mourants, mais j'écartai ce souvenir. Je n'en voulais pas. Pas aujourd'hui. Je devais verser le sang avant d'être à nouveau prêt pour ce souvenir.)

Mais d'abord Percy Barton, le « fils » de Lord Barton. Je devais apprendre de sa bouche d'où il venait et quel était son peuple, puis je les détruirais tous. Si c'était possible. Existait-il un moyen de se débarrasser de gens qui pouvaient paraître ce qu'ils n'étaient pas, changer de place avec un autre sous vos yeux sans que vous le remarquiez, se faire passer pour votre frère pendant des années sans que vous vous doutiez jamais de rien ?

Comment faisaient-ils ? Comment pouvais-je lutter ?

Tandis que je descendais les collines de Bosselé, je ressentis une terrible tristesse, car je savais que je quittais mon véritable foyer pour aller réduire à néant ma sérénité et causer des souffrances à la terre. Je me souvenais du porte-parole des Schwartz me disant : « Tout homme qui mourra de ta main hurlera dans ton âme à jamais. »

Je manquai faire demi-tour. Pour un peu, je retournais auprès de Glain et Vran. Pour un peu.

À la place, je chevauchai pendant douze jours avant d'arriver à Gill, capitale de la famille de Gill et capitale de l'empire qu'on nommait Alliance de l'Est. Au cours de mes journées de voyage, je n'avais pas eu de grande inspiration, et je n'en savais pas plus qu'avant. Je n'avais même pas pris de précautions élémentaires, je n'eus même pas le bon sens d'arriver en temps accéléré. C'est pourquoi on me prit à Gill et on me tua.

11

GILL

LE VALET de Lord Barton, Dul, avait rejoint la ville avant moi. C'était prévisible. Ce que j'avais oublié, c'est que si Dul en avait entendu assez pour vouloir nous empoisonner, il en avait aussi entendu suffisamment pour savoir que j'étais Lanik Mueller.

L'avait-on cru ? Se doutait-on que Lanik Mueller avait survécu et qu'il était ressorti de Ku Kuei au bout de deux ans ? On en douterait peut-être d'abord, mais une fois que Mwabao Mawa en aurait vent, aucun doute ne serait permis. Elle se souviendrait m'avoir aperçu à Jones, un an plus tôt, et mes ennemis seraient alors convaincus.

C'était toutefois une question purement spéculative pour l'instant. Qui que je sois, Lanik Mueller, Buveur-de-lac ou l'homme du vent, j'avais découvert l'existence des mystificateurs et je devais être abattu. Ils savaient à quoi je ressemblais, et quand j'arrivai aux portes de Gill, les soldats se saisirent de moi, me firent tomber de mon cheval et me maintinrent tandis que leur capitaine me comparait avec une description écrite qu'il avait peine à déchiffrer.

« C'est lui », dit-il enfin, mais un doute subsistait dans sa voix.

« Vous vous trompez, rétorquai-je. Qui que ce soit, je lui ressemble, c'est tout. »

Mais le capitaine haussa les épaules. « Si un autre arrive qui correspond à la description, on le tuera aussi. »

Les soldats me mirent dans un chariot, les yeux bandés, et m'entraînèrent dans les rues.

J'étais inquiet. S'ils m'identifiaient comme Lanik Mueller et qu'ils savaient – comme les mystificateurs devaient sûrement le savoir, à présent – que les Mueller se régénéraient, ils me tueraient beaucoup trop méthodiquement. Je risquais fort de mourir pour de bon si on me décapitait ou qu'on me brûlait vif. Il me serait impossible de me sauver moi-même, et je serais donc contraint de m'échapper avant l'exécution. Or les seules méthodes d'évasion à ma disposition en révélaient trop sur mes capacités pour ne pas déclencher une vraie panique chez les mystificateurs.

J'étais en veine. Dul, quel qu'il soit, n'était pas assez malin ou bien informé pour comprendre que, si j'étais vraiment Lanik Mueller, on ne pouvait pas me tuer comme un homme ordinaire. À Gill, les exécutions revenaient à des pelotons d'archers. Les flèches ne posent pas de problème aux Mueller, sauf à être trop nombreuses d'un coup, et dans le cas d'un rad comme moi, on n'en avait pas assez pour m'abîmer au-delà de mes capacités de régénération.

Les soldats ne faisaient pas de sentiment. À Mueller, tout le monde – étranger, esclave ou citoyen – avait le droit d'être entendu. À Gill, apparemment, les étrangers étaient dispensés de cette formalité-là. Je fus arrêté, trimbalé dans un chariot à travers les rues de la ville (il semble que les habitants se débarrassaient de leurs fruits et légumes pourris en les jetant dans la charrette du bourreau en guise de cadeau d'adieu), sorti de la ville par une petite porte, descendu du chariot et placé devant un gros tas de paille, de sorte qu'un tir raté ne provoque pas la perte ou le bris d'une flèche.

Les archers avaient l'air de s'ennuyer, peut-être un peu irrités. Était-ce habituellement leur jour de congé ? Ils s'alignèrent négligemment tout en choisissant leur flèche. Ils étaient une douzaine, et tous semblaient compétents. Le capitaine de la garde, qui m'avait escorté jusqu'au lieu de l'exécution, leva la main. Il n'y eut pas de préliminaires, ni derniers mots ni dernier repas (du gâchis, bien sûr), aucune annonce quant aux crimes dont j'étais censément coupable. Quand il abaissa la main, les flèches s'élancèrent en un vol admirablement uniforme et précis. Elles finirent toutes dans ma poitrine et, bien que mes côtes aient arrêté deux d'entre elles, les autres pénétrèrent profondément, quatre me transperçant le cœur et le reste ravageant mes poumons.

C'était douloureux. Je savais que je n'avais pas besoin de respirer, que mon cerveau pouvait survivre bien plus longtemps au manque d'oxygène que celui de la plupart des gens. Et si les flèches empêchaient mon cœur de battre, tant qu'elles restaient fichées, elles limitaient aussi la perte de sang. Néanmoins, la blessure était assez grave et la douleur assez soudaine et violente pour que mon corps décide qu'il en mourait et s'effondre.

Ils ne se précipitèrent pas pour retirer les flèches, hélas, et mon cœur ne put donc amorcer sa guérison. Quant à les arracher moi-même, je décidai que ce serait malvenu. Je passai donc en temps ralenti – un flux modéré qui leur laissait une impression de raideur tandis que j'avais droit à de beaux bleus entre leurs mains, mais rien que mon organisme de Mueller ne puisse guérir de lui-même. Je me disais qu'ils se débarrasseraient sans doute de moi sous quinze minutes – ils ne montraient pas de tendance à traînasser –, ce qui représenterait pour moi cinq à six minutes de temps subjectif et me laisserait quelques secondes pour ôter les flèches et me soigner avant que mon corps ne commence à souffrir du manque de sang. Je pouvais vivre un certain temps sans respirer, mais le sang devait circuler.

Ils prirent leur temps et, l'espace d'un instant affreux, tandis que nous passions devant un four, je craignis qu'ils ne pratiquent la crémation, auquel cas les jeux étaient faits. À la place, ils me jetèrent dans une fosse, arrachèrent les flèches de mon torse, rouvrant mon cœur qui avait commencé à se refermer autour mais lui permettant enfin de commencer à guérir correctement. Dès qu'ils eurent fini de me lancer des pelletées de terre, je repassai en temps réel, écartai un peu la terre et restai un moment allongé à récupérer. Une fois en condition raisonnable, je basculai de nouveau en temps ralenti – inutile d'endurer des heures dans une tombe si on peut l'éviter – et n'en sortis que lorsque je jugeai le soir venu.

C'était presque l'aube. Je réveillai la terre autour de moi, et elle me porta doucement vers la surface. J'étendis les bras, et le sol reprit une forme solide sous mon corps. Je regardai alentour pour voir si l'on m'avait repéré. Ce n'était pas le cas.

Le cimetière, comme le terrain de l'exécution, se trouvait hors des murs, au sud de la ville. La mer était proche, et des déchets puants sur la plage, mêlés au contingent habituel de crabes maladroits incapables de se souvenir de quel côté l'eau se trouvait, rendirent le site inoubliable à mon odorat sinon à mes autres sens.

Je refusais de commettre la même bêtise deux fois de suite. Ce coup-ci, j'entrerais de manière plus subtile.

Je passai en temps accéléré et me frayai un chemin au milieu des masures qui pullulaient autour des murs, jusqu'à trouver ce que je surnommai la « porte poubelle » et entrer. Je ne vis que le sordide de Gill. Les années ont passé et j'ai connu beaucoup d'autres villes, mais en matière de boue et de fange, Gill les surpasse toutes. Établie sur l'isthme entre la mer Rémanente et la mer d'Entrelandes, la famille Gill s'était taillé le rôle de plus grand marchand de l'Est. Pourtant cette richesse ne transparaissait pas dans la capitale : les gens de bien partaient dans les montagnes se bâtir des manoirs de bois ou de pierre à rendre jaloux les princes d'autres familles.

À Gill, la pauvreté et les affaires créaient une division précaire de l'espace. Les entrepôts, manufactures et maisons de gros laissaient la place aux taudis, maisons de passe et de jeu. La nuit, les festivités devaient être un sacré spectacle ; à l'aube, la ville semblait lasse. Et encore un peu ivre.

Des cadavres jonchaient les rues menant à la porte poubelle. Je dépassai un chariot où s'empilaient les morts, arrêté au milieu du chemin. Des hommes qui n'avaient pas l'air beaucoup plus fringants que leur cargaison hissaient un autre morceau de chair humaine dans le chariot pour leur voyage au cimetière. Rares sont les pays où la vie a beaucoup de valeur, mais c'était la première fois que je voyais même les pauvres (surtout les pauvres, qui sont souvent plus tendres envers leurs morts que les riches) montrer si peu de respect aux trépassés qu'ils les jetaient comme des ordures sur la chaussée.

Le palais du gouverneur de Gill, désormais quartier général de l'Alliance de l'Est, s'élevait comme un furoncle dans le quartier des entrepôts : aucune recherche architecturale, aucune grâce, rien qu'un gros bloc de pierre gris ruminant au milieu de structures plus petites et pourtant plus accueillantes qui stockaient des tissus, du cuir et de la viande salée.

Il était difficile de pénétrer dans le palais. Les portes étaient toutes closes et les gardes plantés juste devant. Une entrée subtile était exclue, même en temps accéléré – par les portes, en tout cas. Renverser un garde attirerait trop l'attention. Et puis la violence de mon passage en temps accéléré risquerait de le tuer.

Il me faudrait attendre plus tard dans la matinée, quand des gens entreraient et sortiraient. Alors, par nostalgie (et sans doute avec l'intention inconsciente de m'offrir une vengeance mesquine), je partis en quête de la porte où j'avais été arrêté la veille. Je devins de plus en plus morose à mesure que je parcourais les rues. Je me demandais si Gill était particulièrement ignoble ou si toutes les villes, Mueller-sur-Rebelle y compris, se montraient si dures pour ceux qui n'avaient pas d'argent. La rude contrée de Bosselé était plus tendre envers ses habitants que ce désert artificiel de pierre et de poussière.

Je vis au loin, en approchant de la porte, que le chariot du bourreau était déjà de service. Et une journée bien remplie l'attendait ! Je jouai avec l'idée d'en briser un essieu mais décidai que cela n'en valait pas la peine ni le temps. J'allai plutôt jusqu'à la porte, accordant à peine un regard au chariot et au prisonnier encapuchonné tandis que je passais en courant, et je trouvai ce que je cherchais. Le capitaine qui m'avait emmené à la mort en silence la veille se trouvait dans une salle de garde, porte fermée au verrou. Je l'ouvris et entrai. Je me plantai devant le capitaine, qui était seul, et repassai en temps réel. J'avais observé la manœuvre assez souvent à Ku Kuei : de son point de vue, je me matérialisai, comme surgi de nulle part.

« Bonjour, dis-je.

— Mon Dieu, répondit-il.

— Ah, j'ai la réponse à ma première question. Vous avez une langue. C'était très irritant de ne même pas être salué hier avant d'être arrêté et exécuté. »

Son air terrorisé me réjouit. Je ne suis pas rancunier, mais, de temps à autre, ce genre de chose fait des merveilles pour l'âme.

« Je ne vous embêterai pas longtemps. Je vérifie juste deux ou trois détails concernant votre politique d'assassinat. Par exemple, qui décide qui va mourir ?

— P... Percy. Le roi. Ce n'est pas ma faute. Je ne prends aucune décision...

— Je m'en fiche, je ne me soucie pas de juger. Combien de gens emmenez-vous chaque jour des portes de la ville tout droit au cimetière ?

— Pas beaucoup. Honnêtement. Vous hier, Lord Barton aujourd'hui, et je ne me souviens de personne les mois précédents. En général, on arrête les gens quand ils partent, pas quand ils arrivent. »

Je m'efforçai de masquer ma surprise. Barton ! Il avait ignoré mes conseils pour venir malgré tout.

« Vous êtes très efficace, dis-je.

— Merci.

— Que se passe-t-il si quelque chose tourne mal ?

— Ça n'arrive jamais.

— Mais si ça arrivait ?

— J'aurais des problèmes », répondit-il.

Il commençait à reprendre un peu confiance face à moi, et je me doutais que d'ici quelques instants il tendrait la main pour vérifier si j'étais matériel ou non.

« Alors vous avez un problème, dis-je. Parce que Barton ne va pas mourir. Et si vous deviez réussir à le tuer, je reviendrais m'occuper de vous dans l'heure. Peu importent les problèmes que vous aurez s'il ne meurt pas, souvenez-vous qu'ils valent mieux que le sort que je vous réserve si vous le tuez bel et bien. Et maintenant, passez une excellente matinée. »

Je basculai en flux accéléré et m'arrêtai avant de partir, le temps de lui renverser un encrier sur la tête.

J'enfilai les rues à toute vitesse et retrouvai bientôt le chariot du bourreau. Si j'y avais regardé de plus près en venant, j'aurais reconnu les vêtements de Barton : il était habillé comme ce fameux jour, chez lui. Je grimpai dans le chariot puis repassai en flux normal le temps de dire : « Ne vous en faites pas, Barton, je suis avec vous. » Puis je me glissai hors du véhicule en temps accéléré. Le conducteur ne m'avait pas remarqué, et si un passant me vit, il dut sans doute cligner des yeux et se demander si l'alcool consommé la nuit précédente coulait encore dans ses veines.

Je parvins au lieu de l'exécution et attendis hors de vue entre les tas de paille. Il fallut une demi-heure à la charrette pour arriver, puis le rituel de la veille se reproduisit : les archers s'alignèrent négligemment, et leur chef – qui n'était pas le capitaine rencontré à la porte – leva la main. En flux accéléré, je vins me placer entre Barton et le peloton. Je fis les cent pas (je deviens visible quand je reste sur place trop longtemps) jusqu'à ce que l'homme abaisse la main et que les flèches s'élancent. Puis je les arrêtai en vol, ôtai doucement la cagoule de la tête de Barton et plantai les flèches dans la paille à travers le tissu, derrière le torse du vieil homme. Puis je regagnai ma cachette et observai le résultat.

Il fallut une seconde en temps réel au peloton pour se rendre compte que Barton avait perdu sa cagoule et qu'aucune flèche ne l'avait atteint. Ensuite, furieux, le chef des archers leur ordonna d'aller chercher leurs traits, rageant qu'ils aient manqué la cible. Quand ils découvrirent les flèches plantées dans la paille à travers la cagoule, toutefois, lui-même devint moins démonstratif. Ces flèches ne pouvaient pas s'être fichées derrière le condamné de façon naturelle.

Barton souriait.

« Je ne sais pas à quoi vous jouez, dit le chef avec colère (et la voix teintée de crainte), mais vous feriez mieux d'arrêter. »

Barton haussa les épaules, et le militaire regroupa son peloton pour un deuxième essai. Je repassai en temps accéléré. Afin de mettre un terme rapide à l'affaire, j'attrapai les traits au vol et cette fois les plantai dans le poignet de chacun des archers. Pour faire bonne mesure, je pris quelques flèches dans le carquois de l'un d'eux et empalai fermement la main du chef contre sa cuisse, et je réservai le même sort aux trois hommes qui traînaient par là en spectateurs. Puis je rejoignis mon poste d'observation et un flux temporel normal.

Un hurlement de douleur issu d'une quinzaine de gorges me confirma l'efficacité de mon travail. Les archers lâchèrent leur arc en serrant la flèche plantée dans leur poignet. La douleur n'était rien comparée à la surprise. Ce n'est pas tous les jours que la flèche qu'on tire fait demi-tour et vient vous frapper.

Barton fit preuve d'une remarquable présence d'esprit. Il lança d'un ton hautain : « C'est le second avertissement. Il n'y en aura pas de troisième.

— Qu'est-ce qui se passe ? s'écria le chef.

— Vous ne me reconnaissez pas ? Je suis le père de l'empereur. Lord Barton de Britton. Et c'est un crime pour les hommes du commun que de verser du sang royal.

— Pardonnez-moi ! » fit le chef.

Plusieurs autres se joignirent à lui – la plupart étaient trop occupés à stopper l'hémorragie.

« Si vous cherchez le pardon, regagnez vos quartiers et abstenez-vous de me désobliger davantage aujourd'hui. »

Ils cherchaient le pardon. Ils regagnèrent leurs quartiers et s'abstinrent de le désobliger davantage ce jour-là.

Dès qu'ils furent partis, Barton se mit à ma recherche et me trouva adossé contre un tas de paille, hilare. Il s'approcha, l'air un peu fâché.

« Vous n'aviez pas besoin d'attendre la dernière minute, si ?

— Je vous avais dit de ne pas vous en faire.

— Essayez donc de ne pas vous en faire avec une douzaine de flèches pointées vers le cœur. »

Je me confondis en excuses, expliquant que je voulais répandre une certaine crainte du surnaturel chez les habitants de Gill. Il accepta enfin d'oublier l'affaire puisque je l'avais bel et bien sauvé et qu'il avait ignoré mon injonction de rester à Bosselé. Nous quittâmes le lieu de l'exécution pour nous diriger vers la ville.

« La dernière chose à laquelle ils s'attendront, dit-il, c'est nous voir revenir en ville après qu'ils ont essayé de nous tuer tous les deux. » Puis il se mit à rire. « C'était drôle, quand même. Je n'aimerais pas être le soldat qui devra l'annoncer à mon cher fils Percy. Mais qu'es-tu en fin de compte ?

— L'homme du vent.

— Je ne sais pas ce qui se passe dans le monde. Tout paraissait si logique et rationnel jusqu'à ce que je découvre que mon fils était un imposteur capable de me dissimuler mes propres souvenirs. Et maintenant te voici. Le capitaine en poste à la porte de la ville m'a dit que tu avais été exécuté et enterré hier.

— Il vous a parlé ? Moi, il ne m'a pas dit un mot.

— Ne change pas de sujet, jeune homme. Je t'accuse d'avoir violé les lois de la nature.

— La vertu de la nature est intacte. Sachez seulement que je connais quelques lois différentes. »

Entre-temps, nous étions arrivés à la porte poubelle. Les gardes n'étaient pas très malins et, sans surprise, l'alerte n'avait pas encore été donnée. Toutefois, nous attirions les regards, ne serait-ce qu'à cause du contraste entre nos tenues : Barton portant des vêtements luxueux et moi habillé comme un Bosselain, très rustique. Je devais faire quitter les rues à mon compagnon le temps d'atteindre mon but premier : rendre visite à Percy. Je le menai donc à une maison de passe que j'avais remarquée lors de mon passage précédent.

Le tenancier était un vieux bonhomme bourru apparemment très irrité qu'on le dérange dans la matinée.

« On n'ouvre pas avant l'après-midi, grommela-t-il. Tard, l'après-midi. »

Barton avait de l'argent – en bonne quantité. Je fus surpris que les soldats ne le lui aient pas pris. Ils comptaient peut-être attendre de l'avoir exécuté, afin qu'il ignore qu'on le détroussait. Une marque de délicatesse dont je ne les aurais pas soupçonnés jusque-là. L'argent, étalé sur la table, servit à ouvrir l'établissement aux affaires un peu plus tôt que d'habitude.

« Service complet ? demanda le tenancier.

— Rien qu'un lit et le silence, répondis-je, mais Barton me lança un regard noir.

— J'ai l'impression d'avoir dix-neuf ans, et vous vous attendez à ce que je dorme toute la journée dans un endroit pareil ? Je veux votre fille la plus jeune, sans maladie vénérienne. » Puis il se reprit et ajouta : « Mais, bien sûr, elle doit être majeure. »

Le tenancier avait l'air de se demander à quel âge cela correspondait.

« Plus de quatorze ans, précisai-je, serviable.

— Seize, protesta Barton, horrifié. On les propose vraiment si jeunes ? »

Le bonhomme leva les yeux au ciel et emmena Barton. Dès qu'ils furent partis, je passai en temps accéléré et regagnai le palais.

À mon arrivée, une femme franchissait justement la porte. Ce fut serré, mais je me glissai à côté d'elle sans la bousculer – cela lui aurait laissé un gros bleu. J'entrai dans le palais, suivis les couloirs gardés par le plus grand nombre de soldats et me trouvai bientôt dans une salle du trône impressionnante. Je me plaçai dans un coin discret et observai les gens rassemblés là. Je m'efforçai de m'imprégner de tous les visages afin qu'aucune métamorphose ne m'échappe. Puis je repassai en temps réel.

La vieille femme assise sur le trône devint un jeune homme qui ressemblait fort à Barton. La plupart des dignitaires restèrent inchangés, mais je reconnus Dul dans la foule. C'était auparavant un jeune homme assez petit vêtu d'une tunique brune toute simple. Quelques autres visages changèrent aussi. Je fis plusieurs allers-retours entre le temps réel et le temps accéléré afin de m'assurer que je les avais tous repérés. Il y en avait huit.

J'étais venu avec la ferme intention de les tuer après avoir découvert d'où ils venaient. Maintenant, je me demandais comment je remplirais l'un et l'autre objectif. Je ne pouvais pas leur parler en temps accéléré, ce qui impliquait de m'exposer aux dangers d'une confrontation en flux réel. Et comment les tuer sans attirer l'attention de tous les autres mystificateurs ? S'ils étaient prévenus, ils pourraient bien réussir à se défendre.

Au moins, je savais pouvoir les repérer en allant et venant du temps réel au temps accéléré. Mais les tuer en flux accéléré... voilà qui ne serait pas facile. Certes, bien sûr, l'acte lui-même serait simple à accomplir. Mais plonger un couteau dans le cœur d'un homme qui ne s'y attend pas n'a rien à voir avec les petits tours que j'avais joués jusque-là en temps accéléré. J'avais été formé à la guerre ; j'avais déjà combattu et tué. Mais mon ennemi avait toujours eu une chance de défendre sa peau. Je n'avais pas le cœur de frapper un adversaire totalement sans défense.

Les Ku Kuei tuaient des animaux en les frappant sur la tête en flux accéléré. Et je leur en avais fait le reproche. Mais ils avaient raison : on ne se coupe pas les jambes avant le départ d'une course. Si je ne voulais pas qu'ils dominent le monde, je serais obligé d'user de mes avantages acquis pour tuer les mystificateurs. Inutile d'espérer négocier avec eux – ils avaient déjà prouvé leur détermination à obtenir et conserver le pouvoir à tout prix. La justice ne s'offenserait pas de leur mort. Et si la seule façon de les tuer consistait à les prendre en traître...

Ce raisonnement était contre-productif, et de toute façon Dul commençait à s'éloigner de la foule présente dans la salle du trône. J'attendis de voir vers quelle porte il se dirigeait, puis je basculai en temps accéléré et la franchis avant lui. Je ne comptais pas tuer, juste m'informer. Alors qu'il passait la porte, je le pris par le bras, de nouveau en flux réel.

« Dul, quel plaisir de te revoir. »

Il s'arrêta, me regarda, et son visage n'exprima qu'une légère surprise.

« Je vous croyais encore à Britton », dit-il, puis, alors que je voyais clairement ses deux mains le long de son corps, je sentis un couteau plonger dans ma poitrine. Mon pauvre cœur allait encore une fois devoir se régénérer, compris-je. Je vis aussi que j'allais avoir du mal à m'occuper des mystificateurs face à face. Quand un homme peut vous tuer sans que vous vous rendiez compte qu'il bouge les mains, il pose des problèmes insolites au combat.

Temps accéléré, bien sûr, et je le vis retirer la main du couteau planté dans ma poitrine. Je sortis l'arme de mon cœur, m'allongeai par terre et attendis qu'il guérisse suffisamment pour me permettre de continuer. La blessure était propre, mais je n'osais pas me pousser trop loin : il y a des limites à ce que mon cœur peut supporter sans se rebeller et insister pour que je passe quelques heures au lit. Finalement, je pus reprendre la partie. Je me levai et revins à Dul, qui avait reculé la main. Son visage commençait à trahir sa surprise face à ma disparition. Je pris le couteau et, pour le convaincre que je comptais sérieusement obtenir sa coopération, j'enfonçai la lame (du fer fondu chez Mueller !) profondément dans son bras. Puis je repassai en flux réel et le vis se transformer au dernier instant du jeune homme que j'avais poignardé en Dul, le grand valet taciturne. Son flegme fit toutefois long feu. L'air stupéfait, il agrippa son bras et, à cet instant, l'illusion fluctua puis s'évanouit. Il changea plusieurs fois d'apparence sous mes yeux, jusqu'à se fixer sur celle du jeune homme.

Il se jeta sur moi et me fit tomber à terre. Le couteau avait déjà quitté sa chair et se dirigeait vers ma gorge. J'arrêtai la lame et luttai pour en prendre le contrôle. Il était jeune et fort – j'étais plus jeune et largement plus fort. Et puis il n'était pas très calé dans l'usage des armes blanches. Il n'avait sûrement jamais eu à s'en servir dans une situation où l'adversaire voyait le coup venir.

Je le maintenais au sol et je lui demandais d'où il venait avant de le tuer quand j'entendis un bruit en direction de la porte. Je levai les yeux sans voir personne, mais la porte était encore en train de s'ouvrir. Si les mystificateurs étaient capables de tout ce que j'avais déjà vu, ils sauraient probablement me faire croire que je ne voyais personne : j'étais certain que quelqu'un d'autre se trouvait dans la pièce. L'interrogatoire serait impossible avec un public de mystificateurs, et maintenant ils étaient prévenus. J'avais eu une occasion, limitée, de découvrir leur famille d'origine. Je l'avais gâchée.

Je basculai en temps accéléré et me levai tandis que Dul restait étendu. Non pas un mais trois mystificateurs se dirigeaient déjà vers nous, lames brandies. C'était inutile, mais je leur arrachai les couteaux des mains et les emportai dans la salle où la vieille dame qui se faisait passer pour Percy Barton était assise sur son trône, l'air de s'ennuyer. Je plaçai les lames sur ses genoux, pointe vers elle, puis quittai le palais. Le message était clair : j'aurais pu la tuer. Mais ce n'était qu'un message, une conjecture, et je ne savais pas que faire désormais.

Les éliminer tous ? Inutile, une perte de temps si j'ignorais leur provenance. Ils seraient remplacés par d'autres mystificateurs, et le complot ne serait pas déjoué mais seulement un peu retardé. En l'occurrence, je disposais encore d'un peu de temps pour préparer mon coup suivant, en flux accéléré en tout cas : il faudrait au moins une semaine à des cavaliers de Gill pour rallier une autre capitale conséquente, et, en une semaine de flux accéléré, je pouvais faire beaucoup.

Je quittai le palais. Ils n'auraient pas laissé traîner des archives disant : « Les imposteurs de ce palais sont issus de la famille suivante. » Je ne pourrais me reposer que sur la raison pour déterminer leur terre d'origine. Et, en matière de raisonnement, j'avais appris à respecter Lord Barton.

« Tu n'es pas parti assez longtemps, dit-il quand j'eus renvoyé la fille. Tu abuses de notre amitié.

— J'ai besoin de vos conseils.

— Et moi de solitude. Ou d'une autre compagnie que la tienne. Tu te rends compte que j'étais sur le point d'accomplir quelque chose que je n'ai pas fait depuis trente ans ? Deux fois de suite. Deux fois en dix minutes.

— Il y aura d'autres occasions. Écoutez, Barton, je suis allé au palais. J'ai rencontré votre fils. C'est une femme de votre âge, voire plus vieille, et elle est entourée d'autres mystificateurs, y compris votre ancien valet. Mais je ne peux rien en tirer. Ils sont un peu inquiets, en fait. Ils savent que je les connais ; ils ont eu un avant-goût de ce dont je suis capable. D'ici une semaine, ils seront en mesure d'en prévenir d'autres, et je ne pourrai jamais garder mon avance sur eux. Vous comprenez la situation ?

— Tu t'es planté.

— J'ai tenté ma chance et j'ai échoué. Alors maintenant, puisque vous avez été bête au point de venir ici après avoir promis de rester à Bosselé…

— Bosselé, répéta-t-il avec nostalgie.

— Autant vous rendre utile. J'ai besoin de savoir d'où ils viennent. De connaître leur patrie. Parce qu'à moins de les frapper là, les premiers, durement, nous ne les arrêterons jamais. »

Il se mit aussitôt à réfléchir.

« Eh bien, Lanik, il est évident que nous ne pouvons pas nous contenter de tirer des numéros d'un chapeau en espérant les trouver. Il y a quatre-vingts familles – cela pourrait être n'importe laquelle.

— Il existe des moyens de cibler notre recherche. J'ai une théorie, assez juste je crois, sur ce que font les familles. À Nkumaï, j'ai découvert un genre de livre d'histoire ; il dressait la liste des spécialités des différents pères des familles. Nkumaï, par exemple, a été fondé par un physicien. Son produit d'exportation est la théorie physique et astronomique. À Mueller, nous exportions le produit de notre recherche en génétique – le premier Mueller était généticien. Vous voyez ?

— Est-ce systématique ?

— Je n'ai pas visité tant de pays que ça tout en étant informé de la nature de leur produit d'exportation. Mais cela s'est confirmé pour Ku Kuei et Schwartz.

— Un philosophe et un géologue. »

Je dus paraître surpris.

« Je ne vois pas pourquoi cela devrait t'étonner. Britton a été fondé par un historien. Ce n'est pas une discipline très susceptible d'aboutir à un produit exportable, mais nous sommes des obsédés des archives. Chaque écolier mémorise la liste des quatre-vingts traîtres originels d'Anderson à Wynn, ainsi que de brèves biographies mentionnant leur métier. Nous sommes très complets. Je peux aussi te réciter ma propre généalogie depuis Britton lui-même jusqu'à moi. Je ne l'ai pas encore fait parce que tu ne me l'as pas demandé.

— Je ne le ferai jamais. Vous êtes un homme impressionnant, Barton.

— La question est : quel métier aurait pu mener les membres d'une famille à devenir des mystificateurs ? Psychologue serait le choix le plus évident, non ? Qui était psychologue ? Drew, bien sûr, mais ses descendants vivent dans leurs masures, au nord, et rêvent de tuer leur père et de coucher avec leur mère.

— Ça pourrait être une illusion.

— L'année dernière encore, ils ont attaqué Arven, de l'autre côté des montagnes, et ils ont subi une défaite humiliante. Est-ce que ça ressemble à notre ennemi ? »

Je haussai les épaules. Comment déterminer quoi que ce soit sur le compte des mystificateurs ?

« Et puis ils ne cachent pas ce sur quoi ils travaillent depuis des siècles. À un moment ou un autre, les gens que nous cherchons ont dû devenir cachottiers. Tu ne crois pas ? Il y avait un autre psychologue, un seul, Hanks. Je ne sais rien de sa famille si ce n'est qu'elle s'est rebellée contre l'Alliance de l'Est il y a deux ans et que mon fils aimant y est allé avec son armée et a réduit le pays en cendres. La rumeur veut que seul un habitant sur trois ait survécu, et ce en passant la frontière pour vivre de charité publique à Leishman, Parker et Soubois. La charité n'existe pas à Gill. Encore une fois, cela ne me paraît pas la patrie probable des mystificateurs. »

Encore une fois, il avait raison.

« Pas d'autre psychologue ? demandai-je.

— Non.

— Quelles autres professions, alors ?

— Il y a peut-être une exception à ta théorie, Lanik. Ils ont peut-être trouvé quelque chose de nouveau.

— Passez la liste en revue. Il faut chercher le candidat le plus plausible, de toute façon. »

Barton passa donc la liste en revue. Ce fut fastidieux, mais il la rédigea d'une écriture si belle que j'en conçus encore plus de respect pour son instruction, même si j'avais peine à le relire. Nos hypothèses étaient bancales. Tellerman était acteur, mais cette famille était bien connue pour ses prétentions littéraires. L'Ambassadeur avait rejeté chacun des livres, poèmes et pièces qu'elle lui avait offerts en trois mille ans. Elle s'obstinait de façon remarquable. Il n'y avait pas d'illusionniste ni de magicien au sein du groupe exilé sur Trahison à l'origine, bien sûr – des professions trop grossières, puisque la rébellion consistait en une révolte des élites contre leur exploitation par la tyrannie démocratique de la masse. À quelques exceptions près, les exilés de Trahison étaient la crème de la crème, les plus beaux cerveaux de la République. Ce qui signifiait qu'à l'exception des psychologues et de quelques autres, probablement impliqués dans le financement de la révolte, la plupart des rebelles excellaient dans une science.

Alors que nous avions passé plus d'une heure à épuiser, pensions-nous, toutes les possibilités, la réponse me parut soudain si évidente que je n'arrivais pas à croire que nous l'avions manquée jusque-là.

« Anderson, dis-je.

— Nous ne savons même pas ce qu'il faisait, protesta Barton.

— Comme métier, non. Pourtant c'était lui le meneur de la rébellion, non ?

— De tous les traîtres le pire, entonna Barton.

— Meneur des intellectuels, mais pas intellectuel lui-même.

— Oui. L'une des énigmes de l'histoire.

— Un politicien. Un démagogue qui s'était fait élire au Conseil de la République, et pourtant ce même homme avait réussi à gagner la confiance des plus beaux esprits de la République. N'est-ce pas contradictoire ? »

Barton sourit.

« Tu tiens quelque chose. Bien sûr, il n'avait sûrement pas les capacités de nos adversaires actuels. Mais il savait donner l'impression aux gens qu'il était ce qu'il voulait leur faire croire. Et, si ce n'est qu'ils sont encore plus doués en la matière, n'est-ce pas précisément ce que font les mystificateurs ? »

Je m'enfonçai dans mon fauteuil. « Vous admettez au moins que c'est plausible, alors ?

— Plausible. Pas probable. Mais aucun des autres ne semble possible, pour ce que j'en sais. Ce qui fait d'Anderson notre meilleure chance, au moins pour commencer. »

Je me levai et me dirigeai vers la porte.

« Tu ne trouves pas ça un peu grossier ? Tu ne comptes pas m'inviter à te suivre ?

— Je ne serai parti que quelques jours, répondis-je.

— Il faut au moins une semaine à cheval en terrain difficile pour traverser Israël jusqu'à la mer, puis il faut prendre le bateau pour franchir l'étendue d'eau la plus redoutable du monde, la mer Tremblante – à moins que tu ne sois assez bête pour tenter l'Entonnoir. Cela représente au moins quinze jours d'absence – et tu tuerais sans doute quelques chevaux en allant aussi vite.

— Il ne me faudra pas si longtemps. Faites-moi confiance. Vous ai-je jamais déçu ?

— Seulement quand tu as renvoyé cette jeune fille. Mais ne t'en fais pas. Je n'essaierai pas de te suivre. Si tu dis deux jours, j'attendrai deux jours, voire davantage. Un homme capable de détourner des flèches en vol peut décrocher la lune, s'il le souhaite. »

Une autre idée me vint. « Vous devriez peut-être attendre ailleurs.

— Sottises. Il est plus risqué de s'aventurer dans la rue. Et puis j'ai une affaire à terminer. J'ai l'intention d'établir un record personnel. Trois fois dans l'heure. Renvoie-la-moi. »

Je la lui renvoyai en partant.

J'enrageais d'aller plus vite à pied en temps accéléré qu'à cheval en temps réel. Tout ça parce que je n'avais pas appris à étendre ma bulle temporelle. Il me fallut neuf longues journées de marche pour atteindre la côte d'Israël dans le flux le plus rapide que j'avais jamais tenté depuis mon départ de Ku Kuei. À une époque de ma vie, la solitude et l'exercice me revigoraient. J'étais désormais las d'être seul, plus las encore de marcher sans cesse d'un endroit à l'autre, de voir les gens figés comme des statues dans les champs, si inconscients de se faire rouler par les mystificateurs. J'avais entrepris de les sauver, et ils ne savaient même pas qu'ils en avaient besoin.

J'étais épuisé quand j'arrivai au promontoire d'Israël qui surplombait l'Entonnoir, ce détroit séparant Anderson du continent. Les vagues de la mer étaient bien sûr figées au milieu de leur remontée furieuse vers le nord et la mer Tremblante, au niveau un peu plus bas. La crête des vagues se soulevait presque aussi haut que le promontoire où je me tenais – on aurait dit des collines s'élevant d'un cataclysme terrestre.

Il y avait peu d'expériences que je n'avais pas faites en temps accéléré, mais nager dans une mer qui restait en temps réel en faisait partie. À Ku Kuei, quand je nageais en temps accéléré, j'étais toujours avec quelqu'un au flux suffisamment puissant pour inclure, outre moi-même, une portion du lac.

J'entrai prudemment dans l'eau. Tandis que l'air ne m'opposait aucune résistance en temps accéléré, l'eau était molle et supportait bien mieux mon poids. Ma traversée de l'Entonnoir n'eut rien à voir avec la natation. Je rampais pour ainsi dire sur le dos des vagues comme s'il s'agissait de collines boueuses après un orage. Puis je glissais sans peine de l'autre côté. Au bout d'un moment, cela devint enivrant bien qu'épuisant.

C'était encore l'après-midi quand j'atteignis l'autre rive, et je quittai la mer pour aborder la côte rocheuse de l'île d'Anderson.

Une fois hors de portée des vagues géantes, je regardai autour de moi. Le terrain était herbeux, semé de rochers, et des moutons paissaient çà et là : il y avait des habitants. Mais l'atmosphère était aussi chaude, sèche et sinistre. L'herbe ne poussait pas dru, et chaque mouton en mouvement était entouré d'un petit nuage de poussière, qui de mon point de vue paraissait figé dans les airs.

Je marchais en haut de la pente menant à la côte rocheuse en me demandant comment j'allais m'y prendre pour découvrir s'il s'agissait bien de la patrie des mystificateurs. Je pouvais difficilement aborder le premier venu en disant : « Bon après-midi, est-ce bien d'ici que viennent les salopards qui tentent de dominer le monde ? » Il me fallait une raison plausible pour justifier ma présence. Au souvenir de la mer que je venais de traverser, un naufrage me parut crédible. Il ne me restait qu'à m'assurer de regagner la terre juste à côté d'une maison de berger. De là, j'espérais pouvoir laisser mon instinct faire le reste.

Quand je parvins à une maison à quelques pas seulement du littoral, je redescendis parmi les rochers jusqu'à la mer. Vu la hauteur des vagues et leur violence, sans doute, en temps réel, je grimpai prudemment sur le dos de la plus proche. Puis je repassai en flux réel.

J'aurais mieux fait de me planter sur un rocher et de me laisser tremper par les embruns.

12

ANDERSON

La vague ne demanda pas son reste. Elle me précipita aussitôt vers les rochers, tandis qu'une autre la suivait et s'abattait violemment sur moi. Je heurtai le rocher dans un affreux craquement d'os, puis fus à nouveau soulevé pour mieux retomber.

Ma jambe brisée me faisait atrocement mal, ce qui m'occupait l'esprit, et mon corps refusait de nager. Pour la première fois depuis longtemps, je me mesurais avec une force de la nature qui me dépassait, et je craignais pour ma vie. Mon père était mort en se cassant le dos dans l'eau. Alors que je m'enfonçais rapidement vers les rocs une deuxième fois, mon instinct de survie prit le dessus et je tâtonnai dans l'eau jusqu'à la côte avant d'attraper un rocher. Mais la vague qui me frappa alors m'obligea à lâcher et me ramena en arrière.

La troisième fois, je réussis à maintenir ma prise et à m'éloigner davantage des vagues. Les embruns me fouettaient chaque fois que l'une d'elles s'écrasait sur la côte – toutes les deux secondes, à ce qu'il me semblait – mais j'étais relativement en sécurité. J'attendis quelques minutes que ma jambe se remette suffisamment pour que je puisse m'en servir si nécessaire. Quand je fus certain qu'elle était capable de me porter, je me mis à crier.

« Au secours ! » hurlai-je.

Vainement : on ne pouvait sûrement pas m'entendre par-dessus le vacarme des vagues. Je devais me rapprocher de la petite maison, m'éloigner de l'eau. Je progressai sans grande agilité parmi les rochers. C'est alors que je la vis – une fille qui ne devait pas avoir plus de vingt ans, vêtue d'une robe toute simple qui ne descendait pas au genou. Elle était belle, séduisante, et la brise agitait sa chevelure noire. Ce n'était pas le moment de tomber amoureux, mais je fus tout de suite attiré. Sérieusement attiré par une femme pour la première fois depuis que j'avais quitté Saranna et Ku Kuei.

J'appelai de nouveau à l'aide, et elle s'approcha délicatement au milieu des rochers jusqu'à moi. Elle sourit ; je fis de même, tout en laissant la douleur que je ressentais encore se peindre sur mon visage. Je trébuchai souvent – ce n'était pas difficile – tandis qu'elle m'aidait à monter sur le plateau. Pendant qu'elle me guidait vers sa maison, je murmurai que nous avions été pris dans le courant qui remontait l'Entonnoir, mon père et moi, sur un bateau de pêche, que j'étais certain qu'il s'était noyé car le mât l'avait assommé en se brisant. Elle, à son tour, me raconta que la mer avait arraché son père de la côte à peine trois ans plus tôt et qu'elle se débrouillait tant bien que mal pour garder un troupeau de moutons et son indépendance.

« Vous ne manquez sûrement pas de demandes en mariage.

— Non, répondit-elle timidement. Mais j'attends.

— Vous attendez quoi ?

— L'homme de ma vie, bien sûr », répondit-elle, espiègle, avant de se diriger vers son cottage.

De loin, quand j'avais aperçu la maison pour la première fois, je n'avais pas remarqué les fleurs qui poussaient le long des murs. Elles formaient un contraste agréable avec cette terre désolée, et je découvris que j'appréciais cette fille. Elle m'offrit à manger, me montrant un ragoût froid qu'elle pouvait vite réchauffer.

Avant que j'aie pu répondre, la terre se mit à trembler, et je fus jeté au sol. J'en connaissais assez sur les séismes pour savoir qu'il ne faisait pas bon rester à l'intérieur quand ils se produisaient. Je gagnai la porte à quatre pattes et vis la terre se soulever et une crevasse s'ouvrir à moins de dix mètres. Elle était large, et la terre gronda en s'ouvrant puis se refermant.

Enfin, le tremblement de terre s'apaisa. Je me levai, penaud, et frottai mes vêtements. Ils étaient encore trempés d'eau de mer et maculés de boue. Je me souvins que je devais boiter, bien que ma jambe fût désormais presque guérie.

« Je suis désolée », dit-elle, et je me rendis compte qu'elle paraissait davantage contrariée que terrifiée par le séisme. « Le temps est très capricieux ici, entre la terre, le ciel et la mer. »

Comme pour lui donner raison, le ciel jusque-là limpide se mit soudain à déverser des trombes d'eau tandis que les nuages s'étendaient d'un horizon à l'autre.

Les fleurs furent vite trempées, mais elles parurent se redresser un peu.

« Vos vêtements, dit-elle. Je peux en ôter la boue, si vous voulez bien les enlever. Et le sel marin aussi. »

Je crois que je rougis de façon convaincante – en tout cas, moi, j'étais convaincu. Elle semblait si innocente qu'il était impossible de ne pas se sentir intimidé.

« Je ne porte rien en dessous, reconnus-je.

— Alors allez dans l'autre pièce – j'en ai deux – et passez-les-moi à travers le rideau. »

Inutile de me le dire deux fois. J'ôtai le pantalon et la chemise, souvenirs de Glain, Vran et Bosselé, et les lui tendis, puis je m'allongeai sur le lit, étonnamment confortable – un luxe digne de Mueller, ici, au milieu des moutons ! Je m'enfonçai dedans, nu, les bras en croix, pour sécher et me détendre. C'était agréable, après un mois de voyages incessants et quelques heures éprouvantes dans l'eau.

Je m'endormis.

Je ne sais pas très bien ce qui me réveilla. Je ne devais pas avoir dormi longtemps – le ciel était pratiquement inchangé, toujours obscurci par les nuages mais non par la nuit. L'odeur du ragoût embaumait la maison. Puis la porte s'ouvrit.

Elle se tenait dans l'encadrement, nue. Son corps était jeune ; il me rappelait cruellement celui de Saranna quand nous étions adolescents, avant que je quitte Mueller il y avait trop longtemps. J'étais encore adolescent, non ? Mais cela me paraissait trop lointain pour le croire. Je désirais cette fille. Ou peut-être voulais-je retrouver ma jeunesse. Quoi qu'il en fût, à en juger par sa nudité, par son sourire, il était clair qu'elle voulait que je la désire.

Elle voulait que je la désire. Était-ce la même fille timide qui m'avait fait rougir ?

Quelque chose ne collait pas. Beaucoup de choses ne collaient pas. Alors qu'elle entrait dans la chambre et s'agenouillait sur le lit, je me rendis compte qu'il était très peu probable qu'une telle créature puisse vivre en toute sécurité dans un isolement pareil, si près de la côte. Je compris qu'il était anormal que les nuages aient surgi de nulle part, qu'elle n'ait pas été bouleversée par un tremblement de terre qui avait failli renverser sa maison et que, si douce et timide fût-elle, elle était maintenant à califourchon sur moi, les mains sur la poitrine.

Je basculai en temps accéléré. Le couteau n'était qu'à quelques centimètres de ma gorge. La jeune fille nue était désormais un vieil homme laid, ignoble, à l'air le plus haineux et méchant que j'avais jamais vu sur un visage humain. Ses yeux étaient enfoncés et noyés d'eau, son visage décharné par la pauvreté. Je ne doutais pas de ce qu'il convoitait : son corps squelettique réclamait de la viande. En comparaison, j'étais gras.

Le lit sur lequel j'étais allongé n'était pas confortable non plus – rien qu'une planche, si dure que, lorsque je glissai maladroitement de sous ses jambes, il rebondit à peine. Je restai un instant debout à me demander que faire. La porte de la cuisine était encore ouverte. J'y entrai et découvris que la marmite, loin d'être pleine de ragoût, était en réalité poussiéreuse tant elle servait peu. Aucun des détails qui donnaient un air accueillant et chaleureux à la maison n'était vrai : ils avaient cédé la place à des murs de torchis bruts, un sol de terre battue et la saleté partout.

La crasse, d'ailleurs, était indescriptible. On aurait dit que cet homme, parce qu'il pouvait choisir de vivre dans une illusion, ne prenait pas la peine de rendre tolérable son véritable environnement. Ses illusions le trompaient-elles réellement ? Peut-être. Pourtant, il avait déjà enfilé mes vêtements, et je ne trouvais pas trace des siens. Était-il donc nu auparavant ? Sa pauvreté était atterrante. Je n'avais jamais vu d'être humain vivre dans un tel état de sauvagerie relative hors de Schwartz, et là-bas la pauvreté ne manquait pas de dignité, puisque les Schwartz étaient en réalité vêtus de soleil et d'air.

Dehors, même les fleurs se révélèrent des ronces et des herbes grises et poussiéreuses. La cahute était branlante, au bord de l'effondrement. Il n'y avait pas trace de crevasse dans le sol, et la pluie, comme le séisme, était une illusion.

Il n'y avait donc aucun doute, Anderson était bien le pays que je cherchais. Et pas de doute non plus, ma décision était la bonne. S'il existait un négatif de ce que le monde devait être, c'était Anderson : tout s'annonçait beau mais se révélait sordide, méchant et meurtrier.

Je regagnai la maison, la minuscule pièce en appentis qui dans cette illusion faisait office de chambre, et je pris le couteau des mains du vieil homme. Puis je repassai en flux réel. Il se transforma de nouveau en fille, mais elle se redressa soudain en se tenant la main car je lui avais fait mal en retirant si vite l'arme. Elle me regarda, et son visage exprimait la surprise. Je la frappai à l'entrejambe, et soudain ce n'était plus que le vieil homme allongé par terre à se contorsionner.

« Qui es-tu ? s'écria-t-il. De quel rêve sors-tu ?

— Le tien », répondis-je.

Reprenant le dessus sur la douleur, il me lança méchamment : « Je produis des rêves meilleurs même dans mon sommeil. Je te croyais réel, vu la peur que ce tremblement de terre t'a inspirée. »

Je me baissai et lui caressai la gorge de la pointe de son couteau en bois. Puis, soudain, je sentis des mains se refermer sur mon cou par-derrière. Je me maudis d'avoir été si bête et basculai en temps accéléré. L'homme disparut devant moi et je le retrouvai penché sur mon dos, à essayer de m'étrangler. Je lui fis lâcher prise puis passai derrière lui ; dès que je fus à nouveau en flux normal, je le pris par le col et le poussai de la chambre dans la cuisine. Il hurla pendant toute l'opération : je lui avais brisé les doigts en l'arrachant à mon cou en temps accéléré.

Mais ses illusions s'étendaient jusqu'au sens du toucher, et soudain il fut de nouveau derrière moi, muni du couteau cette fois, frappant au niveau des reins. À ce moment-là, j'en avais assez de la douleur et, au lieu de le combattre, je quittai la maison en courant. Un tremblement de terre frappa aussitôt. Il me fallut beaucoup de volonté, mais je traversai tout droit la crevasse qui s'ouvrait devant moi. C'était de la terre ferme. Puis, quelques dizaines de pas plus loin, je m'étendis sur le sol et je provoquai aussi vite que je le pus un séisme qui engloutit la maison dans un énorme glissement de terrain.

J'étais allongé à la surface de la terre, et elle tremblait sous moi. Mais ce n'était pas le séisme qui me traversait comme une herse un sol maigre. C'était un hurlement à la mort. Non pas le cri d'un homme tué au combat, ni celui des innombrables hommes, femmes et enfants emportés par la maladie, la famine, les incendies ou les inondations. C'était le cri d'un homme assassiné par la terre elle-même, contre son gré, et il fut amplifié un millier de fois jusqu'à m'emplir et me pousser à hurler moi aussi.

Je hurlai jusqu'à ce que ma voix n'arrive plus à remplir mes oreilles. Cette souffrance n'était pas physique. Quand elle prit fin, il n'y eut pas de douleur résiduelle dans mes muscles ni de tension qui refusait de se relâcher. La souffrance résidait dans cette partie de mon être qui avait été en communion avec la terre, et tandis qu'elle me brisait, je me demandai brièvement si j'en mourrais.

Je ne mourus pas. Mais quand mon propre cri fit place au silence, quand je vis que la terre s'était refermée, ne laissant aucune trace de la maison et de ses tristes fleurs inexistantes, j'aurais voulu la rappeler, ramener l'horrible vieux, laisser sa vie suivre son cours même s'il ne valait pas qu'on l'épargne. Il méritait de mourir, sauf que rien ne mérite de mourir, et j'aurais pu devenir fou à cet instant car j'avais besoin que la maison, l'homme et la vie reviennent tout en sachant qu'ils devaient être détruits. Mais, pour une raison obscure, je songeai à mon père gonflé de l'eau du lac ; je pensai aux milliers de soldats et de civils tués ou laissés sans abri sur la plaine du Rebelle tandis que les Nkumaï, menés par un mystificateur d'Anderson, violaient et ravageaient tout sur leur passage. Je pensai aux millions de morts dont ils étaient responsables et à celles qu'ils provoqueraient encore, au milliard de vies qu'ils réduiraient à la misère, et cet équilibre, ce sentiment que la destruction d'Anderson était juste, préserva ma santé mentale et me permit de me relever et de regagner les rochers menant à la mer, faible et las.

Toutefois mes questions ne furent pas si vite résolues. J'avais entendu le cri de la terre contrainte à se rendre complice d'un meurtre – même un meurtre juste. Cela mettrait la structure de mon âme à nu à jamais. Je n'avais jamais cru avoir une âme jusque-là, en cet instant où elle avait révélé une souffrance plus profonde que rien en moi-même ne pouvait supporter.

Je pleurai tout en traversant la mer, et sur tout le chemin du retour vers Gill, en flux accéléré. Je ne m'arrêtai qu'une fois, pour remplacer les vêtements disparus à Anderson. Je veillai à les voler dans une maison dont les occupants paraissaient pouvoir se permettre cette perte. Ces longues marches en temps accéléré ne me laissaient rien d'autre à faire que penser, et mes réflexions ne furent pas agréables pendant ce voyage. Mais, pour changer, je pouvais envisager avec plaisir le soulagement de parler à quelqu'un à qui je n'avais pas besoin de mentir, un homme qui serait peut-être capable de comprendre ce que j'avais fait et qui ne me condamnerait pas. J'arrivai enfin à la maison de passe, montai les escaliers et découvris Lord Barton découpé en dizaines de petits morceaux qui pourrissaient déjà dans la chaleur dispensée par la fenêtre ouvrant au sud.

13

TRAHISON

COMMENT on l'avait retrouvé, je l'ignore, mais cela n'avait pas dû être compliqué. L'intégrité du tenancier était au mieux suspecte. L'histoire de notre étrange arrivée en pleine journée était peut-être remontée par la chaîne symbiotique des criminels et des policiers jusqu'à retenir l'attention d'un homme au courant du miraculeux sauvetage de Barton face aux archers. Si on l'avait mutilé, c'était sans doute parce que, m'ayant revu alors que je paraissais bien mort, les mystificateurs et leurs assistants involontaires voulaient s'assurer qu'aucun risque d'erreur ne subsistait. Et ils l'avaient laissé là pour être certains que je le trouve.

J'étais encore en temps accéléré devant les restes de mon ami. Pour moi, il s'était écoulé dix « jours » depuis mon départ d'Anderson, dix-neuf depuis que j'avais quitté Barton. En flux normal, toutefois, nous étions à peine en début de soirée le lendemain de mon départ. Je ne pouvais m'empêcher de me demander si je n'aurais pas réussi à le sauver en revenant un peu plus vite, ou en le quittant plus tard. Mais en lui dédiant le rituel du chagrin, je me rendis compte que la culpabilité que je ressentais n'était rien comparée à la douleur du hurlement de la terre à Anderson. La terre ne me tenait pas pour responsable de la mort de Barton, et maintenant que les mystificateurs avaient ajouté son meurtre à la liste de leurs crimes, je n'arrivais plus à me reprocher d'avoir tué cet horrible bonhomme à Anderson. De sorte que je pus écarter ma responsabilité et me souvenir simplement que j'aimais Barton, qu'il était bon et que je devais empêcher d'autres comme lui de périr aux mains des mystificateurs.

Mon ami mort, plus rien ne retardait l'étape suivante de mon voyage. J'avais au contraire toutes les raisons de la hâter. Aucun mystificateur n'en réchapperait. Quel qu'en soit le prix, Trahison serait libérée de leur emprise avant que j'en aie fini. Tous mes doutes quant à la justice des meurtres que je projetais avaient disparu. J'avais dépassé le stade de la réflexion et je ne comptais plus qu'exécuter la décision que j'avais prise à reculons, mais que j'étais désormais tristement heureux d'appliquer.

Il fallait établir des priorités. Avant d'agir contre les Anderson en position de pouvoir au sein d'autres familles, je devais veiller à ce que leur île d'origine soit dépeuplée. Il ne fallait pas que des remplaçants, des légions traîtresses, rageuses et irrésistibles venues d'Anderson puissent voler au secours des dirigeants. Et la population de l'île pouvait atteindre le million d'habitants ; sûrement pas moins de cent mille. La tâche serait longue et lassante en temps accéléré, armé de mon seul couteau de fer et obligé d'aller d'un Anderson au suivant. Je serais vieux avant d'en avoir fait la moitié. Leur destruction exigeait un cataclysme irrésistible, qui les tuerait tous d'un coup. Ce qui n'était pas dans mes cordes.

J'avais besoin d'aide, et je ne la trouverais qu'en un seul pays. Mais arriverais-je à persuader les hommes de Schwartz de tuer, même si ce faisant ils sauvaient d'autres vies – et, peut-être plus important, en rendaient des millions plus dignes d'être vécues ? La philosophie des Schwartz laissait peu de place aux jugements de valeur, je ne le savais que trop bien. La vie, c'était la vie. Le meurtre, c'était le meurtre. Et moi qui les avais laissés encore innocent, je leur revenais les mains rougies de sang, en leur demandant de m'aider à tuer.

Pendant des semaines, j'avais vécu tout seul en flux accéléré, sans manger ni boire, sans parler ni entendre d'autre voix humaine, à part celle de la splendide jeune fille d'Anderson. Pourtant je n'avais pas de temps à perdre. Alors, pendant trente jours encore, je traversai tout le sud du continent, de Wood à Huss. Les arbres firent place à des prairies verdoyantes. L'herbe céda le pas à des broussailles capables de survivre à une faible pluviométrie. Aux buissons, enfin, succédèrent des étendues de sable et des rochers cuits par le soleil.

Je m'arrêtai en temps accéléré auprès du dernier buisson que je vis, et je basculai en flux réel. Je ne pouvais pas trouver les Schwartz. Il faudrait qu'eux me trouvent. Et ils me trouveraient, je le savais.

J'envisageai un instant de faire demi-tour. Nos retrouvailles ne seraient pas joyeuses. Ils ne me tueraient pas, mais quand je vivais avec eux, j'avais connu l'amour qu'ils donnaient. Je m'étais reposé dessus. Il ne serait pas de rigueur cette fois-ci.

Je marchais dans le désert depuis une demi-journée quand le premier Schwartz se mit à suivre un chemin parallèle au mien ; il était visible de temps à autre, quelques dunes plus loin ou au sommet d'une éminence rocheuse. L'après-midi venu, il y en avait trois autres, et le soir, quand je m'arrêtai à l'ombre d'un rocher, ils étaient presque cent autour de moi, plus nombreux que je ne les avais jamais vus ensemble quand je vivais parmi eux.

Ils étaient silencieux, ils me regardaient tous. Je ne mangeai pas, bien sûr, mais je m'assis devant eux et, en esprit, je fouillai le sable, trouvai l'eau dans les profondeurs et l'attirai en surface. Elle brilla dans la lumière réfléchie par les pierres encore frappées par le soleil. Je me penchai pour boire. L'eau se retira, s'enfonça loin de moi. Ils m'avaient jugé, comme je l'avais craint.

Je me levai alors et m'adressai à eux.

« J'ai besoin de votre aide.

— Tu n'obtiendras rien de Schwartz, dit un vieil homme.

— Le monde a besoin de votre aide.

— La terre n'a besoin de rien si ce n'est de vie. » Et quelqu'un murmura : « Assassin.

— Je n'ai pas parlé de la terre ! répondis-je brutalement. Je parle du monde. Des hommes. Vous savez, les hommes… ceux qui doivent encore manger pour vivre, qui ont encore peur de mourir.

— Qui ont encore peur des assassins, dit le vieil homme. Nous avons entendu les échos de ce cri, Lanik Mueller. C'est toi qui as commis ce crime, toi seul l'as donc entendu clairement, mais nous savons ce que tu as fait. Nous t'avons transmis notre savoir, et tu t'en es servi pour tuer. Tu as forcé la terre elle-même à te servir d'épée. Si nous avions jamais envie de tuer, c'est ta mort que nous rechercherions. Je ne peux pas être plus clair. Va-t'en. Tu n'obtiendras rien de Schwartz.

— Helmut ? fis-je, le reconnaissant je ne sais comment.

— Oui, répondit le vieillard.

— Je croyais que tu voulais rester jeune à jamais.

— Un ami m'a trahi, et je suis devenu vieux. »

Puis il me tourna le dos, et les autres firent de même. Toutefois aucun ne partit.

L'obscurité tomba sur eux, très vite, comme toujours dans le désert une fois que le soleil s'est couché. Mais bientôt Dissidence passa dans le ciel, donnant peu de lumière mais offrant au moins un point de référence pour éviter que le vertige de l'obscurité profonde ne m'engloutisse. Nul ne rompit le silence, en revanche, jusqu'à ce qu'enfin je n'en puisse plus. Mon souvenir des mois passés parmi les Schwartz était trop net. J'avais été l'un des leurs, et maintenant ils me haïssaient ; j'avais une tâche à accomplir, et maintenant j'allais échouer ; il y avait des gens que j'aimais, et ils ne seraient pas libérés. J'ôtai mes vêtements, me pressai contre le sable et pleurai.

Je pleurai pour moi-même, qui avais trahi la confiance du roc et tué. Je pleurai pour Barton, dont l'intelligence et le courage quand il s'était agi d'accorder sa confiance à un étranger lui avaient coûté la vie, alors même que la possibilité de sauver le monde s'ouvrait grâce à lui. Je pleurai pour les milliers de gens que j'avais croisés en chemin, inconscients que le destin passait à côté d'eux, que leur avenir serait bientôt dans la balance.

Et je pleurai parce que je savais qu'en fin de compte cela serait essentiellement futile. Même si ceux d'Anderson disparaissaient, si j'arrivais à les détruire, dans quelle mesure quiconque sur Trahison serait-il libre ? Les Mueller feraient à nouveau des lames de fer pour attaquer leurs voisins ; les Nkumaï redescendraient de leurs arbres pour prendre le dessus sur ceux qui combattaient avec des armes de bois et de verre. Tuer les Anderson ouvrirait les vannes de la mort sur terre. Le monde n'était peut-être pas libre, mais les gens ne le savaient pas, et ils étaient en paix.

Qui étais-je pour juger cette paix pire que la guerre ?

Le véritable ennemi n'était pas Anderson. Le véritable ennemi, c'était le fer. Pas le fer des vaisseaux spatiaux destinés à nous arracher de Trahison et à retourner auprès du reste de l'espèce humaine. Le fer qui tirait le sang des soldats et les faisait mourir – voilà ce qui nous détruisait. Car quel choix avions-nous ? Si une famille disposait de quelque chose, quoi que ce soit, à vendre aux Ambassadeurs contre du fer, elle prenait un avantage sur toutes les autres. Il était donc nécessaire pour chacune de protéger son indépendance en mettant à terre toutes les autres familles qui risquaient de développer ou avaient déjà trouvé quelque chose qui intéressait les Ambassadeurs.

Étendu sur le sable, la tête sur les avant-bras, je me rendis compte que tuer les Anderson ne mènerait à rien à moins que je ne détruise aussi les Ambassadeurs. Tant que du fer mort pouvait être expédié depuis d'autres mondes pour verser le sang ici, le massacre continuerait.

« Vous m'avez appris, dis-je, qu'il y a du fer dans la terre. »

Ils ne me répondirent pas ; ils ne s'étaient même pas retournés pendant que je pleurais, sans doute persuadés que je versais les larmes des coupables et des damnés.

« Pourquoi ce fer n'affleure-t-il nulle part ? »

Pas de réponse.

« Il y en avait un peu à la surface, n'est-ce pas ? C'est pour ça que les premiers Schwartz sont venus ici. L'étude géologique montrait qu'il n'y avait pas de dépôts de minerai aisément accessibles. Mais il y avait du fer *ici*, hein ? »

Helmut prit la parole. « Personne ne trouvera jamais de fer à Schwartz.

— Mais il y en avait, n'est-ce pas ? Il était là, et vous saviez ou vos ancêtres savaient à quoi le fer peut mener. Ils savaient que le fer tuerait. Ils savaient que, dans la lutte pour la première place, tant de sang serait versé que toute victoire deviendrait insignifiante. Oui ou non ? »

Helmut se leva, en colère. « Tu ne comprends donc rien ? Tu n'as pas vu les montagnes ? Pourquoi penses-tu que nous ne laissons jamais la pluie tomber ici ? Si nous laissions pleuvoir sur Schwartz, la rouille des rochers serait visible à des kilomètres ! Nous ne connaîtrions pas la paix – ni ici, ni nulle part dans le monde ! Nous avons tenu ce fer caché, et tu n'amèneras pas le monde ici pour s'en emparer et l'utiliser à tuer ! »

D'autres me faisaient face, désormais, eux aussi en colère.

« Vous ne comprenez pas. Je ne veux en parler à personne. Je veux achever ce que vos pères ont commencé. Vous vivez à Schwartz en protégeant l'humanité du fer, mais, là-dehors, du fer verse le sang malgré tout. Vous ne le savez pas ?

— Bien sûr que nous le savons, répondit Helmut. Mais nous n'avons pas le pouvoir de changer le cœur des hommes. Nous ne sommes pas responsables. Ce n'est pas notre faute.

— Vous n'avez pas de sang sur les mains, hein ? Ici, où tout reste pur grâce au soleil. Mais vous n'êtes pas purs ! Parce que si vous êtes capables de mettre fin aux souffrances et aux meurtres et que vous n'agissez pas, alors vous êtes coupables. C'est votre faute.

— Nous ne tuons personne. Nous ne laissons personne nous tuer. Nous n'avons rien à voir avec eux. »

Je tenais un argument, toutefois, et je poussai le raisonnement plus loin.

« Avec votre aide, je peux empêcher le fer d'arriver sur Trahison. Je peux stopper net le flux de fer en provenance de la République et mettre fin à la peur et à la concurrence qui ont causé toutes ces guerres. Mais je ne peux pas le faire sans votre aide.

— Tu es un meurtrier.

— Vous aussi ! »

Helmut écarquilla les yeux.

J'insistai : « À Hanks, des centaines de milliers de gens sont morts à la pointe de l'épée ou de la famine quand les armées de Gill ont ravagé la terre. Sur la plaine du fleuve Rebelle, des centaines de milliers de gens sont morts quand les armées de Nkumaï ont détruit tout ce qui vivait sur leur passage. Une armée avait-elle déjà commis de telles atrocités ? Une seule fois ?

— Des cris affreux ont retenti, répondit tout bas Helmut.

— C'est pour le fer que ces guerres ont eu lieu. Parce que les familles Nkumaï et Mueller obtenaient toutes les deux du fer, et qu'il paraissait inévitable que l'une des deux prenne l'ascendant sur les autres familles. Mais il y en avait une autre, une famille dont le produit n'était pas exportable. L'Ambassadeur ne donnerait jamais de fer à ces gens-là. Ce qu'ils savaient faire, ce qu'ils ont fait, c'est aller prendre celui de Mueller et Nkumaï.

— Que nous importe ce qui arrive à Mueller et Nkumaï ? fit Helmut, méprisant.

— Rien. Mais vous devriez vous préoccuper de ce qu'il advient de l'humanité, pour l'amour du roc au moins. La famille dont je parle est Anderson, et ses membres ont le pouvoir de mentir. Non pas simplement de dire des mensonges, mais de les faire croire à tout le monde, contre la volonté de leurs interlocuteurs ; de si bien les persuader que leur mensonge est vrai qu'il ne leur vient même pas à l'esprit de le remettre en question. »

Je leur parlai de Dinte, de Mwabao Mawa, de Percy Barton.

Helmut prit un air inquiet, enfin.

« Ce sont eux qui ont assassiné tant de gens ?

— Oui.

— Et que veux-tu faire ? Les tuer tous ? »

Mon silence fut une réponse suffisante. Le visage d'Helmut se fit haineux.

« Et tu veux que nous t'aidions, nous. Tu n'as jamais été mon ami, pas si tu peux croire que nous le ferions.

— Écoute-moi ! » m'écriai-je, comme si le volume sonore pouvait le forcer à ouvrir son esprit. « Les Anderson sont irrésistibles. Nul ne peut les combattre. Ils sont venus de façon subtile cette fois-ci, en s'insinuant dans les gouvernements et en dirigeant des peuples qui ignorent qui les dirige. Mais si on les provoque, ils peuvent quitter leur île en force, et aucune armée ne leur résistera parce qu'ils pourront apparaître sous les traits de monstres effrayants ; ou approcher invisibles dans la nuit ; ou se battre ouvertement, et pourtant quand un homme les frapperait, son ennemi ne se trouverait plus là où il semblait être, et tous les soldats seraient morts avant d'avoir pu se servir de leur arme à bon escient.

— Je sais ce qu'est la guerre, lança Helmut, dédaigneux, et je la rejette.

— Bien sûr que tu la rejettes. Qui peut te tuer, toi ? Tu ne mourras jamais. Mais là-bas, il y a des millions de mortels, et si quelqu'un les approche l'épée à la main et dit “Obéis-moi ou je vous tue, toi, ta femme et tes enfants”, que font-ils ? Ils obéissent. Même les héros, parce qu'ils savent que quiconque a le pouvoir de tuer et se montre prêt à en user vaincra tous ses ennemis à moins qu'ils ne soient tout aussi prêts à tuer. Le pouvoir de voler la vie représente le pouvoir absolu dans ce monde, et devant lui tous les hommes sont faibles.

— Nous ne sommes pas faibles.

— Vous n'êtes pas des hommes. Les hommes sont mortels. Vous pouvez rire au nez d'un soldat et élever un mur de pierre qui vous séparera à jamais. Vous pouvez monter sur ce mur et le regarder vieillir et mourir, lui, puis ses enfants et ses petits-enfants, et vous ne comprendrez jamais pourquoi ils ont toujours peur. Ils ont peur parce que la pluie pourrait ne pas venir, et si la récolte est mauvaise, ils mourront de faim ; parce que les inondations ou les séismes peuvent leur arracher la vie sans prévenir ; mais, plus que tout, parce que, dans la nuit, un autre homme peut venir, brandir son arme et les couper complètement du monde. Ils ont peur de la mort ! Vous imaginez seulement ce que cela veut dire ?

— Nous aussi, nous avons peur de la mort, dit Helmut.

— Non, Helmut, vous n'aimez pas la mort. Vous déplorez la mort. Mais en ce qui concerne votre propre existence, vous savez parfaitement que nul ne peut la menacer. La mort, c'est un événement qui arrive aux autres.

— Et pour ça tu veux que nous tuions des gens ? Tu veux que nous fassions la même chose ?

— Non. Je veux que vous m'aidiez à empêcher quiconque sur cette planète de se rendre irrésistible. Je veux détruire les Ambassadeurs, de sorte qu'aucune famille ne puisse plus jamais lever des armes de fer contre des armes en bois. Et je veux détruire les Anderson parce que, comme le fer, ils tuent sans merci et on ne peut pas leur résister.

— En quoi serions-nous différents d'eux si nous tuions ceux dont nous n'approuvons pas les actes ?

— Je ne sais pas ! Il y a peut-être quelque part dans l'univers un étalon qui permet de juger les actes des hommes, et ceux qui tuent pour l'amour du pouvoir seront jugés plus durement que ceux qui tuent ces hommes assoiffés de pouvoir pour l'amour de la liberté. Mais si nulle part dans l'univers un homme ne peut résister aux voleurs de liberté et rester bon, alors je pense qu'il n'y a ni bien ni mal dans l'univers, et dans ce cas rien n'a de sens ; qu'on tue ou non, cela ne changerait rien. Mais ça ne peut pas être vrai. À un certain moment, on est obligé de prendre des vies pour… écoutez-moi… pour… »

Impossible de les convaincre. Je m'en rendais compte maintenant. Ils me regardaient, impassibles, et je sombrai dans le désespoir.

« D'accord, je ne peux pas vous forcer. Personne ne peut vous forcer à faire quoi que ce soit. » Amer, je leur lançai des insultes. « Vous chérissez la liberté comme un trophée, et vous avez le pouvoir d'aider les autres à être libres, mais vous êtes trop égoïstes pour tendre la main et leur donner la liberté à eux aussi. Gardez votre liberté, gardez votre immortalité, mais j'espère qu'un jour vous découvrirez pour quoi vous vivez éternellement. Quel noble objectif vous comptez atteindre. Parce que vous n'êtes utiles à personne ici, même pas à vous-mêmes. »

Je fis demi-tour et m'éloignai dans la direction d'où j'étais venu, vers Huss, la civilisation et le désespoir. Je marchai pendant des heures, puis je me rendis compte qu'il y avait quelqu'un derrière moi. C'était Helmut, et il avait l'air différent. Je mis un moment à comprendre pourquoi – ses cheveux n'étaient plus blanchis par l'âge.

« Lanik, dit-il d'une voix plus jeune. Lanik, il faut que je te parle.

— Pourquoi ? » demandai-je sans oser croire que mes paroles avaient eu le moindre effet sur lui en fin de compte.

« Parce que tu m'aimes. À t'entendre parler ainsi, j'ai compris que je t'aimais aussi. Malgré tout. »

Je m'arrêtai donc et m'assis dans le sable, et il fit de même.

« Lanik, il faut que tu comprennes quelque chose. Nous ne sommes pas sourds aux autres hommes. Nous t'avons entendu. Nous avons compris. Et nous *voulons* atteindre le but que tu t'es fixé. Nous *voulons* détruire les Ambassadeurs. Nous détestons les Anderson, leurs meurtres et leurs tromperies autant que toi – rien n'est pire pour nous que ceux qui tuent non par colère, douleur ou vengeance, ni parce qu'ils croient que c'est leur devoir, mais par intérêt. Tu comprends ? Nous détestons ce que tu détestes. Et nous avons envie que cela soit détruit.

» Mais, Lanik, nous ne *pouvons pas* le faire. Tu croyais que notre aversion pour le meurtre n'était qu'une opinion, une émotion, le vœu que toutes souffrances prennent fin ? Nous ne *pouvons pas* tuer. C'est aussi simple que ça. Nous souffrons du chant de la mort au milieu des rochers en ce moment même. Mais tu as entendu le cri de la terre quand tu l'as forcée à tuer cet homme à Anderson. Tu l'as *entendu*. À quoi cela ressemblait-il ? »

Je répondis honnêtement : « C'était la pire chose au monde.

— Eh bien, Lanik, tu as davantage de facilités à travailler avec la terre qu'aucun de nous. Nous te l'avons dit il y a des années, avant que tu ne partes. Et tu as donc entendu ce cri plus clairement qu'aucun de nous ne l'aurait pu.

» Mais si nous devions détruire Anderson, nous serions obligés de faire avaler l'île par la mer et la terre, la rayer complètement de la planète, et tu sais aussi bien que moi qu'il n'y en a pas un seul parmi nous qui puisse le faire tout seul. »

J'acquiesçai. « J'espérais que le conseil…

— C'est le problème, Lanik. Le conseil est un ensemble d'individus. Des faibles, comme moi. Collectivement, nous savons tordre la terre de façons que tu n'imagines pas. Nous pourrions faire sombrer Anderson dans la mer en quelques instants. Nous pourrions dresser une chaîne de montagnes d'un bout du monde à l'autre en une heure. Nous pourrions, si c'était un jour nécessaire, prendre la planète entière et la dévier de son orbite jusqu'à ce qu'elle soit plus froide ou plus chaude, plus loin ou plus près du soleil.

» Mais si nous devions tuer tous les habitants d'Anderson en faisant sombrer leur île, le cri que tu as entendu pour un homme serait amplifié des centaines de milliers de fois. Tu imagines ? Et ces centaines de milliers de cris seraient supportés par seulement trois ou quatre cents d'entre nous. Chacun subirait un cri des centaines de fois plus affreux que celui que tu as entendu. Et, pire encore, parce qu'il s'agirait du conseil, nous aurions pénétré plus profondément au cœur de la terre que tu ne le pourras jamais, pourtant nous serions encore des individus, et là-bas, où la voix du roc est la plus forte, nous serions individuellement moins capables de résister. Le hurlement pénétrerait davantage notre âme, et il nous noierait aussi sûrement que la mer les habitants d'Anderson.

» Comprends-tu, Lanik ? Cela nous détruirait. Et qui contrôlerait alors la colère de la terre ? Qui absorberait la haine des pierres ? Qui éteindrait cet incendie ? Personne. Nous détruirions la terre car nous serions incapables de contenir sa colère. Voilà pourquoi nous ne pouvons accepter ta proposition. »

Je ne le savais pas. Je n'avais pas compris le prix qu'ils devraient payer.

« Je ferai de mon mieux sans votre aide. »

Je me levai pour partir. Helmut fit de même et, après l'avoir regardé quelques instants dans les yeux, je me détournai.

« Lanik, dit-il.

— Oui.

— Ils m'ont demandé de te dire comment faire.

— Comment faire quoi ?

— Ce que tu veux faire. »

Je l'observai, incertain d'avoir compris. « Tu as dit que c'était impossible. »

Il secoua la tête, et ses yeux s'emplirent de larmes. « J'ai dit que cela nous était impossible. Mais il existe un autre moyen. Je ne voulais pas t'en parler, Lanik, de peur que tu acceptes, parce que cela te détruirait, et je t'aime et je ne veux pas que tu disparaisses.

— S'il existe un moyen, Helmut, je l'embrasserai, même si j'en meurs. Dieu sait que mes autres choix mènent à la mort d'une façon ou d'une autre. Je n'ai jamais compté vivre éternellement, de toute façon. » Tout en disant ces mots, je me demandai si je les pensais, si je choisirais vraiment de mourir, et si je ne préférerais pas plutôt trouver un refuge, un pays tranquille comme Bosselé, ou une forêt isolée comme Ku Kuei, ou même ce désert, avec le peuple étrange et magnifique de Schwartz. Je pouvais me cacher, et je pouvais vivre, alors pourquoi choisirais-je de mourir ?

Helmut exprima mes propres doutes : « Tu aimes donc si peu ta vie ? »

Et, en lui répondant, je me répondis à moi-même.

« Helmut, tu ne sais pas, tu n'as jamais été seul comme moi, mais dans ma solitude j'ai découvert quelque chose : je passe dans le monde comme un homme invisible. Même quand les gens me voient ou me parlent, c'est comme si je n'existais pas, comme si je n'avais pas le droit d'exister. Je traverse leurs terres et ils ne me voient pas. J'agis, j'agis et j'agis encore, et rien ne fait de différence dans le monde. Mais eux me touchent. Il y a une famille dans les collines de la région la plus pauvre de Britton… Ces gens avaient besoin de moi, et leur besoin est devenu la chose la plus importante de ma vie. Il y a une femme figée dans le temps près d'un lac à Ku Kuei ; elle avait besoin de moi, mais nous avons été séparés et, si je pouvais faire quelque chose pour l'éloigner de la mort éternelle à laquelle elle s'est condamnée, je le ferais. Un homme qui n'était pas assez vieux pour mourir s'est tué à Ku Kuei, et à sa mort je me suis rendu compte qu'il était une moitié de moi-même, que cette moitié était morte avec lui et que l'autre ne cesserait jamais de porter son deuil. Je ferai ce qu'il faudra, Helmut, pour que personne d'autre ne choisisse de mourir plutôt que de vivre dans ce monde. Je ferai ce qu'il faudra. »

À d'autres moments, d'autres jours, tant avant que depuis, je n'aurais pas pu prononcer ces mots. Héros et victimes sont le produit de l'humeur dans laquelle ils étaient quand l'occasion s'est présentée ou quand les circonstances étaient au pire, et si je n'avais pas marché trois mille kilomètres en solitaire pour essuyer finalement un refus et trouver le désespoir, je ne sais pas si j'aurais si facilement dit : « Je ferai ce qu'il faudra. »

Mais je le dis, et je le pensais, et Helmut me serra dans ses bras avant de s'expliquer.

« Quand nous agissons ensemble, nous ne sommes pas obligés de tous nous enfoncer sous terre. Nous pouvons envoyer un seul individu qui plonge dans la roche et chante tous nos chants par sa voix, et entend tout le chant de la terre dans son cœur. Cela peut être joyeux, et nous honorons nos plus grands hommes en les envoyant nous représenter en de telles occasions. Cela peut être douloureux, et nous honorons aussi nos plus grands en leur confiant la responsabilité de porter cette douleur pour nous tous. Mais il n'est pas un homme parmi nous capable de supporter cela. Et nous ne pouvons donc pas envoyer l'un de nous sous terre. Toi, en revanche, tu es plus fort qu'aucun des nôtres. À quel point, nous l'ignorons. Mais si tu t'enfonçais sous terre pour nous, nous pourrions espérer que tu survives. Et si tu mourais et que la fureur de la terre se déchaînait, nous serions encore vivants pour la contenir et assurer la sécurité du monde. »

Nous étions étendus dans le sable, les bras ouverts ; je me trouvais au milieu, roulé en boule, et tandis que je m'enfonçais, je les sentis me rejoindre, un par un, jusqu'à ce que leur chant à tous résonne dans mon esprit alors que le sable m'avalait et s'ouvrait pour moi.

Je m'étais toujours arrêté au socle rocheux. Mais cette fois la roche devint molle et m'enveloppa comme de la boue froide pour se refermer au-dessus de mon visage. Plus je m'enfonçais, plus elle devenait chaude et plus j'avais l'impression de tomber vite, jusqu'à ce que la chaleur soit telle que je ne pouvais supporter davantage, et même quand je cessai de sombrer, la roche bouillonnait autour de moi.

Grâce au savoir des centaines de Schwartz au-dessus de moi, je trouvai sans mal l'île d'Anderson – cette fois non pas une aberration de la surface mais l'arête principale d'une plaque rocheuse flottant sur une mer de granite fondu. Le flux était extrêmement lent, mais une fois que j'eus trouvé l'île, j'entrepris de la priver de son socle de magma.

Le tassement paraissait lent de mon point de vue, bien sûr, mais les dégâts furent perceptibles à la surface dès le premier instant. La roche s'enfonça brutalement, et tous les bâtiments et les êtres vivants de l'île tombèrent. Puis, alors que l'île continuait de sombrer, la mer s'engouffra des deux côtés et forma une grande vague au milieu de l'île, du nord au sud.

Avec la rupture de la plaque rocheuse, du magma en fusion atteignit la surface, frappant l'océan et jaillissant toujours plus haut jusqu'à s'élever dans le ciel, crachant cendres chaudes, vapeur, boue et lave hors de la mer. L'eau bouillait, et tout ce qui vivait encore dans cette région de la mer périt alors que des milliers d'hectares océaniques se transformaient en vapeur.

Tout cela se produisit parce que moi, avec toute la force des Schwartz pour me soutenir, j'avais contraint la terre à agir. Et la terre, sans conscience du temps et donc des conséquences, avait obéi. Ce n'est que lorsque les cris des morts commencèrent que la terre se rebella, et à cet instant les Schwartz me quittèrent. Ils devaient désormais s'efforcer d'empêcher la terre de se déchirer, empêcher la croûte terrestre d'éliminer d'un haussement d'épaules la vie irritante qui lui avait causé tant de souffrance et si peu de joie. Ils devaient endiguer la vague de roche fondue qui bouillait et menaçait de s'échapper et de gagner la surface partout où l'on avait ressenti le séisme quand l'île avait sombré.

Moi, je ne savais rien de leur travail. J'avais autre chose en tête, car la terre hurlait en réaction au meurtre d'un demi-million d'hommes, et j'étais seul à l'écouter.

Tant de ceux qui avaient péri étaient innocents. Ceux-là me hanteraient à compter de ce jour – les pêcheurs qui lançaient leurs filets dans la baie de Britton quand l'immense vague atteignit les terres ; les gens surpris dans les grands bâtiments de Hess, Gill et Israël, tués parce que les structures étaient incapables de supporter l'onde de choc en provenance d'Anderson ; et je ne sais combien de personnes sur l'île qui, tout en étant des mystificateurs, n'étaient pas des meurtriers et ne voulaient que du bien à autrui.

La terre, toutefois, ne faisait pas de distinction entre les innocents et les coupables, entre ceux dont la mort était inutile et ceux qui devaient disparaître pour qu'être humain sur Trahison ait un sens. La terre savait que cela ne ressemblait pas à la moisson des champs ; elle ne pouvait pas saisir la logique humaine qui nous avait menés là. La terre savait juste que nous qui nous étions rassemblés à Schwartz lui avions ordonné d'assassiner des gens qui se trouvaient si loin que nous ne pouvions en aucun cas prétendre agir en position de légitime défense.

Les pierres grondaient affreusement comme pour dire : « Nous t'avons fait confiance, nous t'avons donné du pouvoir, nous t'avons obéi et tu t'es servi de nous pour tuer ! » Les pierres hurlaient : « Traître ! » tandis que la chaleur me balayait d'avant en arrière.

En quelques instants, je perdis tout ancrage, tout lien avec la réalité, toute notion du temps, et là où le cri de l'homme que j'avais tué à Anderson avait duré quelques secondes, le hurlement de la terre cette fois-ci dura une éternité. Il n'avait pas de fin parce qu'il n'y avait pas de temps, et pendant une éternité je ressentis une souffrance d'une infinie magnitude et je n'aspirai qu'à une chose. Non pas à mourir, car cela n'aurait fait qu'amplifier le cri de la pierre, mais plutôt à être annihilé, à n'avoir jamais existé, jamais vécu, car ma vie avait atteint ce point et qu'il était inatteignable, insupportable, impossible.

« Trahison, hurlait sans fin la terre.

— Pardonne-moi », suppliais-je.

Et quand enfin le temps revint et l'éternité prit fin, la roche me recracha, le sable me vomit et je fus projeté dans les airs, tête la première vers les étoiles.

Je m'élevai, et quand ce fut terminé, je retombai vers la terre. L'impression était la même que lorsque je m'étais laissé tomber d'une éminence rocheuse avant que Dissidence ne se lève, et je me demandai si le sable me recevrait en fin de compte, ou si cette fois je m'arrêterais net à son contact, aplati, brisé, mon sang n'ayant plus qu'à pénétrer le sable et le soleil qu'à sécher ma chair au point d'en faire du cuir, puis de la poussière.

Pourtant, dans les airs, j'exultais. Même si je mourais maintenant, j'aurais accompli le premier et le plus grand œuvre ; j'y avais survécu, ne serait-ce que pour quelques instants ; j'avais entendu le cri le plus terrible de la terre, et j'avais survécu.

Puis, en retombant, je prêtai l'oreille et me rendis compte que le cri n'était pas achevé. Je l'entendais encore, même dans les airs, sans être relié à la terre. Si je survivais, je l'entendrais à jamais.

J'atteignis le sable et il m'accueillit, il me soutint et me laissa m'enfoncer lentement ; puis, enfin, je fus à nouveau étendu à la surface de la terre, au repos, bien que condamné à ne plus jamais connaître la paix. La terre ne me pardonnerait jamais, le roc ne me pardonnerait jamais d'avoir trahi sa confiance. Mais, s'il ne pardonnait pas, il me supportait encore. Il connaissait mon cœur, et il souffrirait que je vive. Tant que je souhaiterais continuer à vivre, la terre me le permettrait.

Les Schwartz étaient étendus autour de moi. Au bout d'un long moment, je vis qu'ils pleuraient. Puis, bizarrement, je me rappelai Mwabao Mawa entonnant le chant du matin depuis son promontoire en Nkumaï. La mélodie défilait sans fin dans ma tête. Pour la première fois, je compris la beauté entêtante de cette chanson. C'était celle d'un assassin qui rêvait de mourir. Celle d'une justice désirée mais pas encore rendue.

Nous étions étendus là, tous épuisés au-delà de tout mouvement.

Des heures plus tard – ou était-ce le lendemain, ou plusieurs jours plus tard ? – le vaste nuage de vapeur qui était monté de la mer vers le ciel au-dessus d'Anderson en train de sombrer arriva sur Schwartz, et pour la première fois depuis des milliers d'années, il y plut, et l'eau toucha les montagnes riches en fer, et l'eau coula dans le sable, le refroidit, et l'eau se mêla aux larmes sur le visage des habitants de Schwartz et les effaça, et Helmut se leva et vint à moi dans l'orage.

« Lanik, tu as survécu.

— Oui », répondis-je parce qu'il disait en réalité « Lanik, je t'aime et tu es toujours vivant », et je voulais dire : « Helmut, je t'aime et je suis toujours vivant. »

« Nous avons fait ce que nous avons fait, dit Helmut, et nous ne le regretterons pas car c'était nécessaire à défaut d'être bon. Mais même ainsi, nous te demandons de partir. Nous ne te jetterons pas dehors parce que, sans toi, il serait arrivé pire encore, mais s'il te plaît, Lanik, quitte-nous maintenant et ne reviens jamais.

— Vous entendrez encore parler de moi. Il me reste du travail à faire. Je vous causerai encore de la souffrance.

— Fais ton travail. J'espère qu'un jour tes mains ne seront plus tachées de sang.

— Veillez sur votre fer. Tenez-le en sécurité. Ne le laissez pas rouiller. »

Il sourit (une grimace macabre sur le coup, pourtant plus surprenante et rafraîchissante que la pluie) et me serra dans ses bras en disant : « Je pensais que tu m'avais trahi quand tu es parti la fois dernière. Je n'avais pas compris, Lanik. Je pensais que, puisque je te faisais confiance, cela signifiait que tu agirais toujours conformément à ma volonté. Je crois que je vais peut-être redevenir jeune, en fin de compte, et laisser un autre jouer les porte-parole. J'ai eu mon content de responsabilités pour toute une vie.

— Et moi pour dix », répondis-je.

Il m'embrassa et me serra dans ses bras, puis me renvoya. Je marchai à l'est vers Huss. Quelque part je retrouvai mes vêtements, pliés avec soin et placés sur mon chemin, et sur la pile mon couteau. J'avais la bénédiction des Schwartz, leur absolution pour les meurtres que je devais encore commettre.

J'enfilai les vêtements, pris le couteau en main et basculai de nouveau en temps accéléré, et pendant les trois années subjectives suivantes, je ne parlai à personne et n'entendis pas une voix humaine; je passai mes jours à marcher entre deux meurtres, à écouter le cri des mourants et des morts, à entendre le hurlement de la terre, sûr qu'un jour je les aurais tous trouvés, qu'ils seraient tous morts et que je n'aurais plus jamais besoin de tuer.

Je tuai volontiers Percy Barton, car cette vieille femme avait trompé et assassiné mon ami. Mais son cri de mort déchire mon âme au même titre que celui de Mwabao Mawa, et pourtant elle (non, *il*, un Blanc chauve à la tête d'une nation de Noirs fiers qui n'étaient pas au courant) avait chanté le magnifique chant de l'aurore. Il n'y avait pas de distinction. Haïs ou aimés, ils mouraient tout autant, et finalement mon couteau ne s'enfonça pas plus aisément dans la gorge de Percy Barton que dans celle de Mwabao Mawa.

Détruire les Ambassadeurs fut plus facile, car la terre ne protestait pas contre leur disparition. C'étaient des machines déjà privées de vie. Je n'avais qu'à briser le sceau marqué « Attention, toute intervention provoquera la destruction de cette machine et la mort de quiconque dans un rayon de cinq cents mètres » puis m'éloigner en flux accéléré, plus vite que l'explosion ne pouvait me suivre.

Je tuai en suivant un chemin qui rayonnait à partir des vestiges des terres proches d'Anderson, visitant la capitale de chaque famille pour vérifier que j'avais trouvé tous les Anderson et que je les avais tous éliminés, et m'assurer qu'aucun Ambassadeur ne subsistait. Parce que j'étais porté par mon flux le plus rapide, tout cela ne prit qu'une semaine en temps réel. Je devançai tous les messagers. Pour les gens de ce monde, un soudain fléau avait emporté leurs dirigeants et les Ambassadeurs par la même occasion.

Je me demandais ce qu'on penserait en trouvant le cadavre d'une vieille femme sur le trône de Percy Barton. Ferait-on le lien ? Ou se demanderait-on toujours qui on avait trouvé, sans savoir pourquoi ni où le roi avait disparu ?

Il était inutile de tenir un décompte calendaire pendant mon long voyage meurtrier. À la fin, une semaine après qu'il eut commencé, j'avais, pour autant que je puisse le deviner, environ vingt-quatre ans. Quand mon père avait le même âge, j'étais déjà né, et il jouait avec moi le matin et sortait mener ses hommes au combat l'après-midi. Je n'avais pas d'enfant, mais mes meurtres ne pouvaient pas non plus peser aussi peu sur mon âme que ceux de mon père sur la sienne. Il ne savait pas, il pensait que tuer ferait de lui un bon roi. Je n'avais même pas ce vague droit des rois, et je connaissais précisément le prix exact d'un meurtre. J'avais vingt-quatre ans mais, dans mon cœur, j'étais affreusement vieux, las et accablé.

Il y avait un endroit, toutefois, où je n'étais pas encore allé, et quand tous les autres Anderson et tous les autres Ambassadeurs eurent disparu, il en restait un à tuer : celui qui avait été mon frère Dinte ; celui qui avait détruit mon père et m'avait volé mon héritage ; celui que j'avais détesté, mon rival pendant toutes ces années passées ensemble ; celui qui, inexplicablement, restait mon frère même si je savais pertinemment qu'il ne l'était pas.

Lord Barton aurait-il vraiment pu tuer l'homme qu'il avait pris pour son fils ? Étais-je vraiment capable de tuer Dinte ?

Je le découvrirais le moment venu. J'arrivai donc en dernier à Mueller-sur-Rebelle et, pour la première fois depuis des années, j'entrai dans une ville non pas caché par mon flux accéléré, mais ouvertement. J'étais Lanik Mueller et je revenais chez moi ; que j'y sois ou non le bienvenu, j'entrerais fièrement et j'annoncerais enfin, quand tous les Anderson seraient morts, l'œuvre que j'accomplissais, que j'avais accomplie. Le monde voyait en Lanik Mueller un monstre alors que je n'en étais pas encore un ; maintenant que c'était fait, je voulais le faire savoir. Même ceux qu'on juge diaboliques ont envie que leurs crimes soient connus.

J'entrai à la cour où Dinte occupait le trône et gagnai fermement le milieu de la salle. Beaucoup ne me reconnurent pas, car même ceux qui m'avaient connu m'avaient vu pour la dernière fois sous les traits d'un garçon de quinze ans, mais ils furent assez nombreux à m'identifier pour que le murmure de « Lanik Mueller » traverse la salle. Tous les regards étaient braqués sur moi et, l'espace d'un instant, tout le monde craignit d'agir.

Mon frère Dinte se leva du trône, tendit des bras raides et clama d'une voix plus forte qu'à l'accoutumée : « Eh bien, mon frère, es-tu enfin venu prendre ton trône ? » Il s'écarta pour me laisser m'asseoir à la place qui me revenait de droit. Il ordonna à l'assistance de s'agenouiller pendant que je montais sur le dais. Lui-même s'agenouilla. Dinte m'attendait, souriant, accueillant.

14

LANIK À MUELLER

DE TOUTES LES VERSIONS de cette scène que j'avais imaginées, celle-ci ne m'était jamais venue à l'esprit. Pourtant, pendant un long moment, elle me parut tout à fait juste. Le frère usurpateur, face au vagabond enfin revenu à la maison, s'écarte pour que le digne héritier prenne sa place logique.

J'avais prévu d'entrer, de dénoncer en Dinte un traître et un assassin puis, devant toute la cour, de le poignarder. Rien de clandestin : ce ne devait pas être Buveur-de-lac, l'homme du vent ou l'homme nu exerçant la justice contre un mystificateur d'Anderson. Ce devait être Lanik Mueller exerçant la justice contre son frère Dinte, l'usurpateur qui avait poussé son père dans la forêt de Ku Kuei, où il était mort.

Mais Dinte m'en avait privé. Maintenant qu'il s'était si volontiers écarté pour moi (même si je savais qu'il s'agissait d'un mensonge), si je le tuais ouvertement, cela ne ferait qu'ajouter à la légende de Lanik Mueller, incarnation d'Andrew Apwiter visant à recréer le chaos et précipiter la fin du monde. Alors, de mauvais gré, avant que le mystificateur caché derrière le visage de Dinte puisse me tuer sans que je m'en rende compte, je basculai en flux accéléré et m'avançai, ce qui signifie concrètement que je disparus.

Mais Dinte ne se transforma pas en celui que j'attendais, cet homme ou femme bourru, d'âge mûr, que j'avais cru découvrir en temps accéléré. Au lieu de cela, il se mua en une créature à quatre bras et cinq jambes; deux jeux de parties génitales masculines contrastaient avec les trois seins qui pendaient dans une peau distendue. Voir un être pareil dans l'enclos ne m'aurait pas surpris. Mais je m'attendais à un Anderson, or j'avais affaire à un monstre aberrant ou à un régénérant radical de Mueller. Et quel homme de Mueller aurait jamais pu devenir un mystificateur ?

Puis je dévisageai la créature figée, les yeux sur l'endroit où je me tenais un instant plus tôt. Je reconnus le monstre, et tout bascula.

Ce visage était le mien. La tête de Lanik Mueller surmontait cet étrange assortiment de membres et de protubérances. Malgré les oreilles, les yeux et les nez qui poussaient de façon anarchique, je me reconnus. C'était moi qui me tenais près du trône ; non pas le Lanik Mueller guéri à Schwartz, mais le régénérant radical, le monstre, l'enfant.

C'était mon double né dans la forêt de Nkumaï.

Impossible ! m'écriai-je en pensée. Cet être est né alors que Dinte vivait avec nous depuis des années. Il ne pouvait pas être Dinte.

J'essayai d'abord de me dire qu'il s'agissait manifestement d'une illusion secondaire, que cet Anderson-là avait trouvé le moyen de me duper en flux accéléré aussi. Mais cela n'avait pas de sens : si un Anderson était capable de me rouler, un autre l'aurait fait depuis longtemps.

Je gagnai donc le trône en temps accéléré, j'y pris place puis repassai en flux normal. L'effet était de ceux que j'avais rarement eu l'occasion de produire : je disparus soudain pour réapparaître ailleurs. La foule eut un murmure affolé. Mais Dinte (désormais pourvu du nombre normal de bras et de jambes, tel que j'avais toujours connu ce petit salaud) ne parut pas surpris.

« Dinte, lançai-je. Tous ces gens sont stupéfaits de me voir assis sur ce trône, mais toi et moi savons que Lanik Mueller l'occupe depuis des années. »

Il me regarda un moment puis acquiesça légèrement.

« Je te recevrai donc en privé, Dinte, dans la pièce où je rangeais ma collection d'escargots quand j'avais cinq ans. »

Je basculai en flux accéléré et quittai la salle du trône.

J'avais rangé ma collection d'escargots dans un grenier qui ne servait plus depuis longtemps, dans l'une des parties les plus anciennes du palais, une pièce jamais fermée mais rarement visitée, dans la mesure où l'on n'y accédait que par une échelle et des couloirs sans fin. Je m'y rendis puis ralentis mon flux temporel pour approcher la normale, et j'attendis. Je conservais juste assez de vitesse pour réagir plus vite que Lanik/Dinte ne pourrait attaquer s'il voulait se montrer perfide.

Si c'était un imposteur, s'il n'était pas vraiment moi, il ignorerait quelle pièce j'avais évoquée.

J'attendis un quart d'heure. Puis il arriva dans le couloir poussiéreux du grenier et s'assit devant moi sur le plancher. Il avait peine à marcher avec ses bras et ses jambes maladroits, et s'asseoir était une manœuvre ridicule, mais je ne me moquai pas. Je me rappelais ma pénible escalade d'une pente pas si raide à Schwartz, après avoir été déposé par le navire esclavagiste de Singer. Il lui avait fallu trois ans de temps réel pour atteindre l'état dans lequel je me trouvais après plusieurs mois de confinement à bord. Mais je me souvenais. J'avais vécu dans un corps identique. Je savais exactement qui il était et ce qu'il ressentait.

En flux réel, cette fois, je dis doucement : « Bonjour, Lanik.

— Bonjour, Lanik, répondit-il avec un sourire épouvantable sur un visage défiguré.

— À notre dernière rencontre, j'ai essayé de te tuer, dis-je.

— J'ai souvent regretté que tu n'aies pas réussi. »

Nous restâmes assis en silence pendant quelques instants. De quoi parle-t-on quand on se rencontre soi-même après tant d'années ?

« Comment es-tu arrivé ici ? demandai-je, bien qu'ayant déjà deviné l'essentiel de son histoire. Comment as-tu appris à être un mystificateur ? »

Il me raconta. Il était resté allongé, à demi mort, tandis que son organisme déjà faible essayait de régénérer son crâne, sa peau et d'empêcher son cerveau de dégénérer. Les pisteurs que les Nkumaï avaient dépêchés en grand nombre à mes trousses étaient tombés sur lui.

« Sinon, dit-il, ils auraient sûrement continué à chercher jusqu'à te trouver. Quand ils ont enfin compris ce qui s'était passé et qu'ils sont repartis en chasse, ils ont remonté ta piste jusqu'à la côte. Tu étais assez facile à trouver. S'ils t'avaient suivi tout de suite, tu ne leur aurais pas échappé. » Il sourit. « Je t'ai sauvé la vie. »

Puis il me parla des jours et des semaines passées avec Mwabao Mawa dans sa maison en haut des arbres. En élaborant mon double, je lui avais transmis mes souvenirs ; ou peut-être dans mon délire pendant que nous traversions ensemble la forêt avais-je déversé dans son esprit tout ce qui comptait, tout ce qui faisait de moi ce que j'étais. Il fallut du temps à Mwabao pour comprendre qu'il n'était qu'une copie de moi-même. « À ce stade, elle en avait appris assez pour avoir la certitude que je venais de Mueller – j'avais mentionné Père et Dinte dans mon délire, et ses collègues d'Anderson étaient déjà là, comme tu as l'air de le savoir. »

Elle avait aussitôt saisi l'occasion que représentait mon double et alimenté la haine qu'il me vouait, son sentiment d'infériorité parce qu'il serait toujours le monstre, l'horreur, la créature qui n'avait pas le droit d'exister. Il ne mit pas longtemps à accepter de mener les armées nkumaï et leurs alliés au combat contre Mueller.

Il exigeait une contrepartie, toutefois, que Mwabao n'était que trop prête à payer. Il demandait à être formé aux illusions d'Anderson, et Mwabao Mawa les lui enseigna. Pendant qu'à Schwartz j'apprenais à contrôler la terre, lui apprenait à maîtriser l'esprit des hommes.

« Les croyances des gens n'existent pas isolément, expliqua-t-il. Les croyances bien ancrées de chacun exercent une pression énorme sur tout le monde. Pas les opinions, bien sûr – rien que les croyances. Nous… Ils étaient capables de faire croire à n'importe qui que le soleil était bleu et l'avait toujours été. Mais, bien sûr, plus on s'éloignait de l'endroit où d'autres croyaient intensément ce mensonge, moins on était influencé. Toutefois, à ce moment-là, l'essentiel était déjà fait. Une fois que quelqu'un croit sincèrement quelque chose, il n'en doutera plus sans preuves très convaincantes. »

Ce qui expliquait pourquoi Lord Barton avait pu apprendre la vérité quand un millier de kilomètres le séparaient de Britton mais avait dû lutter pour s'en souvenir en rentrant chez lui, où d'autres étaient encore esclaves de ce mensonge.

Mon double n'avait pas consenti, me dit-il, à la tactique de la terre brûlée appliquée par l'armée nkumaï sur son passage à travers la plaine du fleuve Rebelle. Je n'aurais jamais pu le faire – lui non plus.

« Et puis tu es réapparu, et nous ne savions pas quoi faire. Jusqu'à ce que Père et toi vous échappiez vers Ku Kuei. Il devint clair alors que je devais disparaître pour que le monstre qu'ils avaient fait de moi contamine la perception que les autres avaient de toi et te rende inefficace. Sur le coup, Lanik, j'en fus heureux. Tu n'imagines pas combien je t'ai haï. Tu m'avais détesté, non pas pour qui j'étais, mais parce que j'existais tout court. »

Tout d'abord, ils s'étaient demandé que faire de lui maintenant que Lanik Mueller était officiellement en exil à Ku Kuei. « Jusqu'à ce que nous apprenions que Dinte avait disparu. Mwabao Mawa a paniqué. Comment quelqu'un aurait-il pu savoir ce qu'était Dinte et le tuer sans déclencher publiquement l'alerte sur sa nature ? Celui qui l'avait tué l'avait sûrement vu se transformer sous ses yeux de jeune héritier en homme beaucoup plus âgé. »

Je compris alors ce qui aurait dû me frapper comme une évidence depuis longtemps.

« C'est moi qui ai tué Dinte, dis-je à mon double. Je lui ai tranché la gorge en quittant le palais. Je pensais qu'il se régénérerait. »

Il me sourit. « Alors ton souhait s'est réalisé, hein ? Tu as tué Dinte, et ce faisant tu m'as sauvé la vie. Parce que j'étais le seul à le connaître assez bien pour l'incarner sans faire de vagues.

Les Anderson ne sont pas tout-puissants. Ils ne peuvent pas tromper le monde entier d'un coup. Alors Mwabao Mawa m'a renvoyé à Mueller. Je suis apparu ici sous les traits de Dinte. J'ai prétendu que tu m'avais capturé et laissé pour mort après m'avoir torturé, mais que je m'étais régénéré et que j'étais revenu. Qui pouvait en douter ? Je joue ce rôle depuis. »

Sa voix se fit plus basse (comme la mienne quand je craignais de montrer peur, pitié ou chagrin) et il reprit : « Tu sais, toi, tu sais comme je détestais Dinte. Et pourtant je devais l'incarner et parler à sa bande de traîtres qui avaient comploté en vue de ta mort et de celle de Père et… Mon Dieu, Lanik… Comment j'ai survécu tout ce temps, je ne le saurai jamais. Mais je ne cessais de me répéter : "Je suis Lanik Mueller, pas son fils monstrueux", et j'ai supporté les flatteurs, les traîtres, les petits criminels, Ruva et tout le reste. Parce qu'il était de notoriété publique que tu t'étais enfoncé profondément dans la forêt de Ku Kuei avec Père et que tu ne reviendrais jamais. Père était mort, vois-tu, et je l'aimais, tout comme toi. Plus les gens d'ici salissaient sa mémoire et la tienne, plus je me sentais libre de m'identifier à toi, de devenir toi dans mon cœur. J'ai cessé de te haïr il y a longtemps. Je rêvais juste que tu reviennes me libérer.

» Lanik, je vais de temps en temps dans l'enclos pour me faire enlever tous ces membres. Ils repoussent toujours, et d'autres en plus. Je suis bientôt prêt. Le médecin ignore toujours qu'il s'agit de moi, il ne se souvient jamais d'avoir effectué ces opérations avant que ne vienne l'heure de la suivante. Personne ne voit jamais ma forme monstrueuse, mais moi je la vois. »

Il m'observa de la tête aux pieds. « Toi, tu es sain. Tu es normal, comme il faut. Tu n'as pas vécu cet horrible mensonge pendant ces longs mois, toutes ces années. Retournons dans la salle du trône. J'apparaîtrai sous ma véritable forme et je leur dirai la vérité ; je leur dirai que tu n'es pas le monstre que tout le monde pensait. Tu peux reprendre la place qui te revient, et je serai libre.

— Que feras-tu, alors ?

— Je te supplierai de me tuer. Je vis depuis des années maintenant sous cette forme de régénérant radical. Ça ne mérite pas le nom de vie. Si tu refuses de me tuer, je me noierai. »

Je secouai la tête. « J'étais venu pour te tuer.

— Tu savais qui j'étais, à ce moment-là ?

— Non. Je venais pour tuer l'Anderson qui contrôlait Mueller, celui qui se faisait passer pour Dinte. »

Il fut stupéfait. « Tu savais avant de venir ? Alors le secret des Anderson est éventé ?

— Les Anderson sont morts, répondis-je. Un orage s'est abattu sur la région... (je convertis laborieusement en temps réel) il y a quelques jours. Un orage terrible. Et le ciel est encore encombré. » Il acquiesça. « Tous ces nuages se sont formés quand Anderson a sombré dans la mer il y a une semaine.

— Comme ça ? Sombré dans la mer ? fit-il, surpris.

J'entendais encore le cri résonner en moi.

« Non, pas "comme ça". Mais les Anderson ont disparu de la planète. Pas seulement ceux qui se trouvaient sur l'île. Tous les autres aussi, dans chaque famille. Tu es le dernier vivant à connaître leur technique. Toi et ceux qui travaillaient ici avec toi.

— Comment as-tu fait ?

— Peu importe le comment. Ce qui compte, c'est le pourquoi. »

Je lui expliquai.

« Nous... Les Anderson connaissaient tous les secrets de ce monde, Lanik ! Tu te rends compte de ce qu'ils étaient en train d'accomplir ? Des prouesses incroyables. De quoi être fier de vivre sur cette maudite planète prison ! Et tu y as mis un terme. Sans les Ambassadeurs, crois-tu que nous maintiendrons ce niveau d'invention ? »

Je haussai les épaules.

« Peut-être. Les Anderson ne connaissaient pas tous les secrets de ce monde.

— Imbécile ! Tu es un imbécile à la vue courte et...

— Écoute-moi, Lanik ! m'écriai-je en réponse, et prononcer mon propre nom en référence à quelqu'un d'autre m'étonna. Oui, Lanik. Tu es moi, non ? Moi tel que j'aurais dû être. Moi, capturé par les Nkumaï et persuadé d'apprendre les tours de Mwabao Mawa – et je les aurais appris, tout comme toi. Je les aurais laissés faire de moi leur outil, jusqu'à un certain point. Et te voilà, assis comme je l'aurais été, un monstre dans un corps piégé au sein d'une illusion plus monstrueuse encore. Non, Lanik, tu es mal placé pour me traiter d'imbécile à la vue courte. Et moi mal placé pour te juger. Tu dis que cette planète est maudite, mais tu as tort. Il y a des milliers d'années, la République a décidé de se prendre pour Dieu. Elle a décidé de déposer les plus grands esprits de l'univers sur une planète sans fer et sans espoir, pour les punir ainsi que leurs enfants à tout jamais, comme si nous étions nés en portant le poids de leurs crimes. Elle a cruellement brandi devant nos ancêtres la perspective d'une récompense : la première famille à construire un vaisseau spatial et à gagner l'espace recevrait des richesses, un pouvoir et un prestige inouïs. Depuis trois mille ans, nous y croyons et nous épuisons notre âme à travailler, pour faire quoi ? Donner à ces salopards qui nous maintiennent ici ce que nous pouvons créer de mieux. Notre propre chair ! Les plus beaux produits de nos esprits ! Et qu'avons-nous reçu en retour ? Quelques tonnes d'un métal au prix modique partout ailleurs.

— Pour nous permettre de construire un vaisseau, répondit mon double.

— Nous ne construirons jamais de vaisseau grâce au fer de la République. Jamais. Et dans le cas contraire, crois-tu que ses dirigeants nous laisseraient tous quitter ce monde et reprendre part à la vie humaine ? Ne comprends-tu pas le miracle qu'est cette planète ? S'ils se rendaient compte de ce qui s'y produit vraiment – s'ils passaient quelques jours à Ku Kuei, ou une semaine à Schwartz –, s'ils comprenaient quel est notre véritable potentiel, Lanik, ils se pointeraient aussitôt, ils détruiraient Trahison à coups de bombes, ils nous effaceraient de l'univers.

C'est le seul espoir qu'ils nous accordent, leur seule promesse.

» Et que ferais-tu si nous les retrouvions ? Les persuader de se montrer bienveillants ? S'ils étaient bienveillants, ils ne laisseraient pas la centième génération d'arrière-petits-enfants de traîtres emprisonnés sur une planète désespérée comme celle-ci.

— Je le sais. J'ai souvent réfléchi au côté désespéré de notre situation, moi aussi, Lanik. La dissidence ne mène nulle part. C'est ce que j'ai dit à un jeune homme arrêté parce qu'il protestait contre une loi. Je l'ai emmené près de la rivière, le soir, sans ses gardes, et j'ai souligné quelques vérités à son usage. Que, s'il ne l'ouvrait pas, la loi le laisserait tranquille et il serait libre. "Je n'ai pas envie d'être libre tant que cette loi existe, a-t-il dit. Je serai dissident jusqu'à ce que vous l'abrogiez.

» — Non, ai-je répondu, tu seras dissident jusqu'à ce que tu meures en prison, et qu'auras-tu gagné ?

» "C'est comme les lunes, ajoutai-je. Tu vois comme Dissidence se déplace vite et comme elle brille ? C'est ce qu'il y a de plus spectaculaire dans le ciel. Mais elle n'est spectaculaire que parce qu'elle très proche de Trahison, et elle est toute petite. Liberté est une lune bien plus grosse, bien plus éloignée. Elle ne fait pas la moitié du spectacle. Mais c'est elle qui contrôle les marées. Liberté élève et abaisse le niveau de la mer." »

Un étrange sentiment me gagna. Une familiarité. Cet homme déformé raisonnait comme moi ; et bien que ce fût tout à fait logique, cela me surprenait néanmoins. On ne rencontre jamais personne qui suive exactement les mêmes raisonnements que soi, normalement. Mais, cette fois, j'aurais presque pu prononcer ses mots – mes mots – en même temps que lui.

« Maintenant qu'Anderson et les Ambassadeurs sont détruits, reprit-il – repris-je –, nous sommes coupés de la République. Nous sommes libres. Et quand l'univers entendra de nouveau parler de nous, c'est nous qui contrôlerons les marées. »

Silence. Puis je me rendis compte que c'était moi et non lui qui avais prononcé les derniers mots. Il me sourit. Nous nous comprenions. Pas tout, mais le raisonnement, la façon de penser nous étaient clairs à tous deux et, Dieu me vienne en aide, je ressentis de l'affection pour lui. Si la capacité à communiquer efficacement a quelque chose à voir avec l'amour, on ne peut aimer personne mieux que soi-même.

« Lanik. » Nous avions parlé à l'unisson, rompant le silence en même temps. Nous éclatâmes de rire. « Toi d'abord, lui dis-je.

— Lanik, s'il te plaît, prends le trône. Si tu me connais, tu sais comment je me sens dans ce corps. Tu sais, je te l'ai raconté, que j'ai commis des crimes insupportables. Libère-moi. »

Des crimes insupportables. Je me tus, je n'essayai pas de lui expliquer les crimes insupportables que j'avais commis, moi, de lui avouer le cri qui sous-tendait toutes mes pensées. À la place, je fermai les yeux et entrepris de faire pour lui ce que les Schwartz avaient fait pour moi.

Il n'avait fallu qu'une poignée de Schwartz pour me transformer, pour guérir ma régénération radicale, et j'espérais donc en être capable seul. J'étais loin d'avoir leur connaissance des chaînes de carbone, mais je les percevais assez bien pour pouvoir comparer. Je changeai en lui toutes les différences entre son ADN et le mien jusqu'à ce qu'ils correspondent parfaitement. Non seulement sa régénération radicale serait donc guérie, mais il n'aurait plus jamais soif ni faim, il serait libéré du besoin de respirer, il puiserait son énergie directement au soleil.

Mais je ne pouvais pas lui donner les compétences que j'avais acquises, et je ne l'aurais pas fait de toute façon. C'était lui le véritable Lanik Mueller, pas moi. Il était Lanik Mueller tel que j'aurais dû l'être : il régnait à Mueller et le faisait bien ; il était seul, mais il vivait là où il devait vivre. Désormais, dégagé du fléau de la régénération radicale, il serait libre d'atteindre un degré de bonheur qui m'échapperait toujours.

Cela prit des heures. Quand j'eus terminé, il dormait sur le plancher du grenier, sain de corps, normal. Il était nu – aucun tailleur n'habillait le corps déformé des rads. Je l'examinai comme je n'avais jamais été capable de m'examiner moi-même. La peau était jeune et douce – il était plus jeune que moi –, les muscles vigoureux et le tout bien proportionné. L'espace d'un instant, je me vis tel que Saranna avait dû me voir, et bien que je ne ressente aucun désir ni amour pour les hommes, je compris pourquoi elle me disait si souvent que mon corps était doux. Cela m'irritait à l'époque – un adolescent n'aspire pas à la douceur. Mais elle avait raison.

C'est son visage qui me fit mal. Il pensait avoir connu la souffrance, et c'était le cas, à un degré plus élevé que bien des hommes. Son visage affichait une maturité au-delà de ses ans, de la bonté et de la compassion. Mais je m'étais vu dans des miroirs, j'avais observé ce que le temps et mes propres actes m'avaient fait, et il ne transparaissait ni bonté ni compassion sur mon visage. J'en avais trop vu. J'avais tué trop souvent. Il ne restait plus de douceur visible en moi, et j'aspirais à son innocence.

Impossible, me répétai-je. Ce choix avait été fait des années plus tôt, dans le sable à la frontière de Schwartz. Et je commençais à soupçonner que le plus grand sacrifice n'était pas en réalité la mort ; le plus grand sacrifice consiste à subir de son plein gré la peine qui découle de ses propres actes. Je l'avais subie, et je ne pouvais pas espérer empêcher les séquelles de se voir sur mon visage et sur mon corps.

Il se réveilla, me regarda et sourit. Puis il vit ce qui lui était arrivé. Il se palpa, incrédule, puis pleura sans cesser de me demander : « Ce n'est pas une illusion, hein ? C'est bien vrai, n'est-ce pas ? »

Oui, c'était vrai, lui dis-je. « Et quand j'aurai détruit l'Ambassadeur, il deviendra inutile de tenir les rads enfermés comme du bétail. Alors fais ceci pour moi : promulgue une loi imposant que les rads soient envoyés à Schwartz, tous sans exception, dès qu'on les identifie. Envoie-les à Schwartz, et quand les gens du désert les trouveront, demande-leur de dire qu'ils viennent au nom de Lanik Mueller. Les Schwartz sauront que faire ensuite. Ils les renverront ici sains de corps. Et s'ils ne reviennent pas, ce sera parce qu'ils auront librement choisi de rester.

— Et toi ? s'enquit Lanik.

— Je n'existe pas, répondis-je. Dans la forêt de Nkumaï, ce n'est pas toi qui es devenu le Lanik Mueller de trop, c'est moi. Tu es le vrai. Ces prochaines années, modifie l'illusion. Que le visage de Dinte cède progressivement la place au tien, jusqu'à ce que tu puisses dissiper ce mensonge. Tu le souhaites de toute façon, je le sais. Mets fin au mensonge, sauf pour ton nom ; vis et règne sous ton vrai visage.

— Et toi ?

— Je trouverai ailleurs où vivre. »

Puis je basculai en flux accéléré, le laissai dans le grenier et regagnai la cour, où un certain nombre de gens traînaient encore à discuter des événements. Il ne me fallut que quelques minutes pour repérer les Anderson parmi eux, les derniers survivants de leur famille. J'avais quitté Lanik avec un sentiment de tristesse, pourtant je me sentais mieux que depuis longtemps. Mais cela ne m'empêcha pas de tuer le dernier des Anderson.

En temps accéléré, je transportai leurs cadavres jusqu'à l'Ambassadeur et les déposai là où l'explosion les rendrait méconnaissables. Lorsque j'avais entrepris de détruire les Ambassadeurs, j'avais décidé que je mourrais avec le dernier. Je me rendais maintenant compte que cette décision-là ne tenait plus. Sans doute parce que je savais que le véritable Lanik était encore un garçon à la peau douce qui ferait un bon roi, et bien qu'il fût différent de moi, il était ce que j'aurais dû devenir, et j'en conçus davantage de respect pour moi-même, au point de ne plus vouloir mourir.

Je restai donc en temps accéléré pour briser le sceau de l'Ambassadeur, puis je m'éloignai à distance raisonnable avant de repasser en flux normal pour observer la scène. Cela prit quelques instants : l'Ambassadeur attendait, métallique, inconscient, tout en préparant sa propre fin. Je me sentis alors nostalgique. Notre histoire tout entière, notre objectif pendant de trop longues années avait consisté à tenter de gagner notre retour au sein de la République, vers une civilisation capable de produire de telles machines. Riche de tant de connaissances auxquelles il faudrait renoncer une fois que j'aurais détruit le dernier Ambassadeur. Je me surpris à passer en flux accéléré pour pouvoir me précipiter vers le détonateur et le neutraliser avant que l'Ambassadeur ne périsse.

Mais je ne bougeai pas. Si nos années d'esclavage nous avaient appris quelque chose, c'était bien ceci : l'Ambassadeur n'était pas la clef de notre liberté mais le lien qui nous enchaînait. La liberté ne viendrait que quand nous aurions oublié nos ancêtres morts et nos lointains ennemis pour découvrir ce que nous étions réellement devenus après ces siècles sur Trahison.

Je ne bougeai pas, l'Ambassadeur acheva son programme d'auto-immolation, l'explosion le détruisit de l'intérieur, les lumières de la machine s'éteignirent et je me demandai pendant un instant effrayant comment j'avais osé prendre une décision pareille pour le monde entier sans consulter personne.

Puis je ris de ma réaction. Il était un peu tard pour me demander si je devais me prendre pour le bon Dieu. La partie était déjà terminée.

La poussière provoquée par l'explosion se dispersa. Ma tâche était accomplie. J'avais décidé de survivre à l'achèvement de mon œuvre, en fin de compte, et je devais donc prendre des décisions auxquelles je pensais ne plus jamais être confronté. Où irais-je ? Que voulais-je faire du reste de ma vie ?

En traversant les champs à l'est de Mueller-sur-Rebelle, je sus où je devais aller. Sur une île au milieu d'un lac dans la forêt de Ku Kuei, Saranna avait dit : « Reviens vite. Reviens tant que tu es assez jeune pour avoir envie de moi. Parce que je vais être jeune à jamais. »

Je n'étais plus jeune, quelle que soit la définition qu'on adoptât de ce terme. Mais j'avais envie d'elle. J'étais peut-être attiré par l'innocence des enfants que nous avions été, à faire l'amour près de la rivière, sans penser aux souffrances qu'ils pourraient et devraient sûrement vivre. Pourtant, je la désirais plus que je n'avais jamais désiré personne au monde, non pas du fait d'une passion dévorante, mais parce que tout ce que je désirais d'autre était accompli – dans la douleur – ou si désespéré que j'y avais renoncé. Il ne restait plus qu'elle. Elle et une terre calme et singulière où des gens pauvres mais bons s'occupaient de leurs moutons au milieu des rochers, près de la mer de Bosselé.

15

L'HOMME DU VENT

J'ARRIVAI à Ku Kuei en flux réel et m'amusai un peu quand plusieurs jeunes, ignorant qui j'étais, essayèrent de brouiller ma perception du temps. Je gérai sans peine leur flux et me maintins en temps réel malgré tous leurs efforts. Ils s'inquiétèrent sans doute alors et firent appel à un adulte plus compétent. C'est pourquoi Celui-qui-sait-tout vint me saluer.

« Buveur-de-lac ! s'exclama-t-il en arrivant en vue, riant, les bras tendus. Parti à jamais ! Mon plus mauvais élève, le piètre exemple que je cite à tous les enfants qui viennent apprendre auprès de moi. Tu es parti si longtemps… même si je ne sais pas combien de temps au juste ; qui peut tenir le compte ? Mais ça fait longtemps, vieux salopard. Viens donc, dépêche-toi ! »

Nous nous dépêchâmes. Le gros homme de Ku Kuei marchait devant d'un pas vif. J'inspirais l'air de la forêt. Je ne considérais pas les forêts comme un terrain familier, mais c'est ici que mon père reposait, et ici que je me trouvais quand on m'aimait encore comme un fils et un amant.

« Saranna », dis-je, et Celui-qui-sait-tout prit un air perplexe. « Souche », lui rappelai-je, et il se mit à rire.

« Ah, elle ! Quelle histoire incroyable ! Une bonne élève pour une étrangère. Nous ne l'appelons plus Souche, tu sais. C'est Roche maintenant, lady Roche, parce qu'elle vit dans le flux le plus lent qu'on ait jamais produit. Tu veux la voir ? »

Est-ce que je voulais la voir ? J'ignorais à quel point jusqu'à me trouver devant elle et constater qu'elle avait gardé la même position qu'à mon départ, six années subjectives et trois années réelles plus tôt. Ses mains se tendaient encore vers moi. Ses lèvres ne s'étaient pas encore fermées sur ses derniers mots. Ses larmes avaient commencé à couler, mais les premières n'avaient pas atteint le menton.

Je la regardai, et les six dernières années s'évanouirent ; ce fut comme si je l'avais quittée quelques instants plus tôt. Je m'approchai d'elle en ralentissant mon flux. Je ralentis au-delà de tout ce que j'avais jamais connu, jusqu'à ce que même les arbres me paraissent flous, et puis, enfin, ses larmes se mirent en mouvement, elle me vit, son visage s'illumina d'espoir et elle dit :

« Lanik, j'ai changé d'avis. Je ne veux plus être jeune à jamais. Emmène-moi avec toi. »

Elle me serra dans ses bras, je la serrai dans les miens et j'embrassai sa joue humide.

« Je suis parti six ans.

— Chut, répondit-elle.

— J'ai fait des choses affreuses.

— Je n'ai pas besoin de savoir.

— Je ne suis pas quelqu'un de bien », insistai-je.

Elle se contenta de m'embrasser et de souffler : « Tu es assez bien pour moi. »

Elle sourit, moi aussi, et nous quittâmes progressivement le flux ralenti ; le monde cessa d'être flou et nous fûmes de retour à Ku Kuei. Des centaines de personnes étaient rassemblées autour de nous. Je n'en reconnus aucune.

« Pourquoi est-ce que vous nous regardez ? demandai-je.

— Parce que, dit un gros bonhomme, on nous a dit que les amants de pierre regagnaient le flux normal ; il fallait qu'on vienne voir.

— Les amants de pierre ?

— Des gens sont nés, ont vieilli et sont morts en ne vous ayant vus bouger que de quelques centimètres. Vous aviez l'air si passionnés. Peu importe ce que vous disiez, vous sembliez le penser, et ce n'était pas amusant du tout. Vous avez même lancé une mode. Les gens se cherchent toujours un but, désormais. Ça complique tout.

— Depuis combien de temps ?

— Deux cents, trois cents ans, je pense, répondit-il. Mais, maintenant, j'imagine que vous serez des gens ordinaires.

— Je l'espère », dis-je, et Saranna sourit.

Nous quittâmes la forêt et voyageâmes vers l'est pour enfin atteindre Britton, et dans la région la plus à l'est de la péninsule orientale de Britton, nous arrivâmes à Bosselé. Rien n'avait changé au cours des derniers siècles. Un nouveau seigneur régnait depuis la maison de la falaise, mais il se faisait appeler du nom héréditaire des Barton. La maison de Glain et Vran était désormais un jardin, et celle de quelqu'un d'autre se dressait à quelques pas, mais elle était pleine d'enfants et rien n'avait changé. Les gens étaient toujours pauvres, taciturnes et avaient toujours bon cœur.

Saranna et moi construisîmes une maison en torchis près de la mer, où je commençai aussitôt à lui enseigner tout ce que j'avais appris. Au bout d'un certain temps, un berger vint voir ce que nous faisions là. Je soignai ses articulations douloureuses et Saranna guérit son mouton malade ; ils surent alors tous qui j'étais. On m'appelait « l'homme du vent », et Saranna devint « la dame de l'homme du vent » et bientôt « la dame du vent », et si les habitants de Bosselé nous aimaient, ils n'auraient pas pu nous aimer autant que nous les aimions. La légende de l'homme du vent était bien connue – j'étais venu de nulle part, j'avais vécu avec Glain et Vran, soignant et faisant le bien pour tous jusqu'à ce que quelqu'un en parle au seigneur de la maison sur la falaise : l'homme du vent était alors parti pour ne jamais revenir. Cette fois, se jurèrent-ils, ce serait différent. Et, au cours de toutes les années où nous avons vécu à Bosselé, le seigneur dans sa maison sur la falaise n'a jamais cherché à nous rencontrer.

Les Bosselains ne s'étonnent pas, alors qu'eux vieillissent et meurent, que ce ne soit pas notre lot. Nous avons vécu assez longtemps pour guérir les maux d'enfants dont nous avions soigné les grands-parents pour une fracture de la jambe. C'est une vie paisible mais une bonne vie, et bientôt Saranna et moi comptons avoir des enfants. Ce jour-là, toutefois, nous cesserons de nous modifier ; nous vieillirons puis mourrons quand nos petits-enfants grandiront, comme tout le monde. Les enfants n'ont pas besoin que leurs parents vivent à jamais.

Mais nous ne sommes pas encore tout à fait prêts. La vie est encore assez douce pour nous sans enfants, pourtant je regarde Saranna et je sais que cela ne tardera plus beaucoup ; je me regarde et je vois que je suis presque prêt. Et ce sera bon. Même la mort sera douce, je pense, non parce qu'elle mettra un terme à une vieille amertume, mais parce qu'elle arrivera, je crois, comme le dernier de nombreux événements forts qui m'ont appris que j'étais en vie.

Sous toutes choses j'entends encore le cri de la terre, mais cela n'empoisonne plus ce que je vois et ce que je fais. Cela met plutôt en relief mes plaisirs ; le lever du soleil est plus brillant à cause de ce territoire sombre en moi-même, le sourire de Saranna plus doux à cause de la cruauté que j'ai connue, et soigner les animaux, les enfants et les adultes qui viennent à moi me réchauffe mieux le cœur parce qu'autrefois, à l'encontre de mes propres instincts mais en accord avec mon sens de la justice, j'ai tué.

Fait-il meilleur vivre sur Trahison aujourd'hui ? Je ne suis pas placé pour en juger.

Progressons-nous aussi vite qu'avant la destruction des Ambassadeurs ? Je l'ignore. Il ne me revient pas d'évaluer la façon dont nous avons saisi la chance que j'ai créée.

Je m'émerveille parfois d'avoir réussi tout court.

« Tu n'existes pas, dit souvent Saranna après l'amour, tu ne peux pas être réel. »

Elle l'entend dans un sens, mais je le crois dans un autre, et malgré tous les plans que j'ai établis avant d'agir, je sais que j'ai davantage été modelé par les circonstances que par ma propre volonté. Je me demande parfois si je ne suis pas en fin de compte un pion dans la partie d'un autre joueur, suivant aveuglément ses grands desseins sans jamais savoir que mon parcours sur ce plateau n'est qu'une feinte, alors que les décisions importantes sont prises ailleurs par d'autres.

Mais l'existence ou non d'un plan supérieur m'importe peu en réalité. Ma seule chance consistait à voir ce qui pouvait être, à croire que cela *devait* être puis faire mon possible pour que cela devienne réalité, à tout prix. Quand une vie se déroule aussi gaiement que la mienne, alors le prix autrefois payé dans tant de douleur laisse un souvenir réjoui. J'ai été repayé au centuple. Ici, au milieu des bergers, ma coupe est remplie de l'eau de la vie ; elle déborde.

TABLE

Achevé d'imprimer en avril 2008
par l'imprimerie France Quercy
à Mercuès (Lot)
pour le compte de
la Librairie L'Atalante

N° d'imprimeur : 80365/
Dépôt légal : avril 2008

IMPRIMÉ EN FRANCE